國家古籍整理出版專項經費資助項目

二〇一一年『十二五』國家重點出版規劃四百種精品項目

回文集

丁勝源 周漢芳 輯

國家圖書館出版社

回文集第三册　目錄

第二十五卷　詩文

第二十六卷　詩文

第二十九卷　詩文

回文集卷十八　目録

顛倒同心結

李暘

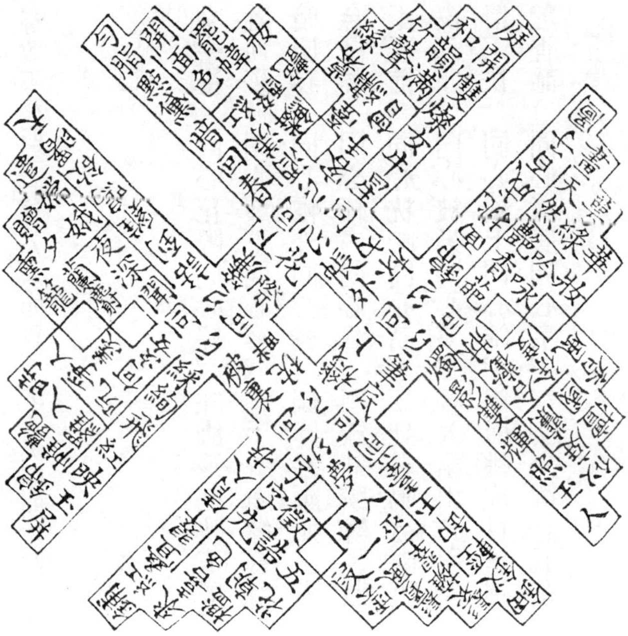

顛倒同心結　贈友新婚

同心字交斜讀，上下四首，絲妝雲花四字起。左右四首，屏人天圖四字起。次句及第四句俱頂上句末一字。

七言絶八首

絲竹聲和韻滿庭，庭開雙燦女牛星。同心花際同心綵，綵絢飛紅映玉屏。

屏錦帷羅艷入時，時人爭羨阮何姿。同心簾下同心客，客手曾牽繡幕絲。

妝罷幃開面色勻，勻脂點黛暗回春。同心帳外同心燭，燭影雙輝照玉人。

人似庭蘭擅國香，香風徐度合歡牀。同心杯内同心酒，酒漾紅鱗醉艷妝。

雲鬢風鬟擁翠鈿，鈿釵輕卸玉臺前。同心枕畔同心話，話到雞鳴欲曙天。

天遣嫦娥贈夕熏，熏籠蘭麝夜深聞。同心被裏同心夢，夢入巫山一段雲。

花檻朝來喜色鋪，鋪紅疊翠倩人扶。同心機上同心錦，錦面挑成百子圖。

圖畫天然萼緑華，華妝吟咏艷香葩。同心筆底同心字，字字先徵誥五花。

扇影

木古林泉袖領山深風俗黃
農水曲人家
烟濃嶺榕
燈火因緣
木容從步緩

艸何愁奈無
徑如逢柰谷笑奴俯拾嘉禾
浪香谿荷
宵良夜似涼
禾日暮微涼

裏七鐵雲梢木寸徑成圍節
竹皇驕有幸
篁村濃霧
遙路雨風妨
裏水靜不妨

艸含蟲鳴最切石闌花發如茲
茲心賞梧桐
艺砌悠雲
疎雨云云試
艸之吟一試

扇影

夏日吟

首尾字離合體，如木容合爲榕字，領山合爲嶺字，農水合爲濃字，火因合爲烟字，共成榕嶺濃烟四字，餘倣此。

六言絶四首

木古林泉袖領，山深風俗黄農。水曲人家燈火，因緣暖步從容。
艸徑如逢黍谷，奚奴俯拾嘉禾。日暮微涼似水，良宵無奈愁何。
艸舍蟲鳴最切，石闌花發如玆。心賞梧桐疎雨，云云試一吟之。
竹節團成徑寸，木梢雲織七襄。水靜不妨風雨，路遥幸有驕皇。

交枝方勝

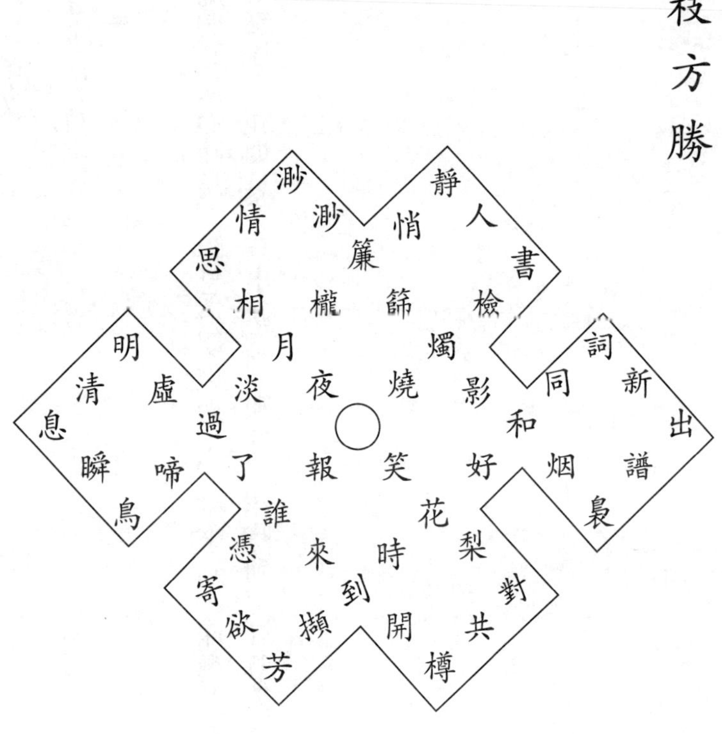
渺 静
情 渺 悄 人
思 簾 書
相 櫳 篩 檢
明 月 燭 詞
清 虛 淡 夜 燒 影 同 新
息 過 和 出
瞬 啼 了 報 笑 好 烟 譜
鳥 誰 花 裊
憑 來 時 梨
寄 到 對
欲 擷 開 共
芳 樽

交枝方勝　月夜懷友

交加讀，過和二字平去兩音用。

漁家傲一調

燒燭檢書人靜悄，簾櫳月淡過啼鳥。瞬息清明虛過了，誰來到，開樽共對梨花笑。

夜月相思情渺渺，簾篩燭影和烟裊。譜出新詞同和好，花時到，擷芳欲寄憑誰報。

長命縷

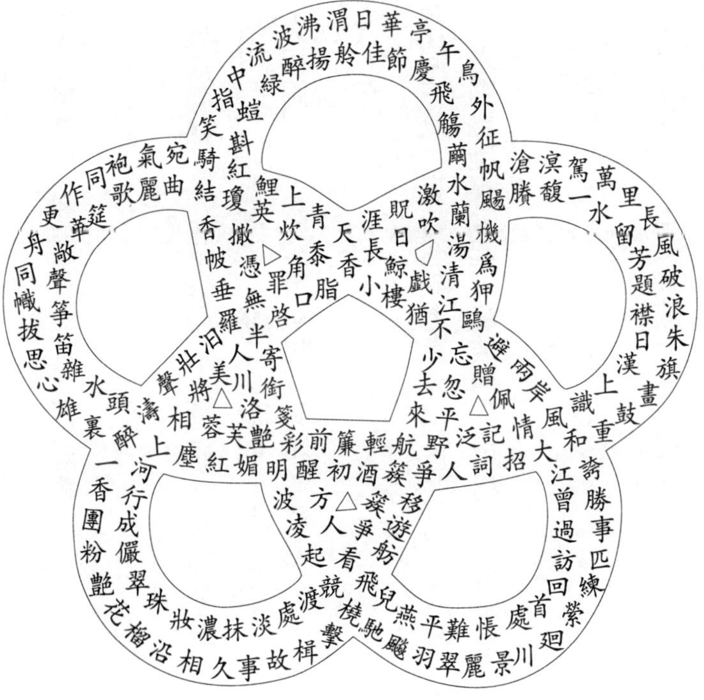

長命縷　午日觀競渡感舊

兩層交加讀，内外層各二調，帆颺忘相和醒騎看等字，平仄兩讀。

蓦山溪一調

日華亭午，鳥外征帆颺。機爲狎鷗忘，忽平野，爭移遊舫。飛橈擊楫，故事久相沿，榴花艷，粉團香，一醉濤聲壯。汨羅無罪，角黍天涯貺。激水帆滄溟，駕萬里，長風破浪。朱旗畫鼓，重和大招詞，人爭簇，酒初醒，明媚紅塵上。

天仙子一調

醉裏雄心思拔幟，同舟更作同袍氣。宛騎紅鯉上青天，長鯨戲，江鷗避，兩岸風和誇勝事。匹練縈廻川景麗，翠羽飇馳橈競起。凌波明艷洛川人，羅垂帔，香結騎，笑指中流波沸渭。

浪淘沙一調

佳節慶飛觴，繭水蘭湯，清江不少去來航。簇簇爭看競渡處，淡抹濃妝。珠翠儼成行，河上相將，美人半啟口脂香。長日吹蘭颺膹馥，一水留芳。

最高樓一調

題襟日，漢上識風情，記泛野航輕。簾前彩艷芙蓉相，濤頭水雜笛箏聲。敞華筵，歌麗曲，結瓊英。炊黍香，小樓猶不忘。贈佩情，大江曾過訪。回首處，悵難平。燕兒飛看人方醒，彩箋銜寄半無憑。撒瓊紅，斟螘緑，醉揚舲。

葫蘆

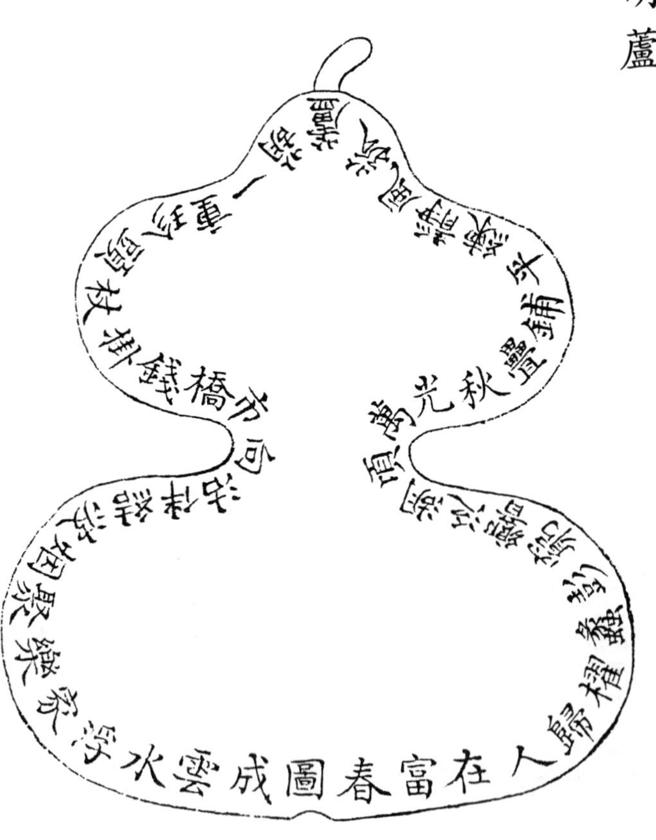

葫蘆 漁父詞

逐句頂字讀

七言律一首

蘆菰風靜練平鋪，鋪疊秋光萬頃湖。湖泛響窮彭蠡櫂，櫂歸人在富春圖。圖成雲水浮家樂，樂聚烟波結伴沽。沽向市橋錢掛杖，杖頭珍重一葫蘆。

百廿齡

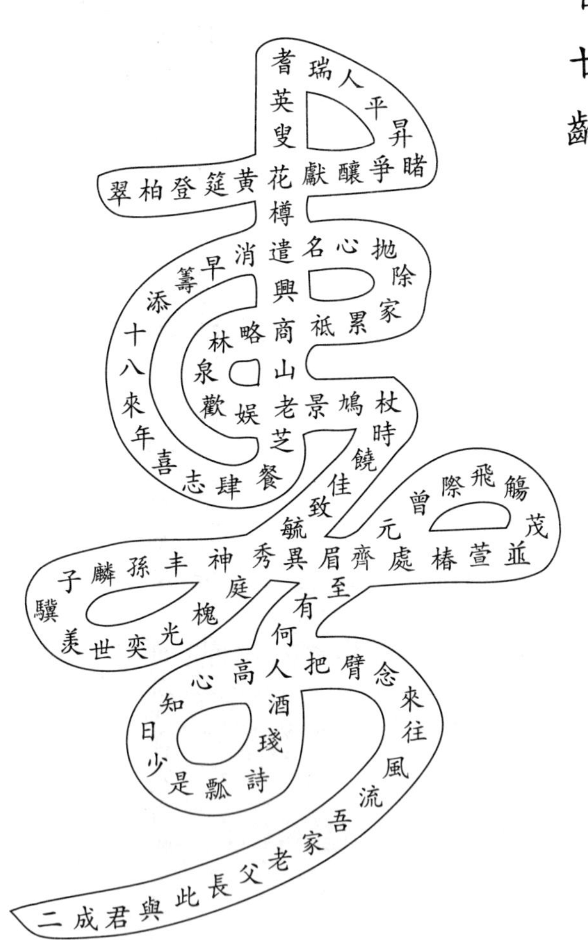
者瑞人平昇
英叟
翠柏登筵黃花獻釀爭睹
樽
消遣名心拋
籌早興除
添林略商祇累家
十泉山
八歡娛老景鳩杖
來芝時
年喜志肆餐饒
佳
致曾際飛觴
毓元茂
子麟孫丰神秀異眉齊處椿萱並
驥庭至
羨世奕光槐有
何
知心高人把臂念
酒來
日琖往
少是瓢詩風
流
吾
家
老父長此與君成二

百廿齡

壽王殿升先生八十（先生予人父門人也）

交加讀，實一百十三字，讀作一百二十字。

金明池一調

翠柏登筵，黄花獻釀，爭睹昇平人瑞。耆英叟，花樽遣興，商山老芝餐肆志。喜年來，八十添籌，早消遣，名心拋除家累。祇商略林泉，歡娛老景，鳩杖時饒佳致。毓秀庭槐光奕世，羡驥子麟孫，丰神秀異。眉齊處，椿萱並茂，觴飛際，曾元齊至。有何人，酒琖詩瓢，是少日知心，高人把臂。念來往風流，吾家老父，長此與君成二（杜詩與君成二老來往亦風流）

桑籃

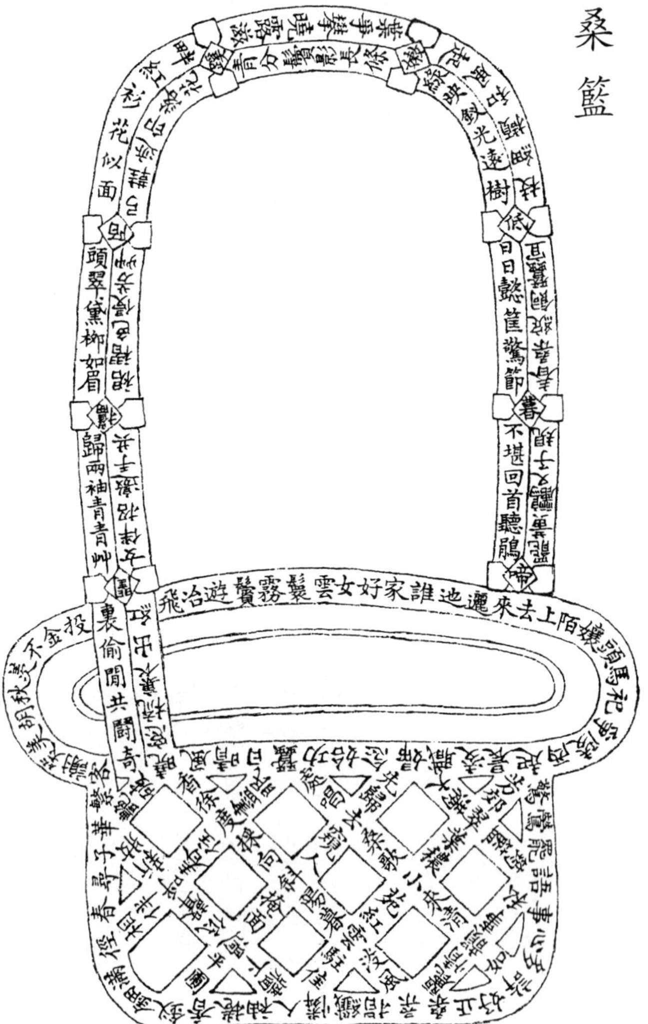

桑籃　採桑人

詩從曉窗起，鶻啼止爲一律；啼罷起，鬬奇止爲一律，閨攜等八字通用。詞一調從曉風晴日起，右旋至笑謝客繁華子轉至鶯驚起止，紅裏字曉字與詩合用。一調從芳郊翠葉起，每斜行至邊，又復斜轉至清韻如許止，曉字與詩合用，曉華等在邊十字與前調合用，内斜行翠小等九字交加讀，過呼鈿三字平仄兩用。

七言律二首

曉窗梳裏出紅閨，女伴招邀手共攜。裙褶色侵芳草陌，弓鞋迹印落花蹊。青分鬢影長條嫩，綠映釵光遠樹低。日日懿筐鶯節暮，不堪回首聽鶻啼。

啼罷黃鸝又子規，暮春桑綻飼蠶宜。低枝細擷和風起，嫩葉爭攀曉露滋。蹊畔紅衫花似面，陌頭翠黛柳如眉。攜歸兩袖青青草，閨裏偷閒共鬬奇。

御街行一調

曉風晴日蠶功始，念婦職，凌晨起。西陵爭祀馬頭孃，陌上去來邐迆。誰家好女，雲鬟霧鬢，遊冶飛紅裏。投金不羡秋胡美，笑謝客，繁華子。尋春徑滿鈿釵香，捲袖人憐纖指。柔桑正好，許多心事，語罷鶯驚起。

滿路花一調

芳郊翠葉穠，小苑紅雲駐。佳人牆下過，低聲呼。新妝華艷，破曉香徐度，採向斜陽暮。雲淡風柔，麗情韻事私語。　筠籃翠滿，大婦先歸去。窺人斜掩面，過平圃。釵鈿滿徑，相約呼春住，度盡眠蠶處。唱去桑歌，小來清韻如許。

『相約』：約，圖文作『伴』

並蒂蘭

上倦人憐月淡留
皃樓半夜添寒痕影
妝遠歡未頭梦泣殘對
清路客合梳入袖雨箋明
照漫愁牽憶閒染檻悠寄燈
影漫想望勞情香花悠黯恨一
幽窗一夜半開蘭迷夜夢寒愁結
角酸午夜驚人心空妝晚掩暗
枕心愁時惱憐素遠羞鏡香
餘一一漏烟命對念留薰
香聽殘篆留薄靜鸞袂
濺流裊夜香寒凝薄
淚暗添情渺渺眸

並蒂蘭　閨情

從中蘭字起，分上左右三路三角ㄙ字形讀，每路各讀二首，回文又各得二首。

七言絶十二首

蘭開半夜一窗幽，影照清妝晚上樓。
歡合憶情勞望想，漫漫路遠客牽愁。

愁牽客遠路漫漫，想望勞情憶合歡。
樓上晚妝清照影，幽窗一夜半開蘭。

蘭開半夜一窗幽，角枕餘香濺淚流。
殘漏惱人驚夜午，酸心一聽一時愁。

愁時一聽一心酸，午夜驚人惱漏殘。
流淚濺香餘枕角，幽窗一夜半開蘭。

蘭心素對靜凝眸，渺渺情添暗淚流。
殘漏惱人憐命薄，寒香夜裊篆烟留。

留烟篆裊夜香寒，薄命憐人惱漏殘。
流淚暗添情渺渺，眸凝靜對素心蘭。

蘭心素對靜凝眸，薄袂薰香暗結愁。
寒夢夜迷空遠念，鸞留鏡掩晚妝羞。

羞妝晚掩鏡留鸞，念遠空迷夜夢寒。
愁結暗香薰袂薄，眸凝靜對素心蘭。

蘭香染袖泣痕留，淡月憐人倦上樓。
歡合憶情閒入夢，寒添夜半未梳頭。

頭梳未半夜添寒，夢入閒情憶合歡。
樓上倦人憐月淡，留痕泣袖染香蘭。

蘭香染袖泣痕留，影對明燈一結愁。
寒夢夜迷花檻雨，殘箋寄恨黯悠悠。

悠悠黯恨寄箋殘，雨檻花迷夜夢寒。
愁結一燈明對影，留痕泣袖染香蘭。

横縱其畝

鋤自坷 平坎坷	芳餘蔕 依並蔕	階當泉 瀉石泉
杜欲闃 靜喧闃	節高筌 得佳筌	是應仙 地行仙
以何悵 消惆悵	耦有畣 歌聲畣	上池颭 波微颭
綸垂鳶 放紙鳶	遊同駢 樂事駢	前窓烟 雨似烟

横縱其畝　山居吟

每句首二字合末一字，先自右向左，後自左向右。

七言排律一首

白水當階瀉白泉，山人應是地行仙。占風池上波微颭，因火窓前雨似烟。艸帶餘芳依並蔕，竹全高節得佳筌。合田有耦歌聲畗，并馬同遊樂事駢。土可自鋤平坎坷，門真欲杜靜喧闐。心長何以消惆悵，弋鳥垂綸放紙鳶。

珠槃

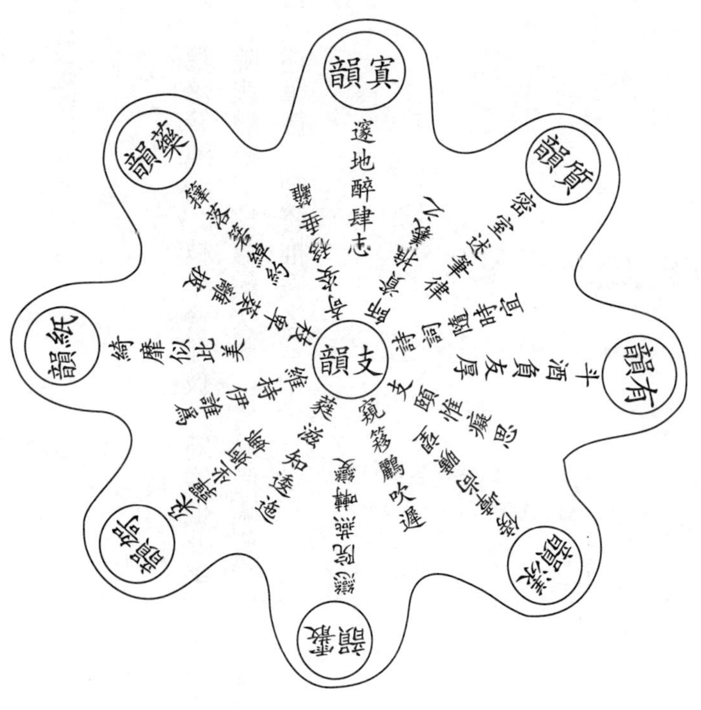

珠槃　小園漫興

邃地句起，次奇姿句，右旋至師資句止。

五言疊韻體十六句

邃地醉肆志，奇姿移垂籬。籜落箬綽約，枝卑葵離披。綺靡似此美，維持伊誰爲。朶
嚲坐婀娜，蕤滋知逶迤。戀院燕囀變，窺簃鸝吹遲。傍嶂尚曠望，支頤惟癡思。斗酒
負友厚，詩詞隨時宜。密室述筆律，師資推義之。

珠槃 其二

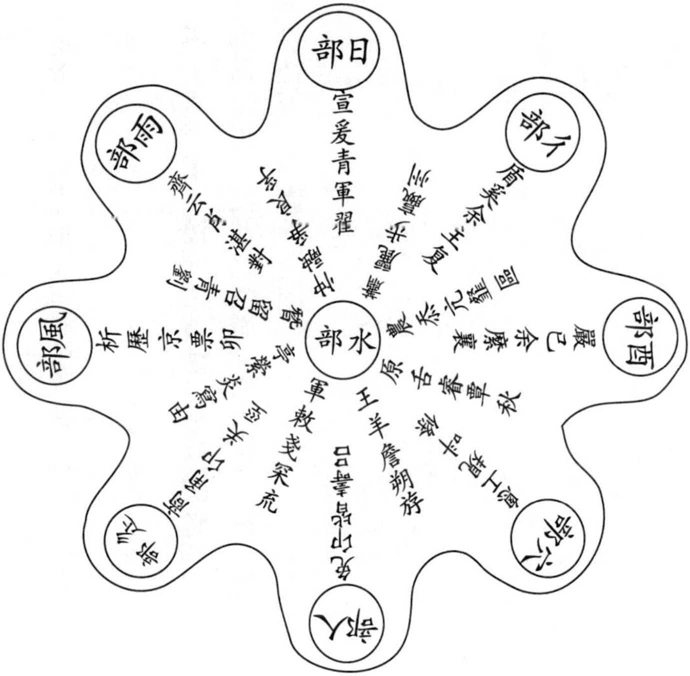

日部

人部

西部

穴部

入部

火部

風部

雨部

水部

珠槃其二　水檻遣興

分列某部五字，俱用本部字邊旁，如日部句則爲暄暖晴暉曜是也，右旋讀如前法。

五言排律一首

暄暖晴暉曜，沖融淨浪浮。霽雲霄霃霸，潛溜沼清瀏。颸飃颻飉颷，渟瀠淡瀉油。適通迎送逕，渾漱淺深流。俛仰偕儔侶，汪洋澹溯游。窗空窺窅窱，源活濬潭湫。釃配酴醿釀，濃添沆瀣漚。循徯徐往復，瀟灑涉瀛洲。

鴻燕分飛

泊		露		霑		翎		怯		旅		秋
	朝		入		落		應		自		惜	
孤		情		戀		遠		道		程		色
	閑		巢		外		衣		拋		月	
憐		書		到		楚		頻		黍		涵
	花		歸		夕		烏		間		莫	
影		寄		河		城		喚		不		江
	飛		鳴		急		波		光		靜	
照		識		關		畫		嚦		驚		雁
	上		交		知		影		敲		香	
山		會		毛		翩		渚		遵		陣
	下		舊		擇		掠		點		雨	
清		澄		水		落		搖		方		橫

鴻燕分飛　咏鴻　燕

順字從秋色起，左旋至中心止，次句首皆借上句尾半字讀。倒字分四方塊，每方九字，左旋作兩句讀，次句借上半字起。

七言律一首

秋色涵江雁陣横，木方摇落水澄清。青山照影憐孤泊，白露霑翎怯旅程。禾黍不驚遵渚翮，羽毛曾識寄書情。心懸遠道頻嘹嚦，歷盡關河到楚城。

五言律一首

下上飛鳴急，心知擇舊交。花開朝入箔，竹外夕歸巢。掠影波光静，爭香雨點敲。烏衣應自惜，日月莫閒抛。

玉衡

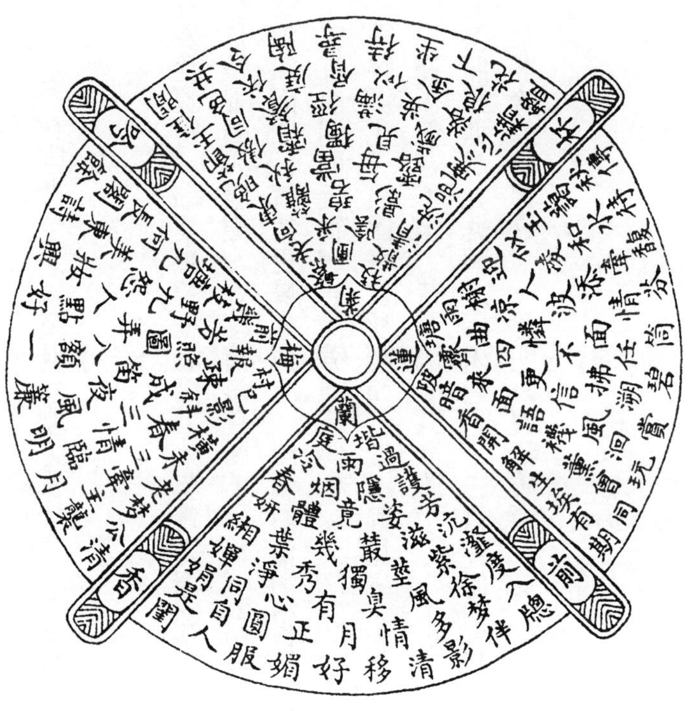

玉衡　四時花

蘭蓮菊梅爲題，之字逐層自左至右曲折讀，下斜竪内，前杯吟香四字，左右兩詩牽用。

七言律四首

庭階過雨冷春烟，隱護芳姿竟體妍。緗葉幾葳滋沆瀣，紫莖獨秀淨嬋娟。同心有臭風徐度，入梦多情月正圓。自是香閨人服媚，好移清影伴牕前。

陂塘雨霽暗香來，曲榭迎涼四面開。解語更憐人似玉，凌波不信襪生埃。薰風拂面添和藹，秋水多情任溯洄。曾有前期同玩賞，碧筒芬馥待傳杯。

枝繁老圃散清陰，采向東籬碧影沈。浥露每當秋晚節，傲霜獨見歲寒心。落英滿徑餐同玉，佳色依庭屑似金。狼藉盃盤花下坐，待尋陶令共閒吟。

前村已報幾枝芳，疎影横斜照野塘。九九圖成春未老，三三笛弄怨何長。美人入夜情牽夢，公主臨風額點妝。東閣吟餘詩興好，一簾明月襲清香。

『多情』：多，圖文作『牽』

蛛絲

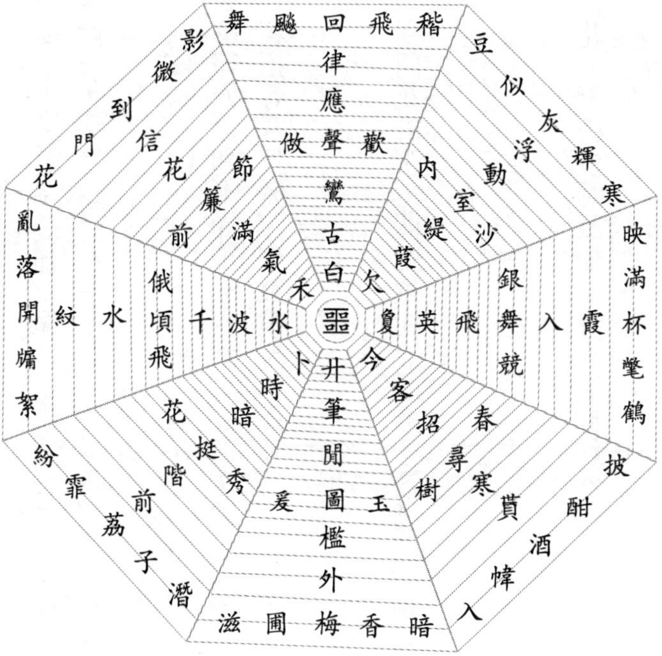
噩
舞 颱 回 飛 稽
豆 似 灰 輝 寒
映 滿 杯 鷺 鶴
披 酣 酒 幃 入
暗 香 梅 圃 滋
潛 子 荔 霏 紛
絮 牖 開 落 亂
花 門 到 微 影
律 應 聲 歡 做 鸞 古 白
內 動 浮 室 沙 緹 葭 欠
銀 舞 競 飛 英 夐 入 霞
今 客 招 春 尋 寒 樹 玉 貰
井 筆 閒 圖 檻 外 爰
時 暗 秀 花 挺 階 前
卜 水 波 千 俄 頃 飛 水 紋
禾 氣 滿 簾 節 前 花 信

蛛絲　長至遇雪

七言用中畺字，以口字合四隅，王字合四方，加于字之上下左右，自西南吹葭句起，次皇古句，縱行至霞杯止。五言亦西南灰似起，横行至寒輝止。六言室内起，至銀沙止。俱右旋。

七言律一首

吹葭緹室動浮灰，皇古鸞聲應律回。和氣滿簾花信到，汪波千頃水紋開。占時暗挺階前荔，弄筆閒圖檻外梅。吟客招尋寒貰酒，瓊英飛舞入霞杯。

五言律一首

灰似豆稭飛，回飇舞影微。到門花亂落，開牖絮紛霏。荔子潛滋圃，梅香暗入幃。酒酣披鶴氅，杯滿映寒輝。

六言絶一首

室内歡聲做節，簾前俄傾飛花。挺秀爰圖玉樹，尋春競舞銀沙。

霹靂環

水紋浮綠映平疇宿雨收雲橫遠浦

山容染黛柳含煙雨淨江天一望連

春寒醉荔四山深翠鎖叢林挈伴尋

水漾清輝夕照微紅霞影亂釣魚磯

霹靂環　春興

脱卸讀

七言絶四首

水紋浮緑映平疇，緑映平疇宿雨收。宿雨收雲横遠浦，雲横遠浦水紋浮。

柳含烟雨淨江天，雨淨江天一望連。一望連山容染黛，山容染黛柳含烟。

四山深翠鎖叢林，翠鎖叢林挈伴尋。挈伴尋春寒薜荔，春寒薜荔四山深。

釣魚磯水漾清輝，水漾清輝夕照微。夕照微紅霞影亂，紅霞影亂釣魚磯。

連環方結

小	謝	有		無	限	烟		行	四	望		花	開	練
斜	□	詩		來	□	波		江	□	睮		對	□	澄
照	夕	知	何	往	來	興		暮	日	霞	舒	綺	水	秋
		句	□	家						際	□	緑		
圖	誇	好	隨	鷗	鳥	息		輕	有	客	來	攜	手	啟
畫	□	青		白	□	江		烟	□	通		共	□	扉
幅	一	山		到	人	前	洲	舫	雀	青		暗	火	燈
						竟	□	畫						
身	外	物		消	永	日	且	過	洲	渚		尊	何	日
知	□	功		羣	□	清		人	□	訪		芳	□	潑
本	利	名	天	樂	自	閒		無	在	詩	齋	月	醅	春
		早	□	未						仙	□	夜		
僻	地	忘	機	久	小	築		埃	秋	半	相	期	幾	溯
居	□	世		全	□	宜		塵	□	生		年	□	洄
深	緣	閒		興	遣	人		染	跡	踪		經	榻	懸

連環方結 江行即事

左旋迴環交加讀，忘過二字平仄兩用。

七言律三首

練澄秋水綺舒霞，日暮江行四望賒。霞際客通青雀舫，洲前人到白鷗家。往來無限烟波興，來往何知夕照斜。小謝有詩知句好，青山一幅畫圖誇。

好隨鷗鳥息江前，竟日清閒自樂天。名利本知身外物，功名早忘世間緣。深居僻地忘機久，小築宜人遺興全。久未樂羣消永日，且過洲渚訪詩仙。

半生踪跡染塵埃，秋半相期幾溯洄。懸榻經年期夜月，芳尊何日潑春醅。月齋詩在無人過，畫舫烟輕有客來。攜手啟扉燈火暗，共攜緑綺對花開。

一垣星斗

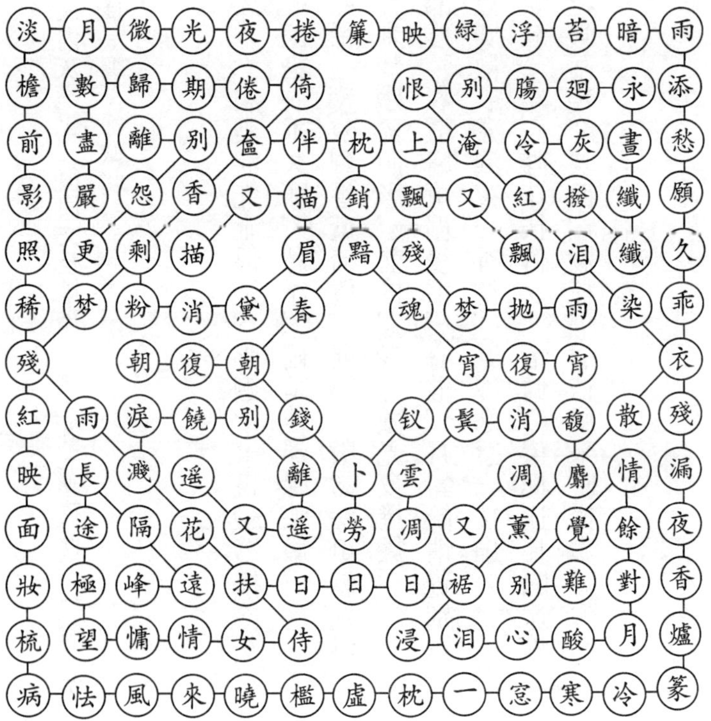
淡月微光夜捲簾映綠浮苔暗雨
檐數歸期倦倚恨別腸迴永添
前盡離別奩伴枕上淹冷灰晝愁
影嚴怨香又描銷飄又紅撥纖願
照更剩描眉黯殘飄泪纖久
稀梦粉消黛春魂梦抛雨染乖
殘朝復朝宵復宵衣
紅雨淚饒別錢釵鬓消馥散殘
映長濺遥離卜雲凋麝情漏
面途隔花又遥勞凋又薰覺餘夜
妝極峰遠扶日日日裾別難對香
梳望慵情女侍浸泪心酸月爐
病怯風來曉檻虛枕一窓寒冷篆

一垣星斗　閨怨

一調上自簾字向右三角轉入内灰字止，復回文至簾爲一調，餘三調倣此。一調左從朝字入内，轉至描字作龜紋讀，回文爲一調，餘倣此。

南鄉子四調

簾映緑浮苔，暗雨添愁願久乖。衣染淚紅淹恨别，腸廻，永晝纖纖撥冷灰。　灰冷撥

纖纖，晝永廻腸别恨淹。紅淚染衣乖久願，愁添，雨暗苔浮緑映簾。

簾捲夜光微，月淡檐前影照稀。殘梦剩香奩倚倦，期歸，數盡嚴更怨别離。　離别怨

更嚴，盡數歸期倦倚奩。香剩梦殘稀照影，前檐，淡月微光夜捲簾。

虛枕一窓寒，冷篆爐香夜漏殘。衣散麝薰裾浸泪，心酸，月對餘情覺别難。　難别覺

情餘，對月酸心泪浸裾。薰麝散衣殘漏夜，香爐，篆冷寒窓一枕虛。

虛檻曉來風，怯病梳妝面映紅。殘雨濺花扶侍女，情慵，望極途長隔遠峰。　峰遠隔

長途，極望慵情女侍扶。花濺雨殘紅映面，妝梳，病怯風來曉檻虛。

長相思四調

朝復朝，春黯銷。枕伴奩香剩粉消，黛眉描又描。描又描，眉黛消。粉剩香奩伴枕

銷，黯春朝復朝。

朝復朝，錢卜勞。日日扶花濺淚饒，別離遥又遥。遥又遥，離別饒。淚濺花扶日日

勞，卜錢朝復朝。

宵復宵，魂黯銷。枕上淹紅泪雨抛，梦殘飄又飄。飄又飄，殘梦抛。雨泪紅淹上枕

銷，黯魂宵復宵。

宵復宵，釵卜勞。日日裾薰麝馥消，鬢雲凋又凋。凋又凋，雲鬢消。馥麝薰裾日日

勞，卜釵宵復宵。

雙聲譜

春春雨雨晴晴時時鳥鳥鳴鳴喚喚起起遊遊春春
客客満満城城桃桃李李爭爭春春豔豔人人面面
當當壚壚見見客客羞羞春春宴宴開開樽樽泛泛
玉玉醅醅花花下下催催妝妝落落梅梅吹吹入入
江江城城笛笛聲聲急急惟惟聞聞笑笑語語喧喧
良良覿覿難難罄罄君君歡歡忍忍淚淚看看花花
紅紅糝糝徑徑惜惜春春殘殘擕擕君君手手欲欲
攀攀隄隄柳柳送送春春歸歸去去獻獻欷欷芳芳
艸艸銷銷魂魂路路何何處處黃黃鶯鶯百百囀囀
留留難難駐駐春春惱惱人人春春思思亂亂紛紛

雙聲譜　春遊曲

每字兩遍讀，句法連環頂下。

長短句二百字

春雨晴，春雨晴時時鳥鳴。鳥鳴喚起遊春客，喚起遊春客滿城。滿城桃李爭春艷，桃李爭春艷人面。人面當壚見客羞，當壚見客羞春宴。春宴開，開樽泛玉醅。樽泛玉醅花下催，花下催妝妝落梅。落梅吹入江城笛，吹入江城笛聲急。聲急惟聞笑語喧，惟聞笑語喧良覿。良覿難，罄君歡，難罄君歡忍淚看。忍淚看花紅糝徑，花紅糝徑惜春殘。惜春殘，攜君手，攜君手欲攀隄柳。欲攀隄柳送春歸，送春歸去去歔欷。歔欷芳艸銷魂路，芳艸銷魂路何處。何處黄鶯百囀留，黄鶯百囀留難駐。難駐春，春惱人。惱人春思亂，春思亂紛紛。

九轉丹

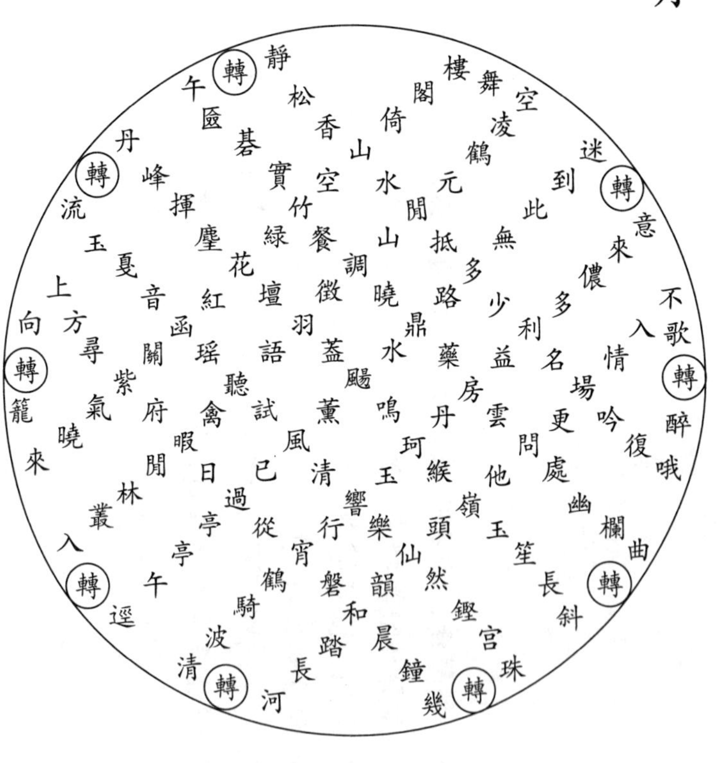

九轉丹　遊三元閣贈道士

横斜交加讀，遇轉字轉，共九轉四調，樓閣起。

浪淘沙一調

樓閣倚山空，竹綠花紅，函關紫氣曉來籠。轉向上方尋紫府，暇日過從。　宵磬和晨鐘，幾轉珠宫，鏗然仙樂響清風。試聽瑶函音戛玉，流轉丹峰。

山花子一調

揮麈花壇羽蓋飈，鳴珂繚嶺玉笙長。斜轉曲欄幽處、問雲房。　藥鼎曉調餐竹實，碁匳午轉静松香。山水閒抵多少、利名場。

長相思一調

吟復哦，醉轉歌。不入情場更問他，嶺頭仙韻和。　踏長河，轉清波。騎鶴宵行響玉珂，丹房益利多。

生查子一調

儂來意轉迷，到此無多路。鼎水颸薰風，已過亭亭午。　逕轉入叢林，閒暇禽聽語。羽徵調山閒，元鶴凌空舞。

六棱品字玦

淺泪熒熒濺枕
見妝香⬡琴衾見
怕罷愁和看虛意憐
眉調冷語倦半託將人
山琴心露伴夜長歌愁玉
遠曲訴同深情多脉脉寫腕
黛融香靜夜深閨靜繡慵拈線
淺風颺鬟結延月夜更嚴縷
眉⬡籠佩語釵淡思⬡牽
修雲蘭笑鈿賭香癡愁
淡薰發聲低處帷榻
馥半夜心回曲下

六棱品字玦　閨夕

詞以情閨深三字爲領，厶字讀，回文作一調。進皆右旋，回文左旋。詩從六棱處讀入内，亦作厶字讀，遇情閨深三字各分左右旋。颶籠思更看和六字，平仄兩用。

虞美人三調

情深結佩蘭薰馥，半夜心回曲。下帷香淡月閨延，語笑發聲低處賭釵鈿。　鈿釵賭處

低聲發，笑語延閨月。淡香帷下曲回心，夜半馥薰蘭佩結深情。

深閨靜繡慵拈線，腕玉人憐見。枕衾虛半夜情多，脉脉寫愁將意託長歌。　歌長託意

將愁寫，脉脉多情夜。半虛衾枕見憐人，玉腕線拈慵繡靜閨深。

閨情伴語愁妝淺，見怕眉山遠。黛融香靜夜深深，露冷罷調琴曲訴同心。　心同訴曲

琴調罷，冷露深深夜。靜香融黛遠山眉，怕見淺妝愁語伴情閨。

五言絶句六首

馥薰蘭佩結，深夜靜香融。黛淺眉修淡，雲籠鬢颶風。

黛融香靜夜，深結佩蘭薰。馥淡修眉淺，風颶鬢籠雲。

線拈慵繡靜，閨月淡香帷。下榻愁牽縷，嚴更夜思癡。
下帷香淡月，閨靜繡慵拈。線縷牽愁榻，癡思夜更嚴。
枕衾虛半夜，情伴語愁妝。淺泪熒熒濺，琴看倦和香。
淺妝愁語伴，情夜半虛衾。枕濺熒熒淚，香和倦看琴。

錦障泥

不 羈 分 襟 垂 柳
鞚 絲 千 上 石 日 隄 金 罨
驥 里 西 又 溪 晴
頻 聽 酌 酒
籬 竹 五 尊 匏 情
雞 更 盡 難
花 下 尋 常 賡 詩
蘭 木 鳥 禁 革 離 缶 土 韻
啼 空 語 別 齊 未

錦障泥 春日送友

用八音冠首，以溪西雞齊啼爲韻，從中一字讀起，餘六字環繞。

七言律一首

金隄垂柳罨晴溪，石上分襟日又西。絲鞚不羈千里驥，竹離頻聽五更雞。匏尊酌酒情難盡，土缶賡詩韻未齊。革禁尋常離别語，木蘭花下鳥空啼。

金花勝

金花勝　雜咏

中爲韻，上平十五起東韻，下平十五起先韻，讀凡二三四句皆遞卸一字右旋。

七言絕句三十首

風雨籠雲覆檻東，雨籠雲覆檻東風。籠雲覆檻東風雨，雲覆檻東風雨籠。

峰遠松幽翠滴濃，遠松幽翠滴濃峰。松幽翠滴濃峰遠，幽翠滴濃峰遠松。

江雨艭輕遠入淙，雨艭輕遠入淙江。艭輕遠入淙江雨，輕遠入淙江雨艭。

姿艷時花月鬬奇，艷時花月鬬奇姿。時花月鬬奇姿艷，花月鬬奇姿艷時。

歸鳥依林薄暮飛，鳥依林薄暮飛歸。依林薄暮飛歸鳥，林薄暮飛歸鳥依。

居靜虛閒結艸廬，靜虛閒結艸廬居。虛閒結艸廬居靜，閒結艸廬居靜虛。

鳧唼蒲秋水滿湖，唼蒲秋水滿湖鳧。蒲秋水滿湖鳧唼，秋水滿湖鳧唼蒲。

溪柳低眉映竹西，柳低眉映竹西溪。低眉映竹西溪柳，眉映竹西溪柳低。

佳句諧吟對客懷，句諧吟對客懷佳。諧吟對客懷佳句，吟對客懷佳句諧。

梅萼胎香意早開，萼胎香意早開梅。胎香意早開梅萼，香意早開梅萼胎。

輪輾塵紅艷賞春，輾塵紅艷賞春輪。塵紅艷賞春輪輾，紅艷賞春輪輾塵。

分嶺曛斜簇錦雲，嶺曛斜簇錦雲分。曛斜簇錦雲分嶺，斜簇錦雲分嶺曛。
園竹翻風雜鳥喧，竹翻風雜鳥喧園。翻風雜鳥喧園竹，風雜鳥喧園竹翻。
殘月寒燈靜夜看，月寒燈靜夜看殘。寒燈靜夜看殘月，燈靜夜看殘月寒。
山路環迴手自攀，路環迴手自攀山。環迴手自攀山路，迴手自攀山路環。
天暮烟濃翠嶂連，暮烟濃翠嶂連天。烟濃翠嶂連天暮，濃翠嶂連天暮烟。
調鳳簫聲伴醉宵，鳳簫聲伴醉宵調。簫聲伴醉宵調鳳，聲伴醉宵調鳳簫。
巢燕拋香雨夜交，燕拋香雨夜交巢。拋香雨夜交巢燕，香雨夜交巢燕拋。
高樹號風雨奮濤，樹號風雨奮濤高。號風雨奮濤高樹，風雨奮濤高樹號。
波貼莎輕雨蘸荷，貼莎輕雨蘸荷波。莎輕雨蘸荷波貼，輕雨蘸荷波貼莎。
花影斜窓月夜遮，影斜窓月夜遮花。斜窓月夜遮花影，窓月夜遮花影斜。
囊佩長垂帶結香，佩長垂帶結香囊。長垂帶結香囊佩，垂帶結香囊佩長。
鶯語清閒傍曉鳴，語清閒傍曉鳴鶯。清閒傍曉鳴鶯語，閒傍曉鳴鶯語清。
萍滿汀流水泛青，滿汀流水泛青萍。汀流水泛青萍滿，流水泛青萍滿汀。
僧共登山逕遠憑，共登山逕遠憑僧。登山逕遠憑僧共，山逕遠憑僧共登。
秋水流波帶雨浮，水流波帶雨浮秋。流波帶雨浮秋水，波帶雨浮秋水流。
林月侵窓影透深，月侵窓影透深林。侵窓影透深林月，窓影透深林月侵。

酣雨涵江水蔚藍，雨涵江水蔚藍酣。涵江水蔚藍酣雨，江水蔚藍酣雨涵。

蟾影纖光靜夜添，影纖光靜夜添蟾。纖光靜夜添蟾影，光靜夜添蟾影纖。

嵒石嵌空矗碧巉，石嵌空矗碧巉嵒。嵌空矗碧巉嵒石，空矗碧巉嵒石嵌。

『凴』：圖文作『馮』，古通。

柳帶同心結

		鴛	梦	晨		枕	衾	把		
		寂	□	從		共	□	酒		
情	樓	前	對	雨	泪	隨	傾	是	誰	牽
無	□	燈	□	後		相	□	何	□	引
兩	影	傍	形	深		記	不	與	遊	郎
		夜						致		
鴨	添	香	爇	水		年	空	對	一	匳
睡	□	篝	□	沈		何	□	月	□	珠
醉	半	心	春	下	花	是	如	是	如	翠
		花	□	簾		別	□	何		
		惜	却	間		離	思	情		

柳帶同心結　春閨怨

交環讀

如夢令一調

把酒是何興致，對月是何情思。離別是何年，空對一奩珠翠。如是，如是，花下春心半醉。

思佳客一調

睡鴨添香爇水沈，下簾閒却惜花心。篝香夜傍燈前寂，鴛夢晨從雨後深。形傍影，兩無情，樓前對雨泪隨傾。是誰牽引郎遊興，不記相隨共枕衾。

天度小浮圖

月
輪
瀲瑩
喜今宵
月
月
銀風番一受消映懸
蒜輕移簾半捲藜
青空湛天壁四
雲開夕霽對
發情閒此
月
月
明年人生離合還如有
春當白太記猶闕圓
宴歌咏無人及桃
樹萬千園滿李
歷落絳霞蒼
月
月
下飛觴前花坐筵雪邀來
不放光陰别高風繇三
淡情心灑瀟笛長弄
沱時光玉宇瑶臺
隨燭捲花盤正
月
月
還得風裊去箋雲膩筆對吟
因藥芍闌滿蘗荼架一來
近水栽清閒况擬忘機
蘭庭猜無鳥鷗上海
生意胚胎爲服媚
月
月
閨看陵杜笑開夜入香幽哀既
中感舊子山作客賦裡生多
白牙紅竹紫遣自誰人情
玉盃雕闌畔愛衣香鬟
春日竟萊蓬到身影
月
月
鏡娥遊牆頭飛過鞦韆影歸來夜
笑嫦是道冷裳衣卧雲璃琉淨
人間照妝寒井海棠庭院楊
參轉斗静幽時一塘池柳
横良宵更覺歡娱永攜
月
月
色餅綾紅美底盤堆滿粄粔將階地
引人入勝步虚聲暗傳緱嶺雲千
賦衡張學欲景烟春一華清里
兩京四愁分得古人情落花颺影
淡鶴似閒燈剪夜香生韭春榻廻風
如紙寫黄庭佳期三五蟾光好春去秋
僧闌
烏絲
經來
度幾

天度小浮圖

春夜詞用萬紅友咏月詞韻

橫行之字讀，遇角即向上月字轉下，四調共三百六十五字。

酹江月一調

月輪瑩澈，喜今宵、消受一番風月。銀蒜輕移簾半捲，映月懸藜四壁。天湛空青，雲開夕霽，對此閒情發。人生離合，還如月有圓闕。猶記太白當年，月明春宴，歌咏無人及。桃李滿園千萬樹，歷落絳霞蒼雪。筵坐花前，觴飛月下，不放光陰別。高風緜邈，月來三弄長笛。

沁園春一調

瀟灑心情，淡沱時光，玉宇瑶臺。正盤花捲燭，隨風裊去，箋雲賦筆，對月吟來。一架荼蘼，滿闌芍藥，得月還因近水栽。清閒況，擬忘機海上，鷗鳥無猜。庭蘭生意胚胎，爲服媚，幽香入夜開。笑杜陵看月，閨中感舊，子山作客，賦裡生哀。月既多情，人誰自遣，紫竹紅牙白玉盃。雕欄畔，愛衣香鬢影，身到蓬萊。

燭影摇紅一調

竟日春遊，牆頭飛過鞦韆影。歸來月夜淨琉璃，雲卧衣裳冷。道是嫦娥月鏡，笑人間，照妝寒井。海棠庭院，楊柳池塘，一時幽靜。　斗轉參横，良宵更覺歡娱永。攜將粔籹滿堆盤，底羡紅綾餅。月色引人入勝，步虚聲、暗傳緱嶺。雲階月地，千里清華，一春烟景。

鷓鴣天一調

欲學張衡賦兩京，四愁分得古人情。落花颸影風廻榻，春韭生香夜剪燈。　閒似鶴，淡如僧，烏絲闌紙寫黄庭。佳期三五蟾光好，春去秋來幾度經。

同心梔子

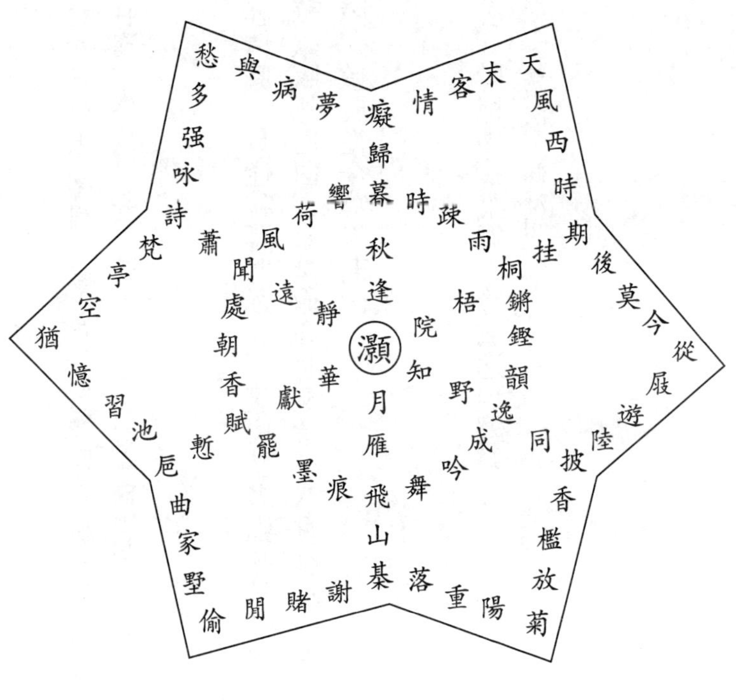

同心梔子　客程秋興

七言用中灦字，分爲一日水京八自六字，各列一聯之首，期癡詩卮棊披六韻，先只借用六半字，自一院梧桐一聯起，次日逢、次水静，共六聯十二句。六言自桐雨起。俱右旋。

七言排律一首

一院梧桐挂月時，西風天末客情癡。日逢秋暮歸疑夢，病與愁多强咏詩。水静遠聞蕭寺梵，亭空猶憶習池卮。京華獻賦慙巴曲，家墅偷閒賭謝棊。八月雁飛山木落，重陽菊放檻香披。自知野逸同皮陸，遊屐從今莫後期。

六言絶一首

桐雨疎時暮響，荷風聞處朝香。賦罷墨痕飛舞，吟成逸韻鏗鏘。

『卮』：圖文原作『卮』，字形不合讀法，據鈔句改。

五雜組

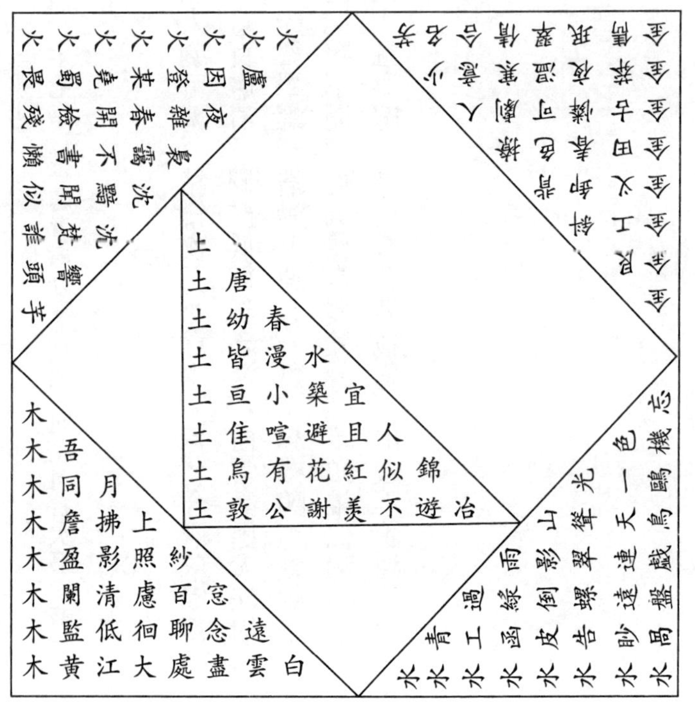
火火火火火火火
火盧
火因夜
火登雜梟
火某春露沈
火皃開不黯沈
火蜀檢書閑梵響
火炅殘懶似誰頭芋
治
錦遊
人似不
宜且紅美
水築避花謝
春漫小喧有公
唐幼皆亘佳烏敦
土土土土土土土土
白
遠雲
宼念畫
紗百聊處
上照慮徊大
月拂影清低江
吾同詹盈闌監黃
木木木木木木木木

五雜組　春日雜興

首字金木水火土五字爲題，下七字近本題者俱分寫合讀，向左向右次第横讀。

七言絶五首

銀釭斜背卸釵鈿，春色撩人劇可憐。鈷鉧夜温寒意少，芳名合倩翠珉鐫。

梧桐月上拂檐楹，影照紗窓百慮清。欄檻低徊聊念遠，白雲盡處大江横。

清江過雨緑涵波，倒影山光聳翠螺。浩渺遠連天一色，忘機鷗鳥戲盤渦。

爐烟夜裊雜燈煤，春靄沈沈黯不開。燒燭檢書聞梵響，芋頭誰似懶殘煨。

塘坳春水漫堦垣，小築宜人且避喧。堆塢有花紅似錦，冶遊不羡謝公墩。

六棱碧玉環

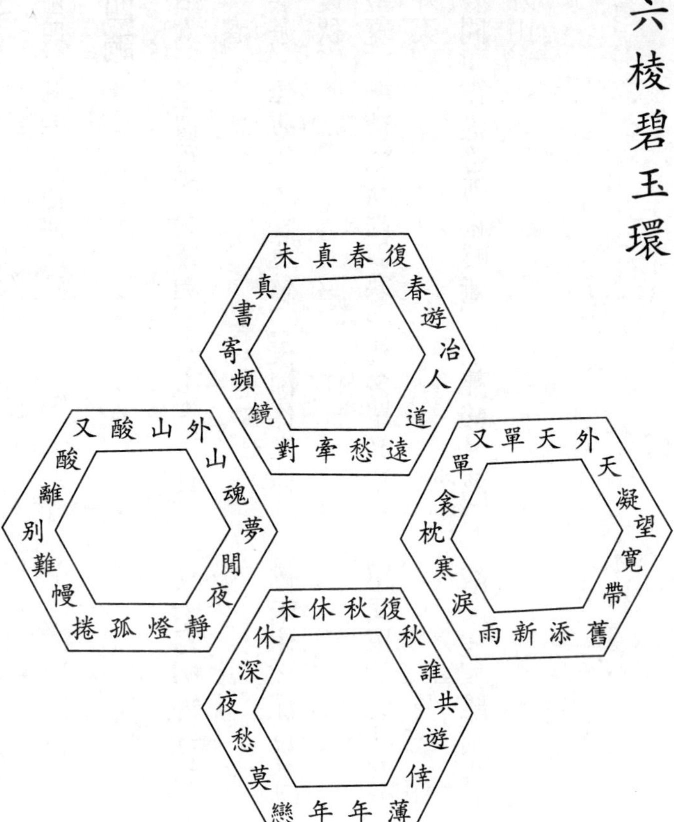
未真春復
春遊冶人道
對牽愁遠
真書寄頻鏡
又酸山外
山魂夢聞夜
捲孤燈靜
酸離別難慢
又單天外
天凝望寬帶
雨新添舊
單衾枕寒淚
未休秋復
秋誰共遊倖
戀年年薄
休深夜愁莫

六棱碧玉環　閨怨

從春秋天山四字讀起，左旋回文。

長相思四調

春復春，遊冶人。道遠愁牽對鏡頻，寄書真未真。
真未真，書寄頻。鏡對牽愁遠道人，冶遊春復春。

秋復秋，誰共遊。倖薄年年戀莫愁，夜深休未休。
休未休，深夜愁。莫戀年年薄倖遊，共誰秋復秋。

天外天，凝望寬。帶舊添新雨淚寒，枕衾單又單。
單又單，衾枕寒。淚雨新添舊帶寬，望凝天外天。

山外山，魂夢間。夜盡燈孤捲幔難，別離酸又酸。
酸又酸，離別難。幔捲孤燈盡夜間，夢魂山外山。

連理箋

硒			峪		干			静
亍	郊		頭	口	畝	年	衫	向
行		颯		甠		跦		秋
來	望		起	斜	涯	跡	履	原
	澐		髦		陽			皪
濆	膚		依	吠	麇	蕉	羅	令
射			傛		鬳			帳

連理箋　秋行遇雨

靜干峪硒趎咥颯皪隭虤澐帳麢佫射十五字，每字分讀，阝即阜字，彳亍音躑躅。

七言律一首

爭向秋原樂令辰，青衫朱履白羅巾。一年足跡尋蕉鹿，十畝生涯阜廩囷。谷口日斜龙吠客，山頭風起鳥依人。西郊立望雲膚寸，彳亍行來水漬身。

連理箋 其二

同 饒 拂 捎 牛 禽 疊 起
侑 澐 鵴 磵
相 閒 巖 徑 歸 熕 爲 茅
約 恘 簬 訕 屋
結 花 碧 青 晚 春 谷 苑
朗 壬 颶 哂
儔 醉 樓 尺 柔 暖 幽 頭

連理箋其二　山居吟

磵鵜澐侑等字，每字分讀。

七言律一首

起間茅屋苑西頭，疊石爲山谷口幽。禽鳥煩言春日暖，牛羊歸路晚風柔。捎雲徑竹青千尺，拂水巖松碧一樓。鐃有閒心花月醉，同人相約結良儔。

八音錦

八音錦　夏日閨怨

中律詩左旋，金釧起，我閒止。外八面八首，從金左旋至木，每首自内至外，左旋螺紋讀，下句皆借上句尾半字爲首，第一句第一字從中起，第二字次層，第二句第四字外層。

七言律一首

金釧珠鈿碧玉環，石闌斜倚惜紅顔。絲牽愁緒難爲織，竹染啼痕半是斑。匏吾合歡憑梦寄，土花凝恨送春還。革除舊壘巢新燕，木末雙栖伴我閒。

七言絶八首

金爐濃爇水沈香，日午風清枕簟凉。小閣捲簾天外望，一堤垂柳暗斜陽。

石鼎清泉手自煎，火前初試紫茸鮮。魚書難訴相思苦，艸艸緘封寄一箋。

絲柳陰濃漾碧波，水痕清淺映雙蛾。我思遠逐天涯外，夕露晨風意緒多。

竹葉香濃獨自傾，人今何處結離情。青山碧水年年路，足不曾移倩夢行。

匏瓜獨處想夫憐，心事何由寄日邊。自别張郎眉未掃，手慵誰復整花鈿。

土堤遥認楚江楂，杳渺烟波水一涯。厓畔野花開欲謝，寸心還惜並頭花。

革故更新節序移，多情遥憶別離時。日長嬴得池荷馥，香散重簾秖自知。

木香花發緑陰濃，曲院人閒對鏡慵。心緒不堪頻惜別，刀鐶有約尚愁儂。

嘉慶存守堂本

璇璣碎錦上卷

回文集卷十九　目錄

五雲

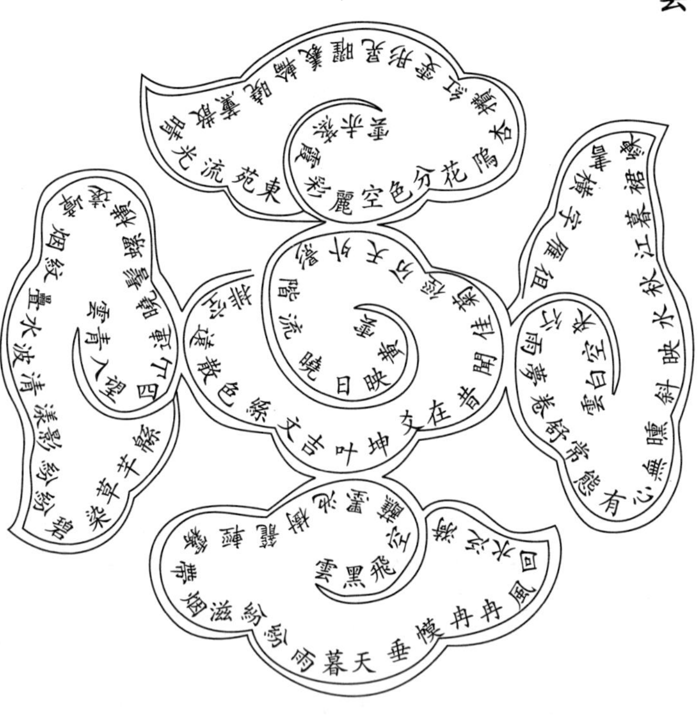

李暘

五雲　咏五色雲

五首，俱從雲字讀起，由内至外，回文。

七言絶十首

雲青入望四山連，曉髻螺横遠嶂烟。紋疊水波清漾影，紛紛碧染草芊緜。

緜芊草染碧紛紛，影漾清波水疊紋。烟嶂遠横螺髻曉，連山四望入青雲。

雲赤蒸霞彩麗空，色分花隖杏攢紅。雯彤晃曜羲輪曉，熏散晴光流苑東。

東苑流光晴散熏，曉輪羲曜晃彤雯。紅攢杏隖花分色，空麗彩霞蒸赤雲。

雲白空來行雨夢，卷舒常態有心無。嚥斜映水秋江暮，裙練書横字雁徂。

徂雁字横書練裙，暮江秋水映斜嚥。無心有態常舒卷，夢雨行來空白雲。

雲黑飛空蘸墨池，樹籠輕霧帶烟滋。紛紛雨暮天垂幕，冉冉風回水泛漪。

漪泛水回風冉冉，幕垂天暮雨紛紛。滋烟帶霧輕籠樹，池墨蘸空飛黑雲。

雲黄映日曉流階，影外天分徑菊佳。聞昔在爻坤叶吉，文絲色散遠空排。

排空遠散色絲文，吉叶坤爻在昔聞。佳菊徑分天外影，階流曉日映黄雲。

五雲 其二

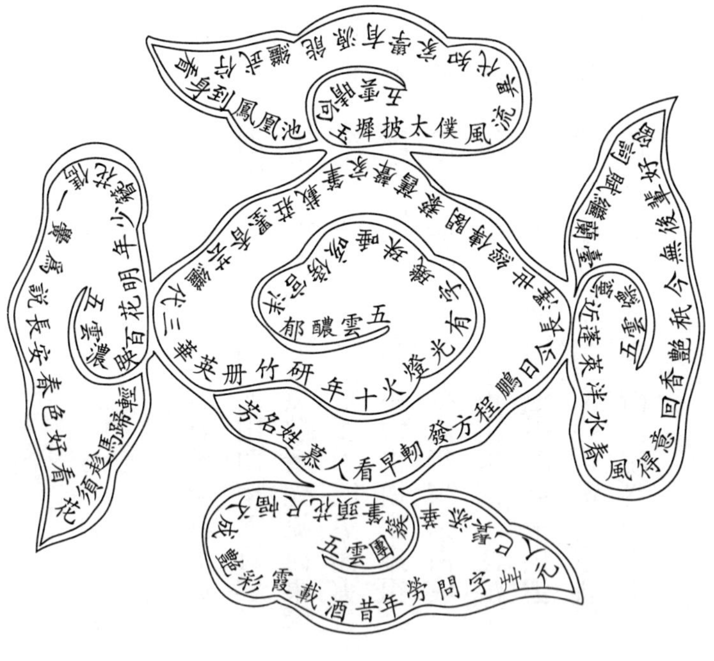

五雲其二　贈門人劉行玉入泮

五首，俱從五雲字讀起，由内至外左旋，四面右旋。

七言絶四首

五雲濃映百花明，年少簪花儁一爨。爲説長安春色好，看花須趁馬蹄輕。

五雲縹緲近蓬萊，泮水春風得意回。香艷秖今無後輩，好留詞賦繼蘭臺。

五雲晴向玉墀披，太僕風流異代知。家學有源能繼武，佇看身到鳳凰池。

五雲團簇筆頭花，尺幅文成艶彩霞。載酒昔年勞問字，艸元人已鬢添華。

七言律一首

五雲醲郁泮宫傍，咳唾珠璣字有光。燈火十年研竹册，英華三代繼芸香。墨莊載筆家聲舊，藜閣傳經世澤長。今日鵬程方發軔，早看人慕姓名芳。

五雲 其三

五雲其三　春遊詞

五調，俱從中讀起，由内至外，中左旋，四面右旋，回文。

南鄉子五調

紅落舞輕風，處處烘晴氣鬱葱。郊遠望凝濃滴翠，烟籠，樹樹融光藹碧空。　空碧藹

光融，樹樹籠烟翠滴濃。凝望遠郊葱鬱氣，晴烘，處處風輕舞落紅。

熏麝散芳塵，路夾裙釵玉似人。憐却斷腸春弄色，眉顰，染黛勻脂粉態新。　新態粉

脂勻，黛染顰眉色弄春。腸斷却憐人似玉，釵裙，夾路塵芳散麝熏。

歸路趁斜暉，半嶺飛雲碧一圍。天暮望遥微影樹，行遲，立馬癡情最念伊。　伊念最

情癡，馬立遲行樹影微。遥望暮天圍一碧，雲飛，嶺半暉斜趁路歸。

傾座一調箏，素手亭亭玉映清。香染鬢雲迎送慣，聲聲，語細魂銷最繫情。　情繫最

銷魂，細語聲聲慣送迎。雲鬢染香清映玉，亭亭，手素箏調一座傾。

嘶馬過平堤，淺草萋萋碧映溪。山遠蔚藍隨處好，遲遲，日暖西園逐蓋飛。　飛蓋逐

園西，暖日遲遲好處隨。藍蔚遠山溪映碧，萋萋，草淺堤平過馬嘶。

七盤山

春
華不
年少爲
春 留目極長 春
江新 正樓倚一空 林一
塵麴漲 好時光三月暮 空鳥路
波幾處遊人伴燕語鶯啼耳畔笙
流莎踏賦踪 飛簾 聞迷欲聽歌
水無情天際遠 流巧幞 說入山深不厭
何愁奈見不書音掠影溪西到徑樵隨更
春歸 莫吟客伴邊 花開
春見去 訝差池時露剪 前亦落
來風雨陰花戀暮春憐因幾度憑
今盃舉數晴 雲春 欲神愴暗闌
日相逢春又暮 關兩樹 乞東皇依舊住
回陽艷放不深情宿雨晨花對與長尊一
客清里萬開
路迢遙消息遠
生平慰日何文論

七盤山　莫春吟

ㄙ字形之字讀，角尖字牽用。

七言絶七首

春華不爲少年留，目極長空一倚樓。正好旹光三月暮，啼鶯語燕伴人遊。

春江新漲麴塵波，幾處遊踪賦踏莎。流水無情天際遠，音書不見奈愁何。

春林一路鳥空啼，耳畔笙歌聽欲迷。聞説入山深不厭，更隨樵徑到西溪。

燕飛簾幙巧流音，掠影溪邊伴客吟。莫訝差池旹露剪，因憐春暮戀花陰。

見春歸去見春來，風雨陰晴數舉杯。今日相逢春又莫，情深不放艷陽回。

徑花開落亦前因，幾度凴欄暗愴神。欲乞東皇依舊住，一尊長與對花晨。

暮雲春樹兩關情，宿雨晨開萬里清。客路迢遥消息遠，論文何日慰平生。

火珠

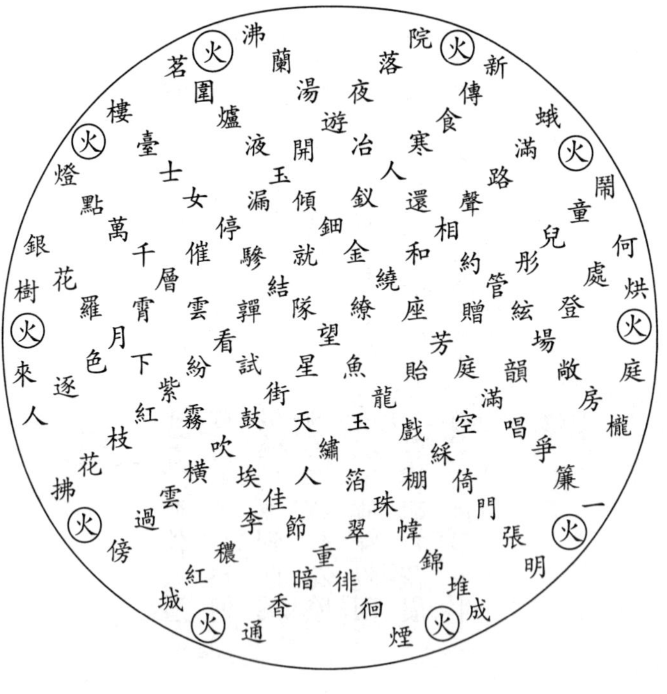

火珠　元夕觀燈

讀法與九轉丹同，吹重看望鈿等字平仄兩用。

浪淘沙一調

院落夜遊開，玉漏停催，層霄月色逐人來。火樹銀花羅月下，紫霧吹埃。　佳節重徘徊，煙火成堆，錦幃珠箔繡天街。試看雲層千萬點，燈火樓臺。

山花子一調

士女停驂結隊望，魚龍戲綵倚門張。明火一簾、爭唱滿庭芳。　座繞金鈿傾玉液，爐圍茗火沸蘭湯。遊冶人還、相約管絃場。

長相思一調

敞房櫳，庭火烘。何處登場韻滿空，綵棚珠翠重。　暗香通，火城紅。穠李佳人繡玉龍，貽芳贈管彤。

生查子一調

兒童鬧火蛾，滿路聲相和。繞繚望星街，鼓吹橫雲過。傍火拂花枝，紅紫紛看彈。
結就鈿釵人，寒食傳新火。

一帆風

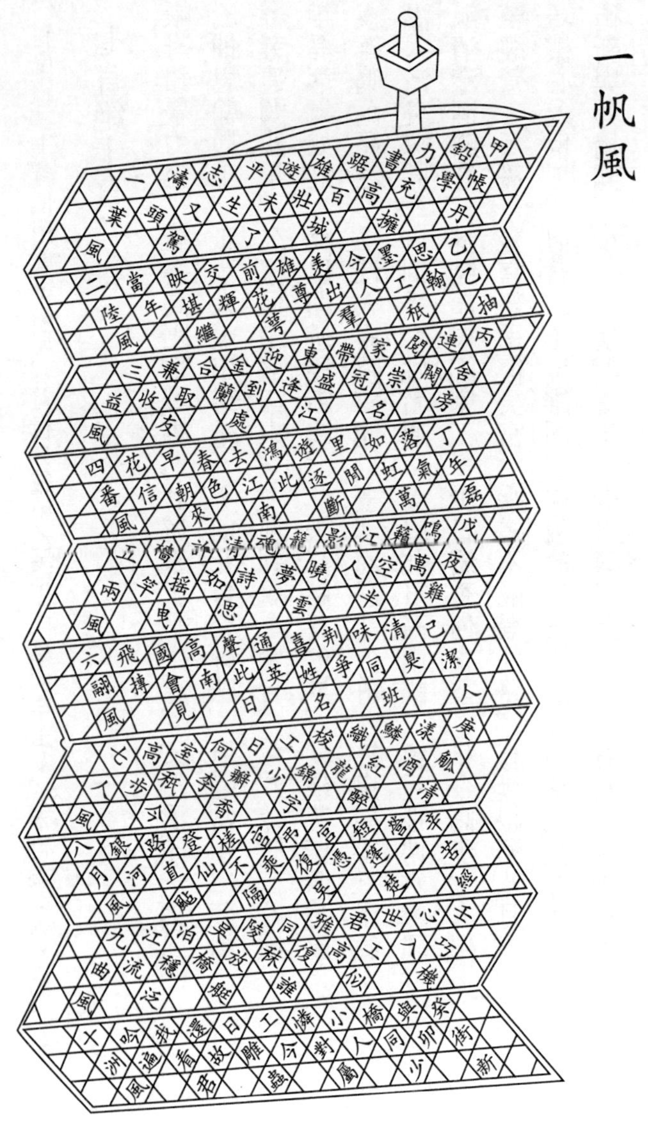

一帆風　送友人遊吳

斜曳讀，十首俱用風字結尾，首行分編甲乙丙丁戊己庚辛壬癸，末行編第一至第十號。

七言絶十首

甲帳丹鉛學力充，擁書高踞百城雄。壯遊未了平生志，又駕濤頭一葉風。
乙乙抽思翰墨工，秖今人羨出羣雄。尊前花萼交輝映，堪繼當年二陸風。
丙舍旁連閥閱崇，名家冠帶盛江東。逢迎到處金蘭合，取友兼收三益風。
丁年磊落氣如虹，萬里閒遊逐斷鴻。此去江南春色早，朝來花信四番風。
戊夜雞鳴萬籟空，半江人影曉雲籠。夢魂詩思清如許，摇曳檣竿五兩風。
己潔人清臭味同，班荆爭喜姓名通。英聲此日高南國，會見飛搏六翮風。
庚觚清漾酒鱗紅，醉織龍梭錦字工。少日瓣香何李室，秖今高步七人風。
辛苦經營一短篷，楚宮憑弔復吳宮。乘槎不隔登仙路，直颭銀河八月風。
壬巧機心入世工，似君高雅復誰同。秣陵放艇吳橋泊，穩泛江流九曲風。
癸街新與卯橋同，少小人憐對屬工。今日雕蟲還故我，看君吟遍十洲風。

曠	永	池	荷	簇	來	雨	宿	含	復	紅	桃	風	烟	炊	起	末	棱
紅	落	照	外	嶺	一	餘	約	情	性	兒	葉	到	僻	地	有	竹	如
吟	情			西	水	共	友	且	閒	不	何	處	鋤			塵	疊
後	颺			踊	薰	護	朋	咏	研	必	須	傳	鑱			淡	馬
雲	前	醉	語	閒	亭	花	皆	詩	經	歌	侍	家	捐	態	世	凉	連
捎	竹	路	碧	青	山	枝	至	詞	史	妊	安	康	復	窗	翠	斷	還
眠	猶	客	山	啼	鳥	鬪	想	仙	遊	作	宜	掃	未	童	家	落	花
雲	是	吟	在	聲	語	一	質	朴	築	總	隨	除	許	無	有	英	柳
不	人	錦	輞	恍	驚	局	皆			芳	環	閒	俗	市	野	落	卸
美	間	里	川	奏	回	棋	閒			句	黍	是	塵	獪	人	絮	莊
神	精	江	圖	繁	午	濃	規	舊	守	廬	移	閒	侵	心	風	交	入
仙	舍	天	畫	絃	夢	山	影	茂	偃	竹	陰	非	座	機	味	飛	夏
多	鳥	茂	樂	自	魚	烟	朝	帶	更	綠	柳	雲	可	躡	畔	鳥	頻
情	逢	枕	簟	清	深	霞	暮	將	欲	陰	色	跟	題	事	咏	羊	啼
向	住			山	泓	有	唯	書	相	空	不	躡	誰			物	履
烟	嵐			招	一	梦	留	劍	投	鎖	留	土	塵			山	遊
松	聽	醉	伴	酒	碧	難	一	飄	何	長	行	處	外	賞	認	浣	花
聲	內	瀑	淺	響	空	醒	我	零	處	亭	客	傳	靜	烟	人	口	谿

一局棊　山居夏興

分作九方讀。四正面皆六言，用王右丞六言絶句一首，分冠四首之上。四隅皆從角字起，西南東北右旋，東南西北左旋，每句借上末半字讀，第一句即借末句末字之半，只第五句第四字須連下反旋而出。木末起炊烟起，至也有竹如椽止。餘倣此。中方與西南同。

六言六句四首

桃葉何須侍妾，紅兒不必歌姬。復性閒研經史，含情且咏詩詞。宿約友朋皆至，雨餘共護花枝。

柳色不留行客，緑陰空鎖長亭。更欲相投何處，帶將書劍飄零。朝暮唯留一我，煙霞有梦難醒。

花柳郵莊入夏，落英落絮交飛。家有野人風味，童無市獪心機。未許俗塵侵座，掃除閒是閒非。

鳥語驚回午夢，啼聲恍奏繁絃。山在輞川圖畫，客吟錦里江天。猶是人間精舍，眠雲不羡神仙。

五言律五首

木末起炊烟，因風到處傳。人家疎復密，山翠斷還連。車馬囂塵淡，炎凉世態捐。手
鑱鋤僻地，也有竹如椽。

日永池荷馥，香來一水薰。艸亭山借碧，石路竹捎雲。雨後吟情颺，風前醉語聞。門
臨西嶺外，夕照落紅曛。

谷口人烟靜，爭傳處士蹊。足跟雲可躡，耳畔鳥頻啼。巾履遊山物，牛羊咏事題。是
誰塵外賞，尚認浣花谿。

耳内潺湲響，音空碧一泓。水深魚自樂，木茂鳥多情。心向煙嵐住，人逢枕簟清。青
山招酒伴，半醉聽松聲。

且作遊仙想，心閒一局棊。木濃山影茂，艸偃竹陰移。禾黍環芳甸，田廬守舊規。見
聞皆質朴，卜築總隨宜。

錫朋

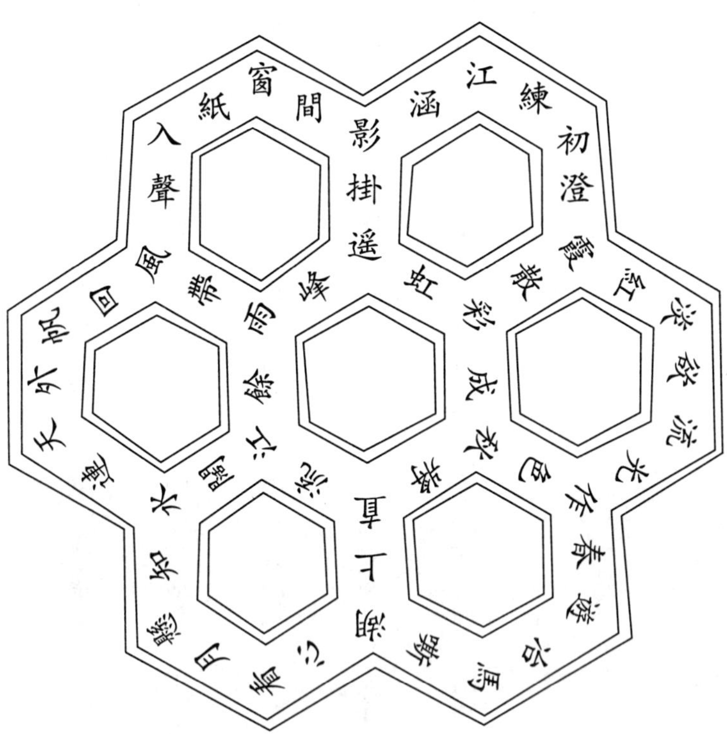
入 紙 窗 江 練 初 澄 霞 紅 淡 欲 流 光 作 春 遊 合 馬 嘶 湖 心 看 月 懸 知 水 連 天 外 帆 回 風 聲
間 影 掛 遙 峰 雨 帶 涵 虹 散 彩 成 秋 色 將 直 上 流 闊 江 餘

錫朋　舟行

分上左右三首，首尾字連環讀，中斜六路皆牽用。

七言絶句三首

江練初澄霞散彩，彩虹遥掛影涵江。窗間影掛遥峰雨，雨帶風聲入紙窗。

天外帆回風帶雨，雨餘江闊水連天。懸知水闊江流直，直上湖心看月懸。

流光作色秋成彩，彩散霞紅淡欲流。遊冶馬嘶湖上直，直將秋色作春遊。

葵花

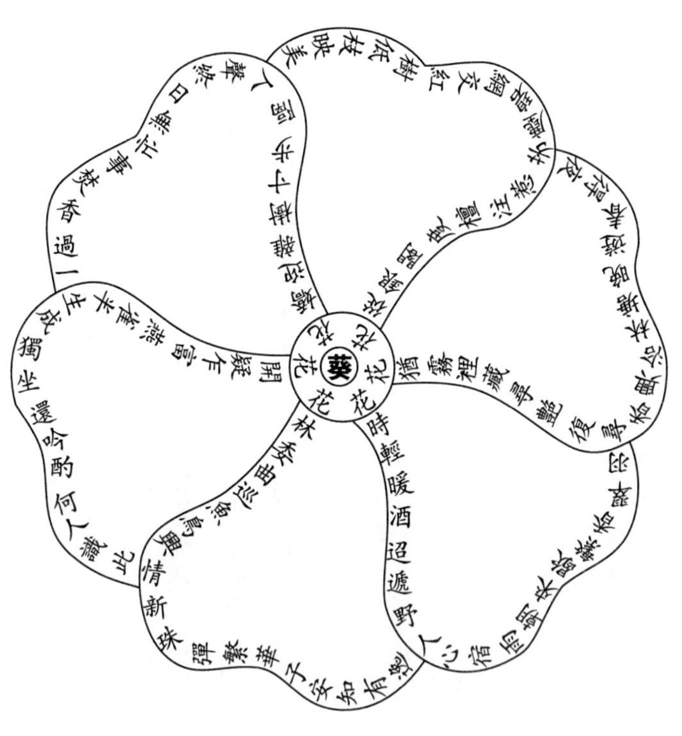

葵花

花徑漫興

每瓣一首，其末一字讀出次瓣。人尋芳生情等字皆兩首合用，從花字讀起。

五言絶六首集唐

花時輕暖酒，迢遞野人心。宿雨朝來歇，繁香翠羽尋。

花時（王貞白少年行）迢遞（僧靈一自青山詣於潛道中作呈元八處士）宿雨（李端茂陵山行陪金部韋員外）繁香（孫逖和常州崔使君詠後庭梅）

花猶霧裡藏，尋艶復尋香。興洽林塘晚，遊春得夜芳。

花猶（吴融賦得欲曉看妝面）尋艶（鄭谷趙璘郎中席上賦蝴蝶）興洽（王勃聖泉宴）遊春（沈佺期夜遊）

花從銀閣度，檀注惹芳塵。碧網交紅樹，低枝映美人。

花從（李適遊禁苑幸臨渭亭遇雪應制）檀注（韓偓無題詩第四首倒押前韻）碧網（孟浩然來闍黎新亭作）低枝（唐太宗賦得櫻桃）

花嬌迎雜樹，寸步隔人聲。終日無忙事，焚香過一生。

花嬌（杜甫宿昔）寸步（皮日休過雲）終日（張籍和左司元郎中秋居）焚香（王建新脩道居）

花開疑乍富，燕雀半生成。獨坐還吟酌，何人識此情。

花開（韋莊晚春）燕雀（杜甫屏跡）獨坐（雍陶和劉補闕秋園寓興）何人（劉長卿過前安宜張明府郊居）

花林委曲巡，魚鳥興情新。珠彈繁華子，安知有逸人。

花林（劉禹錫城東閒遊）魚鳥（皇甫冉西陵寄一公朱放）珠彈（孟浩然同儲十二洛陽道中作）安知（駱賓王同辛簿簡仰酬思元上人林泉）

鏡蒂

鏡蒂　閨思

章字離合，倚幃句起，右旋至成章字止。上爲立中爲日中下爲早下爲十上中爲音上下爲辛全爲章。

七言絶一首

倚幃斜立曉薰香，日暎疎櫺罷早妝。十載遠人音信斷，苦辛題織錦成章。

玉梅瓶

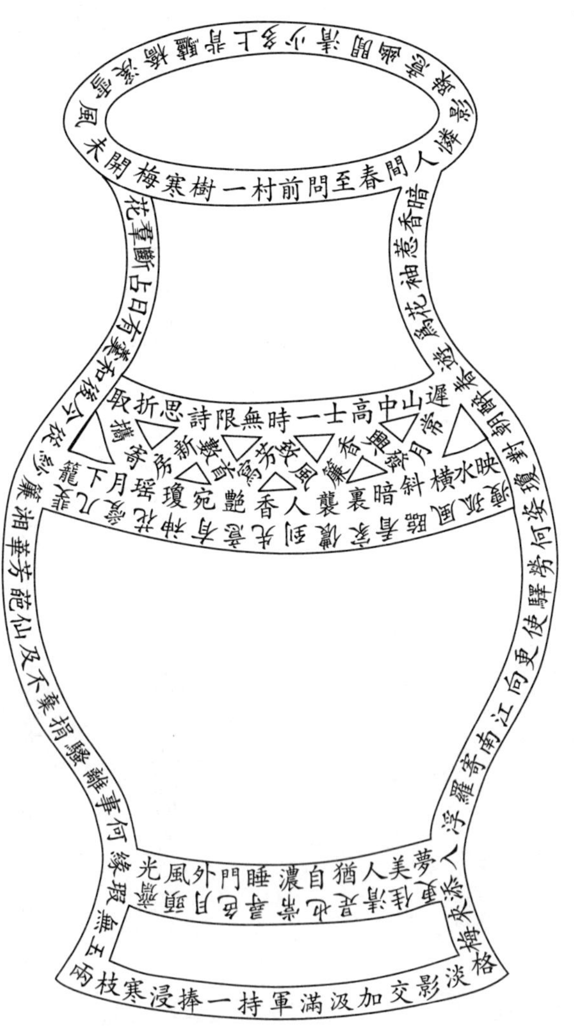
未開梅寒樹一村前問至春間人
取折思詩限無時一士高中山遲
籠下月瑶瓊宛艷香人襲裏暗斜橫水映
光風外門睡濃自猶人美夢

玉梅瓶　咏瓶梅

一調人間至憐人，折至暗香及春遲，横至折取擕寄瑶房新詩數首一路斜讀，至常遲春醉旁下至入夢，横至濃睡止。一調門外風光折至齋頭至添來，旋轉至湘簾斐几，右行映水左折，由籠紗從今至羣花止。遲字平仄兩用。

酹江月一調

人間春至，問前村一樹，寒梅開未。風雪溪橋驢背上，多少清閒幽意。疎影憐人，暗香惹袖，花爲遊春遲。山中高士，一時無限詩思。折取擕寄瑶房，新詩數首，艷寫芳時致。風襲簾香高興發，斜月常遲春醉。朝對瓊姿，何勞驛使，更向江南寄。羅浮入夢，美人猶自濃睡。

鳳凰臺上憶吹簫一調

門外風光，齋頭月色，尋常也是清佳。更添來梅格，淡影交加。汲滿軍持一捧，浸寒枝、兩玉無瑕。緣何事，離騷捐棄，不及仙葩。芳華，湘簾斐几，愛花神有意，先到儂家。看臨風孤瘦，映水横斜。暗裏襲人香艷，宛瓊瑶、月下籠紗。從今後，和羹有日，占斷羣花。

碧紗籠

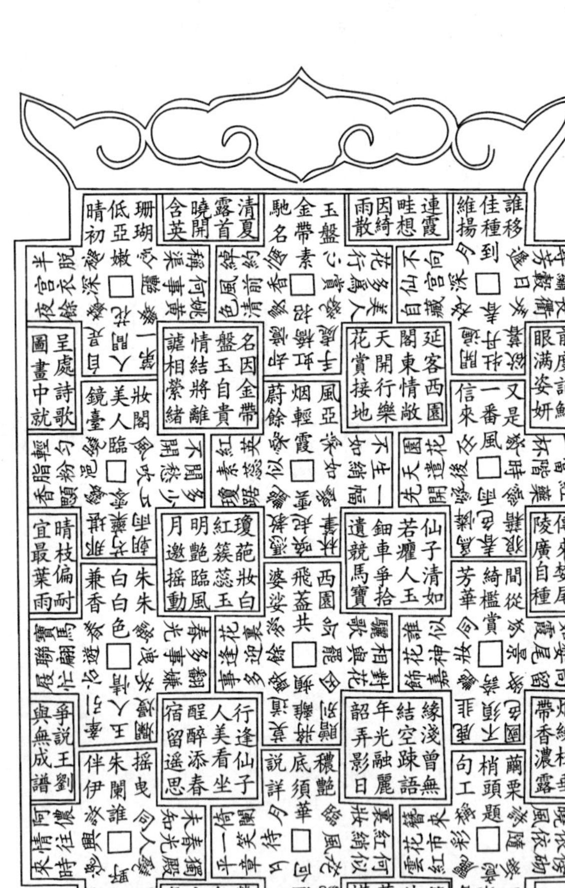

碧紗籠　芍藥詞

七絶在亞字圍内，每句先二字、次三、次二，誰移佳種到維揚右旋至長衢繡轂日尋芳止，餘同。五律分左右中三首，即在七絶内圓寫八字，首尾環讀作二句，直下四圖八句爲一首，西南起左旋，中左同。排律在中方圍及上下兩旁半方内，右一首自邊上三長半方，至上横半方、中三方、下横半方止。左自上至中下、至邊止。首尾環讀，故每聯先自上而下，次句自下而上，其上下四横半方内，則先自左横右，次句自右横左，每首二十二句。

七言絶十二首

誰移佳種到維揚，不向仙宫深自藏。開遍牡丹春欲暮，長衢繡轂日尋芳。

又是一番風信來，園花天遣後先開。爲憐春色雨狼藉，紅藥當階時一杯。

間從綺檻賞芳華，誰似花神妝飾嘉。鹿韭不須誇國色，尚留婪尾景如霞。

繭栗梢頭題句工，簪來花市彩雲紅。尋香峰蝶意無盡，傍砌依依隨曉風。

玉盤金帶素馳名，綽約風前香色清。却憶虹橋招手處，美人多爲賞花行。

風亞烟輕霞蔚餘，紅英素蕊似瓊琚。憑教唤起雲林筆，一幅生綃如不如。

西園飛蓋共婆娑，花裏逢迎餘事多。莫道將離頻贈别，對花相與罷驪歌。

穠艷底須華説詳，倚闌一笑待平章。花王雖擅向來號，何似紅綃風裏妝。

珊瑚低亞嫩晴初，半脱宫衣深夜餘。自是人間花第一，姚黄何事艷稱渠。
妝閣美人臨鏡臺，輕勻脂粉浥香顋。那堪芍藥零朝雨，多少閒愁吹不開。
朱朱白白色兼香，寶馬聯翩遊屐忙。牽引玉人情爛熳，翻嫌多事洩春光。
摇曳朱闌誰伴伊，阿儂情往興來時。酴醿開後野花盡，獨殿春光人未知。

五言律三首

遲日弄春枝，枝深月到遲。欹時經雨綻，綻後任風欹。奇景爭誇艷，艷妝同賞奇。詩隨新意麗，麗彩稱題詩。
心賞競招尋，尋香愜素心。深如錦雲艷，艷似彩霞深。吟罷因頻醉，醉餘常共吟。臨風花向夕，夕待月華臨。
紅艷舞花蕤，蕤深褪嫩紅。風吹夕零露，露浥曉臨風。融洩芳情洽，洽遊春色融。同人饒野逸，逸興許誰同。

五言排律二首

前度記鮮妍，妍姿滿眼前。傳來婺尾種，種自廣陵傳。烟繞枝垂露，露濃香帶烟。連畦因雨散，散綺想霞連。延客西園敞，敞情東閣延。天開行樂地，地接賞花天。仙子清如玉，玉人癯若仙。鈿車爭拾寶，寶馬競遺鈿。緣淺曾無語，語疎空結緣。年光融麗日，日影弄韶年。筵外英堪擷，擷芳飛四筵。

清露曉含英，英開首夏清。名因金帶貴，貴自玉盤名。情結將離緒，緒縈相謔情。瓊葩妝白玉，玉蕊簇紅瓊。明艷臨風動，動搖邀月明。行逢仙子坐，坐看美人行。醒醉添春思，思遥留宿酲。鶯兒依舞燕，燕子逐流鶯。呈處詩歌就，就中圖畫呈。晴枝偏耐雨，雨葉最宜晴。爭説王劉譜，譜成無與爭。

如意珠

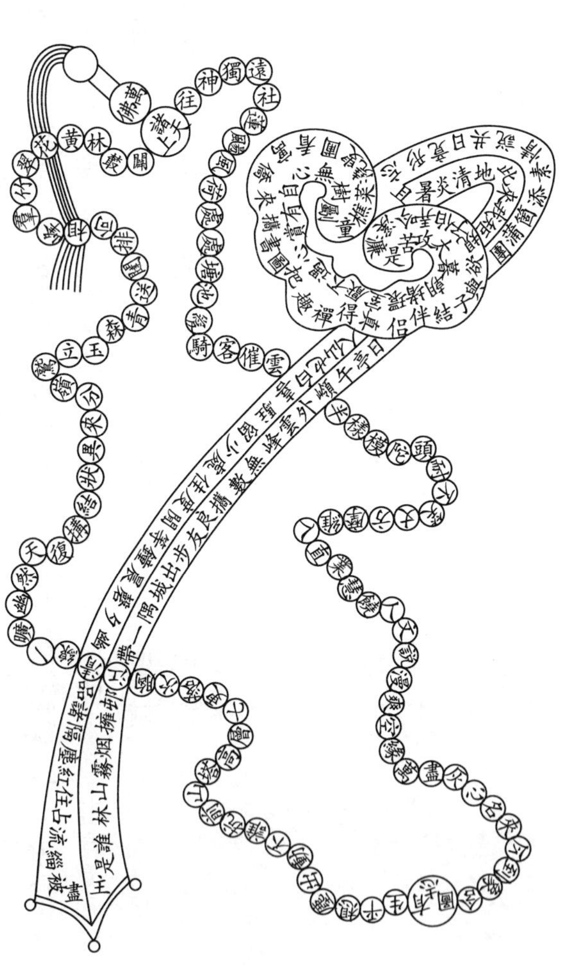

如意珠

夏日偕蕭紫齋過家玉山書屋同遊萬佛禪林歸製此圖欲以寄贈山僧惜山僧非解人也

如意一調，日亭午起至伴侶止。佛珠一調，萬佛起神往止。清江嶺白四字牽用。

蘭陵王一調

日亭午，嶺外雲峰無數。攜良友，步出城隅，一帶江郵擁烟霧。山林誰是主，盡被緇流占住。紅塵隔，諸品清幽，夕磬晨鐘等閒度。　佳處少留駐，喜白也仙人，真得禪趣。把圖書攜來僑寓。看圃叟澆菜，樵童斸樹。無心自有賞心遇，不厭室環堵。　朝暮，太攻苦。是濂溪吟弄，伯子規矩。我來此地清炎暑。且忘形竟日，共說情素。添箇蒲團，欲與子，結伴侶。

乳燕飛一調

萬佛諸天上。闢叢林、黃花翠竹，羣峰相向。排闥送青森玉立，鷲嶺分來異狀。結搆復、天然幽曠。一線清江胸次落，更七層、高塔山前抗。誰不動，出塵想。　平生有志圖含象。到今來、名心灰盡，萬緣空爽。漫說文人饒慧業，直入維摩方丈。笑不耐、頭陀模樣。半嶺白雲催客騎，愛池塘、處處荷風颺。蓮社遠，獨神往。

水晶環

香飄宵侵月色妬花嬌倚倦腰纖束素展
夜訴寒盟更深滴泪別合情遠清淒月
新妝對影伴閒身病惜春愁黯黛點輕顰
寒凝雨檻落紅殘鸞孤照鏡拂輕紈薄怯

水晶環　閨思

順回皆脱卸讀，即古轉尾連環也。

七言絶八首

飄香展素束纖腰，素束纖腰倦倚嬌。腰倦倚嬌花妬色，嬌花妬色月侵宵。

宵侵月色妬花嬌，色妬花嬌倚倦腰。嬌倚倦腰纖束素，腰纖束素展香飄。

顰輕點黛黯愁春，黛黯愁春惜病身。春惜病身間伴影，身間伴影對妝新。

新妝對影伴間身，影伴間身病惜春。身病惜春愁黯黛，春愁黯黛點輕顰。

殘紅落檻雨凝寒，檻雨凝寒怯薄紈。寒怯薄紈輕拂鏡，紈輕拂鏡照孤鸞。

鸞孤照鏡拂輕紈，鏡拂輕紈薄怯寒。紈薄怯寒凝雨檻，寒凝雨檻落紅殘。

盟寒訴夜月淒清，夜月淒清梦遠情。清梦遠情含别泪，情含别泪滴深更。

更深滴泪别含情，泪别含情遠梦清。情遠梦清淒月夜，清淒夜月訴寒盟。

雷文印

繁	捷	漫	誇	詩	百	首	傾	間	無	事	勞	心	計
正	飛	蝶	梦	泉	應	吟	頻	聲	催	拍	石	泉	載
菊	驚	寂	無	喧	擬	自	酒	語	雨	乍	晴	流	相
前	不	巷	秋	謝	浣	改	畫	鳥	微	春	華	韻	忘
庭	馬	門	來	雌	花	自	讀	山	熹	曉	明	奏	不
偃	軒	一	坐	黃	村	開	亭	清	餘	有	媚	笙	世
落	初	楓	上	江	摇	樽	落	自	花	書	展	檻	情
籤	菘	夙	愛	周	郎	味	章	知	此	地	幽	栖	穩
題	湯	初	沸	閣	雲	許	千	妝	彌	靚	篠	吟	事
靜	活	不	捲	簾	流	旁	木	雨	卓	午	涼	風	從
舍	火	香	冬	纖	雪	人	賦	蘸	開	夏	窓	韻	容
精	爐	焚	日	還	正	賸	還	蓮	蕭	屋	高	亦	更
營	簷	飛	雨	見	嚴	馥	占	皇	義	等	卧	香	不
組	曳	輕	時	盛	向	霑	局	一	棋	消	惟	永	妨

雷文印　書齋四時

螺文讀，從中左旋至外，借上句尾半字讀，即以春夏秋冬四字爲四篇首字。

七言律四首

春曉熹微雨乍晴，日華明媚有餘清。青山鳥語聲催拍，白石泉流韻奏笙。竹檻展書花自落，草亭讀畫酒頻傾。人間無事勞心計，十載相忘不世情倪瓚詩風泉夜奏笙。

夏屋蕭閒卓午涼，小窗高臥等羲皇。白蓮蘸雨妝彌靚，青篠吟風韻亦香。日永惟消棊一局，口占還賦木千章。早知此地幽栖穩，心事從容更不妨。

秋來門巷寂無喧，口謝雌黃坐一軒。車馬不驚飛蝶梦，林泉應擬浣花村。木搖江上楓初落，草偃庭前菊正繁。敏捷漫誇詩百首，自吟自改自開樽。

冬日焚香不捲簾，廉纖還見雨飛簷。竹爐火活湯初沸，水閣雲流雪正嚴。敢向盛時輕曳組，且營精舍靜題籤。非菘夙愛周郎味，未許旁人臢馥霑。

翠蕉

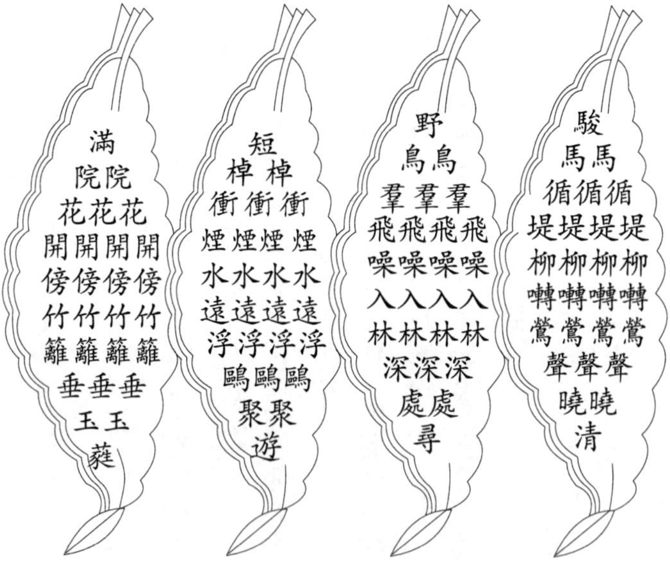

駿
馬馬
循循循
堤堤堤堤
柳柳柳柳
囀囀囀囀
鶯鶯鶯鶯
聲聲聲
曉曉
清

野
鳥鳥
羣羣羣
飛飛飛飛
噪噪噪噪
入入入入
林林林林
深深深
處處
尋

短
棹棹
衝衝衝
煙煙煙煙
水水水水
遠遠遠遠
浮浮浮浮
鷗鷗鷗
聚聚
遊

滿
院院
花花花
開開開開
傍傍傍傍
竹竹竹竹
籬籬籬籬
垂垂垂
玉玉
蕤

翠蕉　雜咏

斜縱卸一字讀，首句駿字起，次馬字，三循字，四堤字，餘倣此。

七言絶四首

駿馬循堤柳囀鶯，馬循堤柳囀鶯聲。循堤柳囀鶯聲曉，堤柳囀鶯聲曉清。

野鳥羣飛噪入林，鳥羣飛噪入林深。羣飛噪入林深處，飛噪入林深處尋。

短棹衝烟水遠浮，棹衝烟水遠浮鷗。衝烟水遠浮鷗聚，烟水遠浮鷗聚遊。

滿院花開傍竹籬，院花開傍竹籬垂。花開傍竹籬垂玉，開傍竹籬垂玉蕤。

火齊環

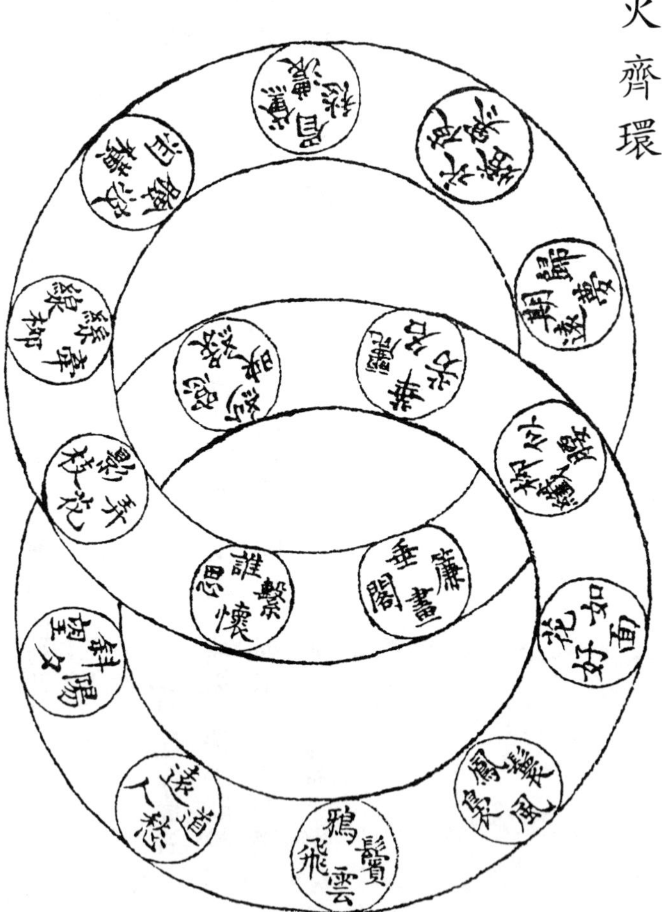

火齊環　春閨

逐句下三字廻文讀

七言律二首

垂簾畫閣畫簾垂，誰繫懷思懷繫誰。影弄花枝花弄影，絲牽柳線柳牽絲。臉波橫泪橫波臉，眉黛濃愁濃黛眉。永夜寒燈寒夜永，期歸夢遠夢歸期。

紗窓綠映綠窓紗，華麗名芳名麗華。柳似腰纖腰似柳，花如面好面如花。鳳鬟風裊風鬟鳳，鴉鬢雲飛雲鬢鴉。遠道愁人愁道遠，斜陽夕望夕陽斜。

土圭日影

日
九日紅
東射日署催
欄和永日迎人散
足三烏有日翟朗寒薄
躍飛輪如馬日六螭攢光磨
盤玉赤霄重轉日青鏡銅青極八
莫道向陽花信免日階葵傾影此心丹

土圭日影　　咏日

以首日字爲題，旭曙䄍曜馹晴䰟七字分書合讀。旭䄍䰟，日在右，曙曜晴，日在左，相間而下，第一層横向右，第二層向左，三仍向右，下倣此。䰟、晚本字。

七言律一首

旭紅催曙射東欄，和䄍迎人散薄寒。朗曜有烏三足躍，飛輪如馹六螭攢。光磨八極青銅鏡，晴轉重霄赤玉盤。莫道向陽花信䰟，階葵傾影此心丹。

重重結綺牕

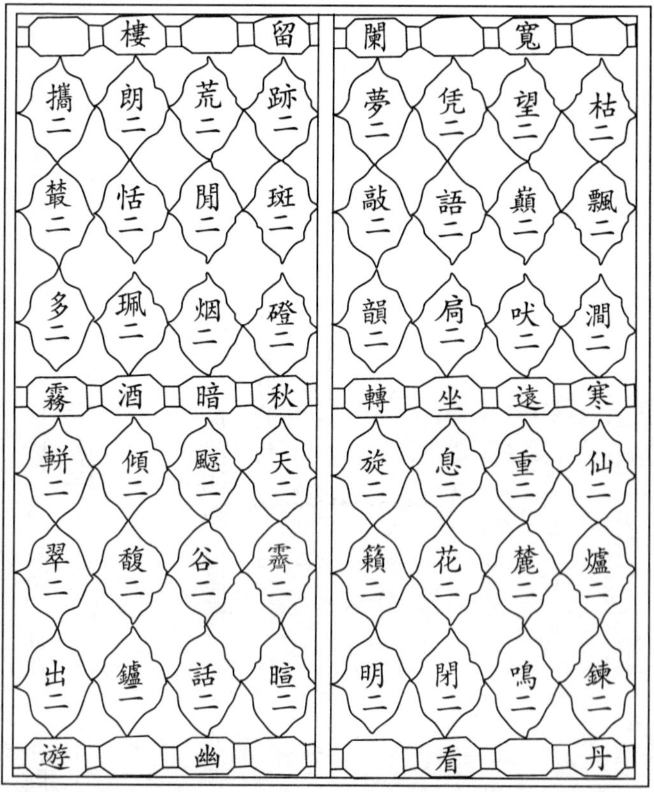

	樓		留	闌		寬	
擕二	朗二	荒二	跡二	夢二	凭二	望二	枯二
葳二	恬二	閒二	斑二	敲二	語二	巔二	飄二
多二	珮二	烟二	磴二	韻二	扃二	吠二	澗二
霧	酒	暗	秋	轉	坐	遠	寒
軿二	傾二	颸二	天二	旋二	息二	重二	仙二
翠二	馥二	谷二	霽二	籟二	花二	麓二	爐二
出二	鑪一	話二	暄二	明二	閉二	鳴二	鍊二
遊		幽			看		丹

重重結綺窓　遊仙詞

每句前六字，逐字借半，讀如枯下重木、飄下重風、澗下重水，第一句爲枯木飄風澗水寒，第二句體同，三四兩句則先讀半字，後讀全字，如鳥鳴林麓千重遠，故第二行自上而下，次行自下而上，三聯同首行，末聯同次行。左幅一首，則又先半後全爲首聯，亦相間而下，故日暄雨霽一天秋，先自下而上。

七言律一首

枯木飄風澗水寒，仙人爐火鍊金丹。鳥鳴林麓千重遠，犬吠山巔一望寬。凭几語言扃户坐，息心花艸閉門看。月明竹籟方旋轉，音韻高敲夕夢闌。日暄雨霽一天秋，石磴文斑足跡留。荒艸閒門烟火暗，颸風谷口話言幽。金罏香馥人傾酒，玉珮心恬月朗樓。攜手蘋林多夕霧，輧車翠羽出山遊。

藥籠

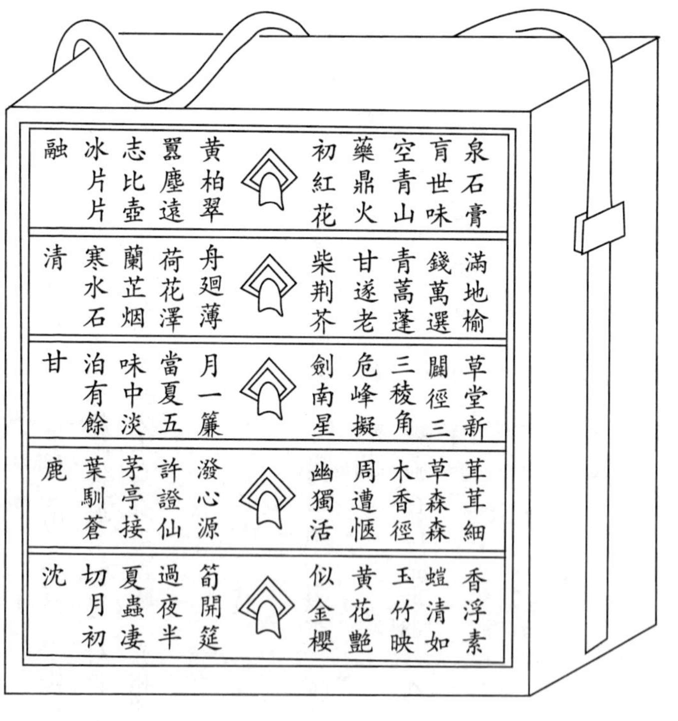
泉石膏
肓世味
空青山
藥鼎火
初紅花
黄柏翠
罌塵遠
志比壺
冰片片
融
滿地榆
錢萬選
青蒿蓬
甘遂老
柴荆芥
舟廻薄
荷花澤
蘭芷烟
寒水石
清
草堂新
闢徑三
三稜角
危峰擬
劍南星
月一簾
當夏五
味中淡
泊有餘
甘
茸茸細
草森森
木香徑
周遭愜
幽獨活
潑心源
許證仙
茅亭接
葉馴蒼
鹿
香浮素
螘清如
玉竹映
黄花艷
似金櫻
筍開筵
過夜半
夏蟲凄
切月初
沈

藥籠

山居夏日吟　藥名詩離合體

句末與次句首字皆合成藥名，第一二首句内又藏一名，第三四五首第一字與末字亦合成一名。

七言絶五首

泉石膏肓世味空，青山藥鼎火初紅。花黄柏翠囂塵遠，志比壺冰片片融。

滿地榆錢萬選青，蒿蓬甘遂老柴荆。芥舟迴薄荷花澤，蘭芷烟寒水石清。

草堂新闢徑三三，稜角危峰擬劍南。星月一簾當夏五，味中淡泊有餘甘。

茸茸細草森森木，香徑周遭愜幽獨。活潑心源許證仙，茅亭接葉馴蒼鹿。

香浮素螘清如玉，竹映黄花艷似金。櫻筍開筵過夜半，夏蟲淒切月初沈。

多麗碑

多麗碑

湖上不矜巧樣鴉鬟荷葉好花閒來一道香泛垂虹

飛燕輕鳳羅敷采蘋紅橋

紅唱采子呢喃妝邁等鬢人憐裙一色散閒拋徧淺深痕烟水衣遠益畔風光

蓮香巧笑夷光好好嬌娘弄玉紅拂靜婉清娛麗娟

風蕩漾指鴛鴦分洛浦是凌波行艷入骨聲隨面生香容斜轉嬉聊遣妙相看

碧玉小宛綠珠小玉阿軟

波連井邊來姿在時楊橋珮搖舫風欄東濃情玉行

多麗碑　采蓮曲集古美人名

飛燕等二人名，分左右讀。蓮香巧笑等二人名，上一名右讀，下一名左讀。

七言絶五首

湖上飛紅唱采蓮，香風蕩漾碧波連。不矜燕子呢喃巧，笑指鴛鴦玉井邊。

巧樣輕妝邁等夷，光分洛浦小來姿。鴉鬟鳳鬟人憐好，好是凌波宛在時。

荷葉羅裙一色嬌，娘行艷入綠楊橋。好花敷散閒抛弄，玉骨聲隨珠珮摇。

閒來采遍淺深紅，拂面生香小舫風。一道蘋痕烟水静，婉容斜轉玉欄東。

香泛紅衣遠益清，娱嬉聊遣阿儂情。垂虹橋畔風光麗，娟妙相看軟玉行。

五銖錢

清溪碧染秋横影雁寒驚落楓江冷雲脚日流紅殘霞夕满空林花飛晚翠低映珠川媚澄懷水鏡如人淡意沖虛

心似水江行晚傍隄横簇

林遠溪屋石流泉秋雲白

天晴曛斜照際空色添明

幽花岸側芳紅泛暮歸舫

五銖錢　日暮江行

一調清溪起，左旋至沖虛止。一調清心起，左旋折至歸航止。楓滿媚三字牽用，回文又各得一調。

清溪碧染秋横影，雁寒驚落楓江冷。雲脚日流紅，殘霞夕滿空。林花飛晚翠，低映
珠川媚。澄懷水鏡如，人淡意沖虛。
虛沖意淡人如鏡，水懷澄媚川珠映。低翠晚飛花，林空滿夕霞。殘紅流日脚，雲冷
江楓落。驚寒雁影横，秋染碧溪清。

菩薩蠻四調

清心似水江行晚，傍隄横簇楓林遠。溪屋石流泉，秋雲白滿天。晴曛斜照際，空色
添明媚。幽花岸側芳，紅泛暮歸航。
航歸暮泛紅芳側，岸花幽媚明添色。空際照斜曛，晴天滿白雲。秋泉流石屋，溪遠
林楓簇。横隄傍晚行，江水似心清。

同心

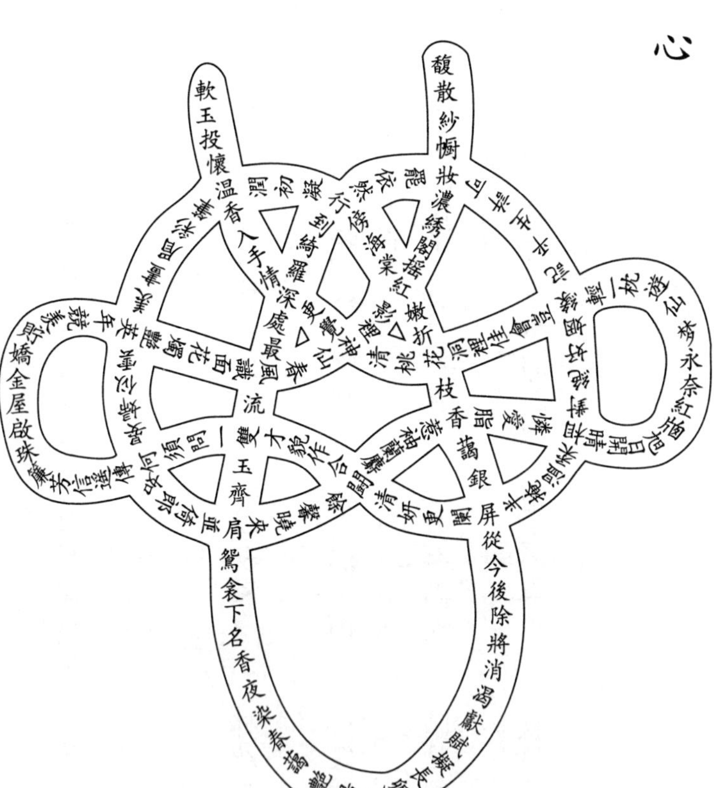

同心　賀友人新昏

一調從馥散起，至陽天止。一調從軟玉起，至長卿止。俱交加讀。

滿庭芳二調

馥散紗幮，妝濃綉閣，摇紅影裡神仙。春風識面，花燭艷英年。競羡貯嬌金屋，啟珠簾、芳信遥傳。何須問，一雙才貌，作合鬬清妍。　更闌，屏半掩，温柔相對，絶好姻緣。記平生許可，妝罷依然。行到綺羅深處，最風流、雙玉齊肩。鴛衾下，名香夜染，春藹艷陽天。

軟玉投懷，温香入手，情深更覺神清。桃花洞裡，佳會豈緣輕。一枕遊仙夢永，奈紅胭、旭日開晴。相憐愛，脂香惹袖，蘭麝鬬餘馨。　曉來，肩並倚，郎如何晏，婦似雲英。羡畫眉彩筆，温潤初凝。行傍海棠紅嫩，折花枝、香藹銀屏。從今後，除將消渴，獻賦擬長卿。

玉連環

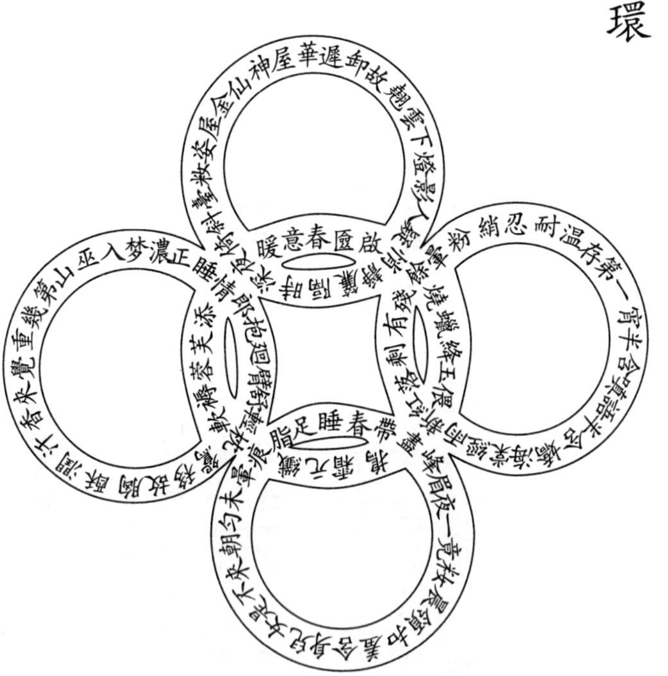

玉連環　咏新人

調從春意起，右旋至啟匳止。外四詩，一從華屋起至卸遲，一從梦入起至正濃止，一從睡足起至帶春止，俱右旋。一從忍耐起至粉綃止，左旋。夜情枕痕盡新餘悄八字，與中調合用。

桂殿秋一調

春意暖，夜情添，芙蓉褥軟枕痕纖。元霜搗盡新偎玉，絳蠟燒餘悄啟匳。

七言絶四首

華屋神仙金屋姿，粧臺斜倚夜深時。隔簾靜悄疑人影，燈下雲翹故卸遲。

梦入巫山第幾重，覺來香汗潤酥胸。故移鴛枕輕舒臂，廻抱郎情睡正濃。

睡足脂痕暈未匀，朝來不是女兒身。含羞扣領晨粧竟，一夜眉峰盡帶春。

忍耐温存第一宵，半含嗔語半含嬌。海棠經雨新紅落，剩有殘餘暈粉綃。

平分周易

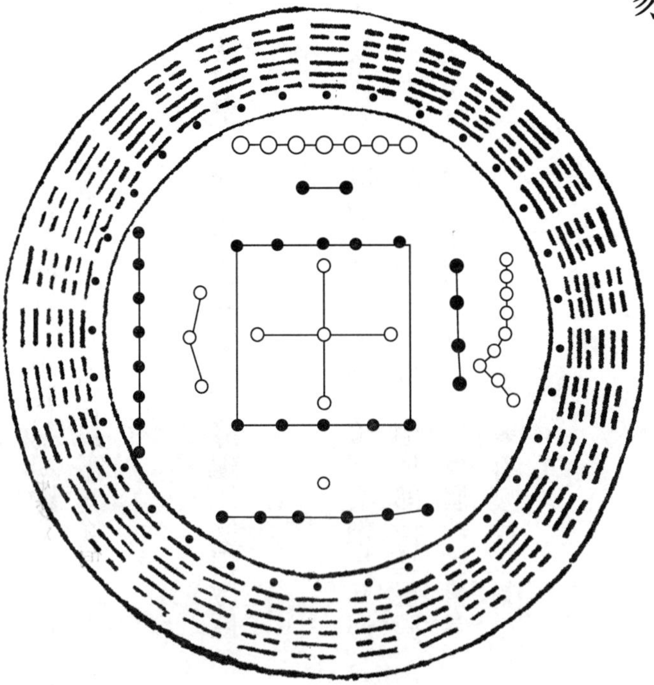

平分周易　過友人即席賦贈

用周易三十二卦比排成句，從中大有卦起，右旋至師卦止，每句四卦。

五言律一首

大有咸升泰，同人漸解頤。中孚觀比萃，既濟革睽離。節晉家人豫，豐需噬嗑隨。履謙蒙大畜，无妄復恆師。

蟠桃

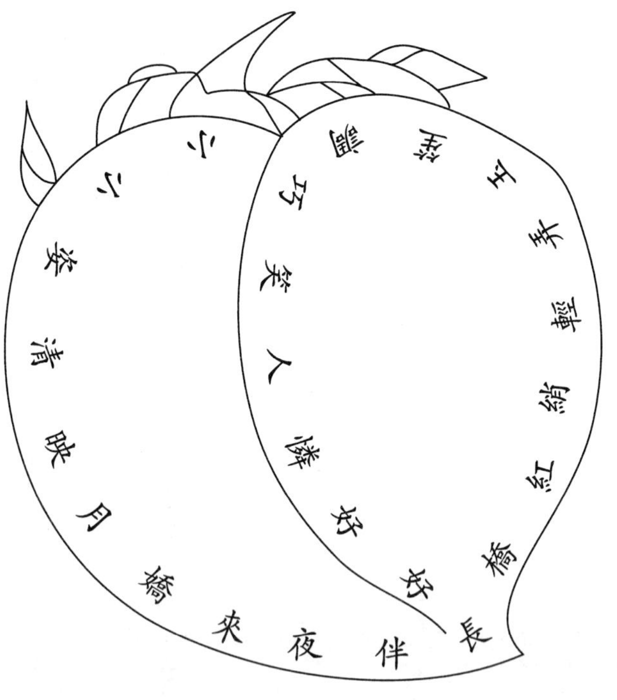

蟠桃　咏美人集古美人名

從好字讀起至小字止，左旋，回文。

西江月一調

好好憐人笑巧，調笙玉弄輕綃。紅橋長伴夜來嬌，月映清姿小小。　小小姿清映月，嬌來夜伴長橋。紅綃輕弄玉笙調，巧笑人憐好好。

面面相逢

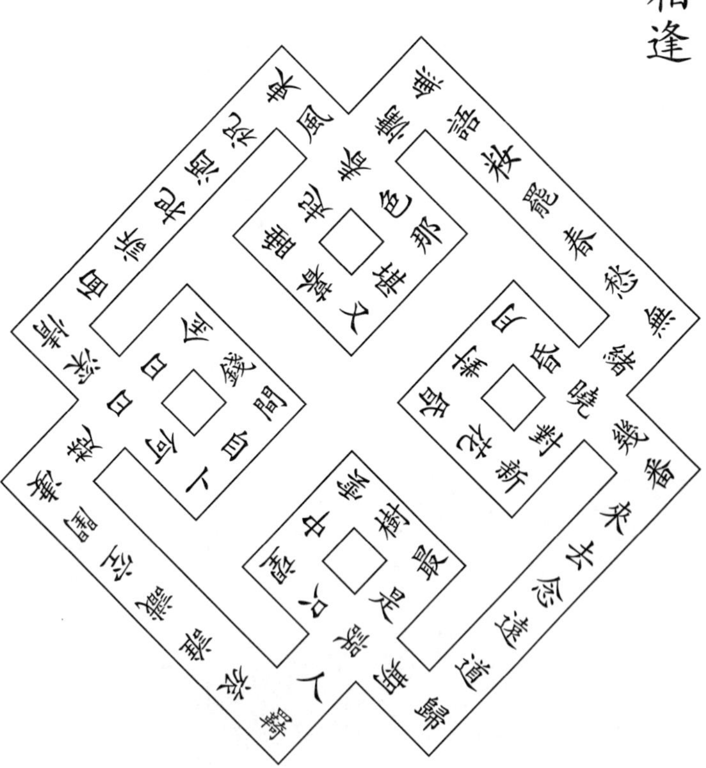

面面相逢　春閨怨

交加讀，從睡字起，至暮字止。

離亭燕一調

睡起春慵無語，粧罷春愁無緒。曉對新花昏對月，昏曉幾番來去。念遠道歸期誤，只望中雲樹。最是誤人羈旅，誰識空閨凄楚。日日金錢閒自卜，何日深情欲訴。把酒祝東風，春色那堪又暮。

『粧』、『欲』：圖文作『粧』、『面』，同治本同。

八卦

八卦　初春懷友

曾約句起，右旋不信句止。用同人、隨、小過、師、大有、復、中孚、離八卦，每句二卦。

七言絶句一首

曾約同人到處隨，朝來小過問花師。園林大有春先復，不信中孚又遠離。

車輪

回復往車停磴石崑催輦角度鬟嵳靄外來鸞玉成吟勺杜遠開初霽澗飲虹彩老

回秋雲飄葉糸器水岸斜暉美來

催鬱縱目山穴器貝冠彈淨金開

帶臬香裡靜　閒苗芳談詩　果才妝陽綺　新植涼清送

禾煙涵　全藹砌　力賦傾　呂出瑤

車輪　秋日雜詩

中用器字爲鵠。七言以工字加於字上下左右，七言從空山句起至聲催止，首聯讀法如空山目縱鬱崔巍，石磴停車往復回，下三聯倣此。五言以口字合四隅，從釦砌起至齊芳止，讀法與七言同。俱右旋。

七言律一首

空山目從鬱崔嵬，石磴停車往復回。紅葉飄雲秋已老，彩虹飲澗霽初開。貢冠彈浮金門遠，杜句吟成玉露來。江岸斜暉美人去，層城幾度角聲催。

五言律一首

釦砌蘭方茁，閒從靜裡香。和烟涵日曩，帶雨送清涼。品出瑶京植，新爭綺閣妝。加增煩女手，映日許齊芳。

八行牋

尺素

朝晴斷地近
秋海明素隱
濁花枝動坐
信撫主異去
立去必書全
晴前厚熱滅
動惱妝有默
濁臭出白苦

衍波箋

八行牋　暮雨有懷

字皆反書，意亦反讀，如朝則反暮，晴則反雨，餘倣此。

五言絶二首

暮雨連天遠，春山暗裡開。清間人静卧，疑有客同來。

坐來多夜半，雨後薄涼添。静愛人無語，清香入黑甜。

嘉慶存守堂本璇璣碎錦下卷

回文集卷二十　目録

黼文錦

王曇

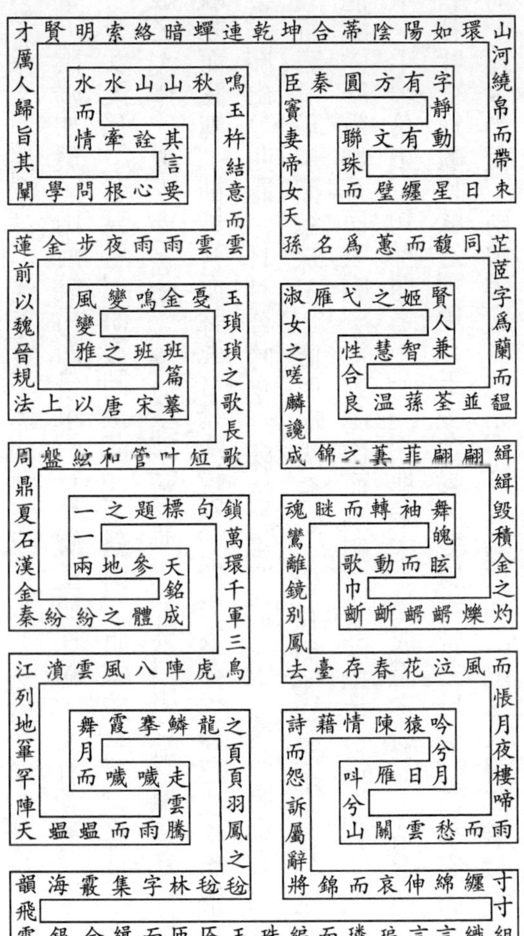
才賢明索絡暗蟬連乾坤合蒂陰陽如環山
厲人歸旨其闈
水水山山秋
而
情牽詮其
言
闈學問根心要
鳴玉杵結意而雲
臣秦圓方有字
賓妻帝女天
靜
聯文有動
珠
而壁纏星日
河繞帛而帶來
蓮金步夜雨雨雲
孫名爲蕙而馥同芷
前以魏晉規法
風變鳴金戛
變
雅之班班
篇
上以唐宋摹
玉瑣瑣之歌長歌
淑雁弋之姬賢
女之嗟麟讒成
人
性慧智兼
合
良溫蓀荃並韞
茝字爲蘭而韞
周盤紘和管叶短歌
成錦之蕙菲翩翩緝
鼎夏石漢金秦
一之題標句
一
兩地參天
銘
紛紛之體成
鎖萬環千軍三鳥
魂睋而轉袖舞
鸞離鏡別鳳去
魄
歌動而眩
巾
斷斷齶齶爍
緝毀積金之灼
江瀆雲風八陣虎鳥
臺存春花泣風而
列地罫罕陣天
舞霞搴鱗龍之
月
而曦曦走
雲
蝠蝠而雨騰
頁頁羽鳳之秘
詩藉情陳猿吟
而怨訴屬辭
兮
叫雁日月
兮
山關雲愁而雨
悵月夜樓啼雨
韻海霞集字林秘
將錦而哀伸綿纏寸
飛
寸
雯銀金緝而匜匳玉珠編而璘瑞言言織組

黼文錦序釋

讀法，右序文順逆兩首，一從乾字分心左旋讀至連字止；一從連字分心右旋讀至乾字止。

乾坤合蒂，陰陽如環。山河繞帛而帶束，日星纏璧而珠聯。文有動靜，字有方圓。秦臣竇妻，帝女天孫。名爲蕙，而馥同芷茝；字爲蘭，而馧並荃蓀。温良合性，慧智兼人。賢姬之弋燕，淑女之嗟麟。讒成錦之萋菲，翩翩緝緝；毀積金之灼爍，齶齶斷斷。巾歌動而眩魄，袖舞轉而睇魂。鸞離鏡別，鳳去臺存。春花泣風而悵月，夜樓啼雨而愁雲。關山兮叫雁，日月兮吟猿。陳情藉詩而怨訴，屬辭將錦而哀伸。綿纏寸寸，組織言言。瑀璘而編珠玉，匼匝而緝金銀。雯飛韻海，霰集字林。毰毸之鳳羽，頁頁之龍鱗。搴霞舞月而巇巇，走雲騰雨而蝹蝹。天陳罕畢，地列江濆。雲風八陣，虎鳥三軍。千環萬鎖，句標題之一一；兩地參天，銘成體之紛紛。秦金漢石，夏鼎周盤。弦和管叶，短歌長歌之瑣瑣；玉戛金鳴，變風變雅之班班。篇摹宋唐以上，法規魏晉以前。蓮金步夜，雨雨雲雲而意結；杵玉鳴秋，山山水水而情牽。詮其言要心根問學，闡其旨歸人厲才賢。明索絡，暗蟬連。

以上回讀倒顛通用真文古韻，其中林名明三字，依古諧叶。

黼黻圖回文詩

曇雲（一七六〇—一八一七）一名良士，字仲瞿，號蠡舟，又號昭明閣外史，浙江秀水人。清乾隆五十九年甲寅解首，任俠知兵，詩文奇肆，爲座主吴欽省所誤，潦倒終生。

百廿齡

胡重

魏籙寶開初秩九雅
南嶽
畫戟凝香譜笙介
傳
位雙隆隼旗鹿
反早名
平子教能丸美福老膺
業張正轂
承讌
歡養成
魯國器又見
身
三珠秀毓況
震重洋歸帆
喜速海
威便使奉新侯郡
添籌母賢爲瀾安慶共外島
屋頌長
壽慈願轂嘉生祥梅官
如山政清似水常進岡陵之祝
弱綫方增好吟遍

百廿齡　祝嘏詞

金明池一調

畫戟凝香，譜笙介雅，九秩初開寶籙。魏南嶽、譜傳位業，張魯國身膺老福。羨丸熊、教子平反，早名位、雙隆隼旟鹿轂。正張讌承歡，養成國器，又見三珠秀毓。況喜郡侯新奉使，便威震重洋，歸帆喜速。海島外、共慶安瀾，爲賢母、籌添海屋。頌長生、弱綫方增，好吟遍官梅，祥生嘉穀。願慈壽如山，政清似水，常進岡陵之祝。

姚鳴庭壽萱集卷六（清嘉慶八年刻本）

重，浙江秀水人，監生。

擬趙陽臺廻文詩

（劉繼增設色）

離瘨攖身孤顔頽瘁痿瘴驚泰姝賢淑慧思闈聲震譽傳躅記閨梱名芬荂蓮蕤蕙萎蘷莖陳蕪芰蔑

製奇纂精新摛篇足志微顯明分銖權粟比絲管笙簧竽笞曲備詞選音勻臚駢錄秘闕瑄衡璿

離棄幅軒輿雲旌茵旗桂燭荃襦蓀纓緩綏蕙服蘭紆紳縈鬐垂鬘鬢扶鞶迎眄眉睇目鬟裾巾凝

蘇蕙織錦迴文，予嫌其名曰璇璣圖，無圓體。今年同外子讀書會稽山中，戲代其棄妾趙陽臺亦製一本，凡一千五百二十一字，讀成短長古律銘謡贊頌，凡萬七千餘首。中含三垣斗柄二十八宿及一切圓象，其方罫則列國輿圖、風雲天地、八陣游兵，共圖一幅，分圖爲四十有九。交龍翔鳳，萬轉千環，握奇變化之數，雖兒女心思善讀者，亦知爲文章之壁壘乎。嘉慶丙辰春日，山陰金禮嬴雲門氏識於昭明閣中。

擬趙陽臺迴文詩

昭明閣内史書

梯仙閣内史誤

珠纓狂繫珙綰星陳圖連嗝彙辭典型鈞樞旋局戲棋衍枰紛數言續意迷戀情親珠觀逐寘遺消淋凝
璿駼龖狎字乳砌陛擬衛嵩呼歌仕對覽琛歡砂陳奔紛器侈笑鐘鋪銖銅增盈庫鬆髮益醜宮鷙舒巾
衛艟魚風霄振晃翠語繳倒膚發晟校移欲覦畢杳紜樹發燒堞瑩錙刀譲鉛利讃殼遯于羁戴据
瑄舟龍[illegible]涂[illegible]漢月黃晶麣賤鷹[illegible]描織飛轉帛淮歸擇買[illegible]滄童刻紡頷錦纏口寒縮穹輕鬣
閬鉅雜清秋風真意孰情人陪讚[illegible]鷹[illegible]若文雷參河繩搭貞[illegible]毛[illegible]中仲冽[illegible]冬嗎天鴛日
秘鯨津[illegible]令康[illegible]心魚歸[illegible]悰雞樂旦江綪根鱼紫雜[illegible]羽斜戴鞭欽[illegible]肇上翔昧鶯暉
籙嗌泝[illegible]文華攎墉城[illegible]圂廁坎磎勝渠虛熿電旦漢綠楳茸丰表摘棄盟衣列[illegible]能登井櫂眉
駢嗦擲[illegible]錦[illegible]鵲瓶[illegible]馬[illegible]盧隔阻梁山朝險高龍從衝流波數旋魁指夕聲窗瑞自眺杉呀
麗吭排[illegible]誇去贏[illegible]馬源[illegible]遠君怨墮重悲絕年廣浮沉耗繞遺陳緯羅經聲[illegible]韵示臺賤迎
句窄肆[illegible]縷井綆[illegible]走踐[illegible]從喜感樓暮[illegible]縹空滲交音闊璧哥拜號籍教[illegible]孟竅殺祥轍
音銅儵[illegible]布谷斷[illegible]顛蟻衡[illegible]變轉憺宿騅駢啼單飄雲臨琮娟百中書聽創翁[illegible]擬桐扶
選鑪鏈[illegible]丸羅[illegible]銅盧炬鐵恒畢心朽[illegible]虞夏恩仲窮思衣違狐妖恐義蠉視遠不明聰枯鬚
詞縱[illegible]角蛛網掛琴桐[illegible]君腐[illegible]夏[illegible]鸝[illegible]麗覺[illegible]室藏[illegible]瓶感
備松異[illegible]明較絲毀浸識沉[illegible]安爛知[illegible]上[illegible]本[illegible]棟[illegible]蘂
曲徽[illegible]燦[illegible]釜蟲轂聲論鼓[illegible]久寒草妾[illegible]秋[illegible]充[illegible]劍鏡垂
管羨[illegible]鍾蛩信滅賢鐘[illegible]傷[illegible]工[illegible]有[illegible]翦
竽櫎淤溉童江湖鳴波蹤恭悰[illegible]根苦日[illegible]孝情鳥歌舞詠蘇鍾情空鑿柎紫
壎雺聚霙飛霰散悽連衷慎憂[illegible]膠圓翻七象泰胡鷺音聚散感風雲[illegible]紳

笙芬雲馥烟縵縵惻感幽淑百鬱轉轉圖綿紊璣規撫妖嬈意真卑匪雄同恋伯激酷討陳陳紆
管紋綵星辰燦爛身修儀飾集鬱軒婁繰中龍蒙日際怕迷撒淚鑾囊天氣瀾邏圖虐句大蘭
絲元纁纖黃瀰涑顏丰胸齊交人斬畏侷侖龍鬟圓明鏡月蹤錦西圓騎雜天氣儀圜何如俍真眼
比坤地乾天貫弗端中盈宮數類雅乎變服蝶約今缺夕知灃繡分圓縵難勢文理異己蔡真蕙
粟則錯錯回敍飾女心人春處安分歸寅日錄樂變兮必信文夾鸞麗羌瑟珠朵鑾變衷貞綏
龍錯縵張吉不綱整儀容鍾情擾來眾花晚孳補樹轉咿陳枝從使鏡觀彈撲形求殿嬰禮綠
銖織強疊暢人履率循循恐知腰象花晚赤風陣宮亞妻思餘龍觀鑲疏戈我其惜孔藻
分珠莫姿內鴛綬蓬飛西迹不發亂繞院小韋花獎閣騰空跡發鳳詩比興從藏仇衣鸞龍孺
明禮衆君單念蕪吟乘離情昔命圖紅處翠軒廑飛兮阻身追孤飛鑾求泥鍊中淼中尊
顯倫量牛加衙鑾兗稍直飛鳥量空擊攻對菲揭取棄攜以徵朝明羽彌由揚掩贊中紅桂
微憐嶶迎華鈔蕖鳥之謊灑洪置何如詞成錦貝菲斷懼魚日傳說莊壺匈茶
志中髦朱英劍鎮逮塞興河執人懷衷中薪周[illegible]
足掩盍毀綴笺駒麋擯塵聚吞羽神掩蛾眉匪在恫[illegible]
篇面瞭宰綠鄭龍吟毀角擢鄭看飛郭窮翁鶴鳥余思焦[illegible]
攄袂顧隱霞景數布繁星曙衛魯比卬鄺邦轅縮貽麗揀[illegible]
新仆愁兮丞以聯圖訓榮略殉蔫乜兗變嗇鞹穿駒虎變[illegible]
精原愴風寅懷涸草蹊花摯孫亢變苑雙文珠蕙虎奇[illegible]
纂楷懷谷閨物虎鐘嚨將孝鸞彼後以仰迴珠房文恩[illegible]
奇衍驕龐敵虎怒鑾兒遺柔強癡腰緩駒助鎖霧燒彪意[illegible]
製瘧戎羔殖祿褚素鵠射弓孫穠華映蘂額珮褙雲彪新[illegible]
複艾燕陳荳變萋蕙荻蓮菁芬名桐閨記獨傳褰霞敷閨思慧淑賢姝秦鶯痒瘦瘁翦殉孤身櫻瘴離

王曇讀法（王曇稱爲黼黻圖回文詩）

圖例

一是圖方圓經緯之法，出於勾股，故字句變合分離，東挪西掇。

一金輪五色之本，廾畫拙直，故能用色分敷，覽之若掌。兹圖星陳宿錯，或一字十借、數十借、數百借，非色可宣，必閱分圖，始能循環以讀。

一是圖中宫二十五字，係河洛之數，自一生二，自二生四，自四生八，一三五七奇數用焉，故二十五字之少去曚曨八字，乃成銘辭幾百餘首，而律吕之法備於其中，非若琁璣内宫混填九字，亂無文字者可比。

一圖中借字奇妙，如八龍之尾，則借四鳳之首，交龍之頸，則跨大龍之背。北極之字，取於一中二十八宿之字，寄於周天春秋冬夏之字，奠於巳亥寅申四孟之位，其他攙掇讀時意會。

一建辰一圖，經星方位次序合虞書古令中星、日月竝行，共由黄道斗柄建寅爰標歲首。

一紫微一圖，按紫微中垣列曜門户之位，中爲天樞北極，左爲天皇勾陳，垣外則輦道常陳五諸侯列焉。此一定之體，尋圖而讀，至於河鼓西移，牽牛東轉，每星有體，掇讀皆通。

一山河一圖，其列國地名，竝見春秋所載，雖江河山嶽，不印圖經，不過畧如形象耳。

一圍枰兼河洛之數，方圓動静，度合週天。

一陣家營隊，參天地之奇秘，合方圓之真體。圖中龍飛一圖，迺握奇八陣之一，其游兵攻擊，具於分圖讀法。

一圖形皆係錦名，又有大小機軸織具之形，錯雜中宫，另爲圖出，若中宫標目，銘辭寓於諸圖。

讀例

一圖中讀法，皆璇璣世本所無，如方圓兩體，有滾輪讀、左旋右旋讀、攢三聚五讀、折帶讀、迴腸讀、羅文經緯讀、交手讀、分手讀、銜環讀、卸環讀、脱甲讀、踴躍對待讀、進退讀、蛇行讀、勾股讀、緜連斷續讀、十字交花讀、鎖文讀、律吕相生讀、移阡換陌讀、抽心讀、穿心讀，讀法具於此矣。

一篇章積數之多，一如璇璣環卸之法，故累至如千，然璇璣方罫讀之可盡，兹圖方圓勾弦角法，律吕皆備，讀之莫盡，所注讀法互參可也。

一璇璣句有不可迴讀者，兹圖無句不迴，典則皆可訓也。

一詩有五字而讀成絶律十數首者，總叶一字爲韻，句各具意，故中有一韻萬字銘，以表其體。

一太極一環，假句讀之法，以明陰陽理數之秘，乃乾坤之體用，方圓之始終，故用以貫首。

一分圖碎落，字句零星，各準全圖方罫之格，按位尋文。

一全圖外經，皆係擬古風雅質重之句，中經平易之體，以各諧聲律。

一分圖每頁之前各置全圖一頁，以便檢尋原字方位。

黼黻圖諸體廻文讀法總目

錦目

圍枰錦
圍枰錦第二局
龍飛八陣錦
大交龍錦
小交龍錦
鳴鸞錦
翔鸞錦
廻鸞錦
舞鸞錦
三花方勝錦
大慶雲錦
小慶雲錦
四時錦
四時錦第二
金錢錦
八團錦
亞字錦
珠聯璧合錦
機
機
軸
軸
機
失名錦

詩辭總目

國風體
迢迢
羽鳴
雎騂
連波

鵝駕
小雅體
鬼燐
綰
牛犉
婁牽
井谷
箕
柏梁體
聰馬吟
秦關吟
轆轤吟
漢魏體
古意
六朝體
言志
三唐體

攜
禎鱗
籤篇
牽鷹
星中
塵麋
罝壘吟
爉炬吟
雜詩

繅絲　織錦
紀夢　花思
春寒　落花
夏閣　山雲

歌

龍飛八陣歌　二十八宿古歌
關山歌

謡

蒙龍短謡　蒙龍長謡

讚

乾坤錦三言讚　乾坤錦六言讚

銘

乾坤全錦大環銘　乾坤錦中宮一字銘
乾坤錦中宮二字銘　乾坤錦中宮三字銘
乾坤錦中宮四字銘　乾坤錦中宮五字銘
一韻萬字銘　組繡纂織銘
方圓勾股四言銘　方圓勾股五言銘

方圓勾股三言銘

經緯第一銘

經緯第二銘

經緯第三銘

經緯第四銘

經緯第五銘

經緯第六銘

經緯第七銘

蘇蕙織錦廻文，予嫌其名曰璇璣圖，無圓體。讀書會稽山中，戲代其棄妾趙陽臺亦製一本，凡一千五百二十一字，讀成短長古律銘謡贊誦，五萬七千餘首。中含三垣斗柄二十八宿及一切圓象，其方歬則列國輿圖、風雲天地、八陣游兵，共圖一幅，分圖爲四十有九。交龍翔鳳，萬轉千環，握奇變化之數，雖兒女心思善讀者，亦知爲文章之壁壘乎。

蘭文字虛憑鍊鍛和雛纂舞逐蹤絲亭淥西斷中攏驟眼取管毫摛藻尋儀寧界靈叢風風綵

紆陳陳朽腐漁佃飛同雄隨雖真冥妙斷翠絲翩驂環圓轉輾璣葉古兔憑盈嗣綿敦

紳顰愁笑喜倩盼棲雲風感戚取息嬌絲象午腰周變寧飛遲珍采瀆情庫迷蔓赤蘭邊

葉竹鸞正情盧蘇宿雛歌鳳刖真妾日繅鶯飛夜月明宗如仍抗加深淚照詠詞盜上韻遐

鬢擊俞克棟掌蕭鳴雍雍饔食知身暮寒紅秋上冷新文燃仁復工變學戚信男鍾緩柳霞

垂殘窩舊於棲使雁鴦鴛鴦徹遭本愁憶雁亂砧生帆捷轉織文窮巧致姿毓紋孤翼糾

驚恣情鶯蠻梭魅連傭情心廢飄雪晚下落霜懸鳴杳翥安轉之難巧沉歡漫機綠緇吹安好

戲頻旁鬢室魚觀幽秦關犯雨風愁鍾織東天雨機的殘君意薄顏似畫奏牽罰母語羅襟

鬟枯聽明不達視婷羨恐妖狐漫哀思寄中思憂櫻心柯華恨娛姬圖聲壽網淖譜濃纏

扶桐擬明顒情聽君中旦舌琼臨寥鸞單路騎宿倡轉鸞高迢衡緩顛奸變爨分怕紋君衛

轡荷鼓要盈逢敍霆合采連璧闊音交滂空驟騷意檳從迨從發成諸邀緩并紋綠書知撫

近殘靈弄酌連韶經羅緯陳遺繞耗沉浮歲年絕悲蓮君遠宗流美詔邀意繁纖騎素疇嬌

時杉睨日滿謳難夕指魅旋覿波流衝從龍高儉朝山梁阻頭塵紅淚星商參敷心錦虞新

眉擾井夜倒蘭爐列衣纏紫寒橫栽于耳請漢日更樸桂樂巢翠陷文疏風心情樂書文然濤

歸鶯昧冷上啼燕蓬轟排蕊羽綫蕤歌根艷江旦爍權拈旗翠鳥發吞春六心倦炊夜淚津

目翫天嘆心爆家年本春華毛儔咨卷垢培綸河參雷文拗弓飭葉詠入眉拭月魯風清靜

飄輕穹綠寒已饗飄關燭金皇爐旁石監樗綈淮昴轟飛鄉輿誘叢樂擬鬱瑤掛銓詩麗遍

語蝕嗎于遊聲護利鉛讒刀錙燈燁譏笑樹綜吞華破欽撤交是屢務屢響襟恣哀西雨國

巾鴛容醜益鬢歇庫盈增銅鍊鐘鐘笑侈器紛奔傑矽敵樸鈎霖出聲兩斷堅寵寄仙鸞鍊

凝潛遺真逐讒疏親情戀迷意續言數紛枰衍棋戲局旅棍釣型典辭彙幅連圖徽星綰璣鑿珏珠

絲比栗懽銖分明顯微志足篇攄新精纂奇裦竣
元坤刺錦鎔梯遷鉋悸中掩靣袱什屢揩栟攎芰
纏地棘瘦強莫綠臺湫羲蓋晞顧愁悟憬驢戎蕪
織乾裁張鬱刷君汁龜喜溺亭咽分風容龐羌涑
黃天梧苛慈花翼加華英綵緣虛求夏閣敢橙莖
瀾貫桐大次夾泉衛封鳴息躍身攜蛾虎禘戀
涷串柍人宜鳳欄孌韓鏡駒龍敷嫩深鴛怨縵菱
顏端飾整履娑咎兔學繚康吻布圖草賦錢素蕙
丰中女儀挐逢乖顧之靈擄毀藂路嘯兕嬌荻
朐宓泳容循飛離追說塵角星華花縑邁財蓮
瘠泣安鍾循西情非軍回聚權暘稀尋苓柔弓芩
交畏情情孤逐苦烏洪河吞翦衛襦孩鬱珽弧芬
人鄉鄭人瘦知不愈宜藜羽看奧紛亢彼豁穠名
姝鄰春來服慾圖突何人斯飛比貫元鬻腰華相
財鏤虔虎薆亂紅轉如慘神耕邛亢心纏映闌
尻奎命花繞虎攻詞哀擁翦鄙參壽必隱蒜記
眉丰分尋晚院叢藉成中蟻翁邦苦仰齊助翔蹋
龍鸞歸鏞步小軒排錄叢眉鶴辦轉文迴鎖環傳
影服剪桃風舞燕樹貝幽困鳥綠穿珠璣錄球聚
圖濛日轉陣花飛以菲萋莊余眩朐簾房繞雲震
明勾嗇訕官縱亘華厮慵洞思檄虎彪文劇彪默
鏡會紫承別陋宣畫傭反誠焦捺變奇恩意新闌
月眼愛夢姿騰身村痛無偏瘵鶚鬱盟鬱暑恩
匊于枚以鄧嵒追廉儀切悲奧參靜心慘赤慧
錦灼火詠螢跨孤朝兔魚林馬沂川鑫遂亮纓流
因憑信度鬢鬢睽雙日龍睛驪壯洨覺炮澄隊彈
鸞繡文從龍鳳終羽傳嘗征馬好參册龜殘嫁妹
和分東萊雍竊雜夜言真女流寒筵雜華於奈
天鳳鬥儀歌詩絨古翁昏張爐鴉鶯霞隱蠻驚
氣鍾鐸游比遊揚巍推箕球黃禪光憶滄渾
選離綜形興微諸與酒漿紗傳錢發書遲痊
入犬秀夕戍從佔國斗環翡白鬚發觀費痛
圖琛珠虹鏡識奇苗葉鳳鸛鐵粉紺鑿信國鎮瘦
轉璽現物其北鐘鳴雁飛雲晚岑雨冬任慕類
勻可與紫於發織晴霞晚見明暗春寒冬其孤
均合石文鸞汲興清臺高撩蕾念凝嗟茉嫌身
服蕙綏纓孫襦荃彝桂旗菌旌雲輿軒輻棐離

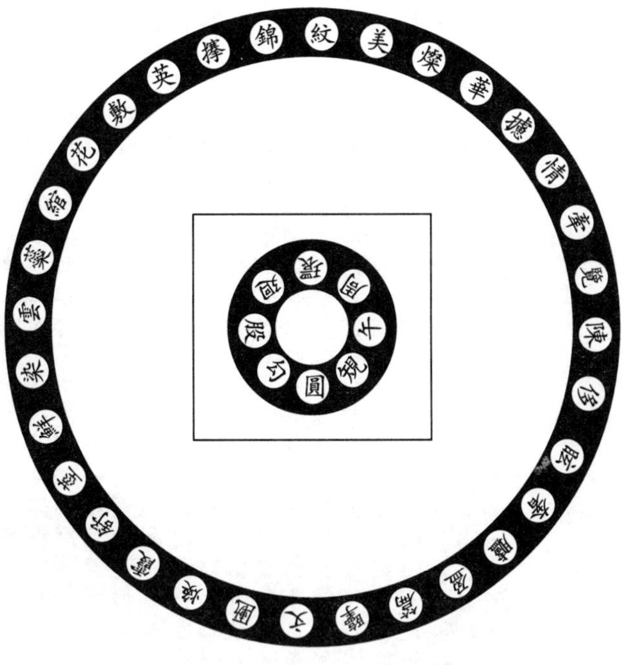

太極乾形錦文釋（一環體。動靜而讀，如乾之無極，故曰太極乾形錦）

乾坤全錦大環銘

紋錦擘英，敷花綃蘂。雲染鮮莖，舒霞焕甂。文擘篇盈，臚奢眩侈。陳覽牽情，攄華燦美。

讀法

滚輪順逆讀六十四首

鐶銘每四言八句三十二字爲一首，由紋字向東北讀至美字爲第一首，由錦字順退至紋字爲第二首，如是滚輪續退至美字，退盡爲順讀三十二首。由文字向西南讀至甂字爲第一首，由擘字讀至文字爲第二首，如是滚輪續退至甂字，退盡爲逆讀三十二首。

交手讀六十四首後云交手讀者倣此

交手讀者如紋錦擘英，蘂綃花敷，雲染鮮莖，甂焕霞舒是也。如是用前逐字順逆滚輪之法讀之，得六十四首。

分手讀六十四首後云分手讀者倣此

分手讀者如英擘錦紋，敷花綃蘂，莖鮮染雲，舒霞焕甂是也。如是用前逐字滚輪順逆之法讀之，得六十四首。

律吕上下相生順逆讀四千九十六首

律吕上下順相生者如紋文雲陳是也，相生一週爲第一首，如是逐字起首相生，至盡爲順生三十二首。律吕上下逆相生者紋文陳雲是也，相生一週爲第一首，如是逐字起首相生，至盡爲逆生三十二首。用是上下順逆相生六十四首之法，爲隔一位上下順逆相生亦六十四首，如是隔二位六十四首，隔三位六十四首，遞至隔三十一位六十四首爲四千九十六首順逆相生之數。

循環進退順逆讀三千五百八十四首

循環進退順逆讀者，讀往讀來，隔句用韻，每十六句爲一首也。如上下破環爲二循環，順逆進退爲二首。左右破環爲二循環，順逆進退爲二首。四隅破環，如法讀之，又爲四首。若破環爲四，如法讀十六首。破環爲八，如法讀三十六首。如是破環進退順逆用前滚輪順逆逐字爲句，六十四首之法讀，積三千五百八十四首。

斷環對待順逆讀二千四百八十首

斷環對待順逆者，隔句法也，如隔兩句對讀，各八首。隔一句順逆對讀，又各八首爲十六首。如是斷環順逆對待用前滚輪順逆逐字爲句，六十四首之法爲二千四百八十首。

右太極乾形一圖，凡三十二字，八卦而再重之也。左十六字爲陽，右十六字爲陰，兩儀之動靜也。順讀三十二首取乾，逆讀三十二首取坤，六十四卦之分經也。律吕相生至四千九十六首者，律歸仲吕而終也。循環梭織讀者，天氣左旋，地氣右旋，靜而復動，動而復靜，陰陽遞嬗互根也。斷環對待讀者，陰陽各自爲用，施其變化也。分斷爲四與八者，日月弦望，陰陽歷陽歷之分斷也。凡諸理數，寓於此圖讀法句讀之中，非好傳篇章，眩駭人目。

『焕』：乾坤全錦作『奂』

『花』：文釋原作『華』，據分圖改

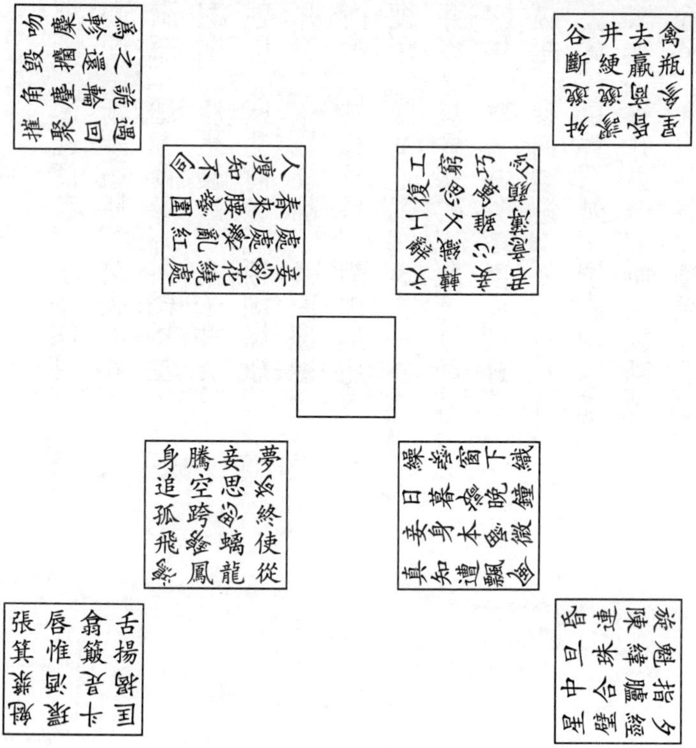

爲之詭遇
彰還輪回
麾攔塵聚
吻毀角推

禽瓶[illegible]
去羸[illegible]
井綆[illegible]
谷斷[illegible]

妾命花繞處
處處攀亂紅
春來腰鬱圍
人瘦知不命

[illegible]

夢殁終使從
妾思命螭龍
騰空跨鸞鳳
身追孤飛

纖鐘微命
下晚罍飄
窗燈本遣
縈暮身知
繰日妾真

舌揚揭匡
翕簸是斗
唇惟酒環
張箕粲魁

旋魁指夕
陳緯臚經
連珠合璧
昏旦中星

四游錦文釋

谷井去禽，瓶羸綆斷。遻遻商參，星昏謬舛羅文經緯順讀

舛謬昏星，參商遻遻。斷綆羸瓶，禽去井谷羅文經緯逆讀

谷井去禽，斷綆羸瓶。遻遻商參，舛謬昏星左布算讀

星昏謬舛，參商遻遻。瓶羸綆斷，禽去井谷右布算讀

谷井去禽，舛謬昏星。遻遻商參，斷綆羸瓶越阡度陌順讀

星昏謬舛，禽去井谷。瓶羸綆斷，參商遻遻越阡度陌逆讀

谷井去禽，遻遻商參。舛謬昏星，斷綆羸瓶翻車讀

星昏謬舛，瓶羸綆斷。參商遻遻，禽去井谷翻車讀

參商遻遻，禽去井谷。星昏謬舛，瓶羸綆斷翻車讀

瓶羸綆斷，星昏謬舛。禽去井谷，參商遻遻翻車讀

禽去井谷，斷綆羸瓶。參商遻遻，舛謬昏星折帶讀

瓶羸綆斷，谷井去禽。星昏謬舛，遻遻商參折帶讀

遻遻商參，星昏謬舛。谷井去禽，瓶羸綆斷折帶讀

參商遻遻，舛謬昏星。禽去井谷，斷綆羸瓶折帶讀

瓶羸綆斷，遻遻商參。星昏謬舛，谷井去禽（廻腸讀）

斷綆羸瓶，參商遻遻。舛謬昏星，禽去井谷（廻腸讀）

谷井十六章章四句

麀麜 媚君子以道也，蘇氏以婦道自守，而奪於陽臺之惑，故君以詭遇，事其君子而終，知其不可輾轉商之，不能自已而作此詩。

讀法同前

麀麜十六章章四句

箕 刺讒也，蘇氏傷於陽臺之譖，故以箕斗之簸，揭比陽臺虛誕之辭。

讀法同前

箕十六章章四句

星中 旦暮之思也，蘇氏昕夕懷憂，感星月之遷邁，亦日月居諸之意。

讀法同前

星中十六章章四句

雜詩四首

繰絲牕下織，日暮敲晚鐘。妾身本細微，真知遭飄風。

右繅絲怨

夢奇終使從，妾思思螭龍。騰空跨錦鳳，身追孤飛鴻。

右春夢怨

妾思花繞處，處處橫亂紅。春來腰縱圍，人瘦知不同。

右冶遊怨

文辭工復工，轉折千思窮。妾心雖萬巧，君意薄顔紅。

右薄命怨

『羸』：乾坤全錦作『羸』

『折』：趙氏鈔本原文，圖作『織』

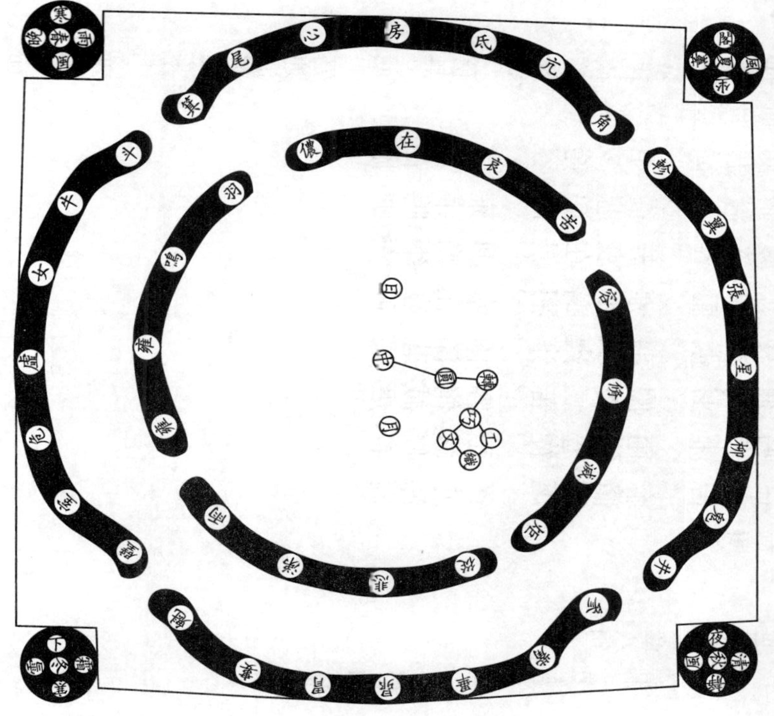
房
心
尾
氐
亢
角
在
哀
張
星
柳
井
女
牛
日
中
月

建辰錦文釋

羽鳴　初去連波也，蘇氏脩飾婦容，信無違德，乃連波嶄然棄絶，挈陽臺而之任，故感雁序之雍雍，而自述其傷慕之思。

羽鳴雍雍。雨涕悲從。炬滅脩容，苦哀在儂。
儂在哀苦，容脩滅炬。從悲涕雨，雍雍鳴羽。
雨涕悲從，炬滅脩容。苦哀在儂，羽鳴雍雍。
容脩滅炬，從悲涕雨。雍雍鳴羽，儂在哀苦。
炬滅脩容，苦哀在儂。羽鳴雍雍，雨涕悲從。
從悲涕雨，雍雍鳴羽。儂在哀苦，容脩滅炬。
苦哀在儂，羽鳴雍雍。雨涕悲從，炬滅脩容。
雍雍鳴羽，儂在哀苦。容脩滅炬，從悲涕雨。

羽鳴八章章四句

讀法

循環進退順逆讀八章章八句

循環進退順逆讀者，如羽鳴雍雍，雍雍鳴羽是也，如是順逆讀之得八章。

循環進退疊帶順逆讀八章

循環進退疊帶順逆讀者，如羽鳴雍雍，儂在哀苦，苦哀在儂，容脩滅炬是也，如是順逆讀之得八章。

四景閨詞

風晚寒春雨，風寒晚雨春。春寒風雨晚，風雨晚寒春。寒雨春風晚，晚風寒雨春。寒春晚風雨，寒晚雨風春。

右賦得春寒風雨晚

讀法

穿心讀律絶八首

穿心讀者，用春字叶韻也。律一首，絶句二首，順逆卸環，律成四首，絶成四首。

抽心讀律絶三十二首

抽心讀者，用外四字叶韻也。律四首，絶八首，順逆卸環，律成十六首，絶成十六首。

蓮風清夏午，蓮午夏風清。風午蓮清夏，蓮風午夏清。風蓮清午夏，蓮夏午風清。清夏蓮風午，午蓮風夏清。

右賦得蓮風午夏清讀法同前

秋靜風清夜，清風靜夜秋。風清秋夜靜，清靜夜風秋。風夜秋清靜，靜風清夜秋。秋風靜清夜，風靜夜清秋。

右賦得秋夜靜清風讀法同前

冬寒霜雪下，霜雪下寒冬。冬下寒霜雪，寒霜雪下冬。冬霜寒雪下，寒下雪霜冬。冬雪霜寒下，雪寒霜下冬。

右賦得霜雪下寒冬讀法同前

圓轉文中工巧織，轉圓工巧織文中。文工巧織中圓轉，文轉中圓織巧工。工巧圓中文轉織，織文工巧轉圓中。工圓織巧文中轉，圓巧文中織轉工。

右織錦詩北斗星文體

讀法

奕棋讀律絶五十六首

奕棋每字叶韻，平律仄律共七首，絶之爲絶句十四首，律絶各用順逆卸環之法讀，律成二十八首，絶成二十八首。

角亢氐房心尾箕斗牛女虛危室壁魁婁胃昴畢觜參井鬼柳星張翼軫

右二十八宿歌

『靜』：乾坤全錦作『冷』

『觜』：乾坤全錦作『嘴』

案：『蓮風清夏午』詩不合圖字，趙氏鈔本原文如此。

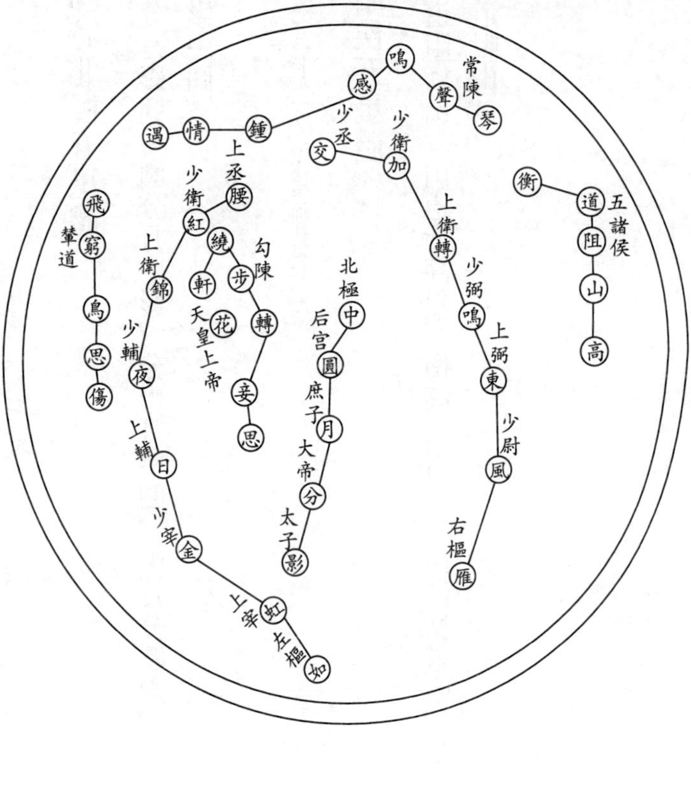

遇 情 鍾 感 鳴 聲 琴
交 加 轉 鳴 東 風 雁
衡 道 阻 山 高
飛 窮 鳥 思 傷
腰 紅 錦 夜 日 金 虹 如
繞 軒
繞 步 轉 妾 思
花
中 圓 月 分 影
常陳
少丞
少衛
上丞
少衛
上衛
少弼
上弼
少尉
右樞
五諸侯
輦道
上衛
勾陳
北極
后宮
庶子
大帝
太子
天皇上帝
少輔
上輔
少宰
上宰
左樞

紫薇錦文釋

詠破鏡重圓詩北極五星體

圓影分中月，中分月影圓。圓分月中影，分影月中圓。中月分圓影，影中分月圓。圓分影中月，分月影中圓。

讀法

奕棋卸環讀律絶三十二首與建辰錦春寒詩同法

衡山高詩諸侯五星體

衡山高阻道，高道阻衡山。山道衡高阻，衡高道阻山。山高衡道阻，衡道阻高山。山阻高衡道，高衡道阻山。

讀法

同前

窮鳥怨

窮思傷飛鳥，思傷窮鳥飛。窮飛傷鳥思，傷鳥思窮飛。

讀法

奕棋卸環讀十首每字叶韻

詠風雁右蕃七星體

鳴雁交加東轉風，風鳴交轉雁加東。東鳴風雁交加轉，東轉交加鳴雁風。

讀法

奕棋讀七首每字爲韻

錦纏腰詩右蕃八星體

金錦如虹紅夜日，日腰紅錦夜如虹。夜腰金錦紅如日，腰錦如虹日夜紅。

讀法

奕棋卸環讀十四首每字爲韻

聽琴常陳七星體

琴遇鍾情鳴感聲，琴聲鳴感遇鍾情。鍾情琴遇鳴聲感，聲遇鍾情琴感鳴。

讀法

奕棋讀七首

花軒閒步

步轉花軒思繞妾，繞軒轉步妾花思。花軒繞步妾思轉，妾繞花軒步轉思。

讀法

奕棋卸環讀十四首

『道』：乾坤全錦作『遠』

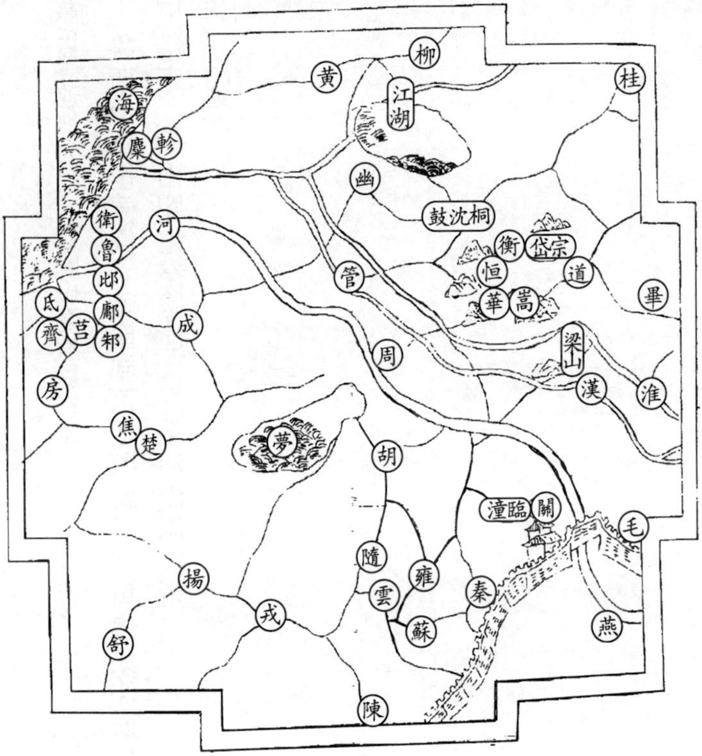

柳
黄
桂
江湖
海
麋
軫
幽
鼓沈桐
衛
河
宗岱
衡
道
魯
管
恒
邶
畢
氏
鄘
華
嵩
成
齊
莒
邦
梁山
周
房
漢
淮
焦
楚
夢
胡
潼臨
關
毛
隨
揚
雍
雲
秦
戎
蘇
燕
舒
陳

山河錦文釋

關山歌

蘇氏感連波之隔，作關山之歌以寄志。

周陳齊楚幽燕雍　魯衛毛畢衡華嵩　軫麋郇莒成邶鄘　江黄焦氏沈鼓桐　蘇胡隨揚荆

舒戎　管房桂柳恒岱宗　梁山關道秦臨潼　海淮河漢湖雲楚

『道』：乾坤全錦作『遠』

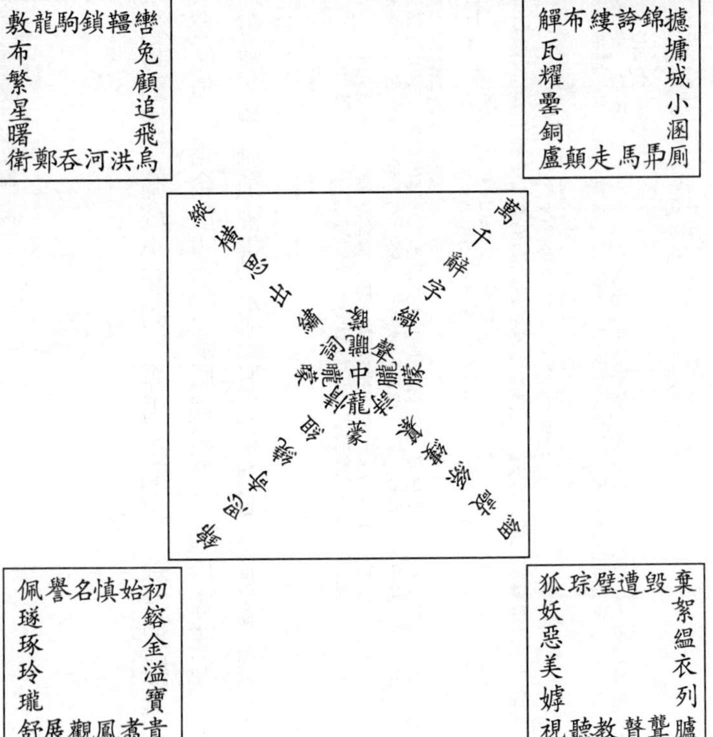
敷龍駒鎖韁轡
布　　　　兔
繁　　　　顧
星　　　　追
曙　　　　飛
衛鄭呑河洪烏
觶布縷誇錦攄
瓦　　　　墉
耀　　　　城
壘　　　　小
銅　　　　溷
盧顛走馬爯厠
佩譽名慎始初
璲　　　　鎔
琢　　　　金
玲　　　　溢
瓏　　　　寶
舒展觀鳳翥貴
狐琮璧遺毀棄
妖　　　　絮
惡　　　　緼
美　　　　衣
嫭　　　　列
視聽教瞽聾臚

四維錦文釋

四隅相維繫而讀，如坤之四維，故曰四維錦

言志

銅壘耀瓦䩐，布縷誇錦攄。墉城小溷厠，弄馬走顛盧。琮璧遭毁棄，絮緼衣列臚。聾瞽教聽視，嫭美惡妖狐。鎔金溢寶貴，翥鳳覲展舒。瓏玲琢璲珮，譽名慎始初。洪河吞鄭衛，曙星繁布敷。龍駒鎖轠轡，兔顧追飛烏順讀退句用䩐字韻。逆讀一首，退句用兔字韻

讀法

衡環順逆讀三十二篇內又有上下句分手交手順逆之法，如銅壘耀瓦䩐，攄錦誇縷布；布縷誇錦攄，䩐瓦耀壘銅二法，又讀成六十四首

衡環順讀者，四環連轉，如銅壘至飛烏爲一篇，布縷至瓦䩐爲一篇，墉城至錦攄爲一篇，弄馬至溷厠爲一篇，如是遞次衡環至兔顧一篇，爲順讀十六篇。衡環逆讀者，如飛烏至壘銅爲一篇，轡轠至顧兔爲一篇，敷布至駒龍爲一篇，衛鄭至星曙爲一篇，如是遞次衡環至瓦䩐爲逆讀十六篇。

每方順逆讀三十二首內又有上下句分手交手順逆之法，又讀成六十四首

每方讀者，四隅各自成首。就一環中，順逆退讀四句爲一首也，一環得八首，四環得三十二首。

兩方對待順逆退句讀九十六首內又有上下句分手交手順逆之法，又讀成一百七十二首

雙環對待讀者，兩環相對，八句爲一首也，如左上右下兩環連對讀，順逆退句十六首；左下右上兩環連對讀，順逆退句十六首；左兩環自相連對讀，順逆退句十六首；右兩環自相連對讀，順逆退句十六首；上兩環自相連對讀，順逆退句十六首；下兩環自相連對讀，順逆退句十六首。

三方勾帶順逆退句讀九十六首內又有上下句分手交手順逆之法，又讀成一百七十二首

三方勾帶順逆讀者，三環相連，十二句爲一首。每三環順逆爲二十四首，轉相互帶爲三環者四，共九十六首。

蒙龍長謡

錦思奇繞組情中，矇曨。細敲絲縷纂詩中，蒙蘢。萬千辭字織聲中，朦朧。縱横思出繡詞中，曚曨。

讀法

滚輪順逆讀四十八首

滚輪順逆讀八首。用蒙龍之字裝於句首，又爲八首。四蒙龍换借，又爲八首。讀蒙龍爲龍蒙，如上法讀之，又爲二十四首。

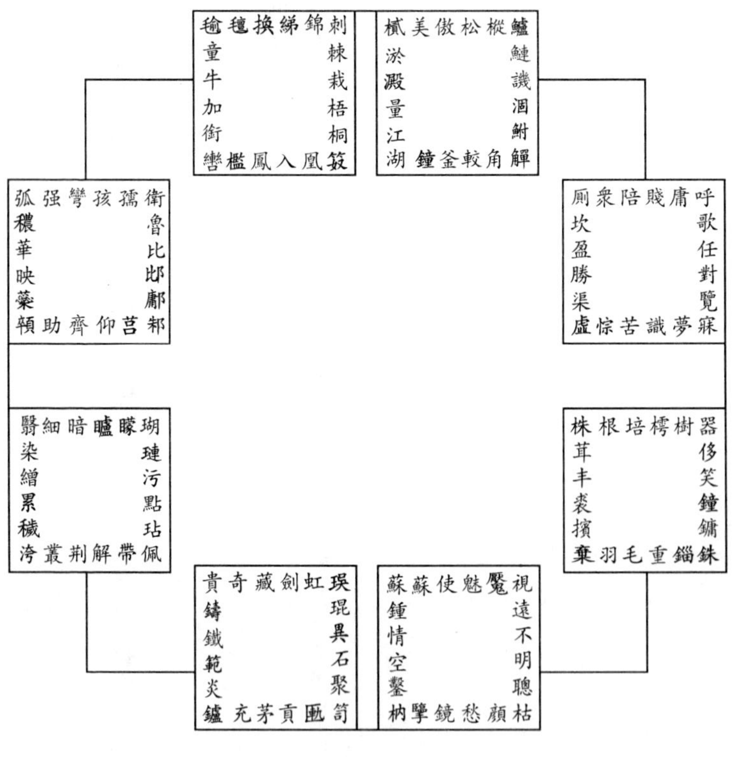

踰氈換綈錦刺
童 棘
牛 栽
加 梧
銜 桐
轡檻鳳入凰筊
楲美傲松樅鱸
淤 鰱
溵 譏
量 涸
江 鮒
湖鐘釜較角鱓
弧强彎孩孺衛
穠 魯
華 比
映 邸
蘂 鄘
頓助齊仰莒邾
厠衆陪賤庸呼
坎 歌
盈 任
勝 對
渠 覽
虛悰苦識夢寐
翳細暗矑矇瑚
染 璉
繒 污
累 點
穢 玷
洿叢荆解帶佩
株根培樗樹器
茸 侈
丰 笑
袅 鐘
擯 鏞
棄羽毛重錙銖
貴奇藏劍虹璵
鑄 琨
鐵 異
範 石
炎 聚
鑪充茅貢匭罰
蘇蘇使魅魘視
鍾 遠
情 不
空 明
鑿 聰
枘擘鏡愁顏枯

八索坤形錦文釋八方相連索而讀，如坤之八索，故曰八索坤形錦

言志序見三花方勝錦文釋

鐘釜較角觶，鮒涸譏鰱鱸。樅松傲美栻，淤溉量江湖。桐梧栽棘刺，錦綈換氈毹。童牛加銜轡，檻鳳入凰筊。鄘邸比魯衛，孺孩彎强弧。穠華映蘂頳，助齊仰莒邾。矇矑暗細翳，染繒累穢洿。叢荆解帶佩，玷點污璉瑚。虹劍藏奇貴，鑄鐵範炎鑪。充茅貢匭筍，聚石異琨瑛。錘情空鑿枘，孽鏡愁顔枯。聰明不遠視，魘魅使蘇蘇。茸丰裘擯棄，羽毛重錙銖。鏞鐘笑侈器，樹樗培根株。悰苦識夢寐，覽對任歌呼。庸賤陪衆厠，坎盈勝渠虛順讀退句用觶字韻

又逆讀一首，退句用坎字樹字換韻

讀法

銜環順逆退句讀六十四篇內又有上下句分手交手順逆之法，又讀成一百二十六首。

銜環順退句讀者，八環連轉，如鐘斧至渠虛爲一篇，鮒涸至角觶爲一篇，樅松至鰱鱸爲一篇，淤溉至美栻爲一篇，如是遞次銜環至坎盈爲順讀三十二篇。銜環逆退句讀者，如虛渠至釜鐘爲一篇，厠衆至盈坎爲一篇，呼歌至賤庸爲一篇，寐夢至對覽爲一篇，如是遞次銜環至觶角爲逆讀三十二篇。

每環順逆退句讀六十四首內又有上下句分手交手順逆之法，又讀成一百二十八首

每環退句順逆讀者，就一環中順逆退讀四句爲一首也，一環得八首，八環得六十四首。

兩環對待順逆退句讀三百八十四首內又有上下句分手交手順逆之法，又讀成七百六十八首

兩環對待順逆退句讀者，兩環相對，八句爲一首也，如東兩環相對順逆退句十六首，西兩環相對順逆退句十六首，南兩環相對順逆退句十六首，北兩環相對順逆退句十六首。東南兩環對待順逆退句十六首，南西兩環對待順逆退句十六首，西北兩環對待順逆退句十六首，北東兩環對待順逆退句十六首。左上一環與右下一環對待順逆退句十六首，右上一環與左下一環對待順逆退句十六首，上左一環與下右一環對待順逆退句十六首，下左一環與上右一環對待順逆退句十六首，左上一環與下右一環對待順逆退句十六首，左下一環與下右一環對待順逆退句十六首，下左一環與右下一環對待順逆退句十六首，下右一環與右上一環對待順逆退句十六首，右下一環與上右一環對待順逆退句十六首，右上一環與上左一環對待順逆退句十六首，上右一環與左上一環對待順逆退句十六首，上左一環與左下一環對待順逆退句十六首，左上右上兩環對待順逆退句十六首，左下右下兩環對待順逆退句十六首，上左下左兩環對待順逆退句十六首，上右下右兩環對待順逆退句十六首。

四環對待順逆退句讀二百五十六首內又有上下句分手交手順逆之法，又讀成五百十二首

四環對待順逆退句讀者，兩雙相對，十六句爲一首也。上下四環對待順逆退句三十二首，左右四環對待順逆退句三十二首，東南西北四環對待順逆退句三十二首，西南東北四環對待順逆退句三十二首，共一百二十八首，如是再用四環參差對待退句之法，又得一百二十八首。

六環對待順逆退句讀三百八十四首內又有上下句分手交手順逆之法，又讀成七百六十八首

六環對待順逆讀者，三三相對，二十四句爲一首也，對待順逆退句爲四十八首。八位遞轉爲三三相待之法，順逆退句共三百八十四首，其參差之法不計。

八環對待順逆退句讀六百四十首內又有上下句分手交手順逆之法，又讀成一千二百八十首

八環對待順逆讀者，四四相對，三十二句爲一首，與衡環順逆法異也，順逆退句爲六十四首，八位遞轉，爲四四相對之法，順逆退句共五百十二首。又四四參差，印對一百二十八首。

五環勾帶順逆退句讀三百二十首內又有上下句分手交手順逆之法，又讀成六百四十首

五環勾帶順逆退句讀者，二十句爲一首也，順逆退句四十首。八位遞轉，爲五環勾帶順逆退句之法，共三百二十首。

六環勾帶順逆退句讀三百八十四首內又有上下句分手交手順逆之法，又讀成七百六十八首

六環勾帶順逆退句讀者，二十四句爲一首也，順逆退句四十八首，八位遞轉，爲六環勾帶順逆退句之法，共三百八十四首。

七環勾帶順逆退句讀四百四十八首內又有上下句分手交手順逆之法，又讀成八百九十六首

七環勾帶順逆退句讀者二十八句爲一首也，順逆退句爲五十六首，八位遞轉，爲七環勾帶順逆退句之法，共四百四十八首。

右八索坤形一圖，與太極乾形相爲表裏，名曰索者，索數至盡極，萬物之滋生也。太極以三十二字爲八卦再重之數，成順逆六十四首，如乾坤之變。八索則以三十二字爲八卦再重之數，成順逆六十四首。乾坤之變，太極以一字而變物物一乾也，八索以五字成句而變物物一五行也。太極動靜互根生萬物之數，八索靜中有動成萬物之象，錯綜參伍方圓之理，盡寄諸圖句讀中矣。

『鐘釜』：乾坤全錦作『鍾釜』

『栽』：乾坤全錦作『裁』

『聰』：分圖原作『驄』，譌，據乾坤全錦改

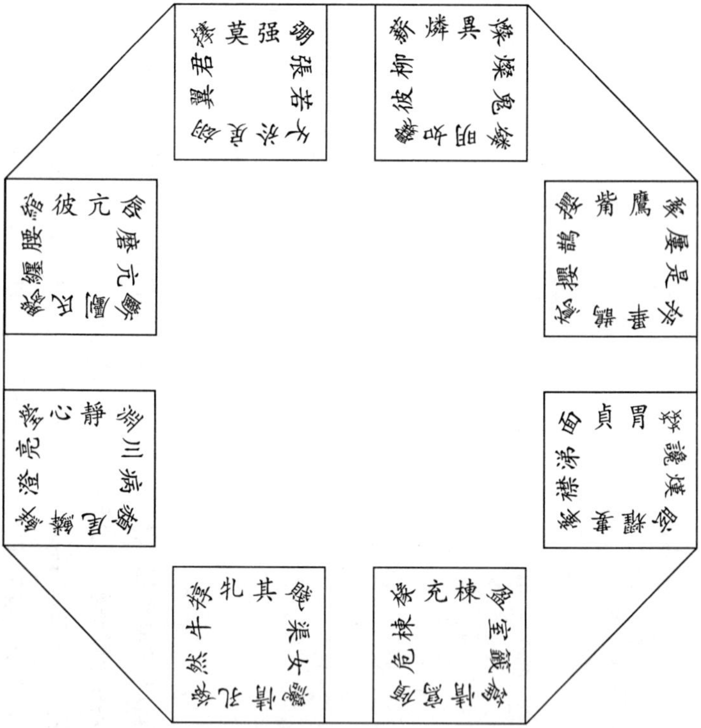

傾危棟斈
寫充
情棟
龕鑪室敏

婈然牛犮
孔乞
情其
鸞女渠奭

鮮澄亮空
鱗心
尾靜
龕病川淥

鸄纏腰谷
氏彼
劉亢
齡亢磨佮

翎翼君褰
戾莫
於强
丈若張翊

纍彼柳矜
如異
明燐
燧鬼燦爍

鵁櫻鵲鸋
鵲鷹
畢箐
夾是屢豢

豢襟涕面
妻貞
耀胃
昭煤讒嫈

八寅錦文釋

鬼燐 妾倖之逼正嫡也，蘇氏謂陽臺以貳室任寵，如燐之燄而終不足以比正室，薪燎之燦，故以爲喻而作此詩。

燦燦鬼燐，燐明如爨。爨彼柳薪，薪燐異燦衔尾讀
薪燐異燦，燦燦鬼燐。燐明如爨，爨彼柳薪。
爨彼柳薪，薪燐異燐。燦燦鬼燐，燐明如爨。
燐明如爨，爨彼柳薪。薪燐異燦，燦燦鬼燐。

鬼燐四章章四句

摔 情絶而思留之也，連波以纖怨絶情，蘇氏終不忍以愛好之絶，故以摔弸爲喻，亦鄭詩摻手之意，角弓翩反之遺音也。

摔君翼翃，翃戾於天。天若張弸，弸强莫摔。

摔四章章四句讀法如前

綰 嫉讒也，蘇氏惡陽臺之讒，欲斷亢而磨其唇，亦甚於豺虎之投矣

綰彼亢唇，唇磨亢斷。斷劚氏瞖，瞖纆腰綰。

綰四章章四句讀法同前

頳鱗 怨讒而情病也，蘇氏被譖，益脩抑莊姜之秉心塞淵者歟

鮮鱗尾頳，頳病川淵。淵靜心瑩，瑩亮澄鮮。

頳鱗四章章四句讀法同前

牛犉　詈讒也，蘇氏以陽臺微賤之寵，故以牝牛爲比，而深惡其能讒也

煥然牛犉，犉牝其賤。賤渠女讒，讒情孔煥。

牛犉四章章四句讀法同前

篇籤　譖言之多也，蘇氏以陽臺緝緝之譖，亦若篇籤盈室之多家壞不支，託情篇而寄怨也

篇籤室盈，盈棟充椽。椽棟危傾，傾寫情篇。

篇籤四章章四句讀法同前

婁牽　讒佞之容也，蘇氏謂譖怨之人，眩耀其美，婁牽其情，託涕泗以將膚受之愬，故其腹胃之姦，可燭而知也

眩耀婁牽，牽襟涕面。面貞胃姦，姦讒熯眩。

婁牽四章章四句讀法同前

牽鷹　用讒也，鷹隼之搏，有牽之者，以教其虐，故鳶鵲殫而抨弓不弛，亦責怨連波之意

牽鷹肻攖，攖鵲攖鳶。鳶鵲畢抨，抨是屢牽。

牽鷹四章章四句讀法同前

讀法

銜尾滚輪讀三十二篇

銜尾滚輪讀者，統八方爲一篇，篇名同前，用四章三十二句爲一篇也，如是滚輪爲四八三十二篇。

『焕』：乾坤全錦作『奂』

『觜』：乾坤全錦作『嘴』

『鳶鵲』：乾坤全錦作『鳶卬』

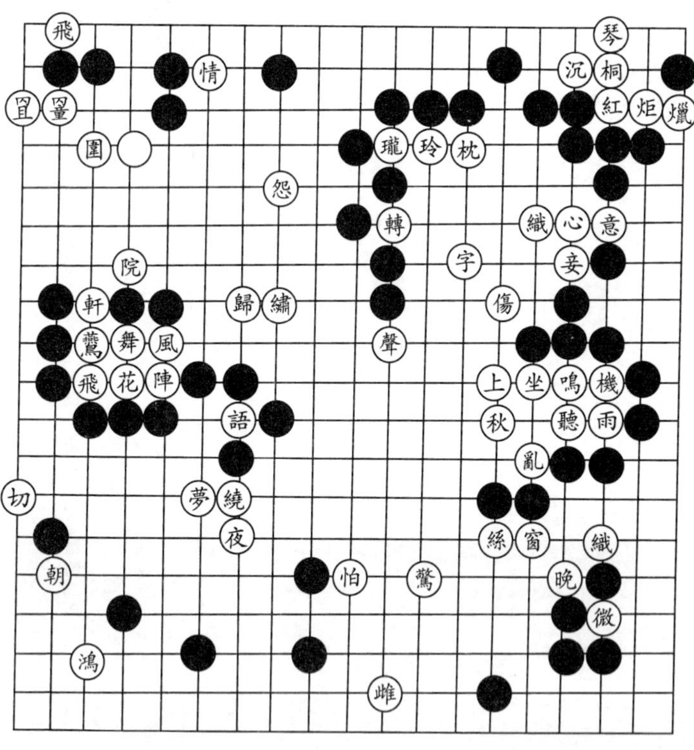
飛 琴
情 沉 桐
罝 壘 紅 炬 爉
圍 瓏 玲 枕
怨
轉 織 心 意
院 字 妾
軒 歸 繡 傷
鷩 舞 風 聲
飛 花 陣 上 坐 鳴 機
語 秋 聽 雨
亂
切 夢 繞
夜 絲 窗 織
朝 怕 驚 晚
微
鴻
雌

圍枰錦文釋第一局

秋思

紅絲亂轉怕鳴機，晚坐秋軒繞繡圍。風燕語窗花織織，雨鴻驚陣字飛飛。鬘冝怨意朝雌舞，炬燭傷心夜夢歸。桐院沈聲琴聽切，瓏玲枕上妾情微順讀

又逆讀一首

讀法

奕棋讀二首

右圍枰一局無文者得勢

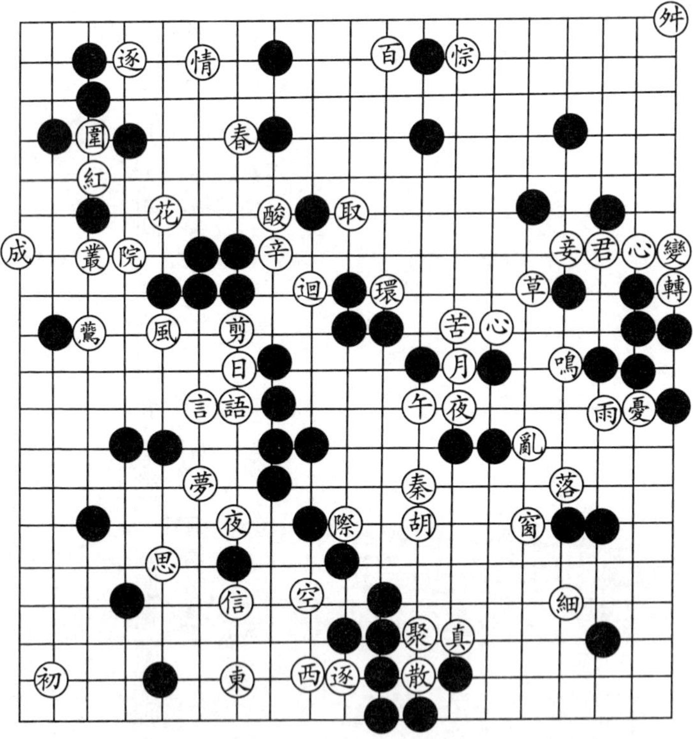

外
逐 情 百 悰
圍 春
紅
花 酸 取
成 叢 院 辛 妾 君 心 變
迴 環 草 轉
鷰 風 剪 苦 心
日 月 鳴
言 語 午 夜 雨 憂
亂
夢 秦 落
夜 際 胡 窗
思
信 空 細
聚 真
初 東 西 逐 散

圍枰錦文釋第二局

春情

秦胡日舛夢成空，逐逐情團細草叢。春院落紅花聚散，午窗鳴雨鷰西東。君思夜夜迴環月，妾苦心心亂剪風。真際語言初信取，辛酸變轉百憂悰順讀

又逆讀一首

讀法

奕棋讀二首

右圍枰一局有文者得勢

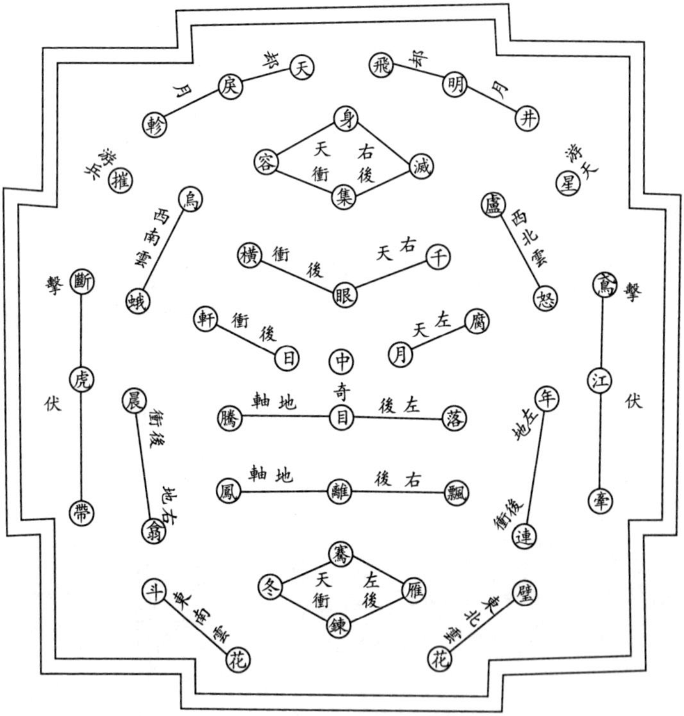
天
庚
軫
月
飛
明
井
月
身
容
滅
集
天
右
衝
後
游兵
摧
游天
星
烏
西南雲
蛾
盧
西北雲
怒
橫
衝
後
眼
天右
千
斷
擊
虎
伏
帶
擊
江
伏
牽
軒
衝
後
日
中
奇
月
天左
腐
晨
衝後
地右
翁
騰
軸地
目
後左
落
鳳
軸地
離
後右
飄
年
地左
衝後
連
騫
冬
雁
鍊
天
左
衝
後
斗
東南雲
花
壁
東北雲
花

龍飛八陣錦文釋

龍飛八陣歌

竇滔文武之才，秦王委以將軍之任，留鎮襄陽。蘇氏明師律之否臧，乃揣握奇正變之勢，作龍飛八陣之歌，獻諸帷幄，文盈四十有六，藏於一千二百字之中，位置整嚴，不差銖黍，步伍之明，井然若畫，尋文讀之，而奇正之象可考，而知賢女之才可矜而尚矣。

日月牽帶　星斗璧連　江雁斷落　鳶烏戾天　怒虎騰身　離鳳中騫　花花腐落　井軫横千　蛾飛翕集　眼目明軒　盧戎摧滅　容鍊晨年

右龍飛一圖，乃握奇八陣之一，有雲無風後之分變也。天衡地軸，碁布中宫，以左後天衡四隊列前爲首，以右後天衡四隊列後爲尾，以東南東北雲列左後天衡爲兩翼，以西南西北雲列右後天衡爲兩翼，以左右地後衝爲中宫之衛，游兵擊伏蜿蜿蝹蝹，此全奇之第五變也。歌十二句，賛此圖正變之形，歌四十八字，盡此圖體用之法，若欲覽全奇之動靜，考方圓曲直之勢，則尋是圖八花字之位，衡軸在中，門户如井，古今管陣之法，無不具於斯也。

馬驄　悲傷焦思　鳥羈禽窮忡飛看
征矓　切　恫　困　　　　　羽
邊曈　儂　慵　幽叢中哀慘　縶
傳日　櫳　廝　　　　　如　罝
羽映朝簾　棄取擷菲葑攻擊突罿

出徼絕飛鴻鴻
從　　　鶯
戎　樂歌花
冬　鳴　叢
春　鐘　東
交　融　分
氣天和　西
　　　　逐
飛同雄隨雌
棲
宿
鳴雍雍饔飧
　　　　徽
通慵情心廢
使秦關犯雨風

蛛網掛琴桐紅
絲　　　沉
蟲　聲淪鼓
螢　滅　鐘
鳴　蹤　悰
悽　衷　憂
惻感幽　百
　　　　集
顏丰胸膂交
端
飭
整儀容鍾情
　　　　孤
綵蓬飛西逐
始乖離情苦同

淚紅　隔阻梁山　險高龍嵷衡流波
流宗　君　重　絕　　　　　繞
殘岱　從　懜　騾驟空涕交　關
爗衡　嵩　惛　　　　　飄　臨
炬嶽恒華　心擾憂思忡窮思哀潼

爉炬吟

紅淚流殘爉炬紅，桐琴掛網蛛絲蟲。蛩鳴悽惻感幽衷，蹤滅聲淪沉鼓鐘。悰憂百集交脅胸，丰顔端飭整儀容，鍾情孤逐西飛蓬順讀

飛蓬吟逆讀

罝罿吟

終始乖離情苦同，罿罝槷羽看飛翀。窮禽羈鳥困幽叢，中哀慘如突擊攻。葤菲擷取棄厮傭，恫思焦傷悲切儂，櫳簾朝映日曈曨順讀

曈曨吟逆讀

驄馬吟

驄馬征邊傳羽鴻，鴻飛絶徼出從戎。冬春交氣天和融，鐘鳴樂歌鶯花叢。東分西逐雌隨雄，同飛棲宿鳴雍雍，饔飧徹廢心情慵順讀

饔飧吟逆讀

秦關吟

通使秦關犯雨風，潼臨關繞波流衝。嵸巃高險絶騾驟，空涕交飄哀思窮。忡思憂擾心惛懜，重山梁阻隔君從，嵩華恒嶽衡岱宗順讀

梁山吟逆讀

轆轤行統前八篇之文另題曰轆轤行

紅淚流殘熾炬紅，桐琴掛網蛛絲蟲。蛩鳴悽惻感幽衷，蹤滅聲淪沉鼓鐘。悰憂百集交脅胸，丰顔端飭整儀容。鍾情孤逐西飛蓬，終始乖離情苦同。罿罝摯羽看飛翀，窮禽羈鳥困幽叢。中哀慘如突擊攻，葑菲擷取棄厮傭。恫思焦傷悲切儂，櫳簾朝映日曈曨。驄馬征邊傳羽鴻，鴻飛絶徼出從戎。冬春交氣天和融，鐘鳴樂歌鶯花叢。東分西逐雌隨雄，同飛棲宿鳴雍雍。饔飧徹廢心情慵，通使秦關犯雨風。潼臨關繞波流衝，嵸巃高險絶騾驟。空涕交飄哀思窮，忡思憂擾心惛懜。重山梁阻隔君從，嵩華恒嶽衡岱宗。

又逆讀一首

讀法

緜連斷續順逆讀五十六篇

緜連斷續讀者，四龍頭尾交接，緜連而讀，每卸一句順逆成五十六篇。

『傭』、『恫』：乾坤全錦作『傭』、『侗』，分圖作『慵』、『恫』

『櫳簾朝映日曈曨』：乾坤全錦作『櫳簾朝影日曨曈』

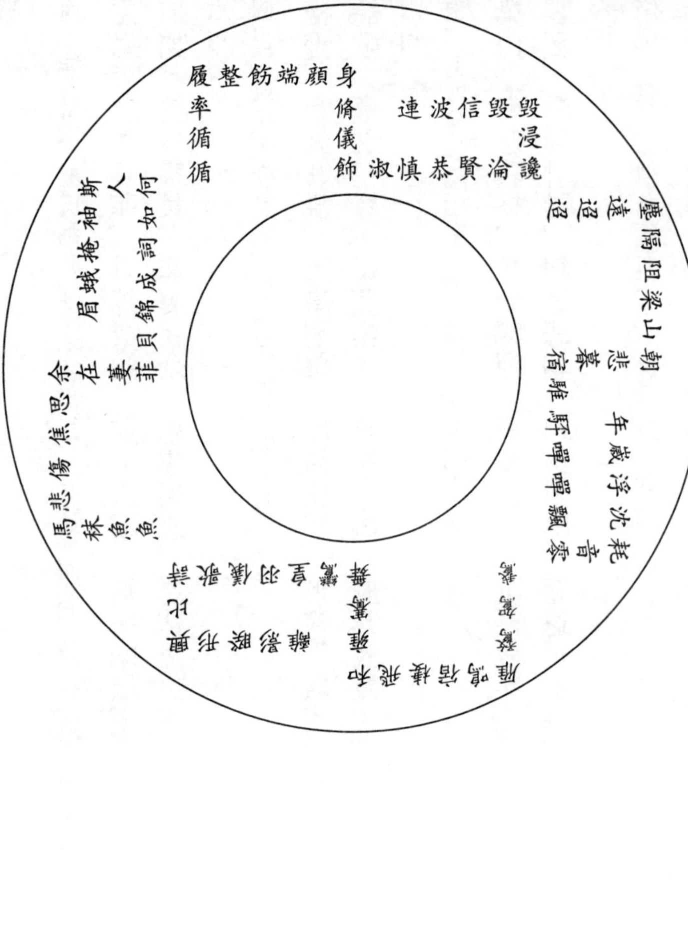
塵隔阻梁山朝
年歲浮沈耗
遠
悲
迢
暮
音
迢
宿雎野嗶嗶飄零
毀信波連
毀淪
浸
讒
賢
恭
愼
淑
身顏端飭整履
倏儀飾
率循循
余思憔傷悲馬
在
妻
菲貝錦成詞如何
眉蛾掩袖斯
人
秣
魚
魚
和飛棲宿鳴雁
雍
騫
舞
興形睽影離
比
詩歌儀羽皇鸞
鶩
駕
鶩

小交龍錦文釋

魚魚　遇讒而不能合也，蘇氏傷於讒而不獲從行，故秣馬而悲，詩之怨而不怒者歟

眉蛾掩袖，斯人何如。詞成錦貝，菲萋在余。思焦傷悲，馬秣魚魚逆讀

魚魚秣馬，悲傷焦思。余在萋菲，貝錦成詞。如何人斯，袖掩蛾眉順讀

魚魚二章章六句

鵞駕　傷失儷也，蘇氏思念良人，感水鳥之匹而作此詩

鵞駕鴦雁，鳴宿棲飛。和雍鶱舞，鸞皇羽儀。歌詩比興，形暌影離順讀

離影暌形，興比詩歌。儀羽皇鸞，舞鶱雍和。飛棲宿鳴，雁鴦駕鵞逆讀

鵞駕二章章六句

騅駓　思遠也，連波遠遠隔山梁，蘇氏思之，亦我馬元黄之意

迢迢遠塵，隔阻梁山。朝悲暮宿，騅駓嘽嘽。飄零音耗，沉浮歲年順讀

年歲浮沈，耗音零飄。嘽嘽駓騅，宿暮悲朝。山梁阻隔，塵遠迢迢逆讀

騅駓二章章六句

循循　能自脩也，蘇氏淑慎恭賢而不免于讒，故作此詩

循循率履，整飭端顔。身脩儀飾，淑慎恭賢。淪讒浸毁，毁信波連順讀

連波信毁，毁浸讒淪。賢恭慎淑，飾儀脩身。顔端飭整，履率循循逆讀

循循二章章六句

讀法

綠連順逆讀八篇

綠連順逆讀者，統四龍爲一篇，篇名同前，四章二十四句爲一篇也，如是順逆凡八篇。

『皇』：梯仙閣内史書本作『凰』，乾坤全錦作『鳳』。

『騂』：梯仙閣内史書本作『騂』，譌。詩，魯頌：『有騅有騂（駓）』，騂騂形近易誤。

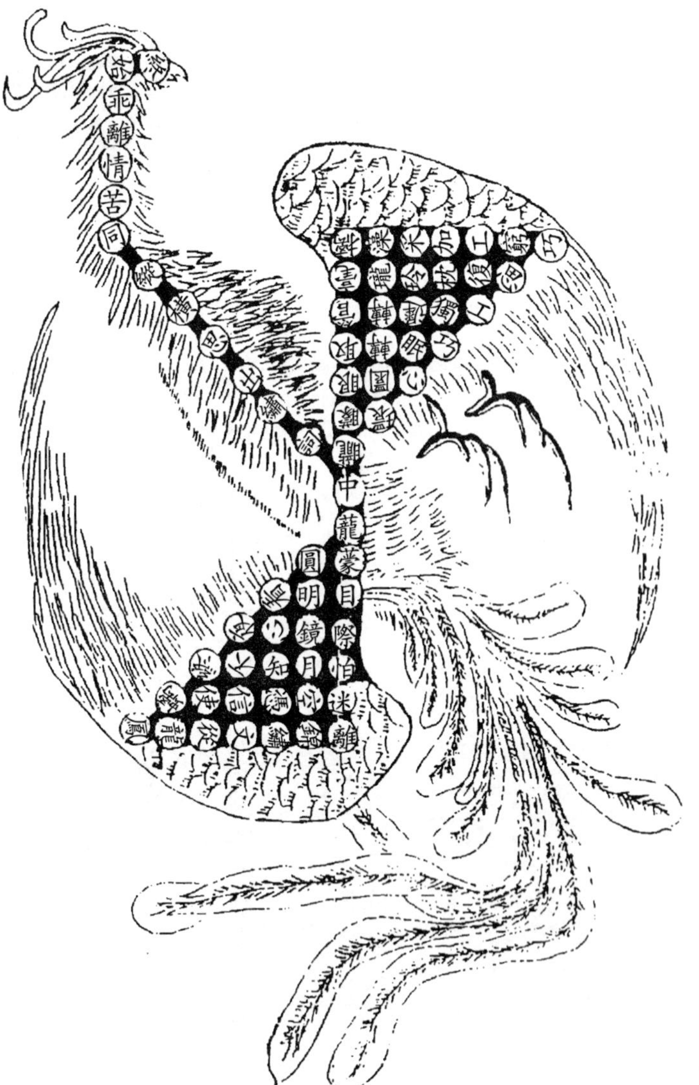

鳴鸞錦文釋

絶句

曨矇眼取管毫摛，藻采加工窮巧思。工巧心環圜轉轉，瓏玲枕復獨眠遲迴腸讀

蘢蒙目際怕迷離，錦繡文從龍鳳螭。終夜看圓明鏡月，空憑信使不心知迴腸讀

終始乖離情苦同，縱横思出繡詞中。中詞繡出思横縱，同苦情離乖始終往來讀

『轉轉』：乾坤全錦作『轉輾』

翔鸞錦文釋

絶句

曨曚日轉陣花飛，股剪拋風舞燕歸。慵步小軒尋晚院，叢花繞處亂紅圍。

朧朦月上坐鳴機，午夜秋砧聽雨飛。紅亂霜天寒雁落，東窗下織晚鐘微。

驄馬征邊傳羽鴻，錦思奇繞組情中。中情組繞奇思錦，鴻羽傳邊征馬驄。

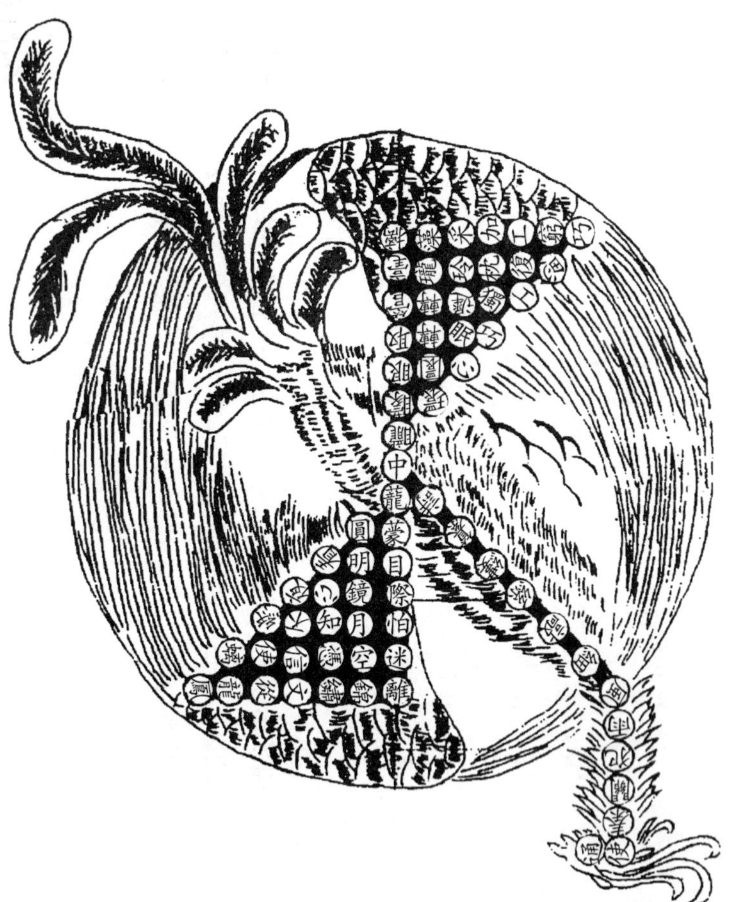

迴鸞錦文釋

絶句

遲眠獨復枕玲瓏，轉轉圜環心巧工。思巧窮工加藻采，摛毫管取眼曚曨。

知心不使信憑空，月鏡明圓看夜終。螭鳳龍從文繡錦，離迷怕際目蒙蘢。

通使秦關犯雨風，細敲絲縷纂詩中。中詩纂縷絲敲細，風雨犯關秦使通。

『藻采』：趙氏鈔本原文

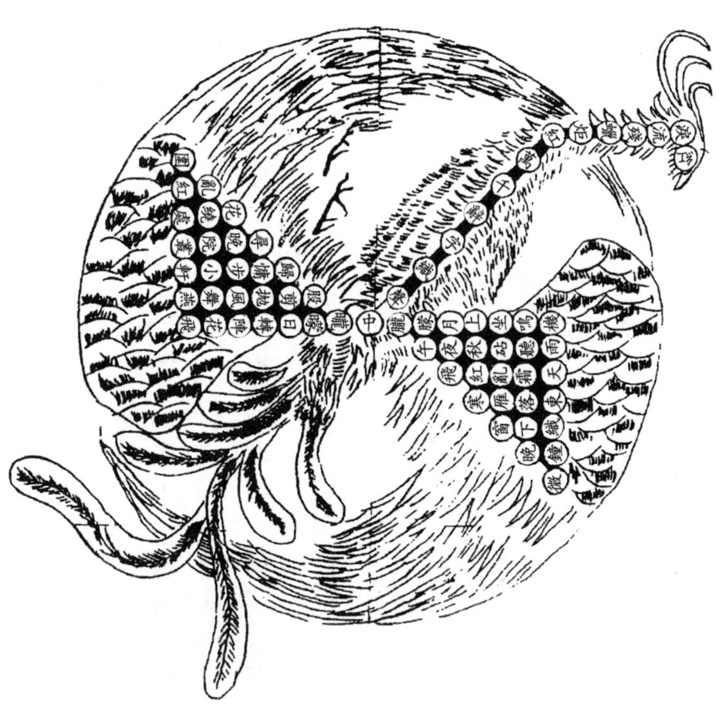

舞鸞錦文釋

絶句

微鐘晚織下窗東，落雁寒天霜亂紅。飛雨聽砧秋夜午，機鳴坐上月朦朧。
圍紅亂處繞花叢，院晚尋軒小步慵。歸燕舞風拋剪股，飛花陣轉日曚曨。
紅淚流殘爛炬紅，萬千辭字織聲中。中聲織字辭千萬，紅炬爛殘流淚紅。

毹氈換綈錦刺
童棘
牛栽
加梧
銜桐
敷龍駒鎖韁轡檻鳳入凰篸
布兎
繁顧
星追
曙飛
弧强彎孩孺衛鄭呑河洪烏
穠魯
華比
映邺
藻鄘
頓助齊仰莒邾

械美傲松樅鱸
淤鰱
澱譏
量涸
江鮒
湖鐘釜較角鮮布縷誇錦攄
瓦墉
耀城
壘小
銅圂
盧顛走馬畀厠衆陪賤庸呼
坎歌
盈任
勝對
渠覽
虛悰苦識夢寐

匬笥貢茅充鑪
聚炎
石範
異鐵
琨鑄
珉虹劍藏奇貴耆鳳觀展舒
寶瓏
溢玲
金琢
鎔璲
初始慎名譽佩帶解荆叢洿
玷穢
點累
污繒
璉染
瑚矇矑暗細翳

枯顔愁鏡擊枘
聰鑿
明空
不情
遠鍾
臚聾瞽教聽視魘魅使蘇蘇
列嫭
衣美
縕惡
絮妖
銖錙重毛羽棄毀遭璧琮狐
鏞擯
鍾裘
笑丰
侈茸
器樹梈培根株

三花方勝錦文釋

言志　蘇氏淑慎恭賢與讒嬖爲伍，蕭艾芳蘭臭香異趣，怨而言志，迴環比喻，離騷不作，古詩之所以興也。

鎔金溢寶貴，鑄鐵範炎鑪。充茅貢笥匭，聚石異琨玗。虹劍藏奇貴，翥鳳觀展舒。
瓏玲琢璲佩，玷點污璉瑚。曚矓暗細翳，染繒累穢洿。叢荊解帶佩，譽名慎始初。
琮璧遭毀棄，羽毛重錙銖。鏞鐘笑侈器，樹櫻培根株。茸丰裘擯棄，絮緼衣列臚。
聾瞽教聽視，魘魅使蘇蘇。鍾情空鑿枘，擘鏡愁顏枯。聰明不遠視，嫭美惡妖狐。
銅罍耀瓦觶，鮒涸譏鰱鱸。樅松傲美槭，淤溷量江湖。鐘釜較角觶，布縷誇錦攄。
墉城小溷厠，坎盈勝渠虛。悰苦識夢寐，擘對任歌呼。庸賤陪衆厠，畀馬走顛盧。
洪河吞鄭衛，孺孩彎强弧。穠華映蘂頳，助齊仰莒邾。鄘邶比魯衛，曙星繁布敷。
龍駒鎖韁轡，檻鳳入凰笯。桐梧栽棘刺，錦綈換氈毹。童牛加銜轡，兔顧追飛烏順

讀退句用貴字韻

逆讀一首，退句用兔字錦字換韻

讀法

銜環順逆退句讀九十六篇內又有上下句分手交手順逆之法，又得一百七十二首

衡環順退句讀者，十二環連轉，如鎔金至飛烏爲一篇，鑄鐵至寶貴爲一篇，充茅至炎鑪爲一篇，如是遞次衡環至兔顧爲順讀四十八篇。衡環逆退句讀者，如烏飛至金鎔爲一篇，轡衡至顧兔爲一篇，錀鱣至牛童爲一篇，如是遞次衡環至寶貴爲逆讀四十八篇。

每勝順逆退句讀九十六首 內又有上下句分手交手順逆之法，又得一百七十二首

每勝順逆退句讀者，每三環自讀，十六句爲一首也，三環順逆得二十四首，十二環得九十六首。

兩勝對待順逆退句讀二百八十八首 內又有上下句分手交手順逆之法，又得五百七十六首

兩勝對待順逆退句讀者，六環相對，二十四句爲一首也。如左六環相對順逆退句四十八首，右六環相對順逆退句四十八首，上六環相對順逆退句四十八首，下六環相對順逆退句四十八首，四隅交斜對待順逆退句又得九十六首。

三勝勾帶順逆退句讀二百八十八首 內又有上下句分手交手順逆之法，又得五百七十六首

三勝勾帶順逆退句讀者，九環連轉，三十二句爲一首也，順逆退句六十四首，四位遞轉爲三勝勾帶之法，共二百五十六首。

觖艟舟軀鯨鰹嗦吭窄峒鱸樅松傲美栻
鱌猂字乳砌陛擬衡嵩呼歌任對覽寐
淤澱量江
攄錦誇縷布解角較釜鐘湖
墉城小溷厠坎盈勝渠虛
寐夢識苦悰虛

刺錦綈換氈毹幪巾掩面袂仆厦揸枅櫨
棘栽梧桐篯
篯凰入鳳檻轡轓鎖駒龍敷
布繁星曙衛魯比邶鄘邾
邾莒仰齊助頓
戎羌殖裸繥素縞射弓弧穠華映藻頓

瓊工倕鼓槖精注灌尚紅鑪充茅貢匭笥
玶辨璞處篢覆增高隆洿穢累繢染翳
聚石異琨
舒展覩鳳翥貴奇藏劍虹瑛
瓏玲琢璲佩玷點污璉瑚
翳細暗矑矇瑚

枘摯鏡愁顏枯桐椅賤杉稗鷺鴛輕鵜鴑
鑿空情鍾蘇
蘇使魅魘視聽教暫聾臚
列衣緼絮棄擯裘丰茸株
株根培楞樹器
容醜益鬒髮庫盈增銅銖鏞鐘笑侈器

大慶雲錦文釋

言志

駼鬉狎字乳，砌陛擬衡嵩。呼歌任對覽，寐夢識苦悰。虛渠勝盈坎，厠溷小城墉。
攄錦誇縷布，觶角較釜鐘。湖江量澱淤，樲美比松樅。鱸鮦窄吮嗽，噬鯨軀舟艟。
鴛鵜輕鴛鷺，穲杉賤椅桐。枯顏愁鏡擘，枘鑿空情鍾。蘇蘇使魅魘，視聽教瞽聾。
臚列衣緼絮，棄擯裘丰茸。株根培檮樹，器侈笑鐘鏞。銖銅增盈庫，髮鬍益醜容。
瑀琈辨璞處，簣覆增高隆。洿穢累繒染，翳細暗矑矇。瑚璉污點玷，佩璲琢玲瓏。
舒展觀鳳翥，貴奇藏劍虹。瑛琨異石聚，笥匭貢茅充。鑪紅尚灌注，韝橐鼓倕工。
櫨枅揞厦仆，袂面掩巾幪。瑜氈換綈錦，刺棘栽梧桐。筊凰入鳳檻，轡韁鎖駒龍。
敷布繁星曙，衛魯比邶鄘。郲莒仰齊助，頳蘂映華穠。弧弓射縞素，縉裰殪羌戎。順讀，又逆讀一首

讀法

緣連斷續順逆退句讀九十六首內又有上下句分手交手順逆之法，又得一百七十二首

緣連斷續順逆退句讀法，一如三花方勝錦衡環退句之例。

每隅順逆退句讀九十六首內又有上下句分手交手順逆之法，又得一百七十二首

每隅順逆退句讀法，一如三花方勝錦，每勝順逆退句之例。

兩隅對待順逆退句讀二百八十八首內又有上下句分手交手順逆之法，又得五百七十六首

兩隅對待順逆退句讀法，一如三花方勝錦，每勝對待順逆退句之例。

三隅勾帶順逆退句讀二百八十八首內又有上下句分手交手順逆之法，又得五百七十六首

三隅勾帶順逆退句讀法，一如三花方勝錦三勝勾帶順逆退句之例。

『比』：趙氏鈔本原文，圖作『傲』

『鵝』：乾坤全錦作『彘』

『繙』：乾坤全錦作『禘』

櫨枅揞厦仆袂面掩巾幪
戎羌殪褓縉素縞射弓
童牛加衔
敷龍駒鎖韁轡
布繁星曙
弧强彎孩孺

鱸鮦窄吭嗉噬鯨傴舟艟艅
鼷狎字乳砌陛擬衡嵩
鏈譏涸鮒
布縷誇錦攄
墉城小涸
厠衆陪賤庸

鑪紅尚灌注鞴橐鼓倕工璆
炎範鐵鑄
琈辨璞處簣覆增高隆
翥鳳觀展舒
瓏玲琢璲
佩帶解荆叢

鴛鵝輕鴐鷺稱杉賤椅桐
聰明不遠
臚聾瞽教聽視
列衣緼絮
容醜益鬚髮庫盈增銅
銖錙重毛羽

小慶雲錦文釋

文互見大慶雲暨三花方勝二錦，其艫厠銖視鑪佩弧轡八字借讀。

讀法

斷環勾帶讀六十四首（此斷環法諸圖皆有，因眩目不注，此圖可以類推）

斷環勾帶讀者，每隅各用一句，蟬連勾綰相配而讀，四句爲一首也。如繒裓殪羌戎，噬鯨軀舟艟，髲鬌益醜容，鞲橐鼓倕工爲一首。鮒涸譏鏈鱸，羽毛重錙銖，鑄鐵範炎鑪，孺孩彎强弧一首。如是遞句勾配爲八首，各首退句爲三十二，逆讀勾配爲八首，各首退句爲三十二，共得六十四首。

檬毽　鱸鮦
驢憏惛愁顧睇蓋毿蔽童　鰱條肆排擠泝津雜龍魚
麗　牛　讖　風
敵夏　加　澗　秋霄
虎　銜　斛　振
怒　鑾　鞞　皃
鎧　免　瓦　翠
兕　顧　耀　語
遘　追　罍　蠻
弓柔　飛　銅　例嵩
孤強彎孩孺衛鄭吞河洪鳥　盧顛走馬毕厠衆陪賤庸呼

隆洿
與崇卑任位置措施隨叢
閑春　荊
戒　解
馬　帶
御　佩
僞　譽
贗　名
別　愼
紅紫　始
鑪炎範鐵鑄貴寶溢金鎔初
枯聽明不遠視婞美惡妖狐
桐擬　琮
轂　璧
蠧　遭
睍　毀
井　棄
昧　羽
天　毛
穹冬　重
喁于遯磬護利鉛讓刀錙
銅銖

四時錦文釋

呼嵩例囈語，翠皃振霄風。魚龍雜津泝，擠排肆儵鮦。鱸鰱譏涸鮒，鱓瓦耀罍銅。盧顛走馬畀，厠衆陪賤庸。枯桐擬穀蠹，睍井昧天穹。喁于遜磬護，利鉛讓刀銅。銖錙重毛羽，棄毀遭璧琮。狐妖惡美婷，視遠不明聰。洿隆隨施措，寘位任卑崇。輿閑戒馬御，僞贗別紫紅。鑪炎範鐵鑄，貴寶溢金鎔。初始慎名譽，佩帶解荆叢。毹幪蔽毳蓋，睇顧愁惛懜。驢罷敵虎怒，鎧兕遘柔弓。弧强彎孩孺，衛鄭吞河洪。烏飛追顧兔，轡銜加牛童順讀

逆讀一首

讀法

緜連斷續順逆退句讀六十四篇內又有上下句分手交手順逆之法，又得一百二十八首

讀如大慶雲錦文之例

每隅順逆退句讀六十四首內又有上下句分手交手順逆之法，又得一百二十八首

讀如大慶雲錦文之例

兩隅對待順逆退句讀一百九十二首內又有上下句分手交手順逆之法，又得三百八十四首

讀如大慶雲錦文之例

三隅勾帶順逆退句讀一百九十二首內又有上下句分手交手順逆之法，又得三百八十四首

讀如大慶雲錦文之例

鱸鮦窄吭嗉噬鯨鏂舟艟餘
鏈 鼷
譏 狎
涸 字
鮒 乳
觶 砌
瓦 陛
耀 擬
罍 衡
銅 嵩
盧顛走馬畀厠衆陪賤庸

華 漢 秋 月 桂

櫨枅揞厦仆袂面掩巾幪
戎 童
羌 牛
殪 加
祼 銜
禧 巒
素 兔
縞 顧
射 追
弓 飛
弧强彎孩孺衛鄭吞河洪烏

年 今 夏 雲 山

鑪紅尚灌注鞴蠹鼓倕工璚
炎 琈
範 辨
鐵 璞
鑄 處
貴 簧
寶 覆
溢 增
金 高
鎔 隆
初始慎名譽佩帶解荆叢

發 花 春 雨 紅

鴛鵝輕駕鷺穉杉賤椅桐
容 聰
醜 明
益 不
鬖 遠
鬆 視
庫 嫭
盈 美
增 惡
銅 妖
銖錙重毛羽棄毀遺璧琮狐

和 晴 冬 日 暖

四時錦文釋

文互見大慶雲曁三花方勝二錦，其艫弧鑪銖四字借讀。

讀法

緜連斷續順逆退句讀六十四首（內又有上下句分手交手順逆之法，又得一百二十八首）

讀如大慶雲錦文之例

每隅順逆退句讀六十四首（內又有上下句分手交首順逆之法，又得一百二十八首）

讀如大慶雲錦文之例

兩隅對待順逆退句讀一百九十二首（內又有上下句分手交手順逆之法，又得三百八十四首）

讀如大慶雲錦文之例

三隅勾帶順逆退句讀一百九十二首（內又有上下句分手交手順逆之法，又得三百八十四首）

讀如大慶雲錦文之例

春雨

紅雨春花落，春花落雨紅。花紅春雨落，花雨落春紅。紅落春花雨，雨花春落紅。春紅花雨落，春雨落花紅。

讀法

穿心讀律絶八首讀如建辰錦之例

抽心讀律絶三十二首讀如建辰錦之例

夏雲讀法如前

秋月讀法如前

冬日讀法如前

『鑫』：乾坤全錦作『槖』

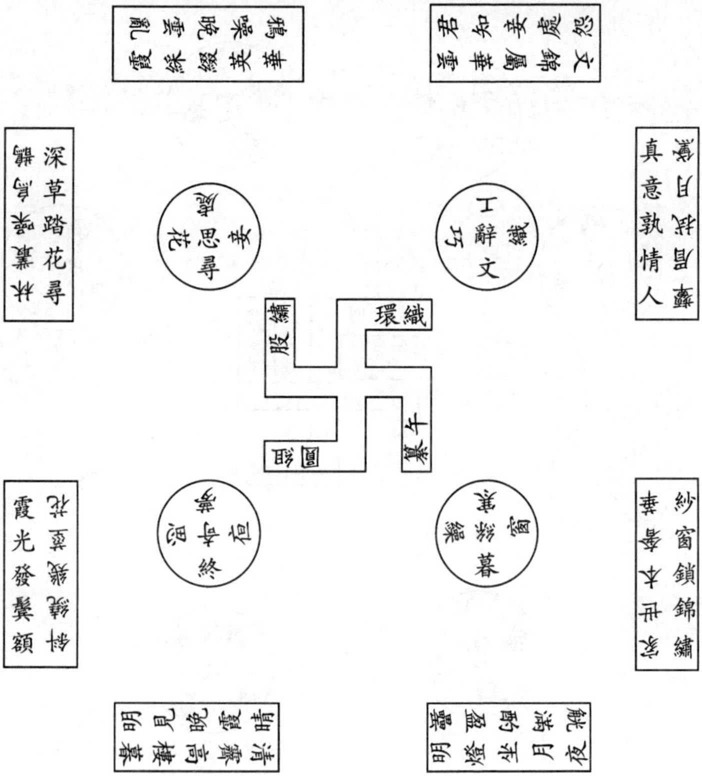

深草踏花尋
林叢噪鳥鶴

霞光發鬢額
斜繞幾莖花

霞絲綴英華
亂垂晚啼鶯

明見晚霞晴
清靄高樓臺

妾思尋花亂

夢奇宿淡留

繡股
環織
午篡
圓組

工辭文巧織

寒絲幕窗繡

君知妾處怨
文錦屬華垂

明燈坐月夜
觥滿映照霜

真意孰情人
顰眉拭月黛

紗窗鎖錦繡
家世本奢華

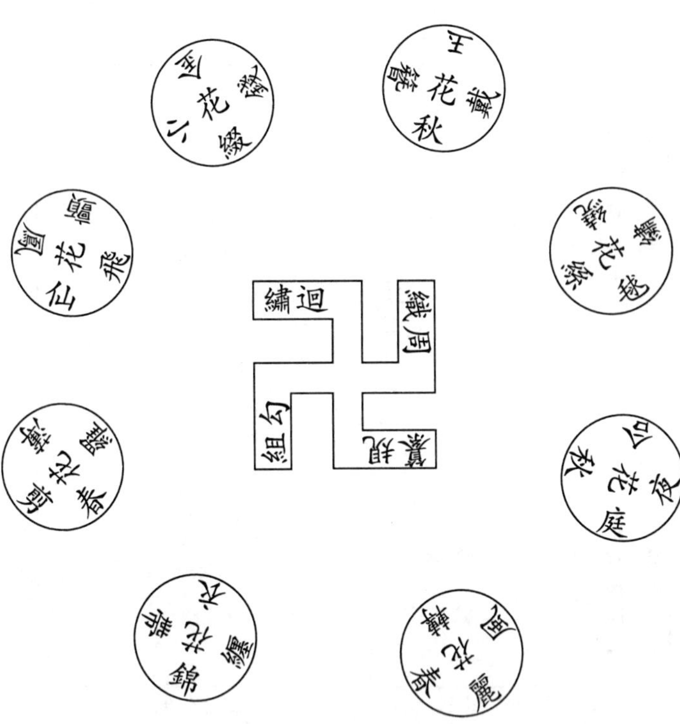
迴繡
織周
規纂
組勾

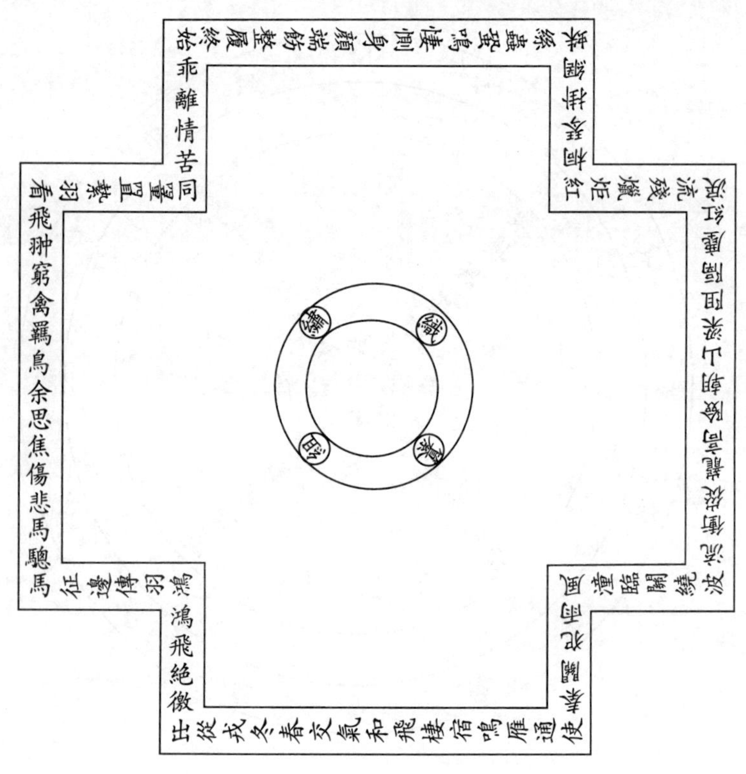

始乖離情苦同
青飛翀窮禽羈鳥余思焦傷悲馬驄馬
鴻飛絕徼
出從戍冬春交氣和飛棲宿鳴雁通使

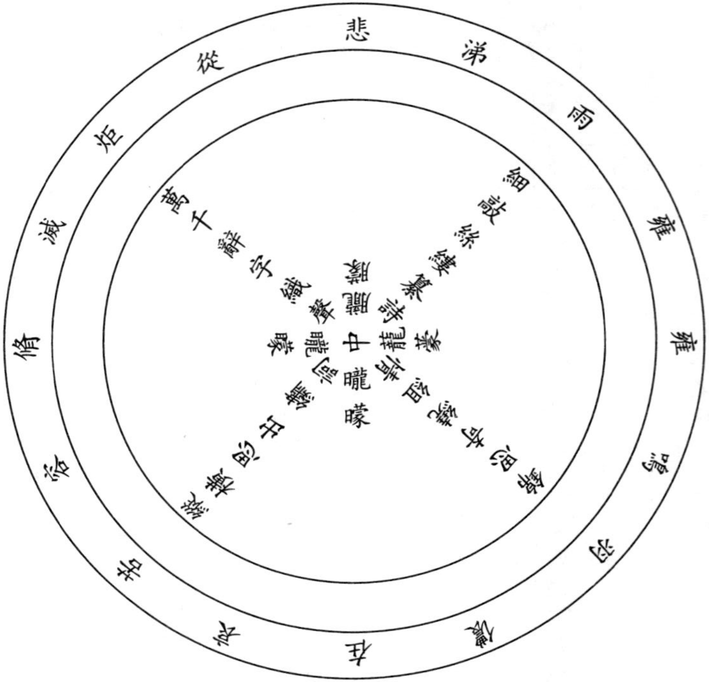

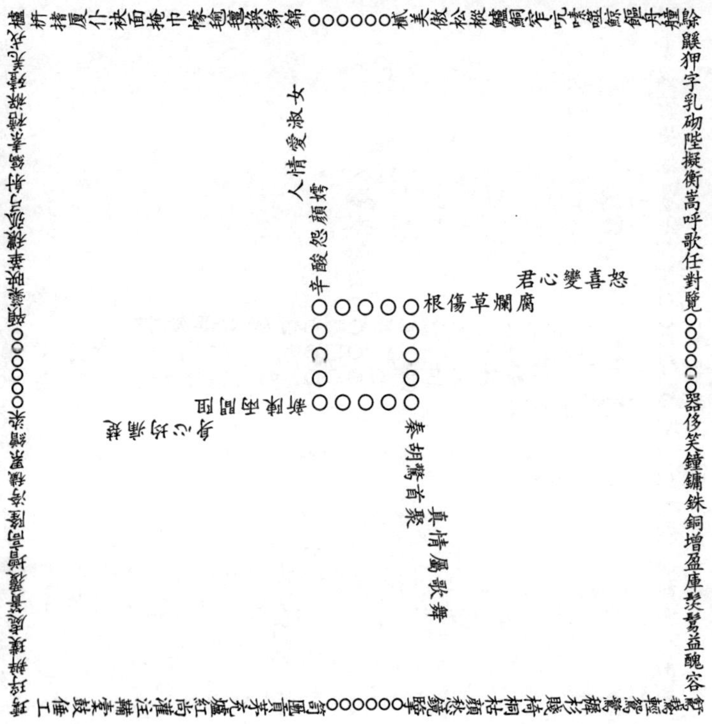
鵌鼷狎字乳砌陛擬衡嵩呼歌任對覽○○○○○○器侈笑鐘鏞銖銅增盈庫泆鬖益醜容
怒喜變心君
腐爛草傷根

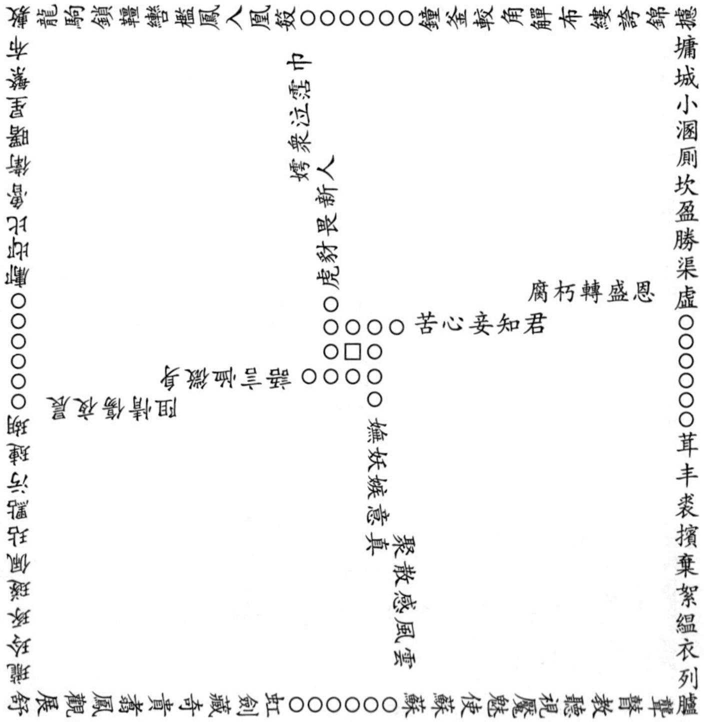

轤韋瞽教聽視魘魅使蘇蘇○○○○○虹劍藏奇貴翥鳳觀展舒

舒瓏玲琢璲佩玷點污璉瑚○○○○○鄘邙比魯衛曙星繁布敷

敷龍駒鎖轡鑾檻鳳入凰殺○○○○○鐘釜較角觶布縷誇錦纏

纏墉城小溷厠坎盈勝渠虛○○○○○茸丰裘擴棄絜緼衣列轤

聚散感風雲

真意嫉妖嫵

阻情傷夜晨

語言恤微身

腐朽轉盈恩

苦心妾知君

虎豺畏新人

嫉衆泣霑巾

○○○○
○○□○
○○○○

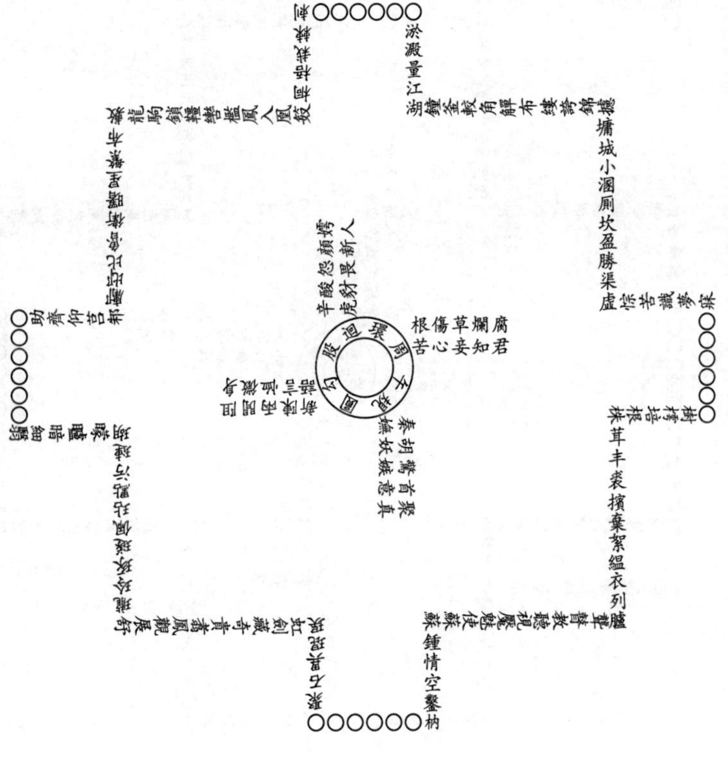

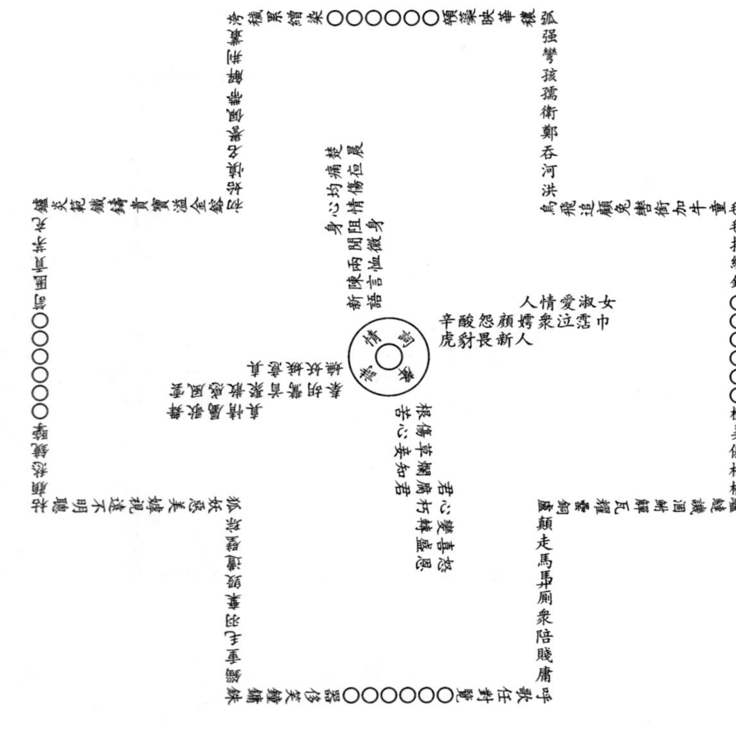

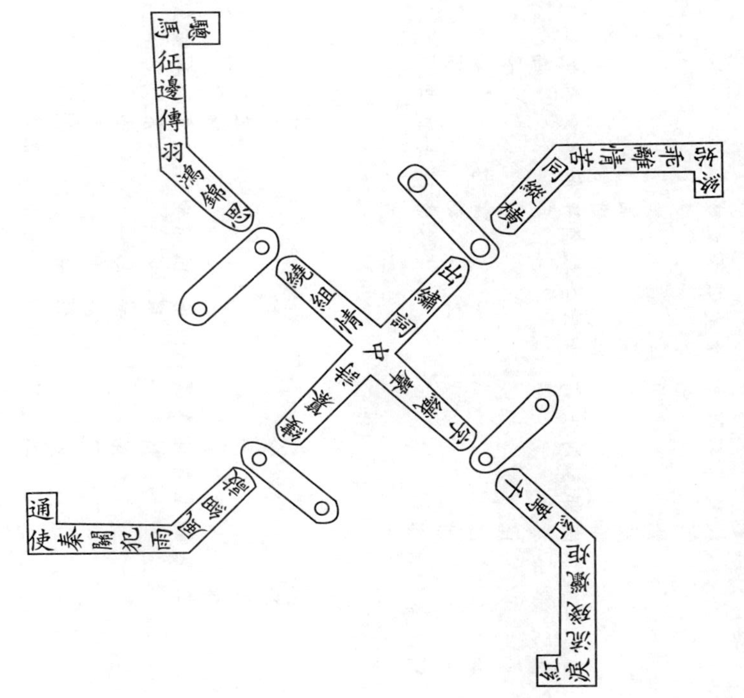
征邊傳羽
使秦關犯雨

敷龍駒鎖轡鑾　檥美傲松樅艫
布　兎　淤　縺
繁　顧　澱　譏
星　追　量　涸
曙　飛　江　鮒
弧强彎孩孺衛鄭呑河洪烏　湖鐘釜較角解布縷誇錦攄
穠　魯　瓦　墉
華　比　耀　城
映　邸　罍　小
藻　鄘　銅　溷
頪助齊仰莒邾　盧顛走馬鼎厠

佩譽名慎始初　株根培櫁樹器
璲　鎔　茸　侈
琢　金　丰　笑
玲　溢　裘　鐘
瓏　寶　擯　鏞
舒展觀鳳翥貴奇藏劍虹玦　狐琮璧遭毀棄羽毛重錙銖
鑄　琨　妖　絜
鐵　異　惡　緼
範　石　美　衣
炎　聚　嫭　列
鑪充茅貢匭笥　視聽教督聾臚

右黼黻圖稿，仲瞿先生未竟業也。按先生自跋云，共圖一幅，分圖四十有九。茲惟三十四圖，自注末頁云，其餘尚未圖出，且自金錢錦下釋文未備，故世所傳者僅全錦而已。全錦一圖，先生曾自刻之，錢塘陳雲伯再刻之，宜興潘治甫嘗書以贈人，余凡三見之。然讀者每興望洋之歎，茲得是稿，不啻渡津之寶筏也，爰録之以庋諸篋，原稿藏秀水嚴氏。時咸豐四年甲寅秋閏七月十有九日燈次，私淑弟子張鳴珂拜識。

案：趙萬里黼黻圖鈔本與梯仙閣内史擬趙陽臺回文詩書寫本（即陳文述刻本）兩相對照，便有好些異文，而趙本之全錦與分圖間，亦存在類似問題。劉繼增設色本、葉叔達手鈔本，雖皆出自梯仙閣書寫本，但彼此比對，也有異文，例如『權』，劉本作『權』；『櫨』，劉本葉本作『櫨』；『擴』，劉本作『擴』；『鷹』，劉本作『燕』、葉本作『鶯』；『欏』，劉本作『欐』等。劉本更多些，可能爲其所改，似不會全是筆誤。

劉繼增金氏回文讀法

墨書

外周無論何字起，回環徃復，逐字推移，皆四言成句，兩句成韻。

四隅每角一字，合外圍紫書，顛倒各四成五言一句，分屬左右三行，徃復交互，各成五言絶句。

四正除横列八字并入黄書，自第六行第二字起，向右屈曲左行至十三行四字止，徃復皆四言六句，兩句爲韻。

敗浸讒
致淪
信賢
波恭
連慎
淑
身修儀餙
顏
端
餝
整
履率循循

又從首行末倒讀，屈曲向左中借四言五字，直接朱書斜行趨心環遍四正，共得七言三十四句。又從末行末，借朱書斜行一字，向右環讀得二十八句，句皆東韻。

蛛網挂琴桐
絲　　　沉
蟲　聲淪鼓
蛩　滅　鐘
鳴　蹤　悰
悽　衷　憂
惻感幽　百
　　　　集
顏丰胸脅交
端
飭
整儀容鍾情
　　　　孤
淼蓬飛西逐
苦乖離情苦
向

朱書

方罫外匡内匡，回環往復，或進退一字，皆五言律詩，叶東魚兩韻。

青書

四正往復各六言五句，每句叶韻。

四隅中方對待讀，往復各四言四句，其左右以角字爲韻，成三言四句，如借前角字爲四言，借中心朱書爲五言，皆兩句爲韻。

紫書

中行三角形，凡居上下者由外旋入，居左右者直行讀，徃復皆七言絶句。四隅詳墨書。

黄書

每角向背連借讀，凡向中行者連墨書横讀，共十八字，中借兩字，折疊回環成五言四句，句各爲韻，兩句换韻。

怒恩
喜盛
變轉
心朽
是腐君
爛知
草妾
傷心
根苦

凡向斜行者借朱紫書成長方形四行，行五言成絶句，叶東韻。

文辭工復工
轉織千思窮
妾心雖萬巧
君意薄顔紅

趨中角字向外，四面各一借紫書一字間讀，爲迴環周午規圓勾股，四言兩句，逐字徃復成韻。右讀法畧舉一隅，未盡其變，并不計首數，試取墨書外方如法統讀之，成詩三百四首，以每首四句分讀之，即得六千餘首。如析全圖爲四十九，按圖推之至萬七千餘首，則非尺幅能詳也。至所分五色，用以分別界限，初無一定，惟青書中含二十八宿，以及朱書之方罫、紫書之三角形、墨書之外方，應純用一色，其餘可勿論耳。寄漚再記。

林雲仙圖解讀法

(子) 共圖一幅，爲方形，其周圍一行，凡一百五十二字，爲四言詩，字字迴文，如環無端。任從何字讀起，都可成誦，韵律和叶，計順讀一百五十二首，迴環亦一百五十二首，共得三百零四首。

(丑) 中心點，爲一中字，對角交叉，成斜十字，有詩詞清聲四字，爲七言詩四句，反覆讀之，亦自成詩。

(寅) 中心之下，四面有三角圖四，每圖又中分爲二，其左方四圖，用曨曚、朧朦、矓矇、蘢蒙，四種同音不同義之字，成七絶四首。

曨曚日轉陣花飛，股剪拋風舞燕歸。慵步小軒尋晚院，叢花繞處亂紅圍。（從直行讀）

朧朦月上坐鳴機，午夜秋砧聽雨飛。紅亂霜天寒雁落，東窗下織曉鐘微。（同上）

矓曚眼取管毫擒，藻采加工窮巧思。工巧心環圓轉轉，瓏玲枕復獨眠遲。（如螺旋向内讀）

蘢蒙日際怕迷離，錦綉文從龍鳳螭。終夜看圓明鏡月，空憑信使不心知。（同上）

（卯）右方四圖，爲五絶詩四首。

語言惜微身，阻間雨陳新。夢妾騰身追，空思跨孤飛。

苦心妾知君，腐爛草傷根。君妾轉織文，心意雕薄顔。

虎豺畏新人，嫮顔怨酸辛。春來妾處處，人腰瘦知不。

嫵妖嫉意真，聚首驚胡秦。真妾日暮繰，身本知遭飄。

（辰）四大角方罫，爲五言詩十二句，對角讀起，上下縱横曲折，如長蛇陣。

『鵌鼷狎字乳』起，直下行至『夢寐識苦悰』，又向内横行至『虚渠勝盈坎』，又向上行至『攄錦誇縷布』，又向内横行至『湖江重濺淤』，又向上行至『樲美傲松樅』，又向外横行至『噬鯨傴舟艟』，或再向下『魚風霄振梟』，『翠語囈例庸』。

『鴛戴輕鴛鷺』，直下行至『枘鑿空情鐘』，又向内横行至『蘇蘇使魅魘』，又向上行至『臚列衣蘊絮』，又向内横行至『株根培樗樹』，又向上行至『器侈笑鐘鏞』，又向外横行至『髮鬄益醜容』，或再向下『喁穹天昧井』，『睨蠹縠擬聰』。

『瑪琈辨璞處』，直下行至『翳細暗矑曚』，又向内横行至『瑚璉污點玷』，又向上行至『舒晨覿鳳

翥』，又向内横行至『瑛琨異石聚』，又向上行至『笥匭貢茅充』，又向外横行至『鞴槖鼓倕工』，

或再向下『輿崇卑任位』，『置措施隨叢』。

『櫨枅楮厦仆』，直下行至『刺棘栽梧桐』，又向内横行至『筊鳳入凰檻』，又向上行至『敷布繁星曙』，又向内横行至『邾莒仰齊助』，又向上行至『頳蘂映華穠』，又向外横行至『禬禖殪羌戎』，

或再向下『驢㥄惛愁顧』，『睇蓋毳蔽童』。

（已）正面第二排，有長方圖四，每圖爲六言詩五句。

雱聚雯飛霰散，芬雲馥烟縵縵，紋綵星辰燦爛，元纁纖黄瀰涑，坤地乾天貫串。

環鎖迴文轉輾，璘霦璣珠穿綰，雲繞房簾眴眩，虨虨文彪虎虥，新意思奇變换。

真僞如何贋衒，均匀轉圓入選，文字虚憑錬鍛，陳陳朽腐漁佃，釁愁笑喜倩盼。

紛紜綈繒綪縓，奔吞淮河江漢，陳畢昴參旦旦，砏碫轟雷爍電，歕欱飛文爟熯。

（午）上圖之下，稍偏右，有横長方圖四，凡九行，每行五字，首三句七言讀，以下六言讀，以右旁首行，自下而上，又轉向左，如螺旋，向内讀之。

桐琴挂網蛛絲蟲，蛩鳴悽惻身顔丰，胸脅交集百憂悰，……聲滅蹤。

壘苴摯羽看飛翀，窮禽羈鳥余思恫，傭厮棄取擷菲葑，……慘哀中。

潼臨關繞波流衝，嵸巃高險朝山重，㥄惛心擾憂思忡，……交涕空。

鴻飛絶徼出從戎，冬春交流和飛同，雄隨雌逐西分東，……樂鳴鐘。

（未）四角有春夏秋冬四小圖，每圖九字，看圖自明。其下兩旁有小長方圖八，每圖爲五言詩

三句。

君知妾處怨，文錦屬華雲，素心織綵紋。
顰眉拭月黛，真意孰情人，倦情心似春。
鴉噪晚雲亂，霞綵綴英華，暮梅落陽斜。
林叢噪烏鵲，深草踏花尋，暮園坐操琴。
霞光發髩額，斜繞幾莖花，粉白傅黄鴉。
清霽高樓暮，明見晚霞晴，晚雲飛鷹鳴。
明燈坐月夜，觥滿酌盈罍，亂思兼遠情。
紗窗鎖錦繡，家世本奢華，燕釵雙戴斜。

（申）四旁有八種名花，爲八小圖，每圖五字，其外層又有十二字，作四句讀。再外圍，又有五言詩四句，此是與方罫之五言詩，聯絡重複讀之者。

玉簪花之外圍，爲「鱸鰱譏涸鮒，鱓角較釜鐘，湖江重溉淤，檕美傲松樅」。
金錢花之外圍，爲「毹毡換綈錦，刺棘栽梧桐，筊鳳入凰檻，轡銜加牛童」。
繡毬花之外圍，爲「呼歌任對覽，寐夢識若悰，虛渠勝盈坎，廁衆陪賤庸」。
鳳仙花之外圍，爲「弧强彎孩孺，衛魯比邶鄘，邾莒仰齊助，穎蘂映華穠」。
夜合花之外圍，爲「銖錙重毛羽，棄擯裘丰茸，株根培樗樹，器侈笑鐘鏞」。
翦薄花之外圍，爲「洿穢累繒染，翳細暗矑矇，瑚璉污點玷，佩帶解荆叢」。

錦纏花之外圍，爲「鑪炎範鐵鑄，貴奇藏劍虹，瑛琨異石聚，笥匭貢茅充」。

麗春花之外圍，爲「枯顔愁鏡擘，枘鑿空情鍾，蘇蘇使魅魘，視遠不明聰」。

（酉）方罫之下，四角有方圖四，每圖十六字，爲四言詩，多是二十八宿之名。

「禽去井谷，斷綆贏瓶，參商邈邈，舛謬昏星」。其外圍，又聯絡方罫五言詩四句，「攄錦誇縷布，鱓丸耀壘銅，盧顛走馬弄，厠溷小城墉」。

「吻毁角摧，聚擯麀麋，軫還輪迴，遇詭之爲」。其外圍，又聯絡方罫五言詩四句，「敷布繁星曙，衛鄭吞河洪，烏飛追顧兎，轡韁鎖駒龍」。

「夕指魁旋，陳緯羅經，璧合珠連，昏旦中星」。其外圍，又聯絡方罫五言詩四句，「臚列衣蘊絜，棄毁遭壁琮，狐妖惡美娉，視聽教瞽聾」。

「魁環斗匡，揭是酒漿，箕惟簸揚，舌翕唇張」。其外圍，又聯絡方罫五言詩四句，「舒展觀鳳翥，貴寶溢金鎔，初始慎名譽，佩璲琢玲瓏」。

其他有縱横貫串，錯綜變化，蛛絲馬跡，魚貫蟬聯，非此圖解讀法，可能詳盡，須讀其全圖，方知其中之妙用。

玉連環

黄本驥

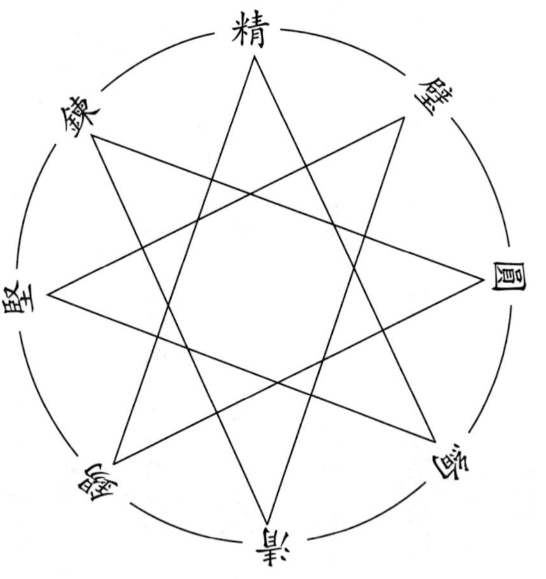

玉連環　圓錫盒蓋銘

擬梁簡文紈扇銘製，迴環交午讀之，得三十六變。

四言

精錬堅錫，清絢圓璧　錬堅錫清，絢圓璧精

堅錫清絢，圓璧精錬　錫清絢圓，璧精錬堅

清絢圓璧，精錬堅錫　絢圓璧精，錬堅錫清

圓璧精錬，堅錫清絢　璧精錬堅，錫清絢圓（每句退一字順讀八首）

精璧圓絢，清錫堅錬　璧圓絢清，錫堅錬精

圓絢清錫，堅錬精璧　絢清錫堅，錬精璧圓

清錫堅錬，精璧圓絢　錫堅錬精，璧圓絢清

堅錬精璧，圓絢清錫　錬精璧圓，絢清錫堅（每句退一字逆讀八首）

精錫圓錬，清璧堅絢　錬清璧堅，絢精錫圓

堅絢精錫，圓錬清璧　錫圓錬清，璧堅絢精

清璧堅絢，精錫圓錬　絢精錫圓，錬清璧堅

圓鍊清璧，堅絢精錫　　璧堅絢精，錫圓鍊清（每句隔二字順讀八首）
精絢堅璧，清鍊圓錫　　鍊圓錫精，絢堅璧清
堅璧清鍊，圓錫精絢　　錫精絢堅，璧清鍊圓
清鍊圓錫，精絢堅璧　　絢堅璧清，鍊圓錫精
圓錫精絢，堅璧清鍊　　璧清鍊圓，錫清絢堅（每句隔二字逆讀八首）

嵰山甜雪卷九（道光中湘陰蔣環刻本）

本驥（一七八一——一八五六）字仲良，一字虎癡，湖南寧鄉人。湘南次子，五歲而孤。清道光元年辛巳舉人，官黔陽教諭，嘗主講虎溪書院。喜聚金石文字，古琴刀布。著有嵰山甜雪十二卷（三長物齋叢書本）。

回文集卷二十一　目錄

脱卸連環

傅隱蘭

畫梅花影照窗紗瘦幹斜凝脂點點

小窗梅影共徘徊淺淡開花香暗送

月移花影上窗紗瘦幹斜看疑畫譜

脱卸連環

消寒圖

畫梅花影照窗紗，影照窗紗瘦幹斜。瘦幹斜凝脂點點，凝脂點點畫梅花。

窗梅

小窗梅影共徘徊，影共徘徊淺淡開。淺淡開花香暗送，花香暗送小窗梅。

花影

月移花影上窗紗，影上窗紗瘦幹斜。瘦幹斜看疑畫譜，看疑畫譜月移花。

刘蘭詞鈔附

迴文體

紈扇

童叶庚

紈羅剪薄片雲飛
別樣新裁冷葛衣闌倚倦容
花掩瘦袖籠香腕雪添肥團團影月涼紗隔翡翠螢素手揮歡合巧成妝閣晚寒生夏榻引風微

紈扇

微風起，羅紈止。順回讀，飛字兩用。

七律二首

微風引榻夏生寒，晚閣糚成巧合歡。揮手素螢飛點點，隔紗涼月影團團。肥添雪腕香籠袖，瘦掩花容倦倚闌。衣葛冷裁新樣別，飛雲片薄翦羅紈。

紈羅翦薄片雲飛，別樣新裁冷葛衣。闌倚倦容花掩瘦，袖籠香腕雪添肥。團團影月涼紗隔，點點飛螢素手揮。歡合巧成糚閣晚，寒生夏榻引風微。

蓮葉

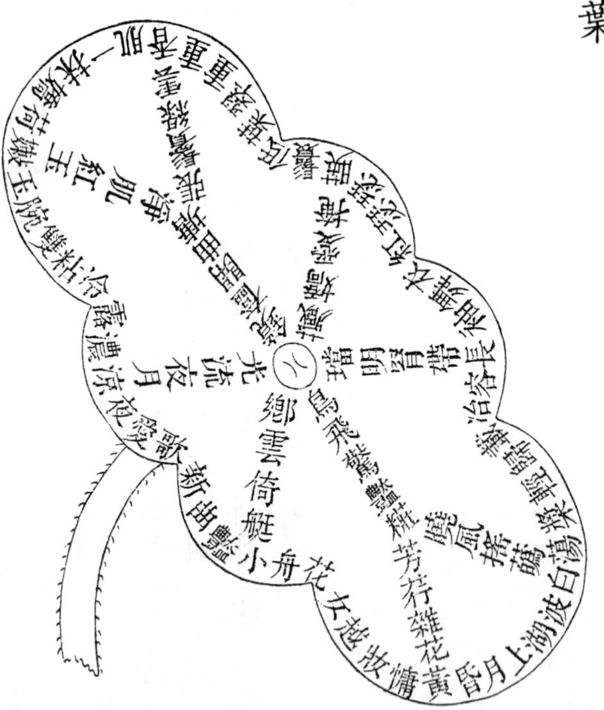

蓮葉　櫟蓮曲

葉邊七律，慵糙起，昏黄止，順回讀二首。葉筋五絶用平韻，五古用仄韻，仁智體讀，二百八十四首。

七律二首

慵糙越女花舟小，豔曲新歌愛夜涼。濃露冷粘雙腕玉，嫩荷嬌抹一肌香。重重翠葉低鬟映，瑟瑟紅衣舞袖長。容冶載歸輕槳蕩，白波湖上月昏黄。

黄昏月上湖波白，蕩槳輕歸載冶容。長袖舞衣紅瑟瑟，映鬟低葉翠重重。香肌一抹嬌荷嫩，玉腕雙粘冷露濃。涼夜愛歌新曲豔，小舟花女越糙慵。

五絶　仁智體

小艇倚雲鄉，鳥飛驚豔糙。曉風摇藕白，芳荇雜花黄。

入以涼月夜流光，長帶胥明璫，映掩愛嬌藏，鏡奩開曲塘四句，用陽韻順回離合讀，得詩五十二首。

映掩愛嬌藏，鏡奩開曲塘。淨肌紅玉嫩，張鬢綠雲香。

入以涼月夜流光，長帶胥明璫，小艇倚雲鄉，鳥飛驚豔糙四句，用陽韻順回離合讀，得詩五十二首。

小艇倚雲鄉，光流夜月涼。藏嬌愛掩映，長帶冐明璫。

入以鳥飛鶩鷁䑸，鏡奩開曲塘二句，用陽韻順回離合讀，得詩一百二十首。

五言　仁智體

鄉雲倚艇小，䑸鷁鶩飛鳥。黄花雜荇芳，白蘤摇風曉。

入以光流夜月涼，璫明冐帶長，鏡奩開曲塘，映掩愛嬌藏四句，用篠韻順回離合讀，得詩三十首。

藏嬌愛掩映，塘曲開奩鏡。香雲綠鬢張，嫩玉紅肌淨。

入以光流夜月涼，璫明冐帶長，鳥飛鶩鷁䑸，小艇倚雲鄉四句，用敬韻順回離合讀，得詩三十首。

放鶴亭

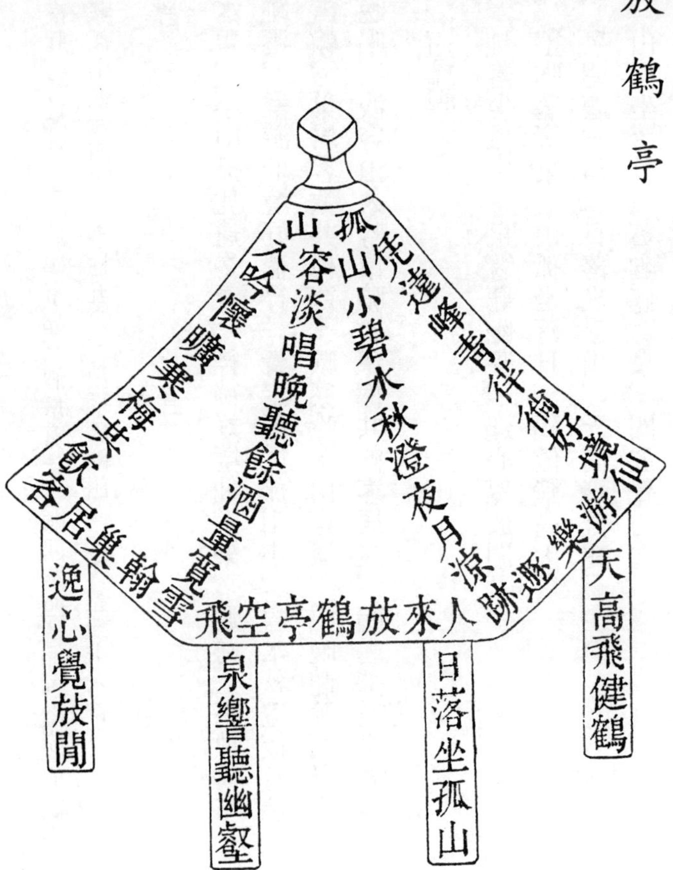
孤山小碧水秋澄夜月涼
尭遶峰青徉徜好境仙
山容淡唱晚聽餘酒量寬雪
入吟懷曠集梅共飲客居巢翰
飛空亭鶴放來人跡遜樂游
天高飛健鶴
日落坐孤山
泉響聽幽壑
逸心覺放閒

放鶴亭

七言涼月夜起，放鶴亭止，放鶴亭起，酒量寬止，順回讀四首。亭檐題放鶴亭三字，亭頂及兩邊角，藏孤山仙客四字。亭柱五言，用平仄兩韻，仁智體讀十六首。

七絶四首

涼月夜澄秋水碧，小山孤凭遠峯青。徉徜好境仙游樂，遯跡人來放鶴亭。
亭鶴放來人跡遯，樂游仙境好徜徉。青峯遠凭孤山小，碧水秋澄夜月涼。
放鶴亭空飛雪翰，巢居客飲共梅寒。曠懷吟入山容淡，唱晚聽餘酒量寬。
寬量酒餘聽晚唱，淡容山入吟懷曠。寒梅共飲客居巢，翰雪飛空亭鶴放。

五言　仁智體

天高飛健鶴，日落坐孤山。泉響聽幽壑，逸心覺放閒。
閒放覺心逸，壑幽聽響泉。山孤坐落日，鶴健飛高天。
逸心覺放閒，泉響聽幽壑。日落坐孤山，天高飛健鶴。
鶴健飛高天，山孤坐落日。壑幽聽響泉，閒放覺心逸。

用删先藥質四韻，順回離合讀，每韻各得詩四首。

宋神宗時，北虜使至，每以能詩自矜，以詰翰林諸儒，上命東坡館伴之。虜使乃以詩詰東坡，東坡曰，賦詩亦易事也，觀詩稍難耳。遂作晚眺詩以示之，詩云，長亭短景無人畫，老大横拖瘦竹筇，回首斷雲斜日暮，曲江倒蘸側山峯。是名仁智體，以意寫圖，令人自悟，虜使惶愧，莫知所之，自後不復言詩矣。

雷峯塔

苔石舊經雷經舊石苔

紅日落高峯高落日紅

壁殘巢鳥夕鳥巢殘壁

倒圖浮影圓波照波圓影浮圖倒

雷峯塔

先下層，次二層，次三層，末上層。倒圖起，石苔止，回文讀，中題雷峯夕照四字。

菩薩蠻一調

倒圖浮影圓波照，照波圖影浮圖倒。紅日落高峯，峯高落日紅。壁殘巢鳥夕，夕鳥巢殘壁。苔石舊經雷，雷經舊石苔。

楊柳曉風

細雨一堤翠浪
女郎東風二月紅橋
鬥纖腰
倚樓宮春曉
舞花間弄影
眉鏡裏偷描
聞鶯調喚聲嬌
起樓頭蘇小

楊柳曉風

細雨起，蘇小止。一葉一句，交加之字俱重用。

西江月一調

細雨一堤翠浪，東風二月紅橋。女郎二八門纖腰，腰倚楚宫春曉。楚舞花閒弄影，宫眉鏡裏偷描。偷聞鸚鵡喚聲嬌，喚起樓頭蘇小。

梧桐烁月

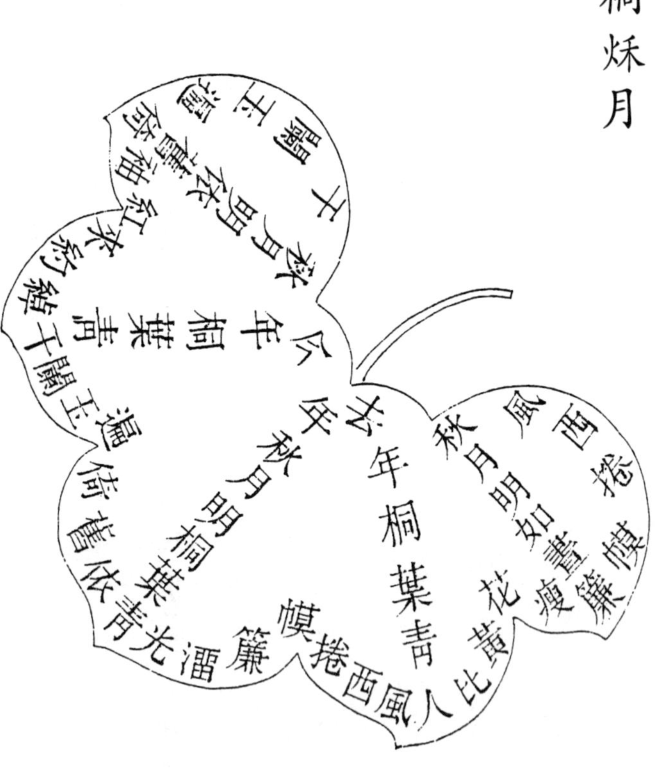
干闌玉
秋月明依舊倚遍
來紅袖
約綠
今年桐葉青
干闌玉遍
倚舊依青光酒簾幙捲西風人比黃花
秋年桐葉青
今年秋月明桐葉青
西風秋月明如畫
捲幙簾瘦

梧桐秋月

一調，去年秋月明起，中行字互借，左右分讀，至綽約來紅袖止。一調，去年桐葉青起，左右分讀，至秋月明依舊止。二調內，惟光溜如畫四字不重用。

生查子二調

去年秋月明，桐葉青光溜。簾幙捲西風，人比黄花瘦。今年秋月明，桐葉青依舊。
倚遍玉闌干，綽約來紅袖。去年桐葉青，人比黄花瘦。簾幙捲西風，秋月明如畫。今年桐葉青，綽約來紅袖。
倚遍玉闌干，秋月明依舊。

芭蕉夜雨

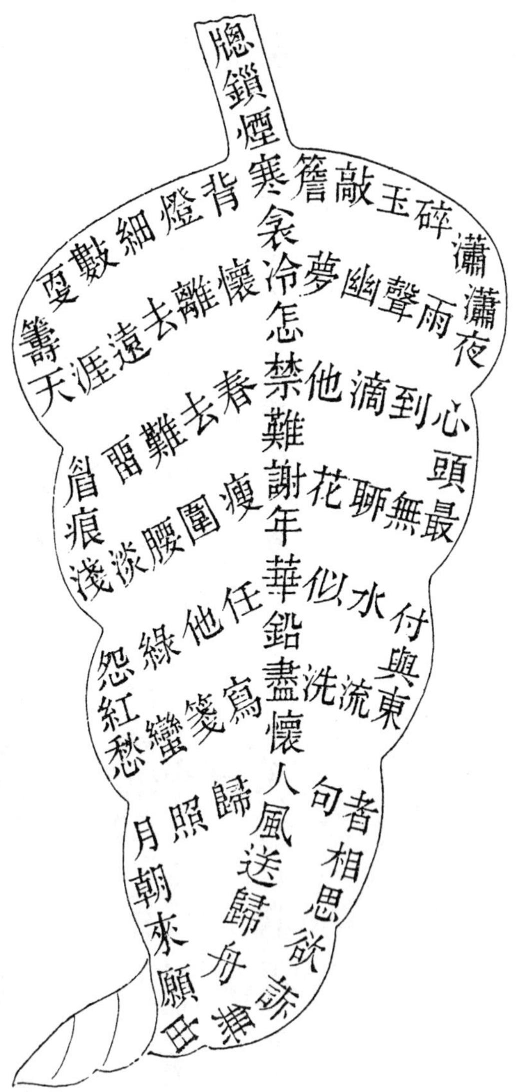
牕鎖煙寒衾冷怎禁難謝年華鉛盡懷人風送歸舟
簷敲玉碎瀟瀟夜雨聲幽夢
背燈細數更籌
懷離去遠涯天
他滴到心頭最無聊花
春去難留眉痕
瘦圍腰淡淺
似水付與東流洗
任他綠怨紅愁
寫箋蠻
句者相思欲訴兼舟
歸照月朝來願田

芭蕉夜雨

牕鎖煙寒起，左旋向上，右旋向下，至風送歸舟止，交互處，皆借讀。

高陽臺一調

牕鎖煙寒，簷敲玉碎，瀟瀟夜雨聲幽。夢冷衾寒，背燈細數更籌。天涯遠去離懷冷，
怎禁他滴到心頭。最無聊，花謝難禁，春去難留。眉痕淺淡腰圍瘦，謝年華似水，
付與東流。洗盡鉛華，任他緣怨紅愁。蠻牋寫盡懷人句，者相思欲訴無由。願來朝，
月照歸人，風送歸舟。

梅華春雪

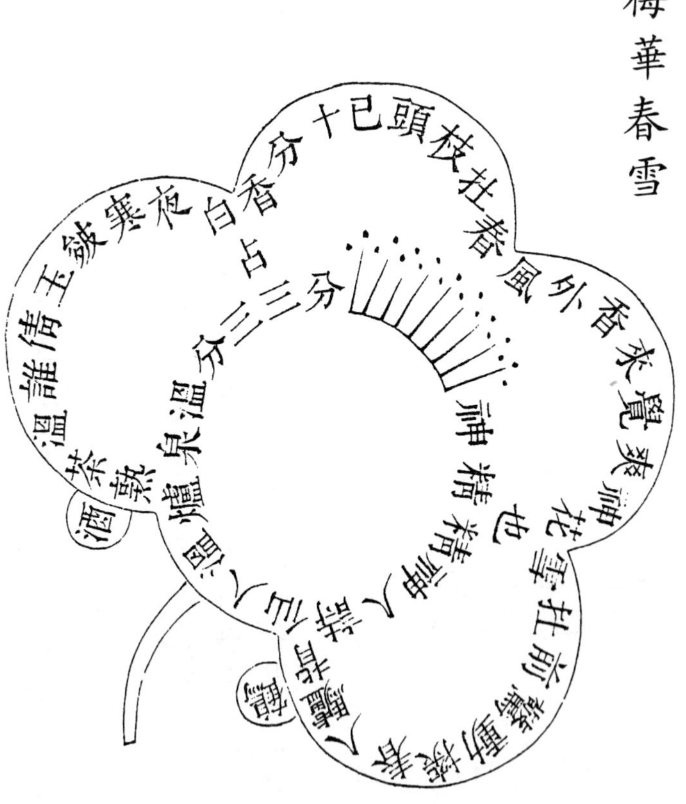
溫誰倩玉皴寒夜白香分十已頭枝扗春風外香來覺爽神花雪扗前鬢動撥春人驢背
占三分三分溫泉爐溫人仙詩人神精精神也
茶熟
酒
鶴

梅花春雪

風外香來起，酒熟爐温止。也背占熟四字重用。七言句，俱成語。

一剪梅一調

風外香來覺爽神，花也精神，雪也精神。扗前驚動探春人，驢背詩人，鶴背仙人。

春扗枝頭已十分，香占三分，白占三分。夜寒皴玉倩誰温，茶熟泉温，酒熟爐温。

錦纏枝

梧霞夢魂詩弄月
酒凝霜印嫩萏搖
醉砌分冣早徑夢
餘竹寒開時小景
香蹊暖意香融雀
鳧敲雪映窗梅扶
篆煙龍玉萬枝

錦纏枝　詠梅

自梅字起，螺紋讀至中心開字止，每句藏頭。回讀亦然。

七言八句二首

梅枝萬玉籠烟篆，篆裊香餘醉酒杯。杯覆夢魂詩弄月，月摇花影鶴扶梅。

梅牕映雪敲疎竹，竹砌凝霜印嫩苔。苔徑小融春意暖，暖寒分處早時開。

梅扶鶴影花摇月，月弄詩魂夢覆杯。杯酒醉餘香裊篆，篆煙籠玉萬枝梅。

開時早處分寒暖，暖意春融小徑苔。苔嫩印霜凝砌竹，竹疎敲雪映牕梅。

錦纏枝

華徹月池春弄景
萼寒泉石鼎茶迷
綠漱窗掩幹煮香
如玉紗斜橫夜海
入畫碧縷煙淡雪
畫冰句妙裁箋飛
素心知我是蹤

錦纏枝　其二

自花字起，至斜字止，讀法同前。

七言八句二首

花疎是我知心素，素面人如綠萼華。華散月池春弄影，影迷香海雪飛花。花裁妙句冰壺玉，玉漱寒泉石鼎茶。茶煮夜深煙縷碧，碧紗牕掩幹横斜。斜横幹掩牕紗碧，碧縷煙深夜煮茶。茶鼎石泉寒漱玉，玉壺冰句妙裁花。花飛雪海香迷影，影弄春池月散華。華萼綠如人面素，素心知我是疎花。回文片錦

玉連環

俞樾

玉連環　仿古扇銘

梁簡文帝紗扇銘曰，風霜照月空光曜發，凡八字，讀之得一十六句，余仿其格而爲此。

四言

輕味香襲，清氣涼浥
香襲清氣，涼浥輕味
清氣涼浥，輕味香襲
涼浥輕味，香襲清氣
浥涼氣清，襲香味輕
氣清襲香，味輕浥涼
襲香味輕，浥涼氣清
味輕浥涼，氣清襲香

味香襲清，氣涼浥輕
襲清氣涼，浥輕味香
氣涼浥輕，味香襲清
浥輕味香，襲清氣涼
涼氣清襲，香味輕浥
清襲香味，輕浥涼氣
香味輕浥，涼氣清襲
輕浥涼氣，清襲香味

曲園墨戲（光緒十六年序刻本）

錦上花

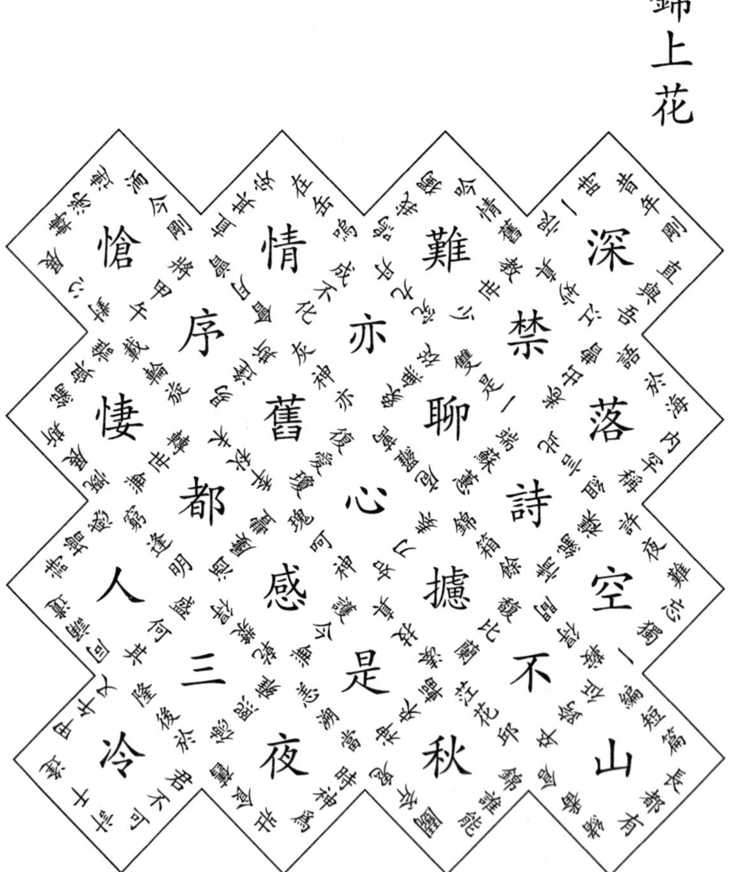

錦上花　題姚江華亦曹先生蘭湄幻墨即用集中錦上花體

先生有錦上花一圖，凡七言詩三十六句，即自題幻墨者。余既爲製序，又仿此圖作詩一章，東家效颦先生詩中已及之矣，九原有知，能無一笑。然剛直公已騎箕天上，不得與之共讀余詩，所謂寸心展轉涕漣洏，良非虚語也。

七言古風一首

昔年剛直與吾語，吾於海内罕稱許。午夜難忘獨一編，冊短篇長都有緒。者番倉卒跨征鞍，安得間情編襍組。且言此卷出曹江，工妙真教世少雙。又是一端蘇蕙錦，巾箱餘馥比蘭茳。江花邱錦誰能鬬，斤斧鬼神來輻湊。天技真如刀奏庖，包羅萬象無從究。九九丹成不化灰，火神亦復愛瓊瑰。鬼呵神護今無恙，心溯當時神爲壯。士食舊德熙雍乾，乞漿得酒屢豐季。千秋未易逢斯會，日月曾將甲午載。車輪旋轉世無窮，躬逢明盛何其隆。生後於君不可計，十干逢甲午又同。口誦遺詩增感慨，既展斯編與誰對。寸心展轉涕漣洏，而今剛直其安在。土缶嗚嗚我獨吟，今情舊恨一時深。木落空山秋夜冷，令人悽愴情難禁。小詩不是三都序，予亦聊攄感舊心。　蘭湄幻墨（武林竹簡齋石印本）

樾（一八二一—一九〇七）字蔭甫，號曲園居士，浙江德清人。清道光二十四年恩科舉人。三十年庚戌，赴禮部試覆一等第一名，殿試二甲賜進士出身，改翰林院庶吉士，授編修，提督河南學政。御史曹澤劾其命題割裂，罷官。歸，僑居蘇州，專治經學，主講紫陽、求志書院，晚年又主講杭州詁經精舍。自少至老，著述不輟，有春在堂全集四百九十卷。

壺盧

錢芸吉

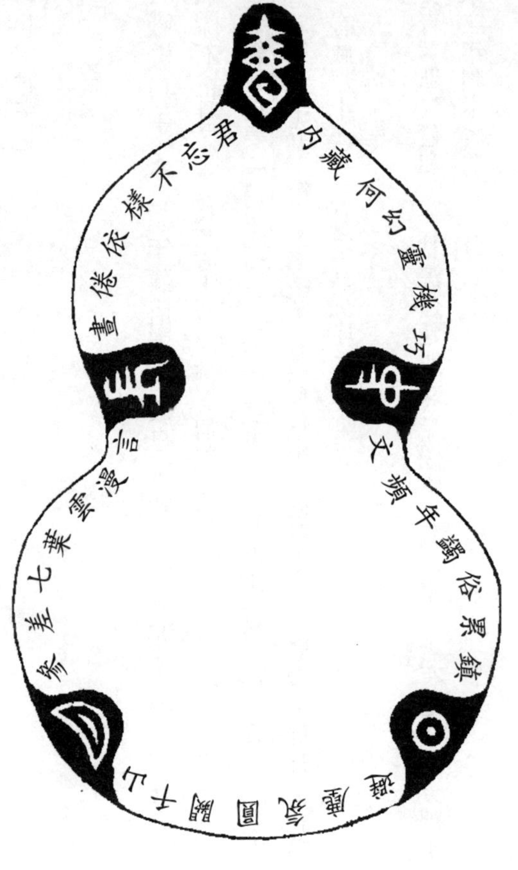

壺盧　自題七巧八分圖

讀法，壺字起，君字止。

五言律詩一首

壺內藏何幻，靈機巧中文。頻年蠲俗累，鎮日避塵氛。圓闕千山月，參差七葉雲。漫言長晝倦，依樣不忘君。

錢芸吉七巧八分圖（同治十三年刻本）

續修四庫全書總目提要〔稿本〕：「書面作壺盧形，五言律詩一首，於二十字中之第一、第九、第十七、第二十五、第三十三字，當壺口兩肋兩髀處，分嵌壺中日月長五字，所以標示全書之巧，有咸豐十一年二月王其沅序」。

錢芸吉字遠青，浙江仁和人。甘涼道廷熊女，廬陵王其沅室。著有七巧八分圖十六卷補遺一卷（同治十三年刻本）。

轉尾減字連環

李東沅

仙圓月照筵晴閒曉鶯啼似語笑卿散彩降雲花卿

轉尾減字連環

友人囑擬連環回文七絶二章繡於帕上贈某校書

七絶回文二首

仙雲降彩散花筵，彩散花筵照月圓。圓月照筵花散彩，筵花散彩降雲仙。

卿卿唤語似啼鶯，語似啼鶯曉閤晴。晴閤曉鶯啼似語，鶯啼似語唤卿卿。

（上海圖書館藏鈔稿本）

《[illegible]香唫館詩草》

連環疊字詩

周小山

讀讀　君君　詩詩　句句　清清　奇奇　好好
共共　李李　與與　杜杜　齊齊　驅驅　直直
駕駕　漢漢　唐唐　上上　更更　上上　又又
誰誰　可可　比比　君君　超超　群群　絶絶
類類　風風　流流　句句　堪堪　喜喜　字字
琳琳　瑯瑯　萬萬　斛斛　難難　以以　量量
才才　華華　倜倜　儻儻　氣氣　蒼蒼　茫茫
格格　律律　整整　且且　奇奇　孰孰　能能
則則　傚傚　爾爾　清清　新新　惟惟　古古
人人　有有　此此　絶絶　唱唱　妙妙　入入
神神　無無　敵敵　渾渾　如如　白白　也也
筆筆　精精　工工　好好　畫畫　旗旗　亭亭
壁壁　令令　我我　心心　中中　折折　服服
之之　盥盥　手手　展展　君君　詩詩　時時

連環疊字詩　鏡水堂詩題詞

讀法　讀君詩，讀君詩句句清奇。清奇好共李與杜，好共李與杜齊驅。餘仿此。

長短句一首

讀君詩，讀君詩句句清奇。清奇好共李與杜，好共李與杜齊驅。齊驅直駕漢唐上，直駕漢唐上更上。更上又誰可比君，又誰可比君超群。超群絶類風流句，絶類風流句堪喜。堪喜字，字琳瑯，琳瑯萬斛難以量。萬斛難以量才華，才華倜儻氣蒼茫。格律整，格律整且奇孰能。且奇孰能則，則傚爾、傚爾清新惟古人。清新惟古人有此，有此絶唱妙入神。絶唱妙入神無敵，無敵渾如白也筆。渾如白也筆精工，精工好畫旗亭壁。好畫旗亭壁，令我心中折。令我心中折服之，服之盥手展君詩，盥手展君詩時時。

王定洋鏡水堂詩鈔卷首（光緒二十年刻本）

小山字瀛，生平不詳。

連環疊字詩

仙禽山人麟孫

我我有有心心如如你你有有心心比比
翼翼鳥鳥飛飛去去蓬蓬島島三三千千
里里遠遠難難相相企企好好鴛鴛鴦鴦
雙雙並並立立採採蓮蓮塘塘蕩蕩漾漾
春春情情空空悵悵望望伊伊人人一一
別別幾幾時時親親玉玉質質於於今今
已已飄飄泊泊天天涯涯盼盼望望淚淚
頻頻揩揩點點點點春春愁愁人人不不
見見茫茫兩兩地地空空思思念念戀戀

連環叠字詩

乙酉冬，予贅普甯縣張署，路經鮀江，遇一妓名美妹，一見如故，頗極綢繆。予贅後，旋命人攜伊來普，朝夕相聚。約經半載後，予行將有日，欲與予偕歸，予告以堂上雙親約束甚嚴，不能攜妓而歸，相對唏嘘，予以爲之下淚，於是欲行而止者再，後迫於母命不得已割愛而別。昨接一函，并蒙贈金銀元寶各一枚，以爲天各一方之意，予亦有所酬焉。追思往事，因有所感，遂爲放歌，效秦少游勸東坡急流勇退式，錄請海内諸吟壇郢政。

我有心，我有心如你有心。如你有心比翼鳥，比翼鳥飛去蓬島。飛去蓬島三千里，三千里遠難相企。遠難相企好鴛鴦，好鴛鴦，雙雙並立採蓮塘。並立採蓮塘蕩漾，蕩漾春情空悵望。春情空悵望伊人，伊人一別幾時親。一別幾時親玉質，玉質於今已飄泊。於今已飄泊天涯，天涯盼望淚頻揩。盼望淚頻揩點點，點點春愁人不見。春愁人不見，茫茫兩地空思念，兩地空思念戀戀。

申報（光緒十二年七月二日）

連環疊字詩

吴慶燾

一一片片花花飛飛上上枝枝但但聽聽鳥鳥喚喚
人人不不知知春春去去幾幾何何時時有有思思
伊伊人人隔隔雲雲樹樹參參差差葉葉漸漸落落
稀稀疎疎月月影影篩篩滿滿池池荒荒草草連連
天天風風凄凄其其三三星星光光逶逶迆迆離離
恨恨天天一一絲絲孤孤憒憒噓噓成成虹虹陸陸
離離文文章章光光怪怪寫寫新新詞詞寄寄與與
病病僧僧吹吹烏烏蒼蒼憐憐我我蒲蒲柳柳姿姿
半半面面燈燈前前掩掩卷卷悲悲不不止止祇祇
恨恨相相見見遲遲一一月月凄凄人人若若痴痴
蝶蝶懶懶不不起起花花枝枝欹欹欲欲墜墜蒼蒼
苔苔誰誰來來持持一一片片依依然然飛飛上上
枝枝連連理理欣欣十十斛斛珠珠光光纍纍

連環叠字詩

懺情侍者惠我海上羣芳譜、滄海遺珠録二書，戲用佛印叠字體謝以長歌，藉此寄念太痴，呈夢畹生吟壇教政。

一片花，一片花飛飛上枝。上枝但聽鳥喚人，但聽鳥喚人不知。不知春去幾何時，春去幾何時有思。有思伊人隔雲樹，伊人隔雲樹參差。參差葉，葉漸落，漸落稀疏月影篩。稀疏月影篩滿池，滿池荒草連天風，荒草連天風凄其。凄其三星光，三星光透池。透池離恨天，離恨天一絲。一絲孤憤嘘成虹，孤憤嘘成虹陸離。陸離文章光怪寫，文章光怪寫新詞，新詞寄與病僧吹。寄與病僧吹烏蒼，烏蒼憐我蒲柳姿。憐我蒲柳姿半面，半面燈前掩卷悲。燈前掩卷悲不止，不止衹恨相見遲。衹恨相見遲一月，一月凄凄人若痴。人若痴蝶懶不起，蝶懶不起花枝欹。花枝欹欲墜蒼苔，欲墜蒼苔誰來持。誰來持一片，一片依然飛上枝。依然飛上枝連理，連理欣欣十斛珠，十斛珠光光纍纍。申報（光緒十二年十月一日）

申報署名金粟庵病脚僧友翠和南

藏頭拆字詩

孫家振

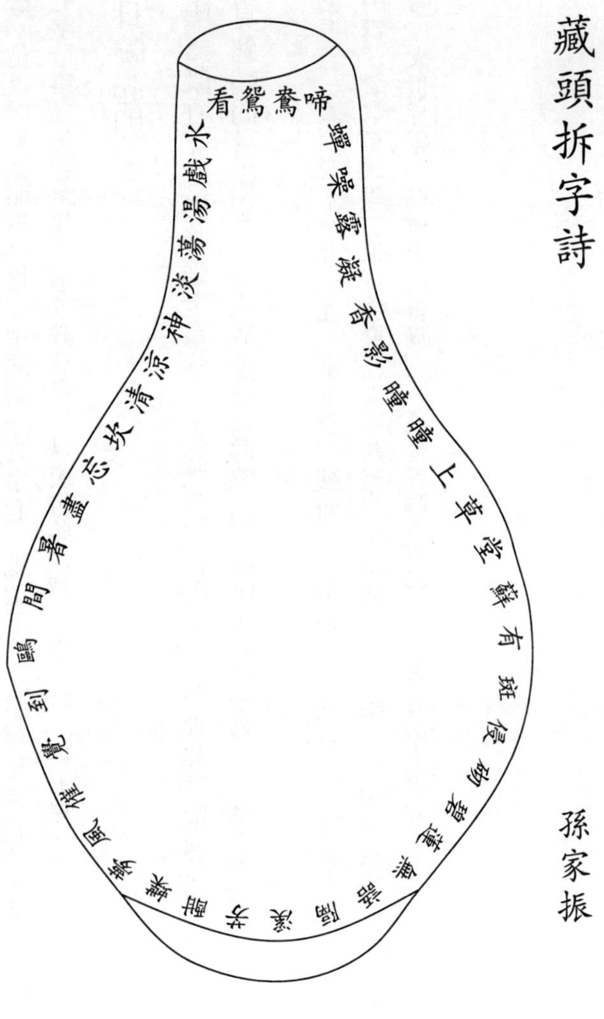

藏頭拆字詩

讀法　仿白居易藏頭拆字格，中間第一鳶字起，衹讀下截鳥字，左盤而下，成鳥啼蟬噪露凝香七字。第二句香字起，讀下截日字，以後仿此，讀至鳶字止，得七律一首。

夏日曉起即事

鳥啼蟬噪露凝香，日影曈曈上草堂。土蘚有斑侵砌碧，石蓮無語隔溪芳。方酣蝶夢風催覺，見到鷗閒暑盡忘。心坎清涼神淡蕩，湯湯戲水看鴛鳶。繁華雜誌第一期（一九一四年）

孫家振（一八六四—一九三九）字玉聲，號漱石，别署海上漱石生，江蘇上海人。早年充申報編輯，繼掌新聞報主筆，後歷任時事新報、輿論時事報主編。自創采風報、笑林報、新世界報、大世界報，開辦上海書局，并爲伶界聯合會會長，著有海上繁華夢等。

錦上花

曾廣鈞

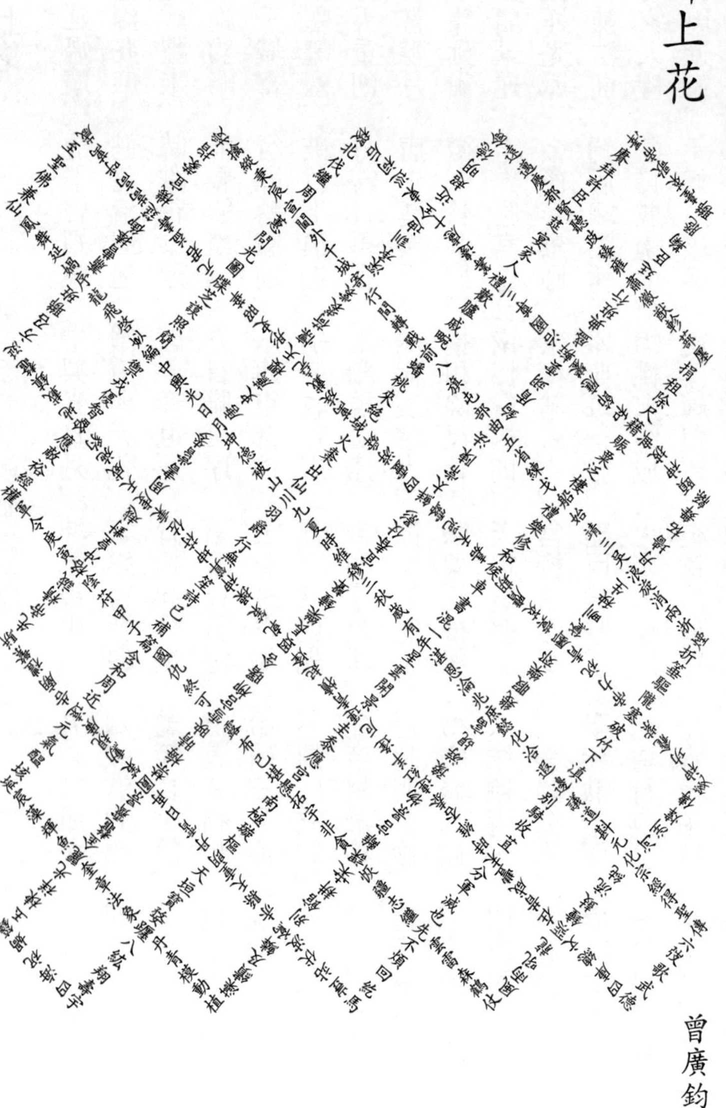

錦上花

皇太后加崇熙尊號敬獻錯綜六十韻

鳳舞延媯序，龍飛啓姒編。中興光日月，坤德被山川。九夏時維穆，三秋歲有年。
湛恩淪兆庶，懿化洽遐邊。議道斟元化，宗經得聖傳。六弢歌武德，四庫總文淵。
在昔咸豐末，時維否泰連。紅羊逢厄運，青犢起烽烟。乾策操神算，坤苻佐秉虔。
天威施豹略，地載鎮鼇涎。方召聯班序，蕭曹捧御筵。機宜掌指授，擒縱秉宸宣。
閫外千城寄，行間轉戰前。八旗屯部曲，五省練戈船。始靖三吳浪，旋消兩浙煙。
折箠驅隴塞，破竹下滇邊。別騎收苴末，分軍滅也先。不煩回紇馬，豈站伏波鳶。
赤縣天重朗，丹霄日再圓。策勳規廣遠，告廟禮繁駢。先帝精誠格，冲皇對越虔。
周書嘗麥月，唐史薦櫻天。懔荷裘裳寄，深承訓迪全。近超明德儉，遠邁慶都賢。
聽政臻雍肅，徽猷軫蔀屢。捐租除尺藉，賑粟泛樓船。禮樂修和候，車書混一年。
星雲開景運，圭黍應宮懸。南極璇樞朗，天垣寶婺躔。八紘翔壽宇，四海祝媧錢。
玉棟祥光麗，金鼇霽景圓。禁梅晴映雪，宮柳曙含烟。長樂鐘聲穆，宜春仗影鮮。
太常陳法曲，鉤盾翊雲軿。盛典班行肅，廷臣鞠躣聯。臺萊歌帝澤，賡拜許臣賢。
莛宴家人禮，歡臚戚畹前。蟠桃來絕域，火棗出仙川。羽爵行無算，笙詩已補篇。
含和周近遠，元氣醞垓埏。宸藻輝魚麗，奎章法象躔。丹青模動植，藻績及鱗鳶。

別館耕桒課，離宮景物連。豫游覘富庶，幾暇樂郊鄽。黛畎秧生浪，丹墻栢舞緜。
頤神披典藉，和節應鑾軿。治國尊三禮，籌邊慮十全。東巡祠后稷，北伐繼周宣。
蕙問光圖牒，芝謨照簡編。禦戎優智略，應敵裕經權。軍令庚寅格，陰符甲子篇。
國仇終可雪，露布已堪懸。拓宇非貪課，恢疆志繼先。雲雷森鶴仗，風雨吼龍淵。
鐘鼓流純化，河洲煒傳箋。神功龕紫塞，帝力祝青鄽。蓂莢賡期候，嘉禾浥露鮮。
四靈游舜域，萬族戴堯天。彤史昭華牒，元君益壽筵。嵩高呼萬歲，至聖佛兼仙。

環天室詩集卷三

連三元

龐北海

惜別離思相感肝膽披奇巧妙心中知飢渴忘兮飲酒危辭寓意贈新詩時壽獨良友規期會訂兮

兮 兮

連三元　贈友

右詩可回讀，并可轉折進退回環讀。

七言

詩新贈兮心中知，飢渴忘兮飲酒卮。辭寓意兮妙句奇，披膽肝兮良友規。期會訂兮惜別離，思相慰兮燭翦時。

時翦燭兮慰相思，離別惜兮訂會期。規友良兮肝膽披，奇句妙兮意寓辭。卮酒飲兮忘渴飢，知中心兮贈新詩。

一串金錢

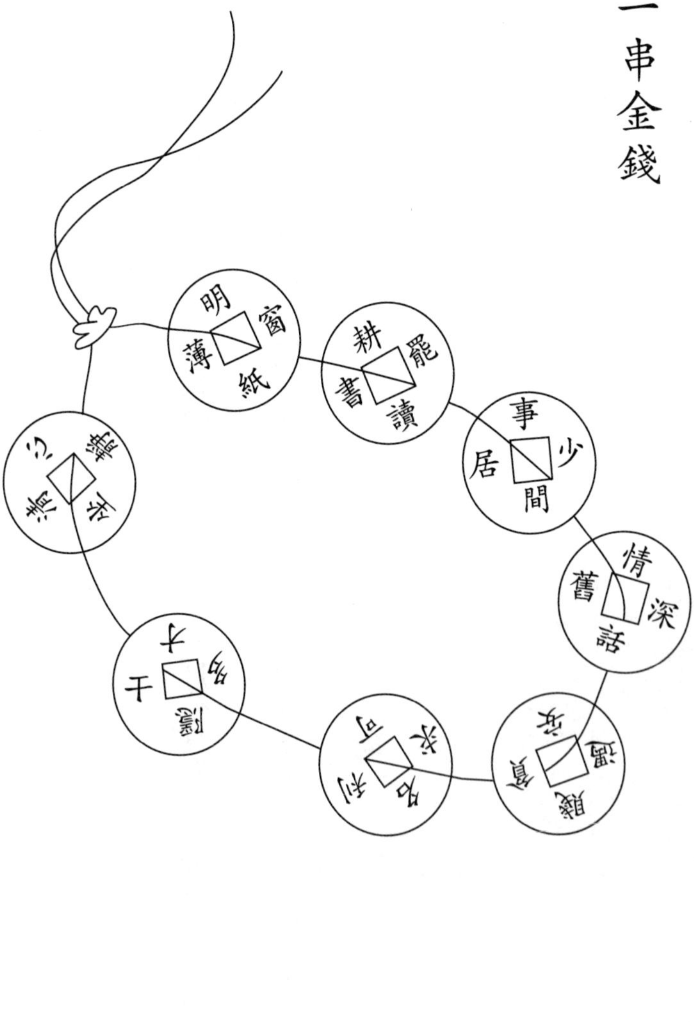

一串金錢　靜坐偶作

七言律詩一首

明窗紙薄紙窗明，耕罷讀書讀罷耕。事少間居間少事，情深話舊話深情。賤貧安遇安貧賤，名利可求可利名。隱士才多才士隱，清心靜坐靜心清。

霹靂環

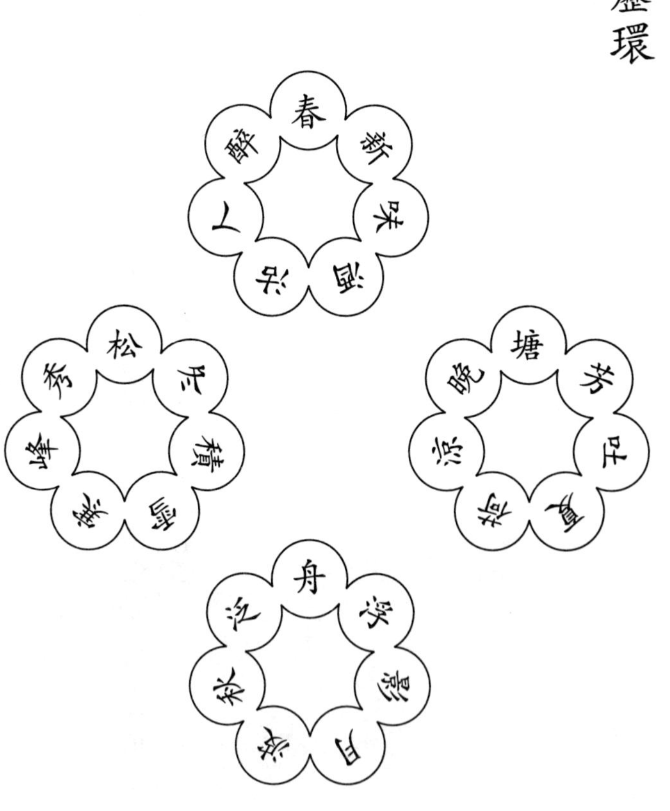

霹靂環　春夏秋冬四調

七絶四首

春醉人沽酒味新，醉人沽酒味新春。人沽酒味新春醉，沽酒味新春醉人。

塘晚涼荷夏吐芳，晚涼荷夏吐芳塘。涼荷夏吐芳塘晚，荷夏吐芳塘晚涼。

舟泛秋波月影浮，泛秋波月影浮舟。秋波月影浮舟泛，波月影浮舟泛秋。

松秀峰寒雪積冬，秀峰寒雪積冬松。峰寒雪積冬松秀，寒雪積冬松秀峰。

綰臂環

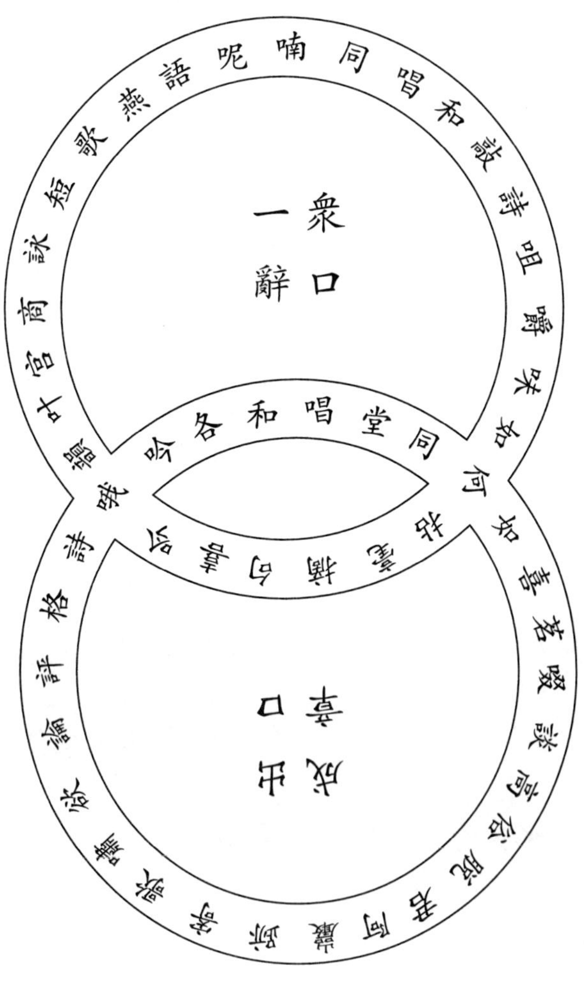
衆口
一辭
出口
成章
商詠短歌燕語呢喃同唱和皷詩咀嚼味如
何
如喜茗啜談高谷脫君阿巖跡寄歌嘯欲論評格詩
吟各和唱堂同
拈毫摘句喜吟
咏韻叶宮

綰臂環 吟詩偶成

七絶二首

拈毫摘句喜吟哦，韻叶宫商詠短歌。燕語呢喃同唱和，敲詩咀嚼味如何。
同堂唱和各吟哦，詩格評論欲嘯歌。寄跡巖阿君脱俗，高談啜茗喜如何。

玉連環

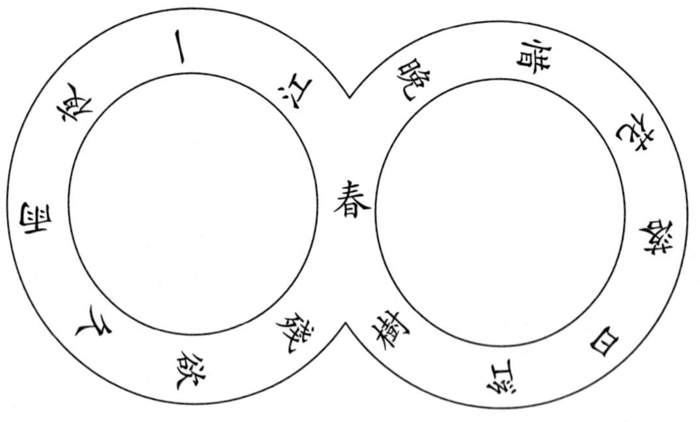

玉連環　春景

五言二首

春殘欲久雨，雨夜一江春。春樹紅日落，落花惜晚春。

春晚惜花落，落日紅樹春。春江一夜雨，雨久欲殘春。

金雙勝

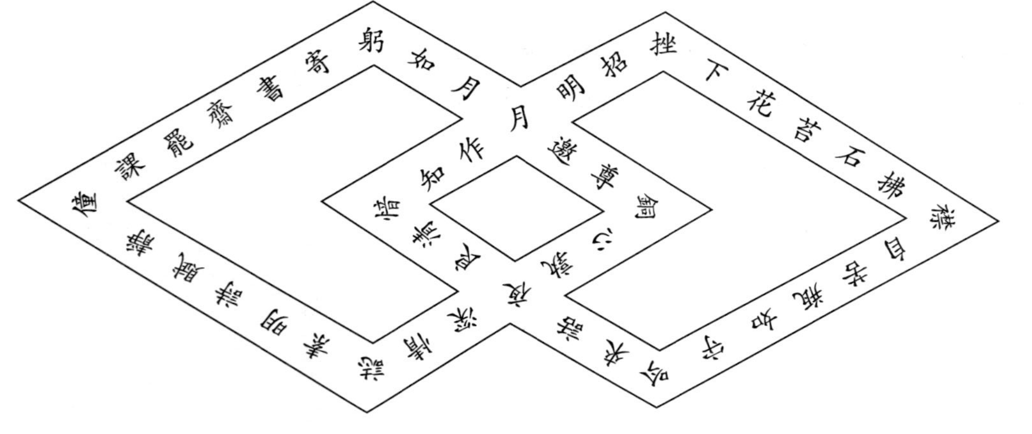

金雙勝 月夜

七絶二首

金尊邀月月如弓，身寄書齋罷課童。人靜賦詩明素志，言情深夜孰心同。

心清良夜話來今，口守如瓶苦自禁。衣拂石苔花下坐，手招明月作知音。

銅方

菊	凝	霜	冷	時
殘				迎
採				風
東				搖
籬	疎	編	綠	竹

銅方　秋景

五言順回八首

時迎風摇竹，竹緣編疎籬。籬東採殘菊，菊凝霜冷時。
竹緣編疎籬，籬東採殘菊。菊凝霜冷時，時迎風摇竹。
籬東採殘菊，菊凝霜冷時。時迎風摇竹，竹緣編疎籬。
菊凝霜冷時，時迎風摇竹。竹緣編疎籬，籬東採殘菊。
時冷霜凝菊，菊殘採東籬。籬疎編緣竹，竹摇風迎時。
菊殘採東籬，籬疎編緣竹。竹摇風迎時，時冷霜凝菊。
籬疎編緣竹，竹摇風迎時。時冷霜凝菊，菊殘採東籬。
竹摇風迎時，時冷霜凝菊。菊殘採東籬，籬疎編緣竹。

車輪

車輪　野渡

七絶一首

激浪淘沙滚滚流，汀灣濟溺淺深浮。波清波濁津涯渡，泛酒江湖汗漫游。

相思板

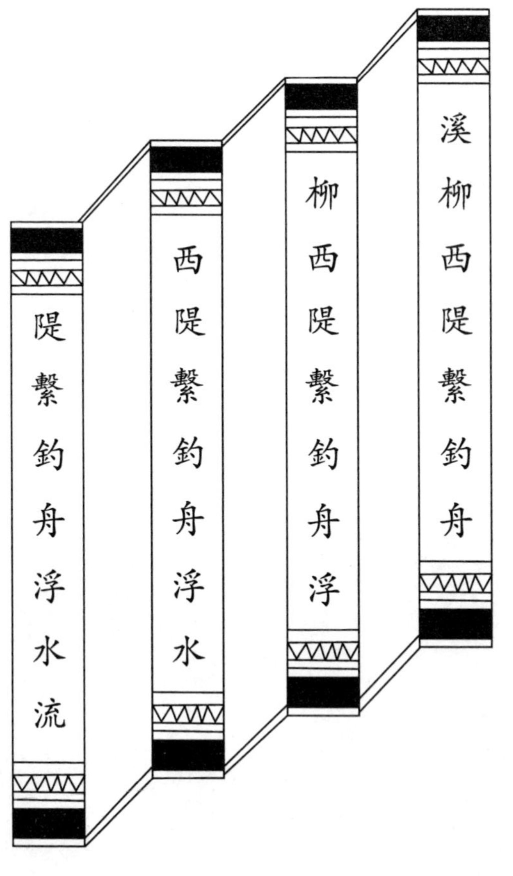

相思板　漁舟

七絶順回二首

溪柳西隄繫釣舟，柳西隄繫釣舟浮。西隄繫釣舟浮水，隄繫釣舟浮水流。

流水浮舟釣繫隄，水浮舟釣繫隄西。浮舟釣繫隄西柳，舟釣繫隄西柳溪。

迴文詩（常熟圖書館藏芳洲手録本）

尋思十二時辰

俞陛雲

尋思十二時辰

五言古風一首

好句不多得，羞與雕蟲伍。演易奪元化，留此閱兵火。晨搜兼暝寫，配合妙機杼。許子不憚煩，味美耽蟫蠹。坤靈護奇寶，酬爾用心苦。成文補殘缺，刻石示千古。

姚江華亦曹先生所作蘭湄幻墨編，祖外舅剛直公藏之有年，今佩芝内弟取付校印，率題一詩於後。階青俞陛雲識。蘭湄幻墨（武林竹簡齋石印本）

陛雲（一八六八—一九五〇）字階青，號樂靜居士，浙江德清人。樾孫。清光緒二十四年戊戌一甲三名進士，授編修，二十八年出任四川鄉試副考官。辛亥革命後，僑居北京。著有樂靜詞。

五雲

失名

五雲

五雲寶鏡圖詩仿璇璣圖詩意

讀法　以上五雲圖，每句之末，與下一句之首，分之則各成爲字，合之則祇一字，如第一首白雲鄉之鄉字，與音信之音字，併合則爲響字，餘以此類推。

七言絶句五首

張五寶，姑蘇女子，滬上數年前名校書也，貌祇平平，而歌喉輕圓瀏亮，曲折無不如意，一聲檀板，四座盡傾，性情亦純潔高尚，絶無青樓中習氣。吾友蕉心君極眷之，愛情固結，如侯公子與李香君焉。癸卯殘冬，寓樓無事，偶檢衡陽李禺山璇璣圖詩，中有五雲寶鏡二圖，爰仿其體，分作七絶十章以贈之。校書嘗自傷風塵墮落，眉峯鎖翠，沉鬱寡歡，又因歌傷氣，未久患瘵疾，旋即委化，美人黄土，千古同悲。兹錄贈詩如左，識校書者，當同深西陵松柏之感也。

五湖烟水白雲鄉，音信雙魚道阻長。人海飄零卿莫感，手攜玉杵待裴航。
五陵裘馬駐香車，可許芳齡問破瓜。分付章臺情種子，免將輕薄逐楊花。
五紋添線指生春，心事璇璣織錦人。問向梅花倚修竹，羅浮仙子夢中身。
五銖仙佩颾輕風，立遍蒼苔月印弓。耳底鶯聲春欲老，女牆珍重落花紅。
五夜清歌破寂寥，水晶簾底按紅么。玉階誰種相思豆，宛轉芳心捲綠蕉。

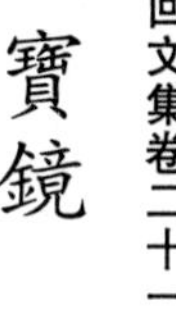
寶鏡

寶鏡　五雲寶鏡圖詩

讀法　以上寶鏡圖，係下一句首一字，即借上一句末一字之半，如綺情之情字，其半爲青，連下句青鸞二字讀，餘亦仿此。

七言絶句五首

上海掃葉山

寶扇迎歸托綺情，青鸞消息渺仙瀛。嬴將小杜揚州夢，夕月晨花浪得名。

寶髻盤雲别樣妝，女牀鸞鳳韻鏗鏘。將無月殿聆仙樂，木石吳兒也斷腸。

寶炬輝騰瑞靄飄，風前一曲念奴嬌。女笙豈是人間響，音調清商引碧霄。

寶兒風韻鳳兒姿，女伴相逢鬥畫眉。目映澄波膚映雪，雨雲何處寄相思。

寶雲泉畔覓知音，日暖湘簾獨撫琴。今古茫茫情似海，每將儂意證卿心。

房文藝雜誌第二期

石幢回文

王如香

裕談才文刻
光高裕奇幢
留譽念周詩
稽廣季誌集
元賀教賦集
宋刊明聯文
閱雕作銘經
諸石樂刻石
呼名歌刻銘
句譚魁新石
香豪譽碑方
修語占留碑
題獎先記泣
言昧高作泣
須歎名鐫新
說褒博經銘
書額學石刻

石幢回文

第一層，三言四句、四言回一字、五言回二字、六言回三字、七言回四字，字字可起，順逆可念。餘皆類推。

第一層

三言

幢刻銘，新立碑。方石經，文集詩（餘仿此順回二十四首依法每首相應讀成四言五言六言七言各一）

四言

幢刻銘新，新立碑方。方石經文，文集詩幢。

五言

幢刻銘新立，新立碑方石。方石經文集，文集詩幢刻。

六言

幢刻銘新立碑，新立碑方石經。方石經文集詩，文集詩幢刻銘。

七言

幢刻銘新立碑方，新立碑方石經文。方石經文集詩幢，文集詩幢刻銘新。

第二層

四言

奇文石經，鐫作記留。碑新刻銘，聯賦誌周餘仿此順回三十二首依法每首相應讀成五言六言七言各一

五言

奇文石經鐫，鐫作記留碑。碑新刻銘聯，聯賦誌周奇。

六言

奇文石經鐫作，鐫作記留碑新。碑新刻銘聯賦，聯賦誌周奇文。

七言

奇文石經鐫作記，鐫作記留碑新刻。碑新刻銘聯賦誌，聯賦志周奇文石。

第三層

五言

裕才多學博，名高聲先占。譽魁歌樂作，明教經季念餘仿此順回四十首依法每首相應讀成六言七言各一

六言

裕才多學博名，名高聲先占譽。譽魁歌樂作明，明教經季念裕。

七言

裕才多學博名高，名高聲先占譽魁。譽魁歌樂作明教，明教經季念裕才。

第四層

六言

高談正始額褒，歡眎詞歌獎語。豪譚名美石雕，刊賀詩多廣譽餘仿此順回四十八首依法每首相應讀成七言各一

七言

高談正始額褒歡，歡眎詞歌獎語豪。豪譚名美石雕刊，刊賀詩多廣譽高。

第五層

七言

光裕餘詩編書説，頌言爭美好題修。香句呼奇傳諸閲，宋元明史考稽留（餘仿此順回五十六首）

按此圖中心有『光裕百五，徵集詩文，裕才念周，勒石紀念』等字。

石幢回文

萍泊

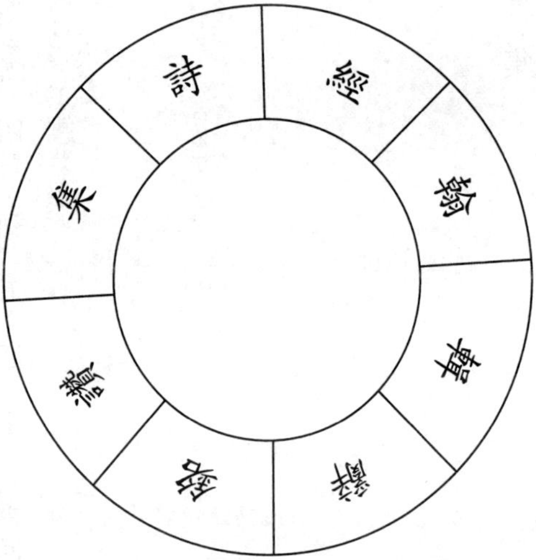

詩 經 翰 輯 辭 銘 讚 集

石幢回文　石幢銘

説明書　字字可起，順逆可念，四言二句、五言回一字、六言回二字、七言回三字、三言間一字，仿俞曲園先生竹扇銘。王鯉夢魚。

四言

詩集讚銘，辭輯翰經（餘仿此順回十六首依法每首相應讀成五言六言七言各一）

五言

詩集讚銘辭，辭輯翰經詩。

六言

詩集讚銘辭輯，辭輯翰經詩集。

七言

詩集讚銘辭輯翰，辭輯翰經詩集讚。

三言

詩集讚，辭輯翰（餘仿此順回十六首） 光裕社一百五十年紀念册（一九二七年刊本）

光裕社係蘇州彈詞評話藝人之群衆性組織，丙寅之冬，王效松、朱耀庭發起向社友募捐爲前賢建幢以留紀念。石幢高英尺一丈四尺，底座二尺四寸見方，上下週圍刊刻官紳商學界詩詞，原立於裕才學校内，已佚。

迴文

漚盦

鳴驚夢

蛩　秋

暗　聲

雨夜聞

迴文

七言

鳴蛩暗雨夜聞聲，雨夜聞聲秋夢驚。驚夢秋聲聞夜雨，聲聞夜雨暗蛩鳴。　吴東風小有

趣叢書（一九四四年新中國報社排印本）

玉連環

熊應祚

芳

花　影

月　潔

流　華

霜

玉連環

用四、五、六、七言詩向左或向右讀之，每言可得詩卅二句，共得百廿八句。

四言

月冷霜華，潔影芳花　冷霜華潔，影芳花月
霜華潔影，芳花月冷　華潔影芳，花月冷霜
潔影芳花，月冷霜華　影芳花月，冷霜華潔
芳花月冷，霜華潔影　花月冷霜，華潔影芳
月花芳影，潔華霜冷　花芳影潔，華霜冷月
芳影潔華，霜冷月花　影潔華霜，冷月花芳
潔華霜冷，月花芳影　華霜冷月，花芳影潔
霜冷月花，芳影潔華　冷月花芳，影潔華霜

五言

月冷霜華潔，潔影芳花月　冷霜華潔影，影芳花月冷

霜華潔影芳，芳花月冷霜
潔影芳花月，月冷霜華潔
芳花月冷霜，霜華潔影芳
月花芳影潔，潔華霜冷月
芳影潔華霜，霜冷月花芳
潔華霜冷月，月花芳影潔
霜冷月花芳，芳影潔華霜

華潔影芳花，花月冷霜華
影芳花月冷，冷霜華潔影
花月冷霜華，華潔影芳花
花芳影潔華，華霜冷月花
影潔華霜冷，冷月花芳影
華霜冷月花，花芳影潔華
冷月花芳影，影潔華霜冷

六言

月冷霜華潔影，潔影芳華月冷
霜華潔影芳花，芳花月冷霜華
潔影芳花月冷，月冷霜華潔影
芳花月冷霜華，霜華潔影芳花
月花芳影潔華，潔華霜冷月花
芳影潔華霜冷，霜冷月花芳影
潔華霜冷月花，月花芳影潔華

冷霜華潔影芳，影芳花月冷霜
華潔影芳花月，花月冷霜華潔
影芳花月冷霜，冷霜華潔影芳
花月冷霜華潔，華潔影芳花月
花芳影潔華霜，華霜冷月花芳
影潔華霜冷月，冷月花芳影潔
華霜冷月花芳，花芳影潔華霜

霜冷月花芳影，芳影潔華霜冷

冷月花芳影潔，影潔華霜冷月

七言

月冷霜華潔影芳，潔影芳花月冷霜

霜華潔影芳花月，芳花月冷霜華潔

潔影芳花月冷霜，月冷霜華潔影芳

芳花月冷霜華潔，霜華潔影芳花月

月花芳影潔華霜，潔華霜冷月花芳

芳影潔華霜冷月，霜冷月花芳影潔

潔華霜冷月花芳，月花芳影潔華霜

霜冷月花芳影潔，芳影潔華霜冷月

廻文詩詞集

冷霜華潔影芳花，影芳花月冷霜華

華潔影芳花月冷，花月冷霜華潔影

影芳花月冷霜華，冷霜華潔影芳花

花月冷霜華潔影，華潔影芳花月冷

花芳影潔華霜冷，華霜冷月花芳影

影潔華霜冷月花，冷月花芳影潔華

華霜冷月花芳影，花芳影潔華霜冷

冷月花芳影潔華，影潔華霜冷月花 如心齋

回文

一幅半輕紗窗倚悶獨居家國爲懷感落花襯筆文倚踐價無珠晦減才華冰雪藕調炎夏長消倦看流霞墨寄情詩有畫梅

封淑英

回文　自題回文詩集

讀法　頂真體，花字起。

七言律詩

花落感懷爲國家，家居獨悶倚窗紗。紗輕半幅一梅畫，畫有詩情寄墨霞。霞流看倦消長夏，夏炎調藕雪冰華。華才減晦珠無價，價賤傷文筆褪花。

花褪筆文傷賤價，價無珠晦減才華。華冰雪藕調炎夏，夏長消倦看流霞。霞墨寄情詩有畫，畫梅一幅半輕紗。紗窗倚悶獨居家，家國爲懷感落花。

封淑英回文詩集

字字廻文詩

周策縱

月華艷烏啣椰樹芳晴岸白沙亂繞舟斜渡荒星淡

字字廻文詩

星島紀遊五絶四十首戲用字字迴文體寄妙絶世界之迴文

文學作者王醉六先生及島上諸友

讀法　可從任一字起，向任一方向讀。

五絶四十首

星淡月華艷，島幽椰樹芳。晴岸白沙亂，繞舟斜渡荒。

淡月華艷島，幽椰樹芳晴。岸白沙亂繞，舟斜渡荒星。

月華艷島幽，椰樹芳晴岸。白沙亂繞舟，斜渡荒星淡。

華艷島幽椰，樹芳晴岸白。沙亂繞舟斜，渡荒星淡月。

艷島幽椰樹，芳晴岸白沙。亂繞舟斜渡，荒星淡月華。

島幽椰樹芳，晴岸白沙亂。繞舟斜渡荒，星淡月華艷。

幽椰樹芳晴，岸白沙亂繞。舟斜渡荒星，淡月華艷島。

椰樹芳晴岸，白沙亂繞舟。斜渡荒星淡，月華艷島幽。

樹芳晴岸白，沙亂繞舟斜。渡荒星淡月，華艷島幽椰。

芳晴岸白沙，亂繞舟斜渡。荒星淡月華，艷島幽椰樹。

晴岸白沙亂，繞舟斜渡荒。星淡月華艷，島幽椰樹芳。
岸白沙亂繞，舟斜渡荒星。淡月華艷島，幽椰樹芳晴。
白沙亂繞舟，斜渡荒星淡。月華艷島幽，椰樹芳晴岸。
沙亂繞舟斜，渡荒星淡月。華艷島幽椰，樹芳晴岸白。
亂繞舟斜渡，荒星淡月華。艷島幽椰樹，芳晴岸白沙。
繞舟斜渡荒，星淡月華艷。島幽椰樹芳，晴岸白沙亂。
舟斜渡荒星，淡月華艷島。幽椰樹芳晴，岸白沙亂繞。
斜渡荒星淡，月華艷島幽。椰樹芳晴岸，白沙亂繞舟。
渡荒星淡月，華艷島幽椰。樹芳晴岸白，沙亂繞舟斜。
荒星淡月華，艷島幽椰樹。芳晴岸白沙，亂繞舟斜渡。
荒渡斜舟繞，亂沙白岸晴。芳樹椰幽島，艷華月淡星。
渡斜舟繞亂，沙白岸晴芳。樹椰幽島艷，華月淡星荒。
斜舟繞亂沙，白岸晴芳樹。椰幽島艷華，月淡星荒渡。
舟繞亂沙白，岸晴芳樹椰。幽島艷華月，淡星荒渡斜。
繞亂沙白岸，晴芳樹椰幽。島艷華月淡，星荒渡斜舟。
亂沙白岸晴，芳樹椰幽島。艷華月淡星，荒渡斜舟繞。

沙白岸晴芳，樹椰幽島艷。華月淡星荒，渡斜舟繞亂。
白岸晴芳樹，椰幽島艷華。月淡星荒渡，斜舟繞亂沙。
岸晴芳樹椰，幽島艷華月。淡星荒渡斜，舟繞亂沙白。
晴芳樹椰幽，島艷華月淡。星荒渡斜舟，繞亂沙白岸。
芳樹椰幽島，艷華月淡星。荒渡斜舟繞，亂沙白岸晴。
樹椰幽島艷，華月淡星荒。渡斜舟繞亂，沙白岸晴芳。
椰幽島艷華，月淡星荒渡。斜舟繞亂沙，白岸晴芳樹。
幽島艷華月，淡星荒渡斜。舟繞亂沙白，岸晴芳樹椰。
島艷華月淡，星荒渡斜舟。繞亂沙白岸，晴芳樹椰幽。
艷華月淡星，荒渡斜舟繞。亂沙白岸晴，芳樹椰幽島。
華月淡星荒，渡斜舟繞亂。沙白岸晴芳，樹椰幽島艷。
月淡星荒渡，斜舟繞亂沙。白岸晴芳樹，椰幽島艷華。
淡星荒渡斜，舟繞亂沙白。岸晴芳樹椰，幽島艷華月。
星荒渡斜舟，繞亂沙白岸。晴芳樹椰幽，島艷華月淡。

隔一字讀五絶四十首

星月艷幽樹，淡華島椰芳。晴白亂舟渡，岸沙繞斜荒。餘傚前

星島紀游字字回文詩自序云，一九六六年秋到一九六七年夏，獲美國古根漢獎學金之助，考察歐亞兩洲，初春過星加坡，識湖南同鄉王仲厚，承贈絶妙世界之回文文學一書，返美後（一九六七年十二月十八日威斯康辛）作此。最初發表于香港明報月刊（第三卷二期，一九六八年二月），經謝冰瑩之轉，後又載於當代文學。作者從弟周桐村，化數年心力，精細研探，運用易位解讀等方法，得五言絶句九千六百首、六言二百首、七言絶句三千二百九十八首、七言律詩十首、雜體詩一百三十首，詞二千八百一十三首，纂成一編面世（一九九五年十一月祁東永紅印刷廠）。唐德剛題辭云：「回文小道費心裁，計國生民有去來，台港見山河一統，才長誤曲顯襟懷」。策縱和云：「回文豈費道，組合見心裁，來去寓真美，才窮亦暢懷」。

連環回文詩

唐天人

連環回文詩　翠泉風岸

五絶四十首

翠泉霧濕花，黄亂蓬飄菊。墮烟樹集鴉，涼岸風摇竹。

泉霧濕花黄，亂蓬飄菊墮。烟樹集鴉涼，岸風摇竹翠。

霧濕花黄亂，蓬飄菊墮烟。樹集鴉涼岸，風摇竹翠泉。

濕花黄亂蓬，飄菊墮烟樹。集鴉涼岸風，摇竹翠泉霧。

花黄亂蓬飄，菊墮烟樹集。鴉涼岸風摇，竹翠泉霧濕。

黄亂蓬飄菊，墮烟樹集鴉。涼岸風摇竹，翠泉霧濕花。

亂蓬飄菊墮，烟樹集鴉涼。岸風摇竹翠，泉霧濕花黄。

蓬飄菊墮烟，樹集鴉涼岸。風摇竹翠泉，霧濕花黄亂。

飄菊墮烟樹，集鴉涼岸風。摇竹翠泉霧，濕花黄亂蓬。

菊墮烟樹集，鴉涼岸風摇。竹翠泉霧濕，花黄亂蓬飄。

墮烟樹集鴉，涼岸風摇竹。翠泉霧濕花，黄亂蓬飄菊。

烟樹集鴉涼，岸風摇竹翠。泉霧濕花黄，亂蓬飄菊墮。

樹集鴉涼岸，風摇竹翠泉。霧濕花黄亂，蓬飄菊墮烟。
集鴉涼岸風，摇竹翠泉霧。濕花黄亂蓬，飄菊墮烟樹。
鴉涼岸風摇，竹翠泉霧濕。花黄亂蓬飄，菊墮烟樹集。
涼岸風摇竹，翠泉霧濕花。黄亂蓬飄菊，墮烟樹集鴉。
岸風摇竹翠，泉霧濕花黄。亂蓬飄菊墮，烟樹集鴉涼。
風摇竹翠泉，霧濕花黄亂。蓬飄菊墮烟，樹集鴉涼岸。
摇竹翠泉霧，濕花黄亂蓬。飄菊墮烟樹，集鴉涼岸風。
竹翠泉霧濕，花黄亂蓬飄。菊墮烟樹集，鴉涼岸風摇。
竹摇風岸涼，鴉集樹烟墮。菊飄蓬亂黄，花濕霧泉翠。
摇風岸涼鴉，集樹烟墮菊。飄蓬亂黄花，濕霧泉翠竹。
風岸涼鴉集，樹烟墮菊飄。蓬亂黄花濕，霧泉翠竹摇。
岸涼鴉集樹，烟墮菊飄蓬。亂黄花濕霧，泉翠竹摇風。
涼鴉集樹烟，墮菊飄蓬亂。黄花濕霧泉，翠竹摇風岸。
鴉集樹烟墮，菊飄蓬亂黄。花濕霧泉翠，竹摇風岸涼。
集樹烟墮菊，飄蓬亂黄花。濕霧泉翠竹，摇風岸涼鴉。
樹烟墮菊飄，蓬亂黄花濕。霧泉翠竹摇，風岸涼鴉集。

烟墮菊飄蓬，亂黄花濕霧。泉翠竹摇風，岸涼鴉集樹。
墮菊飄蓬亂，黄花濕霧泉。翠竹摇風岸，涼鴉集樹烟。
菊飄蓬亂黄，花濕霧泉翠。竹摇風岸涼，鴉集樹烟墮。
飄蓬亂黄花，濕霧泉翠竹。摇風岸涼鴉，集樹烟墮菊。
蓬亂黄花濕，霧泉翠竹摇。風岸涼鴉集，樹烟墮菊飄。
亂黄花濕霧，泉翠竹摇風。岸涼鴉集樹，烟墮菊飄蓬。
黄花濕霧泉，翠竹摇風岸。涼鴉集樹烟，墮菊飄蓬亂。
花濕霧泉翠，竹摇風岸涼。鴉集樹烟墮，菊飄蓬亂黄。
濕霧泉翠竹，摇風岸涼鴉。集樹烟墮菊，飄蓬亂黄花。
霧泉翠竹摇，風岸涼鴉集。樹烟墮菊飄，蓬亂黄花濕。
泉翠竹摇風，岸涼鴉集樹。烟墮菊飄蓬，亂黄花濕霧。
翠竹摇風岸，涼鴉集樹烟。墮菊飄蓬亂，黄花濕霧泉。

天人，湖北人。

回文集卷二十二　目錄

回文集卷二十二

賀道慶

詩紀云『會稽人，世以儒術顯』。

四言

陽春艷曲，麗錦誇文。傷情織怨，長路懷君。惜别同心，膺填思悄。碧鳳香殘，金屏露曉。入梦迢迢，抽詞軋軋。泣寄迴波，詩緘去札。回文類聚卷三

劉勰文心雕龍·明詩云『回文所興，道原爲始』，梅慶生注『宋賀道慶作四言迴文詩一首，計十二句，四十八言，從尾至首讀亦成韻』，即指是詩。藝文類聚失載，詩紀、全漢三國晋南北朝詩、先秦漢魏晋南北朝詩也未及此。古詩類苑卷八十一、詩所卷五十六題作迴文，詩雋類函卷七十三題作閨思迴文。李之用詩家全體卷九，無名氏作、寄遠，分爲三首。醒世恒言卷二十五引前八句，『金屏露曉』作『青鸞夢曉』。

何文匯雜體詩釋例謂『賀道慶四言，似已兼及蘇蕙事』。徐元也謂『詩的内容似爲贊美蘇蕙璇璣圖，主旨亦相同』。

藝文類聚卷五十六載賀道慶離合詩，『促席宴閒夜，足歡不覺疲，詠歌無餘願，永言終在斯』。離合成信字，與詩意相合。徐元回文詩詞五百首云：『妙在又是回文詩，倒讀也成篇章』。

王　融

融（四六七—四九三）字元長，琅邪臨沂人。有文才，弱冠即爲竟陵王法曹行參軍，歷丹陽令，遷秘書丞，加寧朔將軍。武帝病危，融謀立蕭子良，招鬱林王所嫉，在其踐位後，便被下獄賜死，年僅二十七。爲詩講究聲律，與沈約等同是永明體之代表作家，原有集，已散佚，明人輯王寧朔集十卷行世。

春　遊

枝分柳塞北，葉暗榆關東。垂條逐絮轉，落蕊散花叢。池蓮照曉月，幔錦拂朝風。低吹雜綸羽，薄粉艷妝紅。離情隔遠道，歎結深閨中。回文類聚卷三

明本、清本回文類聚作賀道慶。藝文類聚卷五十六，題作迴文詩，『分』作『大』、『難』作『歎』，而『低吹雜綸羽』作『曉吹綸雜羽』，回文不叶，應誤。詩紀卷六十七、金陵詩徵卷一、全漢三國晉南北朝詩全齊詩卷二，題作春遊迴文詩，并注云『藝文類聚作賀道慶』。古詩類苑卷八十一、臧懋循詩所卷四十、陳懋學事言要玄事集卷一、俞安期詩雋類函卷六、唐類函卷一〇四、曹學佺石倉歷代詩選卷六、張溥漢魏六朝百三家集卷七十六、淵鑑類函卷

一九八、御定佩文齋詠物詩選卷二十四、吴兆宜注玉臺新詠卷四、袁枚詩學全書卷四、佚名詩體叢説等俱録。劉一相詩宿，編入尾集卷六下閨情類。

鄭板橋曰：（廻文排律枝大柳塞北，葉暗榆關東，垂條逐絮轉，落蘂散花叢，池蓮照曉月，幔錦拂朝風，低吹雜綸羽，薄粉艷粧紅，離情隔遠道，歎結深閨中。後園作斜峯繞徑曲，聳石帶山連，花餘拂戲鳥，樹密隱鳴蟬）『以上二詩，皆先從首句順讀，後從末句逆讀，順逆皆成文，謂之顛倒韻格，非真廻文也。若織錦廻文，或横讀、或斜讀、或左右退一字讀、或從中心方讀，或三言、或四言、或五言、或六言、或七言，文止八百餘字，可讀出詩三千七百餘首，校之盤中、龜形，更爲巧妙，此實貞潔婦人，深思鬱結之所致也。不能學也，亦不必學也』（張潛詩法醒言卷八）。

蕭綱

綱（五〇三—五五一）即梁簡文帝。字世纘，小字六通，南蘭陵人。武帝第三子。封晉安王，歷任兖、江、揚州等地刺史，中大通三年立爲皇太子。太清末，臺城陷，綱見叛將侯景，神色自若。武帝卒，遂即位，建元大寶。二年，爲景所弑。作詩辭藻輕艷，當時號稱宫體。後人輯有梁簡文帝集。

和湘東王後園

枝雲間石峯，脉水浸山岸。池清戲鵠聚，樹秋飛葉散。回文類聚卷三

藝文類聚卷五十六，題作和湘東王後園迴文詩，『浸』作『侵』。御定淵鑑類函卷一九八，題作後園迴文詩。全漢三國晉南北朝詩全梁詩卷二、先秦漢魏南北朝詩梁詩二十二，題亦作和湘東王後園迴文詩，『散』作『亂』。

詠雪顛倒使韻

鹽飛亂蝶舞，花落飄粉奩。藝文類聚卷二　古詩類苑卷八十一　御定淵鑑類函卷七　御定佩文齋詠物詩選卷十四

詩雋類函卷四、詩紀卷七十九作『鹽飛亂蝶舞，花落飄粉奩，奩粉飄落花，舞蝶亂飛鹽』。詩體明辨曰：『四曰顛倒韻，四句同用兩字爲韻，略如反覆詩者是也』。胡才甫詩體釋例按『明辨未有詩例，不知所謂。又按梁簡文帝有詠雪一首，原注顛倒使韻，與此體頗近，姑舉以爲例』。

蕭綸

綸（約五〇七—五五一）字世調，小字六真，南蘭陵人。武帝第六子。天監十三年封邵陵王，鎮東將軍，出爲瑯琊、彭城太守，歷任揚州、郢州刺史。侯景叛亂，以征討大都督，率軍討伐，兵敗，奔還京口，復與史大連等入援，進位司空。元帝遣師相逼，走汝南，被西魏所執，

不屈死。博學能文，尤工尺牘，著有文集六卷。

和湘東王後園

燭花臨靜夜，香氣入重幃。曲度聞歌遠，繁絃覺舞遲。回文類聚卷三

藝文類聚卷五十六，題作迴文詩。類函卷十六、詩紀卷八十一、詩雋、劉會恩曲阿詩綜卷二、全漢三國晉南北朝詩全梁詩卷三、先秦漢魏南北朝詩梁詩二十四，題作和湘東王後園迴文詩。

蕭　繹

繹（五〇八—五五四）即梁元帝。字世誠，小字七符，南蘭陵人。武帝第七子。聰明好學，博綜羣書，才辯敏速，冠絶一時。封湘東王，鎮守江陵。侯景作亂，廢簡文帝，又廢豫章王而自立。繹命王僧辯、陳霸先平之，遂稱帝。在位三年，爲西魏軍所殺。生平著述甚富，後人輯有梁元帝集。

後園作

斜峯繞徑曲，聳石帶山連。花餘拂戲鳥，樹密隱鳴蟬。回文類聚卷三

回文類聚卷三、藝文類聚卷五十六，俱云王融作。藝文題後園作迴文詩。

詩紀卷六十七，王作題下注云『此當爲梁元帝詩，觀簡文諸人和詩可見，藝文逸名，俟再考

證』；卷八十一梁元帝後園作迴文詩，馮惟訥注云『此詩藝文次王融廻文詩後，然觀簡文諸人和詩，知此詩爲元帝作，藝文逸名耳，今列於此，俟再考也』。馮舒詩紀匡謬：後園作迴文詩『藝文序王融後，無的姓名，簡文雖有和湘東王後園迴文詩，然畢竟缺疑。爲得馮君注云，今列于此，以俟再攷，亦非决定之辭，吴琯併去此注，令觀者不解』。全漢三國晉南北朝詩全齊詩卷二：王融後園作迴文詩云『此或爲梁元帝詩，觀簡文諸人和詩可見，藝文逸名，俟再考證』；又全梁詩卷三：梁元帝後園作迴文詩云『此詩藝文次王融迴文詩後，無的姓名，簡文雖有和湘東王後園迴文詩，然畢竟闕疑，爲得馮惟訥注云，今列於此，以俟再攷』。先秦漢魏南北朝詩梁詩卷二十五：『逯（欽立）按，馮説是』。

蕭祇

祇字敬式，南蘭陵人。梁南平王偉次子，封定襄侯。官東揚州、北兖州刺史。侯景亂，起兵内援，會州人以城應景，遂奔東魏，歷位太子少傅。北齊天保初，授光禄大夫、國子祭酒。

和湘東王後園

危臺出岫迥，曲澗上橋斜。池蓮隱弱芰，徑篠落藤花。回文類聚卷三

藝文類聚卷五十六、御定淵鑑類函卷一九八，題作和迴文詩。古詩類苑卷八十一、詩雋類函卷十六，題作和湘東王後園廻文詩。劉會恩曲阿詩綜卷二、全漢三國晉南北朝詩全齊詩，題

作迴文詩和湘東王後園

六言

青山暎雪含思，碧草抽煙繫情。屏香梦愁月落，棹蘭吟苦風清。零珠淚紅軫促，慘雲娥翠杯停。聽君唱我離恨，聲悲心悽骨驚。回文類聚卷三

古詩類苑卷八十一，題作迴文。曲阿詩綜卷二，題作迴文六言。李之用詩家全體卷九，題作送別六言回文，無名氏，『繫』作『係』，『軫』作『輛』，『悲』作『怨』，『悽』作『慘』。

庾信

信（五一三—五八一）字子山，小字蘭成，南陽新野人。肩吾子。早年任昭明太子東宮講讀，簡文帝東宮抄撰學士。元帝時出使西魏，被留。歷仕西魏、北周，官至驃騎大將軍、開府儀同三司，世稱庾開府。善詩賦、駢體，與徐陵齊名，號徐庾體。後期詩文多寄故國之思，如烏夜啼『織錦秦川竇氏妻』，以自喻身世，有庾子山集。

和湘東王後園

旱蓮生竭鑊，嫩菊養秋潾。滿池留浴鷺，分橋上戲人。回文類聚卷三

藝文類聚卷五十六、御定淵鑑類函卷一九八，題作迴文詩。古詩類苑卷八十一、詩雋類函卷

十六，題作和湘東王後園迴文詩。庾子山集卷四、吴兆宜庾開府集箋註卷五、全漢三國晉南北朝詩全北周詩卷二，題作和迴文和湘東王後園。『旱蓮生竭鑊』句，箋註云『鄱陽記：弋陽嶺上多蜜岩，宋元嘉中有人見其岩内三鐵鑊，鑊各容百斛，中生蓮花，他人往尋，不知何在』。上開諸書『漭』、『鷺』，倶作『鄰』、『鳥』。

許敬宗

敬宗（五九二—六七二）字延族，杭州新城人。隋大業中，舉秀才，授淮陽郡司法書佐，旋參加李密起義軍，任元帥府記室。唐初，官文學館學士。太宗時，由著作郎仕至中書侍郎。李治嗣位，遷禮部尚書。永徽三年，又入爲衛尉卿，加弘文館學士，兼修國史。六年復拜禮部尚書，助高宗廢皇后王氏，立武昭儀，轉升侍中。顯慶三年除中書令，與李義府同掌朝政。今存（日本尾張國真寺舊藏唐卷子）翰林學士集一卷。

五言後池侍宴迴文詩一首應詔

涼氣澄佳序，碧沚澹遥空。篁林下儀鳳，彩鷁間賓鴻。蒼山帶落日，麗苑扇薰風。長莚列廣醼，慶洽載恩隆。翰林學士集

武則天

則天（六二四—七〇五）名曌，并州文水人。初選才人，太宗殁，出爲尼，高宗時復蓄髮入宫。永徽六年封后，參預朝政，號天后，與帝並稱二聖。弘道元年，中宗即位，后臨朝稱制。次年廢中宗，立睿宗。載初元年又廢，自稱聖神皇帝，改國號爲周，史稱武周，君臨天下十六載。神龍元年，張柬之等乘其寢疾之際，起兵誅武氏族，擁中宗復辟，遷后於上陽宫，是年冬卒。杜佑通典謂后『頗涉文史，好雕蟲之藝』。著有垂拱集一百卷、金輪集十卷。

賜新除都督刺史繡袍回文銘

德政惟明，職令思平。清慎忠勤，榮進躬親。

賜三品以下官繡袍回文銘

忠貞正直，崇慶榮職。文昌翊政，勳彰慶陟。懿冲順彰，義忠慎光。廉正躬奉，謙感忠勇。全唐文卷九十八

杜佑通典卷六十一君臣服章制度云：『武太后延載元年五月，内出繡袍以賜文武三品以上官。其袍文仍各有訓誡，諸王則飾以盤石及鹿，宰相飾以鳳池，尚書飾以對鴈，左右衛將軍飾以對麒麟，左右武衛飾以對虎，左右鷹揚衛飾以對鷹，左右千牛衛飾以對牛，左右豹韜衛飾以

對豹，左右玉鈴衛飾以對鶻，左右監門衛飾以對獅子，左右金吾衛飾以對豸。又銘其襟背，各爲八字迴文。其詞曰，忠正貞直，崇慶榮職。文昌翊政，勳彰慶陟。懿冲順彰，義忠慎光。廉正躬奉，謙感忠勇』。

王溥唐會要卷三十二輿服下云：『天授三年正月二十二日，内出繡袍，賜新除都督刺史，其袍皆刺繡作山形，繞山勒回文銘曰，德政惟明，職令思平。清慎忠勤，榮進躬親。自此每新除都督刺史，必以此袍賜之。延載元年五月二十二日，出繡袍以賜文武官三品已上，其袍文仍各有訓誡，諸王則飾以盤龍及鹿，宰相飾以鳳池，尚書飾以對雁，左右衛將軍飾以對麒麟，左右武衛飾以對虎，左右鷹揚衛飾以對鷹，左右千牛衛飾以對牛，左右豹韜衛飾以對豹，左右玉鈐衛飾以對鶻，左右監門衛飾以對獅子，左右金吾衛飾以對豸。文銘皆各爲八字回文，其辭曰，忠貞正直，崇慶榮職。文昌翊政，勳彰慶陟。懿冲順彰，義忠慎光。廉正躬奉，謙感忠勇』。

舊唐書卷四十五輿服志云：『則天天授二年二月，朝集使刺史賜繡袍，各於背上繡成八字銘。延載元年五月，則天内出緋紫單羅銘襟背衫，賜文武三品已上，左右監門衛將軍等飾以對師子，左右衛飾以麒麟，左右武威衛飾以對虎，左右豹韜衛飾以豹，左右鷹揚衛飾以鷹，左右玉鈐衛飾以對鶻，左右金吾衛飾以對豸，諸王飾以盤石及鹿，宰相飾以鳳池，尚書飾以對鶻』。新唐書卷二十四車服云：『武后擅政，多賜羣臣巾子繡袍，勒以回文之銘，皆無法度，不足紀』。

太平御覽卷二五五職官部五十三刺史下、卷六九三服章部十袍，王應麟玉海卷八十二，馬端臨文獻通考卷一一二君臣冠冕服章，陳鴻墀全唐文紀事卷二十三諷誡皆有轉載，或引通典、或引會要、或引唐書。案：『文昌翊政，勳彰慶陟』，『廉正躬奉，謙感忠勇』，疑有錯誤，如『慶陟』作『陟慶』，『感』作『盛』，方叶。

明人鄭明選鄭侯升集卷三十八織錦回文，謂『晉竇滔妻蘇蕙作織錦回文詩。唐會要天授二年正月二十三日，内出繡袍賜新除都督刺史，其袍繡山形，繞山勒回文銘曰，德政惟明，職令思平，清慎忠勤，榮進躬親，此亦織錦回文也。但不若蘇蕙詩，八百餘字，宛轉回旋讀之，或四言，或五言，或七言，可至二百餘首耳』。

朱啓鈐女紅傳徵略云：『按舊唐書輿服志，則天天授二年二月，朝集使刺史賜繡袍，各於背上繡成八字銘。長壽三年四月，勅賜岳牧金字銀字銘袍，此足知則天時之風尚』。

戴叔倫

叔倫（七三二—七八九）字幼公，一作次公，潤州金壇人。初師事蕭穎士，善舉止，能清談。韋皐領湖南、江西，表佐幕府，遷撫州刺史，封譙縣男，累官容管經略使。所至德威兼著，治行稱最，有戴叔倫集二卷行世。

泊雁

泊雁鳴深渚，收霞落晚川。柝隨風斂陣，樓映月低弦。漠漠汀帆轉，幽幽岸火燃。壑危通細路，溝曲繞平田。戴叔倫集卷上（唐五十家詩集本）　全唐詩卷二七三

御定佩文齋詠物詩選卷四二六題作泊雁廻文

何文匯雜體詩釋例：『全唐詩第五函第一册有戴叔倫泊雁回文五言一首，詩云泊雁鳴深渚，收霞落晚川，柝隨風斂陣，樓映月低弦，漠漠汀帆轉，幽幽岸火然，壑危通細路，溝曲繞平田。此詩回文類聚卷三屬王安石，題曰客懷。四部叢刊本臨川先生文集卷二十六亦有此詩，題曰泊雁。案四部叢刊本乃據明嘉靖三十九年撫州刊本影印，而嘉靖本實據南宋杭州本（見北京中華書局影印宋本王文公集所載趙萬里宋龍舒本王文公集題記），則南宋已有以此詩爲荆公作，較杭州本爲早之南宋龍舒本則無此詩。而宋本戴叔倫集卷上實有泊雁詩一首（見清光緒二十一年靈鶼閣影印宋本唐人五十家小集），故疑此乃戴詩，杭州本臨川先生文集以此詩與荆公五言回文絶句三首氣格相似，誤併之也』。今人蔣寅戴叔倫詩集校注，將泊雁編入卷三備考部分，云『真僞一時難以確定，斟酌再三，姑且輯録存疑，作爲備考，聊當以僞求真之義』。

潘孟陽

孟陽，禮部侍郎潘炎子，以蔭登博學弘詞科，補渭南尉。貞元末，權知户部侍郎。憲宗立，詔馳驛江淮視財賦。所至留連倡樂，招金錢，多補吏，使還，罷爲大理卿。因與宰相武元衡有舊，復以户部侍郎判度支。後病風痹，改左散騎常侍，卒。

春日雪

春梅雜落雪，發樹幾花開。真須盡興飲，仁里願同來。回文類聚續編卷八

文淵閣四庫全書本回文類聚補遺，題下注云『萬首唐人絶句内録出』，張薦、權德輿詩，同此。計有功唐詩紀事卷三十一、御定淵鑑類函卷一九八，題作春日雪以迴文絶句呈張薦、權德輿。趙宧光、黄習遠萬首唐人絶句卷七，題作春日雪回文絶句。大興朱氏刊本權載之文集，題作春日雪寄上張二十九丈大監請招禮部權曹長迴文絶句。全唐詩卷三三〇，題作春日雪以迴文絶句呈張薦、權德輿，一作春日雪寄上張二十九丈大監請招禮部權曹長迴文絶句時爲户部侍郎

張薦

薦（七四四—八〇四）字孝舉，深州陸澤人。敏鋭有文辭，爲顔真卿所賞識。真卿被李希烈搆陷，薦上疏論救，授左拾遺。又彈劾奸相盧杞，升諫議大夫。出使回紇、回鶻，還爲秘書

少監。復使吐蕃，官至御史中丞。

和　前

遲遲日氣暖，漫漫雪天春。知君欲醉飲，思見此交親。回文類聚續編卷八

唐詩紀事卷三十一、萬首唐人絶句卷七、御定淵鑑類函卷一九八，題俱作和潘孟陽迴文絶句。權載之文集題作奉酬張秘書監薦，全唐詩卷三三〇，題作和潘孟陽春日雪迴文絶句。

權德輿

德輿（七五九—八一八）字載之，天水略陽人。年十五，爲文數百篇，編成童蒙集十卷，名聲日大。德宗徵爲太常博士，轉左補闕，遷中書舍人。憲宗時，累拜禮部尚書，同中書門下平章事。徙刑部，出爲山南西道節度使。有權載之文集五十卷行世。

春日雪酬潘侍郎

酒杯春醉好，飛雪晚庭閒。久憶同前賞，中秋對遠山。回文類聚續編卷八

唐詩紀事卷三十一，題作和潘孟陽迴文絶句，『雪』作『雲』，『秋』作『林』。萬首唐人絶句題作春日雪酬潘侍郎回文。權載之文集卷八，題作酬前，『憶』作『意』，『秋』作『林』。全唐詩卷三二七，題作春日雪酬潘孟陽迴文，『秋』作『林』。

戴光乂

不詳

山居

犂鋤闊地燒侵雲，焰猛衝巖迸鹿羣。鼙鼓靜時長霸國，戰爭無事感明君。啼猿響樹寒山碧，宿鳥喧巢夜霧曛。梯嶮上巖緣路去，院僧敲磬曉來聞。回文類聚卷三

陸龜蒙

龜蒙（八三〇—八八一）字魯望，長洲人。曾任蘇、湖二郡從事，後隱居甫里，自號江湖散人、甫里先生、天隨子。與皮日休齊名，世稱皮陸。著有甫里先生文集二十卷、松陵集十卷、笠澤叢書三卷。

曉起即事寄皮襲美

平波落月吟閒景，暗幌浮煙思起人。清露曉垂花謝半，遠風微動蕙抽新。城荒上處樵童小，石蘚分來宿鷺馴。晴寺野尋同去好，古碑苔字細書勻。回文類聚卷三

明本回文類聚目録下，題作曉起寄皮襲美。甫里先生文集卷十三、松陵集卷十，題作曉起即

事因成迴文寄襲美。文苑英華卷二一六四，題作曉起即事因成回文五十六言寄皮日休先輩，『落』作『送』，『景』作『境一作影』。全唐詩卷六三〇，題作曉起即事因成迴文寄襲美，『落』一作『送』，『景』一作『境』。

回　文

靜煙臨碧樹，殘雪背晴樓。冷天侵極戍，寒月對行舟。黃蕘圃校本甫里先生文集卷十三　萬首唐人絕句卷八　全唐詩卷六三〇

回文類聚卷三，齊王融五言『靜煙臨碧樹，殘雪背晴樓，冷天侵極戍，寒月帶行舟』。何文匯雜體詩釋例云『此乃舉一字皆成讀之體，可得詩四十首。然今本王寧朔集（見漢魏六朝一百三家集）及藝文類聚皆無此詩。唐甫里先生文集卷十三有之，題爲回文，其末帶行舟作對行舟。如是則作者乃陸龜蒙而非王融矣。甫里文集編者南宋葉茵云，甫里先生，吾邦先賢也。出處大節，已見本傳。獨著述散漫，未有善本。今傳于世者，笠澤叢書、松陵集，以篇計之，僅四百八十一。茵居其鄉，誦其文，且和其絕句百八十餘首，遂於文籍中裒集得一百七十一篇，合叢書、松陵集，計六百五十二篇（見卷二十）。其言殷切，似曾用心搜羅。然今本松陵集及笠澤叢書俱無此回文詩，是亦不知葉氏何據。甫里文集成於理宗寶祐年間，去回文類聚不遠，而二書所載，竟歧出若是。今文獻不足，亦無攷矣。然設若王融有此奇製，則齊梁文士必競效之，斷不至無聞如斯也，故屬之龜蒙，終似較合』。又云『此是舉一字皆成讀之體

也，連環讀之，反覆成詩四十首，勝於殷仲堪酒盤銘遠矣』。明李之用詩家全體卷九，作無名氏客思。

皮日休

日休（約八三四—八八三）字襲美，一字逸少，襄陽人。早歲住鹿門山，自號鹿門子、閒氣布衣。咸通八年登進士第。崔璞守蘇，辟爲軍事判官。入朝，授著作郎，遷太常博士。乾符中，充毘陵副使。不久，參加黄巢起義軍，署翰林學士，唐兵攻陷長安時遇害。陸游渭南集云『襲美晚遯吳越』（王鏊震澤集書皮日休集後），尹師魯皮子良墓志亦云『曾祖日休避廣明之難，徙籍會稽』。與陸龜蒙交擬金蘭，日相贈和，有松陵唱和詩集，嘗自輯所爲文十卷，名皮子文藪。

和陸秀才曉起

孤煙曉起初原曲，碎樹微分半浪中。湖後釣筒移夜雨，竹傍眠几側晨風。圖梅帶潤輕沾墨，畫蘚經蒸半失紅。無事有杯持永日，共君唯好隱牆東。回文類聚卷三

松陵集卷十，題作奉和曉起迴文。全唐詩卷六一六、御定佩文齋詠物詩選，題作奉和魯望曉起迴文。

薛氏

鍾惺名媛詩歸云『姿容俊雅，時稱爲仙姬，作廻文詩四絶，反復皆成文義，時又稱之爲小蘇』。

四時詞

花朶幾枝柔傍砌，柳絲千縷細摇風。霞明半嶺西斜日，月上孤村一樹松。

全唐詩卷八〇三云：『别本載田洙遇薛濤，有落花聯句、夜月聯句、四時廻文。皆後人附會，兹概不録』。薛氏四時詞，清代朱象賢補入回文類聚（文淵閣四庫全書本仍署薛濤），題作四時四首，分春夏秋冬。名媛詩歸卷十五，題作廻文四絶，其一咏春，其二咏夏、其三咏秋、其四咏冬，評曰『迴文詩妙在倒讀，文義益流貫，此爲得之』。凌濛初二刻拍案驚奇卷十七，題作四時回文詩，亦分春夏秋冬四首。

『摇』：馮夢龍燕居筆記作『垂』

涼回翠簟冰人冷，齒沁清泉夏井寒。香篆裊風清縷縷，紙窗明月白團團。

『簟』：撰叙歷朝閨雅卷十二作『鈿』

『泉』：名媛詩歸卷十五、鄭文昂古今名媛彙詩卷八作『風』

『井』：回文類聚續編卷八、二刻拍案驚奇、抱甕老人今古奇觀卷三十四作『月』

『清縷縷』：回文類聚、歷朝閨雅、古今名媛彙詩作『青縷縷』

蘆雪覆汀秋水白，柳風凋樹晚山蒼。孤燈客夢驚空館，獨雁征書寄遠鄉。

陸昶歷朝名媛詩詞卷七云：『迴文詩安得佳，然女郎爲之，亦不厭，薛四首俱流暢，其月上孤村句頗清逸，倒轉更遒挺，咏秋之蘆雪柳風二句，俱不讓作手』。

『燈』：二刻拍案驚奇、今古奇觀作『幃』

天凍雨寒朝閉户，雪飛風冷夜關城。鮮紅炭火圍爐煖，淺碧茶甌注茗清。李昌祺剪燈餘話·田洙遇薛濤聯句記

朱象賢補入回文類聚時，將田洙冬詞誤成薛作。『凍雨』作『晦臘』，『炭火』作『獸炭』，『茗』作『水』。

『鮮』：名媛詩歸、古今名媛彙詩、歷朝閨雅作『殷』

明清兩代選録薛氏詩者，還有朱元豪青樓韻語卷三、花國居士閒情女肆卷三、劉云份唐宫閨詩卷下、趙世杰歷代女子詩集卷五、周壽昌歷代宫閨文選卷二十六等。

劉云份又收入翠樓集（康熙野香堂刻本），題作廻文四首，是集選明代閨閣之詩，分初集、二集、新集，朱彝尊靜志居詩話譏其真贋交錯。

徐寅

寅（夤）字昭夢，泉州莆田人。乾寧初（唐才子傳云大順三年；光緒莆田縣志云乾寧二年乙卯趙觀文榜），舉進士，授秘書省正字。遊大梁，曾以賦謁朱全忠。後依王審知，因禮遇簡

慢，遂拂衣辭去，與妻月君歸隱延壽溪以終。著有徐公釣磯文集十卷。

閨情

飛書一幅錦文回，恨寫深情寄雁來。機上月殘香閣掩，樹梢煙淡綠窓開。霏霏雨罷歌終曲，漠漠雲深酒滿杯。歸日幾人行問卜，徽音相望倚高臺。回文類聚續編卷八

錢遵王精鈔本徐公釣磯文集、全唐詩、李調元全五代詩、鄭王臣莆風清籟集、鄭杰閩詩録，題作迴文詩二首，或迴文二首，另一首『輕航數點千峯碧』，爲宋人周知微作，故朱象賢不并録。

『相』：徐公釣磯文集卷七、全唐詩卷七〇八俱作『想』

除閨情外，寅又有回文八體詩。宋建炎三年三月，徐師仁唐秘書省正字先輩徐公釣磯文集古序：『又自詠詩注云，温陵使宅有圖障二面，張林西樓書手作迴文八體詩，每一首顛倒讀成八首，以此知正字之文，不獨行於當時，名於後世，亦播於異域也，然八體廻文詩，尋討未獲』。徐公釣磯文集卷六自詠十韻『拙賦偏聞鐫印賣，惡詩親見畫圖呈』，注云『使宅行寅回文八體詩圖兩面，庚午秋，樓赴宴親見，每一倒翻讀八韵也』。福建藝文志五十五釣磯文集提要，謂『正字自詠云，拙賦每聞鐫印賣，惡詩親見畫圖呈，自注使宅行寅回文八體詩圖，每一倒翻讀八韻，今集中止有回文七律二首，似非八體』。全唐詩卷七一一、全五代詩卷八十三自詠十韻注云，『使宅行寅回文八體詩圖兩面，庚午秋，使樓赴宴親見，每一倒翻讀八韻也』。

李舜絃

舜絃，女，波斯人。珣妹，旅居梓州多年。酷有辭藻，前蜀王衍納爲昭儀。王士禎五代詩話卷二云：『所著蜀宫應制詩、隨駕詩、釣魚不得詩諸篇，多爲文人賞鑒』。

蜀宫應制迴文

濃樹禁花開後庭，飲筵中散酒醒醒。濛濛雨草瑶堦溼，鐘曉愁吟獨倚屏。鍾惺名媛詩歸卷十七　趙世杰歷代女子詩集卷五

回文類聚失收。洪邁、黄習遠萬首唐人絶句卷四十云『類苑闕』，題作蜀宫應制。曹學佺石倉歷代詩選卷一一二、全唐詩卷七九七、揆叙歷朝閨雅卷八、周壽昌歷代宫閨文選卷二十三、重修成都縣志卷十二，題亦俱作蜀宫應制。

『酒醒醒』：全唐詩、歷朝閨雅、歷代宫閨文選、重修成都縣志作『酒微醒』

『鍾』：萬首唐人絶句作『鐘』

趙光義

光義（九三九—九九七）即宋太宗，原名匡義，踐位後改名炅。仕周，至供奉官都知。輔藝祖創業（倡謀擁戴）有功，拜殿前都虞候、領睦州防禦使，尋改泰寧軍節度使，進大内都部

署、開封尹，加兼中書令，封晉王。開寶九年登基，建元太平興國、雍熙、端拱、淳化、至道。史稱其『性嗜學，工文業，多藝能』，著述甚富，有蓮華心輪迴文偈頌二十五卷、迴文詩四卷、心輪圖一卷、秘藏詮三十卷等。其中蓮華心輪迴文偈頌、秘藏詮『編聯入藏』，隨釋典頒行。至道三年六月乙未，真宗詔『以先帝御書墨跡賜天下名山勝境』。

懷感廻文五七言詩

五言

明哲賢高士，遠深甚更長。清風摇影轉，滿月瑩寒光。英儁皆才用，品流見異常。生平觀至道，化俗藴馨長。榮貴空知命，去非免作荒。輕波雨水混，裊柳樹枝狂。迎也春將盛，送歸秋亦忙。精神何氣骨，政理頌甘棠。行孝慈仁德，樂爲惠有方。盈盈對賞詠，興罷若存亡。

七言

情非作好皆齊一，去住懽心事對酬。誠信樂教花盡發，得中高接霧輕收。爭開競秀和香色，儼雅相逢靜最幽。明日麗來朱紫殿，細雲摇曳瑩朱樓。名揚可大終奇異，禮讓能謙遂勝遊。呈瑞衆多唯景福，應祥宜自集禎休。聲聞遠令遵依政，士庶咸知斆聿修。横有竪機深理道，進賢忠節溥分憂。清天照鑑還寧泰，白雪歌詞儁易搜。兵偃順

戈閑戰馬，意全通佇思悠悠。日本弘教書院本大藏經·御製秘藏詮卷三十

七言『最幽』，回文作『幽寂』；最幽句注云『如上詠景物等，靜而思之，幽深妙理，莫斯爲最』，此『寂』字疑訛。

懷感迴文五七言詩，即德清八聖寺之律詩迴文、奉化雪竇寺之回向文詩、太原壽寧寺真宗御製碑記之回文詩，編入秘藏詮三十卷本。趙安仁、楊億大中祥符法寶録卷十八云：『秘藏銓懷感迴文詩一卷，五七言各一首並二十韻。右詩什端拱二年十一月，上遣中使衛紹欽諭旨僧録司，選京城義學文章僧可昇、歸一、守邦、澄裕、德清、行勤、永光、崇智、可芝、道滿、可昕、懷古等一十二人，同爲注釋。書成上進，賜束帛器幣緡錢，詔以其文編聯入藏』。釋行正、行恂雪竇寺誌卷一宋太宗皇帝敕諭：『朕聞三教之興，爲法不同，同歸於道。道也者，變通不測之謂也。自非洞識杳微，理窮性命，未有能通者也。朕聽斷之暇，無畋遊聲色之好，遂成秘藏詮、逍遥詠、併佛賦、回向文，共三十餘軸，遣内侍同僧守能賫賜明州瀑布觀音禪寺，與僧宗鏡録，同歸藏海，俾僧看閱，免滯面墻，坐進此道，乃朕之意也。淳化三年二月一日』。羅濬寶慶四明志卷十五雪竇山資聖寺云：『至道中，有僧守能雲遊寺中，出淳化四年太宗皇帝所賜石刻御書二部四十有一卷，在本寺藏院奉藏，具數列于左，真書秘藏詮二十卷、逍遥詠十一卷、懷感詩四卷、幽隱詩四卷、回向文詩一首、佛賦一首』。成化湖州府志卷二十八聖寺：『宋太宗賜御書秘藏詮、佛賦、律詩廻文、逍遥詠、急就章四十二卷』（談鑰吴興志卷十三、永樂大典卷二二八二、董斯張吴興備志卷二十四、嵇曾筠浙江通志卷二二九、康熙

德清縣志卷十等，均有記載)。程俱麟堂故事卷一：『淳化元年七月，以御製秘藏詮十卷、逍遥詠十一卷、秘藏諸雜詩賦十卷、佛賦一卷、幽隱律詩四卷、懷感一百韻詩四卷、懷感迴文五七言詩一卷，凡四十一卷。藏於秘閣』。王應麟玉海卷二十八云：『至祥符五年八月丁巳，龍圖閣學士陳彭年表上，奉詔編録太宗御集四十卷，君臣賡載集三十卷，朱邸集十卷，文明政化十卷，秘藏詮三十卷，蓮花偈、逍遥詠，金剛經疏、禪樞要、緣識、至理篇、迴文詩、心輪圖共五十五卷，九絃琴譜二十卷，五弦阮譜十七卷，棋勢圖譜各一卷，請付中書門下詳校，從之。庚申，詔奉安于太清樓、資政殿、崇文院、秘閣、西京三館各一本』；又云『太宗御製四十卷、目一卷，朱邸集十卷、目一卷，至理勤懷篇一卷，文明政化十卷，逍遥詠十卷，緣識五卷，秘藏詮三十卷，禪樞要三卷，蓮花心輪迴文偈頌二十五卷，心輪圖一卷，注金剛經疏宣演六卷，迴文詩四卷，君臣賡載集三十卷，目二卷，棋譜圖三卷，琴譜二卷，九絃琴譜二十卷，五絃阮譜十七卷，凡百一十九部，總二百一十八卷。龍閣、太清樓、御書院、秘閣各藏一部』，『心輪圖、大言賦並録出别行』。乾隆太原府志卷四十八，記壽寧寺太宗書庫碑。朱彝尊跋云：『右宋太宗皇帝書庫碑，大中祥符四年，真宗御書勒石，在太原府壽寧教寺。碑爲風雨崩剥，其半没土中，歲久盡蝕。文凡二千餘言，僅存數百字，其陰石尤泐。所可識者，有太宗御製文集四十集，又集一十卷，怡懷詩一卷，迴文詩一卷，逍遥詠一卷，至理勤懷篇一卷（宋志載御製集一百二十卷蓋統言之也）棊勢圖、琴譜各二卷，蓮花心漏迴文圖若干卷，雜書扇子一百三十六柄，雜書簇子七百五十三軸。按史帝既削平諸國，收其圖，下詔購遺書，于左昇龍門北，建崇文院，徙三館書實之，此崇文書目所自始也。又分三館書萬餘卷，别爲書庫，所謂秘閣是也。王明清有言，太平興國中，諸降王死，其舊臣或宣怨言，太宗盡收用之，寘之館閣，使修羣書，廣其卷帙，厚其廩祿贍給，以役其心，俾卒老于文字，則帝之留意翰墨，特出于權謀秘計，而非性所好也。雖然亡國之臣，世主往往輕視之如土芥，而重繩之以刀鋸，帝獨容之禁侍之列，給筆札事纂述，謂非世主所難能歟』（曝書亭集卷五十一）。

秘藏詮三十卷本，涵蓋懷感迴文五七言詩，今見趙城金藏（并岳宗）、高麗藏（車駕馬）、弘教藏（露）。太平興國八年，『詔以御製蓮華心輪回文偈、秘藏詮、逍遥詠宣示近臣』（佛祖統紀卷四十三），王禹偁有謝賜御製逍遥詠秘藏詮，『伏蒙聖慈賜臣等御製秘藏詮、逍遥詠共四十一卷』（小畜集卷二十一）之語。此外，還賜給德清八聖寺、奉化雪竇寺、常熟延福禪院（李湛重修延福禪院記、陸絳新建佛殿記）諸寺院，以及贈與隣國朝鮮、日本。如『淳化二年，遣使韓彦恭來貢，彦恭表述治意，求印佛經，詔以藏經并御製秘藏詮、逍遥詠、蓮華心輪賜之』（續資治通鑑長編卷四八七）。熙寧六年，神宗於延和殿召見日僧成尋，從其請，賜奝然之後新刻佛經及蓮華心輪回文偈頌二十五卷、秘藏詮三十卷等顯聖寺印本（成尋參天台、五臺山記）。蓮華心輪迴文偈頌、懷感迴文五七言詩因入藏經，得以保存至今。

光義喜愛回文，御案嘗置一幅五色相宣，讀之易明之蘇蕙璇璣圖，事見廣慧夫人記。後世所傳五色讀法，即出自至道宮中本。

宋祁

祁（九九八—一〇六一）字子京，安陸人。宋仁宗天聖二年，與兄庠同舉進士，時稱二宋。初授復州軍事推官，累遷國子監直講，三司度支判官，知制誥，翰林學士，史館修撰，預修新唐書。先後出知壽、陳、亳、定、益、鄭等軍州，終翰林學士承旨。清人輯有宋景文集六十二卷拾遺十二卷。

提刑張都官回文詩

歡餘惜對清談劇，遠路行嗟又愴違。寒蹬酒空催客別，曉驪歌罷怨人歸。乾風擺柳衰條短，驟霰迷鴻側陣微。殘歲念君同悵悵，麗章貽我慰依依。文淵閣四庫全書本景文集卷十四

全宋詩卷二一三

劉敞

敞（一〇一九—一〇六八）字原父，臨江新喻人。宋仁宗慶曆六年進士，授大理評事，通判蔡州。皇祐三年，擢太子中允，直集賢院，次年改判吏部南曹。至和元年，遷右正言，知制誥。二年奉使契丹，三年出知揚州。歲餘入爲起居舍人，又徙知鄆州，兼京東西路安撫使。嘉祐五年，因言事與臺諫相左，自請出知永興軍府事。英宗治平三年，改集賢院學士，判南

京御史臺。神宗元年卒，門人私謚曰公是先生。敞學問淵博，爲文敏贍。著有公是集七十五卷，已佚，四庫館臣從永樂大典輯成五十四卷。

雨後回文

綠水池光冷，青苔砌色寒。竹深啼鳥亂，庭暗落花殘。清武英殿聚珍版公是集卷二十七　全宋詩卷四八七　兩宋名賢小集卷五十五　御選宋詩卷七十七

徐昂詩體釋例序謂詩詞『又有協聲與協韻相間而兼隔韻者，劉敞雨後回文云，綠水池光冷，青苔砌色寒，竹深啼鳥亂，庭暗落花殘。冷、亂半舌音協聲，寒、殘輕鼻音協韻，回轉讀之，則庭青二韻，竹綠二韻，間隔相協，音調尤妙』。

王安石

安石（一〇二一—一〇八六）字介甫，小字獾郎，撫州臨川人。宋仁宗慶曆二年進士，歷簽書淮南判官、知鄞縣、通判舒州，召爲羣牧判官。出知常州，移提點江東刑獄。嘉祐三年，入爲度支判官，獻萬言書，極陳當世之務。六年知制誥。英宗治平四年，出知江寧府，尋召爲翰林學士。神宗熙寧二年，除參知政事，推行新法。次年，拜同中書門下平章事。七年，因新法迭遭攻擊，辭相位，以觀文殿學士知江寧府。八年，復相。九年，再辭，以鎮南軍節度使、同平章事判江寧府。十年，免府任，爲集禧觀使，居金陵鍾山，自號半山老人。元豐

元年，封舒國公，後改荆，世稱荆公。八年，蹴居秦淮小宅，卒謚文。散文、詩皆著名，爲唐宋八大家之一，有臨川先生文集一百卷。

無題三首

碧蕪平野曠，黄菊晚村深。客勸留酣飲，身閒累苦吟。

南宋龍舒本王文公文集卷七十五，題作回文三首，又卷七十九集句詩，題作回紋（碧蕪平野曠）。明嘉靖撫州本臨川先生文集卷二十六、全宋詩卷五六三，題目分别作碧蕪、夢長、迸月。李德身王安石詩文系年，將此回文三首繫於『元豐詩匯』。

『酣』：王文公文集、李壁王荆文公詩注、臨川先生文集作『甘』

梦長隨永漏，吟苦雜疎鐘。動蓋荷風勁，霑裳菊露濃。

『鐘』：王文公文集、臨川先生文集、全宋詩作『鍾』

『霑』：王文公文集、王荆文公詩注、全宋詩作『沾』

迸目川魚躍，開雲嶺鳥翻。徑斜荒草惡，臺廢治花繁。

『目』：諸本及明本回文類聚作『月』

『鳥』：明本回文類聚作『馬』

『治』：諸本及文淵閣四庫全書本回文類聚作『冶』

客懷

泊鴈鳴深渚，收霞落晚川。柝隨風斂陣，樓暎月低弦。漠漠汀帆轉，幽幽岸火燃。壑危通細路，溝曲繞平田。回文類聚卷三

王荆文公詩注卷四十，題作廻文四首。吕祖謙宋文鑑卷二十九、臨川先生文集卷二十六，題作泊雁。御定淵鑑類函卷一九八、御選宋詩卷七十七，題作泊雁廻文。吴訥文章辨體外集卷四、李伯璵文翰類選大成卷一〇五，題作回紋泊雁。全宋詩卷五六三引臨川先生文集，題作泊雁，分成二首。

此詩又見唐戴叔倫。陳尚君全唐詩誤收詩考云『全唐詩卷二七三、二七四收戴叔倫詩二卷，唐以後人詩混入者，有王安石所作三首，泊雁見臨川集卷二六，題同』。

明單于菊坡叢話卷二十三：『王荆公泊雁回文詩曰，泊雁鳴深渚，收霞落晚川。柝隨風斂陣，樓隱月低絃。漠漠汀帆轉，幽幽岸火燃。壑危通細雨，溝曲繞平田。朱文公亦有菩薩蠻詞二首，其一次圭父韻曰，暮江寒碧縈長路，路長縈碧寒江暮。花塢夕陽斜，斜陽夕塢花。客愁無勝集，集勝無愁客。醒似醉多情，情多醉似醒。又呈秀野詞曰，晚紅飛盡春寒淺，淺寒春盡飛紅晚。樽酒綠陰繁，繁陰綠酒樽。老仙詩句好，好句詩仙老。長恨送年芳，芳年送恨長。二公之詩詞皆冠絶』。

鄭子瑜修辭學論文集（一九八八年中華書局香港版）云：『王氏另有六言回文詩數首』。

劉攽

攽（一〇二三—一〇八九）字貢父，號公非，臨江新喻人。宋仁宗慶曆六年，與兄敞同登進士第。歷仕州縣二十年，始爲國子監直講。神宗熙寧中，判尚書考功，同知太常禮院。嘗貽書王安石，論新法不便，貶泰州通判，遷曹州，爲東京轉運使，知兖、亳二州，坐事黜監衡州鹽倉。哲宗立，起襄州，入爲秘書少監，以疾求去，加直龍圖閣，知蔡州，復召拜中書舍人。與司馬光同修資治通鑑，作東漢書刊誤，爲人稱誦。四庫館臣據永樂大典輯出彭城集四十卷。

雨後回文

綠水池光冷，青苔砌色寒。竹幽啼鳥亂，庭暗落花殘。

同見乃兄劉敞公是集卷二十七

旅舍不寐作回文四句

定雲浮黑月，驚風觸巢鳥。暝燈客單寢，短夢恨遲曉。　清武英殿聚珍版彭城集卷十七　全宋詩卷六

一四　攽是回文詞之創製者，蘇軾與劉貢父（徐州）云『某啓。示及回文小闋，律度精緻，不失雍

容，欲和殆不可及，已授歌者矣』，見蘇軾文集卷五十。

沈遘

遘（一〇二八—一〇六七）字文通，錢塘人。以蔭補郊社齋郎，皇祐元年舉進士，除大理評事，通判江寧府。歸、奏本治論十篇，頗得仁宗稱賞，爲集賢校理、權三司度支判官，召修起居注，加知制誥，出知越州、杭州。英宗即位，遷龍圖閣直學士、知開封府，拜翰林學士，判流内銓。丁母憂，服未竟而卒，年四十。爲人疏雋豁達，明於吏治。與叔括、弟遼，俱有文名，稱爲『三沈』。著有西溪集十卷。

和人上元回文

情感此宵元切恨，遣懷高唱一聲歌。清澄月滿鋪逵路，烜赫蓮開未綠荷。觥酒滯時追伴侶，袖香凝處想紈羅。更深候望遥腸斷，爽約人歸不我過。蒲積中歲時雜詠卷八

馮山

山（？—一〇九四）初名獻能，字允南，安岳人。宋仁宗嘉祐二年進士。神宗熙寧末，授秘書丞、通判梓州。鄧綰薦爲臺官，以未諳新法，辭不就。退居二十年，著春秋通解。蜀人范祖禹薦於朝，終禮部郎中。有馮安岳集二十卷。

和徐之才回文

行軺使指屢襟分，路去重看思糾紛。清夜峽前江照月，霽天郊外劍横雲。情多苦近歸褒漢，景物應難會見聞。縈慮俗緣因刺按，燕堂虚媿有移文。見聞二亭　宋人集乙編本馮安岳集卷十一

『情多苦近歸褒漢，景物應難會見聞』一聯，文淵閣四庫全書本安岳集卷十一作『情多功業安知命，滿腹文章未見聞』，全宋詩卷七四四，同。

王安禮

安禮（一〇三四—一〇九五）字和甫，撫州臨川人。安石弟。宋仁宗嘉祐六年進士，從河東唐介辟。神宗熙寧五年，以薦爲著作佐郎，崇文院校書。八年，遷直集賢院，出知潤州、湖州，召爲開封府判官、直舍人院，同修起居注，進知制誥。元豐四年，以翰林學士知開封府。五年，拜尚書右丞、轉左丞。七年罷，以端明殿學士，移知江寧府。哲宗元祐中，歷知揚、青、蔡、舒、宣州。紹聖初，知永興軍，官終太原府。蘇軾下獄，情勢危逼，安禮從容向神宗言之，得輕減。原有文集二十卷，清初已佚，四庫館臣據永樂大典輯出王魏公集七卷。

夢　長

夢長隨永漏，吟苦雜疏鐘。動蓋荷風勁，沾裳菊露濃。豫章叢書本王魏公集卷一　全宋詩卷七四六

同見乃兄安石臨川先生文集卷二十六

王觀

觀（一〇三五—一一〇〇）初名慤，字通叟，號天轡子，如皋人。宋仁宗嘉祐二年進士，授單州團練推官，試秘書省校書郎。神宗熙寧八年，出令江都，曾進獻揚州賦，獲賜緋衣銀章。元豐初，入爲大理寺丞。嘗應制撰清平樂詞，宣仁太后以爲媟瀆神宗，翌日罷職，並誣『坐知江都縣受賕枉法』，除名永州編管，流放長達二十載，因自號逐客。歸時經袁州，作玉女峯、過蘆溪等詩。明代邑人陸君弼纂萬歷江都縣志，將其與羅適同列循良傳，指出『觀之爲令，以文學名，而政事不可槩見』。至和間，從胡瑗學，少游李氏夫人墓誌銘謂父元化『歲時歸覲，具言太學人物之盛，數稱海陵王君觀及其從弟覿，有高才，力學而文，流輩無與比者』。詞賦極富文采，著有維揚芍藥譜、天轡子、冠柳集。

題織錦圖

春晚落花餘碧草，夜凉低月半枯桐。人隨鴈遠城邊暮，雨映疎簾綉閣空。

桑世昌編回文類聚仍以三詩屬蘇軾，前有東坡序云：『余少時見一江南本，其後有題詩十餘首，皆奇絶宛轉，過於蘇氏之作遠甚，今獨記其三絶』。明本回文類聚目録上，作題織錦圖三絶。王十朋東坡詩集註卷二十九題詠、施元之施注蘇詩卷十九（時在黄州作）、文淵閣四庫全書本東坡全集卷十二等，俱作題織錦圖上回文三首。因無此序，故易致誤爲軾所撰。

『枯』：宋本淮海集卷十、查慎行蘇詩補註卷二十一作『梧』。

『鴈遠城邊』：東坡詩集註、施注蘇詩、蔡正孫詩林廣記後集卷三、淮海集，俱作『遠雁邊城』。

劉坡公學詩百法云：『右詩前二句寫情景，後二句有無限思想，無限感觸，抵得一首征人思歸之作』。

紅手素絲千字錦，故人新曲九回腸。風吹柳絮愁縈骨，淚洒縑書恨見郎。

『柳絮』：東坡詩集註、施注蘇詩、東坡全集、詩林廣記、蘇詩補註、御選宋詩卷七十七，均作『絮雪』。

羞看一首回文錦，錦似文君别恨深。頭白自吟悲賦客，斷腸愁是斷絃琴。回文類聚卷一

胡仔漁隱叢話後集卷四十，『苕溪漁隱曰，東坡後集有題織錦圖上回文三首。其一云，春晚落花餘碧草，夜涼低月半枯桐，人隨遠雁邊城暮，雨映疎簾繡閣空。其二云，紅手素絲千字錦，故人新曲九廻腸，風吹絮雪愁縈骨，淚洒縑書恨見郎。其三云，羞看一首回文錦，錦似文君别恨深，頭白自吟悲賦客，斷腸愁是斷絃琴。淮海集載東坡跋云，余少時見一江南本，其後有人題詩十餘首，皆奇絶，今記其三首。然則此詩非東坡所作也。少游又云，子瞻記江南所題本，不全，嘗見之，記其五絶，今以補子瞻之遺，即叢話前集所載回文詩五首是也，世以爲少游所作，亦非也』(阮閱詩話總龜後集卷四十一，同)。查慎行蘇詩補註云：『題織錦圖上回文三首，乃江南本詩也』，『諸刻本俱訛入先生集中』。王敬之淮海文集攷證云：『元注東坡

跋并三絶，見正集第十卷擬織錦詩下。案今本正集擬題織錦圖詩下無跋，亦無附注三絶。據漁隱所云，是淮海集舊有附注、跋及詩，後人因詩載蘇集，遂删之耳。少游所記五首，集中誤收，宋漫堂蘇詩補遺，又將淮海集所誤收詩羼入，亦誤』（四部備要本淮海集）。徐培均淮海集箋注卷十，謂『今張綖、胡民表、李之藻各本織錦圖詩下無附詩，亦無跋。觀苕溪漁隱叢話，知附注三絶，宋時已羼入蘇詩中矣』。除蘇集外，詩林廣記、李伯璵文翰類選大成卷一〇五、梁橋冰川詩式卷一、李蓘宋藝圃集卷四、李之用詩家全體卷九、謝天瑞詩法、御選宋詩等書，以訛傳訛，皆屬東坡作。

江南本者，穀甫所藏之本也。今之江西，宋時爲江南路。王安石，臨川人，故自稱『江南客』（戲贈湛源）；穀甫、清江人，故蘇轍稱其爲『江南生』（次韻孔平仲著作見寄四首）。而孔此時又官溢城，所以，東坡將其織錦圖，謂之『江南本』。清代查愼行又云『經籍志有江南集十卷』，『即少游所記江南本也』，大謬。

案王觀於元豐三年春，赴永州貶所，途經湓城，受到江州錢監孔平仲之熱情迎送，有謝王通叟回紋詩云『觀君和我回紋詩，滿眼春光破冰雪』。今清江三孔集中只題織錦璇璣圖回文五首，此三詩應是和作也，故屬之王觀名下。

全宋詩兩收，卷一〇六一引淮海集卷十，秦觀自注；又卷三七三七引苕溪漁隱叢話後集卷四十，無名氏回文三首。

蘇軾

軾（一〇三七—一一〇一）字子瞻，一字和仲，眉山人。宋仁宗嘉祐二年進士，初任大理評事。六年試制科，授鳳翔府節度判官廳事。英宗治平二年，判登聞鼓院，召直史館。神宗熙寧間，推行新法，因政見分歧，自請外出，四年通判杭州，改知密州、徐州。元豐二年，移知湖州，御史李定、舒亶、何正言媒蘖其詩，以爲訕謗，製造烏臺詩案，繫獄四月餘，貶爲黄州團練副使，築室東坡，自號東坡居士。七年，平移汝州。哲宗立，復朝奉郎，知登州。元祐中，累遷翰林學士知制誥，尋以龍圖閣學士，出知杭州、潁州、揚州、定州，官至禮部尚書。紹聖初，御史論軾掌内外制日，所作詞命，以爲譏斥先朝，列入元祐黨人，責授建昌軍司馬，惠州安置。越三年，又謫瓊州别駕，居昌化。徽宗即位，赦還，提舉成都玉局觀。建中靖國元年病逝常州，追謚文忠。臨終前曾自我總結云：『問汝平生功業，黄州、惠州、儋州』（自題金山畫像）。所爲詩詞文，雄視百代，與父洵、弟轍，合稱『三蘇』，均屬『唐宋八大家』。著有東坡集四十卷後集二十卷、東坡樂府三卷。

再次上韻三絶

春機滿織回文錦，粉淚揮殘露井桐。人遠寄情書字小，柳絲低日晚庭空。

今本東坡全集題作次韻回文三首，元豐四年冬黄州作。王十朋東坡詩集註卷十四酬和、全宋詩卷八三〇，題亦作次韻回文三首。文淵閣四庫全書本東坡全集卷二十九、四部備要本東坡續集卷二、蘇詩續補遺卷下，題作再次前韻，小字注云『係織錦圖上回文』。毛九苞重編東坡先生外集卷六黄州詩，題作回紋織錦圖三絶次舊韻。施元之施註蘇詩，無此。

紅牋短寫空深恨，錦句新翻欲斷腸。風葉落殘驚梦蝶，戍邊回鴈寄情郎。

羞雲斂慘傷春莫，細縷詩成織意深。頭伴枕屏山掩恨，日昏塵暗玉牕琴。回文類聚卷一

『雲斂』、『玉』：重編東坡先生外集作『空臉』、『綠』

『伴』：全宋詩（引馮應榴蘇文忠公詩合注）、重編東坡先生外集作『畔』

桑世昌璇璣圖攷異云，唐文宣所製古本，『其後有東坡及孔毅甫、秦太虚跋語。坡則三詩，元豐二年七月十二日書；孔則五詩，四年九月十七日題；秦則一詩，元祐戊辰正月十四日。汝南蠹魚閣所記，皆今所刊者』。上述不合事實，豈有次韻在先，唱首反而於後之理？孔凡禮也未細辨，逕採入其三蘇年譜中，稱『軾題璇璣圖三首，十二日書』。案元豐二年七月十二日，蘇知湖州，平仲監錢溢城，期間並無聯係。三年春，王觀謫永州，途經溢城，和平仲回紋詩。此時東坡亦貶黄州，其弟子由出爲筠州監税，過往溢城，平仲給予熱情接待、照應，相與唱和，交誼漸深。平仲又至黄州拜會，這樣，東坡有機緣見到江南本上之題詩（坡記住三首，秦觀又記住五首）。東坡次韻只能作於王觀和詩之後，諸家東坡詩編年，將其置於元豐四年冬，似較恰當。在蘇軾以前，回文詩酬和之作，皆不次韻，如南朝蕭氏兄弟後園，唐代張薦、潘孟陽、權德輿春日雪，以及皮日休、陸龜蒙唱和之作，都是如此，所謂『古人賡和，答其

來意而已』（詩學進階）。

紀昀評點本蘇文忠公詩集卷二一次韻回文三首云：『東坡何以墮此惡趣』。趙翼甌北詩話卷五亦謂『坡又有題織錦迴文三首，此外又迴文八首，大方家何至作此狡獪。蓋文人之心，無所不至，亦游戲之一端也』。也有採取雙重標準，按不同對象，區別對待，如許學夷詩源辯體，其對蘇軾，謂『東坡才大，自無不宜』，對皮日休、陸龜蒙，則『吾當投畀豺虎』！

記　梦

十二月二十五日，大雪始晴。梦人以雪水烹小團茶，使美人歌以飲。余梦中爲作回文詩，覺而記其一句云，亂點餘花唾碧衫，意用飛燕唾花事也。乃續之爲二絕句云。

酡顔玉盌捧纖纖，亂點餘花唾碧衫。歌咽水雲凝靜院，梦驚松雪落空巖。

空花落盡酒傾缸，日上山融雪漲江。紅焙淺甌新火活，龍團小碾鬭晴牕。回文類聚卷三

詩林廣記後集卷三　全宋詩卷八〇四。

今本東坡全集題作記夢回文二首，元豐四年十二月二十五日黄州作；鄭子瑜修辭學論文集題作記夢中遇合回文詩。

陳元龍愛日堂詩卷二十三，臘月二十五日立春『土牛詩未就』句，注云『蘇東坡臘月二十五日夜，夢作土牛迴文詩』。查諸本東坡詩文集，只有夢中作祭春牛文（元豐六年十二月二十七日），而未見該詩，不知所據何書。

馬星翼東泉詩話卷一：『東坡題回文二絶云，以彼大才，尚覺蹇滯，雕文刻鏤，壯夫不爲』。周策縱雜體詩釋例序：『蘇蕙回文，繡口錦心，感發百代。歷唐宋元明清，迄於近世，疊有新製。若陸龜蒙、皮日休、蘇軾所作，即就詩而論詩，亦無愧爲佳什』。

菩薩蠻 四時四首

春

翠環斜慢雲垂耳，耳垂雲慢斜環翠。春晚睡昏昏，昏昏睡晚春。　細花黎雪墜，墜雪黎花細。顰淺念誰人，人誰念淺顰。

傅榦注坡詞卷七，題作四時閨怨回文效劉十五體；朱祖謀東坡樂府卷三，題作回文四時閨怨，不分列春夏秋冬；毛晉汲古閣東坡樂府、全宋詞，題作回文春閨怨。薛瑞生東坡詞編年箋證卷二，亦題作回文春閨怨，其校記云：『元人葉曾東坡樂府，題作回文四時閒怨，閒字誤。吳訥唐宋名賢百家詞，題下無怨，幔誤作慢』。

『慢』、『黎』：諸本俱作『幔』、『梨』。文淵閣四庫全書本回文類聚也作『梨』。卓人月古今詞統卷五云『幔字恐誤』。

夏

柳庭風靜人眠晝，晝眠人靜風庭柳。香汗薄衫涼，涼衫薄汗香。　手紅氷盌藕，藕盌冰紅手。郎笑藕絲長，長絲藕笑郎。

毛本、全宋詞、箋證，題作回文夏閨怨。朱本、全宋詞，二盌字俱作椀，毛本二盌字却作腕。箋證校記云『原本、百本、傅本、元本腕俱作碗，誤，從毛本改』。

秋

井梧雙照新妝冷，冷妝新照雙梧井。羞對井花愁，愁花井對羞。影孤憐夜永，永夜憐孤影。樓上不宜秋，秋宜不上樓。

毛本、全宋詞、箋證，題作回文秋閨怨『梧』、『愁』：毛本、朱本作『桐』、『秋』

冬

雪花飛暖融香頰，頰香融暖飛花雪。欺雪任單衣，衣單任雪欺。別時梅子結，結子梅時別。歸不恨開遲，遲開恨不歸。

毛本、全宋詞、箋證，題作回文冬閨怨。傅本最後兩句爲『歸恨不遲開，開遲不恨歸』。陳景沂全芳備祖卷一、王思義香雪林集卷二十四、御定佩文齋廣群芳譜卷二十四，無題；香雪林集更不著姓名，列於明人劉基之後。

此四闋爲現存最早之回文詞，作於神宗元豐三年庚申黄州。總案及紀年錄失載。朱祖謀東坡樂府、龍沐勛東坡樂府箋不編年。軾與李公擇（黄州）『效劉十五體，作回文菩薩蠻四首寄去，爲一笑。不知公曾見劉十五詞否?劉造此様見寄，今失之矣』。與滕達道(黄州):『所傳小詞，爲僞託者，察之。然自此亦不可不密也。回文比來甚奇，嘗恨其主不稱。若歸吾人，真可喜，可謂得其所哉，亦須出也』(蘇軾文集卷五十一尺牘)。薛瑞生東坡詞編年箋證以子由喪女，李常自舒州來訪『論曹光州親情』兩事均發生於是年十月，『故此四詞必作於庚申十一月無疑』。饒學剛東坡黄州生活創作系年云『十月九日，作菩薩蠻·回文·四時閨怨四首贈君猷』(黄岡師專學報)。

曹樹銘校編東坡詞曰:『按全宋詞並無劉貢父詞,傳注所謂效劉十五貢父體，並無顯證，殆不可信』，『回文詞之意境，俱與東坡詞不類，且逐句回文，僅屬文字遊戲，索然無味，此類作品，一夔已足，今竟達七首之多』。又曰是體『乃任何大家所無，而况東坡根本無此閒情』，遂將該詞編入附錄，移列『可疑詞類』。

鄒祇謨遠志齋詞衷:『迴文之就句迴者，自東坡晦菴始也，其通體迴者，自義仍始也』。沈際飛草堂詩餘新集謂『迴文詞始朱劉二公』。徐釚詞苑叢談:『王西樵士祿曰，菩薩蠻迴文有二體，有首尾迴環者，如邱瓊山秋思、湯臨川織錦是也;有逐句轉换者，如蘇子瞻閨思、王元美別思是也』。回文詞，實劉攽所創也，非昉自東坡晦菴;菩薩蠻之逐句轉换者，亦是貢父首造，諸家詞話，以訛傳訛。

沈雄古今詞話·詞品卷上，謂『東坡菩薩蠻四時詞，是名倒句』

菩薩蠻 閒情二首

落花閒院春衫薄，薄衫春院閒花落。遲日恨依依，依依恨日遲。梦回鶯舌弄，弄舌鶯回梦。郵便問人羞，羞人問便郵。

明本回文類聚題作閒情三首（包括咏梅）。傅注本卷七、毛本、朱本卷三、全宋詞、箋證，題作回文。

諸本東坡詞不編年

火雲凝汗揮珠顆，顆珠揮汗凝雲火。瓊暖碧紗輕，輕紗碧暖瓊。暈腮嫌枕印，印枕嫌腮暈。閑照晚妝殘，殘妝晚照寒。

此首毛本題作夏景回文

『寒』：傅注本、毛本、朱本、全宋詞作『閒』

菩薩蠻 咏梅

嶠南江淺紅梅小，小梅紅淺江南嶠。窺我向疎籬，籬疎向我窺。老人行即到，到即行人老。離別惜殘枝，枝殘惜別離。

明本回文類聚閒情三首之三。傅注本卷七，題作紅梅贈別。朱本、全宋詞、箋證，題作回文。

宋黄大輿梅苑卷七，題亦作回文，不著撰人姓名，列毛澤民後。鄒同慶、王宗堂蘇軾詞編年校注考辨云：『以上三詞之意境，係寫春、夏、冬景，在第二首與第三首之間，似缺一首秋景，當有所佚，錄以備考』。又云：『這三首詞諸本均載，别無異説，曹本僅以意境俱與東坡詞不類，便以爲可疑，顯證不足，不可信』。沈松勤蘇軾詞編年補證（載國學學刊）：『所辨甚是，今按此三首當爲貶嶺南時所作』。

諸本東坡詞不編年。案徽宗建中靖國元年辛巳正月，東坡北歸過庾嶺，此詞意境應與贈嶺上老人、贈嶺上梅等詩作同時。

西江月 詠梅

馬趂香微路遠，沙籠月淡煙斜。渡波清徹暎妍華，倒綠枝寒鳳挂。　挂鳳寒枝綠倒，華妍暎徹清波。渡斜煙淡月籠沙，遠路微香趂馬。回文類聚卷四

諸刻東坡詞未載，全宋詞注謂錄自回文類聚卷四。王思義輯入香雪林集卷二十四，題作西江月。薛瑞生東坡詞編年箋證列卷四『作年莫考之什』。孫民關于十三首東坡樂府的編年，定爲哲宗紹聖元年甲戌十一月惠州作，十一月二十六日松風亭下梅花盛開詩寫日間梅，詞唱月下梅（遼寧大學學報）。

元代劉將孫黄公誨詩序云：『東坡神邁千古，至回文作詞，語更可愛，于以見文人於詩，皆寢處而活脱之，宜詩人者之望而娟之』（養吾齋集卷十一）。

回文集卷二十三　目録

回文集卷二十三

朱長文

長文（一〇三九—一〇九八）字伯原，其先剡人，世仕吴越，祖億由開封移居吴郡。年十九，舉嘉祐二年進士。既冠，除秘書省校書郎，守許州司户參軍，因墜馬傷足成疾，歸。築室郡西樂圃坊，潛心著述，鄉人稱爲樂圃先生。宋哲宗元祐元年，蘇軾等薦特起本州教授。八年，召爲太常博士。紹聖四年，改宣德郎，遷秘書省正字、兼樞密院編修文字，以疾終。著書三百卷，南渡後，盡燬於兵火，今存樂圃餘稿八卷。

奉和司封使君春日之作

佳景更同民共樂，俊髦皆集盛飛觴。花隨客醉還成句，柳贈人行欲斷腸。斜月上時霞散錦，暖風來處寢凝香。華年惜過須心賞，富貴身逼鬢霜。回文類聚卷三

明本回文類聚未載。樂圃餘藁卷三、陳思兩宋名賢小集卷六十二、御選宋詩卷七十七、全宋詩卷八四六，題作奉和司封使君春日回文之作。

『錦』：兩宋名賢小集、御選宋詩、全宋詩作『綺』

『賞』：兩宋名賢小集作『惜』

孔平仲

平仲字毅父，臨江新喻人。宋英宗治平二年進士。神宗熙寧間，爲密州教授。元豐二年，授都水監勾當公事，監錢江州。哲宗元祐二年，吕公著薦爲秘書丞、集賢校理。三年，詔除江南東路轉運判官，遷提點江浙鑄錢，京西南路刑獄。紹聖中，言者詆其附會當路，譏毁先烈，削校理，知衡州。又以不推行常平法，責授惠州别駕，英州安置。徽宗立，復朝散大夫，召爲户部、金部郎中，出提舉永興路刑獄，帥鄜、延、環、慶。崇寧元年，黨論再起，罷管勾兖州景靈宫。平仲長史學、工文辭，與兄文仲、武仲並稱，黄庭堅有『二蘇聯璧，三孔分鼎』之譽。今存朝散集二十一卷。

題織錦圖

紅窓小泣低聲怨，永夕春風斗帳空。中酒落花飛絮亂，曉鶯啼破梦怱怱。風一作寒

桑世昌編回文類聚，雖知『出於毅甫』（璇璣圖攷異）所作，但仍以五詩屬『太虚秦觀』。前有少游序云：『蘇子瞻記江南所題本，不全。予嘗見之，記其五絶，今以補子瞻之遺』。此五詩平時多見於淮海集、東坡集中。王十朋東坡詩集註卷十四（和廻文五首）、李蓘宋藝圃集卷四（和人廻文五首）、馮景蘇詩續補遺卷下（和人回文五首），皆誤爲蘇作。

豫章叢書本清江三孔集·朝散集卷九，目作題織錦璇璣圖迴文體。御定歷代題畫詩類卷四十三，目作題織錦璿璣圖五首。

『泣』、『夕』：四部備要本淮海後集卷上分別作『立』、『日』。

『風』：朝散集、御定歷代題畫詩類、淮海後集、四部備要本東坡續集卷二、宋藝圃集俱作『寒』。

明代段斐君本淮海集，有徐渭眉批曰『又香又艷，作詞調那得不佳』

稀草露如郎薄倖，亂花飛似妾情多。歸鴻見處揮珠淚，語燕聞時斂翠蛾。

『稀』：御定歷代題畫詩類、四部叢刊初編本淮海後集卷上、東坡續集、宋藝圃集作『晞』；朝散集作『叢』，誤。

『薄倖』：朝散集、御定歷代題畫詩類作『行薄』；淮海後集卷二、淮海後集卷上、東坡續集作『倖薄』；宋藝圃集作『薄幸』。

『飛』：朝散集、御定歷代題畫詩類、東坡續集作『風』

『妾』：朝散集、御定歷代題畫詩類作『客』

『揮』：朝散集、御定歷代題畫詩類、淮海後集卷二、淮海後集卷上、東坡續集，俱作『彈』

『聞』：宋藝圃集作『間』

琴絃斷續愁兼恨，嶺水分流西復東。深院小扉紅日落，綉窻閑倚更誰同。

參横霽色天沈水，鳥宿寒枝竹鎖煙。衾惹舊香清夜半，淚凝殘燭畫堂前。

「烏」：朝散集作「冷」

「惹」：宋藝圃集作「戀」

「舊」：東坡續集作「荔」

寒信霜風秋葉黃，冷燈殘月照空牀。看君寄意傳文錦，字字愁縈惹斷腸。回文類聚卷一

「信」：宋藝圃集作「宿」

「霜風秋」：朝散集、御定歷代題畫詩類作「愁風霜」；東坡續集、淮海後集卷上作「風飄霜」；淮海後集卷二作「霜風似」。

「冷」：淮海後集卷上作「冷」

「牀」：東坡續集作「妝」

「寄意」：淮海後集卷上、淮海後集卷二作「記憶」；東坡續集作「寄憶」。

「傳」：淮海後集卷上作「回」

「愁縈惹」：朝散集、御定歷代題畫詩類、東坡續集作「縈愁寫」；淮海後集卷上作「愁縈寫」；宋藝圃集作「愁縈苦」。

苕溪漁隱叢話前集卷六十：「漫叟詩話云，回紋兩讀必徧，獨此五詩不然。其一曰，紅窗小泣低聲怨，永日春寒斗帳空，中酒落花飛絮亂，曉鶯啼破夢匆匆。其二曰，同誰更倚閑窗繡，落日紅扉小院深，東復西流分水嶺，恨兼愁續斷弦琴。其三曰，寒信風飄霜葉黃，冷燈殘月照空牀，看君寄憶回紋錦，字字縈愁寫斷腸。其四曰，前堂畫燭殘凝淚，半夜清香舊惹衾，

烟鎖竹枝寒宿鳥，水沉天色霽横參。其五曰，娥翠斂時聞燕語，泪珠彈處見鴻歸，多情妾似風花亂，薄倖郎如露草晞』（詩話總龜後集卷四十七，『惹』作『染』、『晞』作『希』，餘同）。查慎行蘇詩補註卷四十九和人回文五首後，按曰『淮海後集載此五絶句，題云蘇子瞻記江南集所題詩本，不全。余嘗見之，記其五絶，今以補子瞻之遺。考之經籍志，有江南集十卷，不載作者姓名，據此則非東坡詩可知，施氏原本不載，新刻本載續補下卷』，『題織錦圖上回文三首，乃江南本詩也，經籍志有江南集十卷，今其詩訛入先生集中。又和人回文五首，即少游所記江南本詩也，施氏補註本載續補遺下卷。謹據百家詩話，以再和前韻三首爲先生作，而以織錦圖上回文原詩三首附于後，其和人回文五首，則移置他集互見卷中，用正諸刻之訛』。

全宋詩兩收，卷九三一引清江三孔集卷二十八，孔平仲題織錦璇璣圖迴文；又卷三七三七引苕溪漁隱叢話前集卷六十引漫叟詩話，無名氏回文。

文淵閣四庫全書清江三孔集提要：『平仲郎中古律詩外，别出詩戲三卷，皆人名、藥名、回文、集句之類，蓋仿松陵雜體别爲一卷例也』。

黄庭堅

庭堅（一〇四五—一一〇五）字魯直，號山谷道人，晚號涪翁，洪州分寧人。英宗治平四年進士，調葉縣尉。神宗熙寧五年，除北京國子監教授。元豐三年，改知太和縣。哲宗立，召爲校書郎，神宗實錄檢討官，逾年遷著作郎、加集賢校理，擢起居舍人、秘書丞。紹聖初，出知宣州，改鄂州。旋以元祐黨人貶涪州别駕、黔州安置。作題蘇若蘭回文錦詩圖，慨嘆『亦有英靈蘇蕙子，只無悔過竇連波』。徽宗即位，起監鄂州税，知舒州、太平州，又罷爲主管玉龍觀，復除名編管宜州。三年，徙永州，未聞命卒，年六十一。一説宣和三年殁於廣東連縣（連縣夏湟村黄氏族譜）。庭堅係『蘇門四學士』之一，與軾齊名，世稱『蘇黄』，創江西詩派。有山谷内外集四十四卷、别集二十卷、詞一卷、簡尺二卷。

西江月 用惠洪韻

細細風清撼竹，遲遲日暖開花。香幃深卧醉人家，媚語嬌聲婭姹。　婭姹聲嬌語媚，家人醉卧深幃。香花開暖日遲遲，竹撼清風細細。回文類聚卷四

題，回文類聚明本作用僧惠洪韻上、文淵閣四庫全書本作用僧惠洪韻。山谷琴趣外篇，無。

晁端禮

端禮（一〇四六—一一一三）字次膺，其先澶州清豐人，徙家彭門。宋神宗熙寧六年進士，兩爲縣令，忤上官，坐廢。政和三年，大晟樂成，蔡京薦於徽宗，詔乘驛赴闕，以承事郎爲大晟府協律，未幾卒。精聲律、與万俟雅言齊名，工詞，有閒齋琴趣外篇六卷。

菩薩蠻 即席二首

捲簾風入雙雙燕，燕雙雙入風簾捲。明月曉啼鶯，鶯啼曉月明。斷腸空望遠，遠望空腸斷。樓上幾多愁，愁多幾上樓。

遠山眉暎橫波臉，臉波橫暎眉山遠。雲髩插花新，新花插髩雲。斷魂離思遠，遠思離魂斷。門掩未黄昏，昏黄未掩門。回文類聚卷四

曾慥樂府雅詞卷中，題作菩薩蠻回紋。御選歷代詩餘卷九，題作菩薩蠻回文二首。

清代張德瀛詞徵卷一云：『迴文有二體，有逐句迴環者，晁次膺菩薩蠻是也。有通體迴環者，吴禮之西江月是也。毛大可浣溪沙和任二千倩迴環韻，以下一首迴前，未詳所本』。近人宛敏灝詞的體製謂『晁端禮、張孝祥、朱熹等所作回文詞，也都用菩薩蠻調。蓋此調全篇由五、七句構成，且兩兩對稱，具備互倒的條件』（安徽師大學報）。

程　垓

垓字正伯，眉山人。與蘇軾爲中表。今存書舟集一卷（家有擬舫名書舟）。

菩薩蠻 回文

暑庭消盡風鳴樹，樹鳴風盡消庭暑。横枕一聲鶯，鶯聲一枕横。扇紈低粉面，面粉

低紈扇。涼月淡侵牀，牀侵淡月涼。書舟集　四部備要本宋六十名家詞　歷代蜀詞全輯

紆　川

姓氏、生平不詳。全宋詩『紆川、疑非本名，據回文類聚編次，約爲神宗時人』。明本次於茹芝翁(桑莊)、曹勛後。

絶　句

小徑緣溪綠，低簷傍樹陰。好峰秋入眼，清月夜窺林。回文類聚卷三　全宋詩卷一〇六九

『峰』：文淵閣四庫全書本回文類聚作『風』

『窺』：明本回文類聚作『規』

桑正國

正國字君禮，號虛齋，高郵人。世昌祖。宋神宗元豐八年與秦觀同科進士。

春日湖上書事

李昭亮供奉爲唱，時龍太初、秦少游以次和者已二十二人矣。諸公末後方示以詩軸，似欲見窘，因用回文體作一篇答之，正讀繼前韻，倒讀次後篇。

卮傾好酒逢時盛，早遇春融媚景天。軀暖戲挨初綠艸，燕飛輕拂乍晴煙。遲遲畫影花籠檻，郁郁香風蝶舞筵。眉似柳開眸似水，怡情自愛賞湖邊。

『晝』：文淵閣四庫全書本回文類聚作『晝』

會課乾明寺

悠悠意得自踈通，寂地因居樂性空。幽思曉風清迫枕，靜聽寒雨細霑桐。修莖竹韻澄簫玉，綠影松垂亂鬢蓬。儔侶好邀同此適，搜吟得到幾怱怱。

夏日同少游諸友登樓即事

情閒共悦良朋好，溽暑消來過雨時。萍水遠流青點小，柳堤横瞑翠絲垂。輕煙晚透疎林迥，嫩卉芳迎皎日遲。清思廓然欣賞地，瞰觀遥閣靜聯詩。回文類聚卷三　全宋詩卷一一五〇

明本回文類聚目錄下，題作夏日同諸友登樓

秦觀

觀（一〇四九—一一〇一）自幼『慕王觀之爲人』，故其父以『觀』名之，字少游，一字太虛，號淮海居士，高郵人。宋神宗元豐八年始登第，授臨海主簿、蔡州教授。哲宗元祐初，

以蘇軾薦，除太學博士、校正秘書省書籍，遷正字復兼國史院編修官。紹聖元年，坐黨籍，出爲杭州通判，御史劉丞論其增損實錄，道貶處州監鹽酒稅。三年，以謁告寫佛書爲罪，削秩徙郴州。四年，編管橫州。元符元年，除名，移雷州。徽宗立，復宣德郎，放還，至藤州卒。觀豪雋慷慨，溢於文詞，爲『蘇門四學士』之一。著有淮海集四十卷後集六卷長短句三卷。

即席次君禮年兄韻

大父與太虛先生同里閈、且同科甲，最相厚善，翰墨多失於兵燼，不特此詩而已。先公嘗記誦云，是時同集者數人，惟太虛不數刻而就，坐客皆歎其敏。君禮、大父字也。

情舒喜面山浮翠，袖滿薰風涼透時。萍碎錦鱗金網舉，影差簾燕玉鈎垂。輕輕篆鼎凝香細，欵欵方壺轉漏遲。清興此來同約久，趣多深意古人詩。回文類聚卷三　全宋詩卷一〇六八

明本回文類聚目錄下，題作即席次君禮韻。淮海集宋刻失收。

擬題竇滔妻織錦圖送人

悲風鳴葉秋宵涼，絲寒縈手淚殘妝。微燭窺人愁斷腸，機翻雲錦妙成章。回文類聚卷一

明本回文類聚目錄上，目作擬題織錦圖。諸刻淮海集卷十（或卷五）、御定歷代題畫詩類卷四十三、全宋詩卷一〇六一，目俱作擬題織錦圖，『涼』作『冷』，『絲寒』作『寒絲』。王敬之『案此首當是回文七絕，中有錯誤』。何文匯雜體詩釋例云：『四部叢刊本淮海集卷十載此詩，涼作

冷、絲寒作寒絲。然此詩是柏梁體，順讀涼粧腸章爲韻，回讀機微絲悲爲韻，淮海集誤。此詩不知作者，其氣蕭颯，蓋唐季之作歟』。

桑世昌璇璣圖攷異曰：『近於友人王守正處，見一本兼著人物，乃治平中太常少卿沈立將漕河朔，於東都陳安期家所得古本，唐文宣所製，畫筆絶精，命工模搨，廣爲横軸。且云詞句脱略，讀不成文，僅見梗概。其後有東坡及孔毅甫、秦太虛跋語，坡則三詩，元豐二年七月十二日書，孔則五詩，四年九月十七日題，秦則一詩，元祐戊辰正月十四日，汝南蠹魚閣所記，皆今所刊者。但五詩以補子瞻之遺，平時多見淮海集中，初不以爲出於毅甫也。而少游跋乃云，蘇孔二公所載八絶，雖極新奇，然與圖上詩體不類遠甚，疑是唐人擬作。往歲過關山雙木驛，壁間有題云，悲風鳴葉愁宵涼云云，亦稱蘇氏織錦圖詩，未知其果然否？此跋本集無，由是推之，則太虛一絶，非其所擬。五詩乃得於孔氏，秋愁二字，又小不同，曾不百年，而矛盾如此，因具載云』。南宋李曾伯跋狄學賓時飛所惠迴文織錦圖云：『婦人操觚弄翰至織組以寄閨房之怨，好事者又繪藻之，且冠以金輪，晨牝之鳴，本無足奇。顧自治平模本，訖今踰二百禩，蘇孔秦諸賢，近世平庵、後谿、悦齋諸老，皆嘗經目，墨跡猶潤，是可寶也。雲洲與余先世交，故其孫輟以遺余，庸識軸末，以遺後之覽者』（可齋雜藁續稿前卷五）。張丑南陽名畫表卷下，謂周昉璇璣詩圖有『蘇子瞻等跋』，韓宗伯存良家藏。

王文甫

文甫，名齊愈，嘉州犍爲人，係宋真宗皇后劉氏家族姻親（見蘇軾黼硯銘），居武昌。張邦基墨莊漫錄卷八云：『東坡在黄州，而王文甫家東湖，公每乘興必訪之』。近人曾維剛有王齊愈及其七首菩薩蠻回文詞考論，載中國韵文學刊（二〇〇五年）。

菩薩蠻戲成

玉肌香襯冰絲縠，縠絲冰襯香肌玉。纖指拂眉尖，尖眉拂指纖。巧裁羅襪小，小襪羅裁巧。移步看塵飛，飛塵看步移。

吼雷催雨飛沙走，走沙飛雨催雷吼。波漲瀉傾河，河傾瀉漲波。幌紗涼氣爽，爽氣涼紗幌。幽梦覺仙遊，遊仙覺梦幽。

獸噴香縷飛長晝，晝長飛縷香噴獸。迎日喜葵傾，傾葵喜日迎。卷簾雙舞燕，燕舞雙簾卷。清簟枕釵横，横釵枕簟清。

遠香風遞蓮湖滿，滿湖蓮遞風香遠。光鑑試新妝，妝新試鑑光。棹穿花處好，好處花穿棹。明月詠歌清，清歌詠月明。

酒中愁説人留久，久留人説愁中酒。歸梦要遲遲，遲遲要梦歸。舊衣香染袖，袖染香衣舊。封短託飛鴻，鴻飛託短封。霜點鬢蒼蒼，蒼蒼鬢點霜。酒杯停欲久，久欲停杯酒。盃酒喚眉開，開眉喚酒盃。

陳耀文花草粹編卷五選錄『歎嘖』一首，題作回文

菩薩蠻 初夏

暑煩人困初時午，午時初困人煩暑。新詩得酒因，因酒得詩新。縷金歌眉舉，舉眉歌金縷。人妒月圓頻，頻圓月妒人。

『新詩得酒因，因酒得詩新』句，文淵閣四庫全書本回文類聚作『因酒得詩新，新詩得酒因』，是；又『眉』作『扇』。文瀾閣四庫全書本回文類聚，此闋不著作者。

虞美人 寄情

黃金柳嫩搖絲軟，永日堂堂掩。捲簾飛燕未歸來，客去醉眠欹枕殢殘杯。眉山淺拂青螺黛，整整垂雙帶。水沉香熨窄衫輕，瑩玉碧溪春溜眼波橫。回文類聚卷三

御選歷代詩餘卷三十、許昂霄晴雪雅詞卷四變體類，題作迴文，『堂堂』作『堂空』。花草粹編卷十二選錄，題亦作迴文，『柳嫩』作『嫩柳』，『飛燕』作『燕飛』。

唐圭璋詞學論叢：『齊愈字文甫，齊萬之弟。回文類聚中曾載其回文菩薩蠻詞七首、虞美人一

首，皆有韻致』。宛敏灝詞的體製：『詞調中的瑞鷓鴣原來就像一首七律詩，如王文甫（齊愈）就曾寫過可以回讀爲另一首虞美人的詞，張綖又寫過一首可以回讀爲七律詩的，由于兩者同是五十六字』。

劉燾

燾（約一〇七一—一一三一後）字無言，號靜修，湖州長興人。誼次子，未冠入太學。宋哲宗元祐三年，蘇軾知貢舉，稱其文章典麗，遂中甲科（李常寧榜）。紹聖元年，知鄆州。元符間，以曾布奏薦調樞密院編修官。徽宗建中靖國元年，遷秘書省正字，旋轉監察御史。政和八年，權提點淮南東路刑獄。宣和三年，自秘書少監提舉嵩山崇福宮。七年，除秘閣修撰。靖康時，擅離官守爲右司諫李光所劾，致仕。著有南山集五十卷，已佚。

菩薩蠻 四時四首

春

小紅桃臉花中笑，笑中花臉桃紅小。垂柳拂簾低，低簾拂柳垂。　裊花風髩繞，繞髩風花裊。歸路月沉西，西沉月路歸。

夏

簟紋雙暎氷肌艷，艷肌氷暎雙紋簟。窗外竹生風，風生竹外窗。點紅潮醉臉，臉醉潮紅點。廊上月昏黄，黄昏月上廊。

秋

露盤金冷初闌暑，暑闌初冷金盤露。風細引鳴蛩，蛩鳴引細風。雨零愁遠路，路遠愁零雨。空醉一尊同，同尊一醉空。

冬

屑瓊霏玉堆簷雪，雪簷堆玉霏瓊屑。山遠對眉攢，攢眉對遠山。拆梅寒暎月，月暎寒梅拆。闌倚暫愁寬，寬愁暫倚闌。

『拆』：明本、文瀾閣本回文類聚作『折』，是。

菩薩蠻又四首

春

濕花春雨如珠泣，泣珠如雨春花濕。花枕並欹斜，斜欹並枕花。織文回字密，密字回文織。嗟更數年華，華年數更嗟。

『欹』：明本作『歌』

夏

潤肌饒汗香紅沁，沁紅香汗饒肌潤。低檻小山圍，圍山小檻低。枕横釵墜髻，髻墜釵横枕。歸梦與郎期，期郎與梦歸。

秋

綠窗斜動摇風竹，竹風摇動斜窗綠。虚幌夕凉初，初凉夕幌虚。曲眉愁翠蹙，蹙翠愁眉曲。無鴈寄書來，來書寄鴈無。

『無』：文淵閣本作『回』

冬

雪窗寒聽孤燈滅，滅燈孤聽寒窗雪。殘漏惜衾閑，閑衾惜漏殘。説時常恨别，别恨常時説。還不奈宵寒，寒宵奈不還。回文類聚卷四

明本題俱作四時四首，不分列春夏秋冬。此首選入陳耀文花草粹編卷五、朱祖謀湖州詞徵卷二十五。

周泳先唐宋金元詞鉤沉，謂『回文類聚録劉無言菩薩蠻八首，下題静修劉燾。是燾字無言，號静修。朱存孝回文類聚補遺録何出光菩薩蠻一首，何序云，予幼年讀朱文公劉静修文集，俱有菩薩蠻回文詞。是燾有静修文集，其詞集並附於集中。但燾集，諸家書目均未有著録，

其詩文傳世者亦絶少，詞爲世所熟知僅樂府雅詞拾遺上所選三首，花草粹編錄菩薩蠻回文冬詞一首』。案：『予幼年讀朱文公劉靜修文集，俱有菩薩蠻回文詞』，此乃丘序，而非何序，泳先誤記矣，見丘濬菩薩蠻·秋思。

周知微

知微字明老，吳興人。宋哲宗紹聖四年進士，爲晉州縣尉。厲鶚宋詩紀事曰：『到官不數月，不告於州，徑來京師，人問其故，云我欲求教授。至京，不得。一夕大醉而卒』。

題龜山

潮隨暗浪雪山傾，遠浦魚舟釣月明。橋對寺門松徑小，檻當泉眼石波清。迢迢綠樹江天曉，靄靄紅霞海日晴。遥望四邊雲接水，碧峰千點數鷗一作帆輕。回文類聚卷三

祝穆方輿勝覽卷四十七謂：『龜山在盱眙縣北三十里，其西南上有絶壁，下有重淵。周明老題龜山回文詩云，迢迢綠樹淮天曉，靄靄紅霞海日晴。遥望四川雲接水，碧峯千點數帆輕』。光緒盱眙縣志稿卷二却謂：『按明一統志載宋周知微龜山迴文詩，乾隆志載宋趙抃登龜山翬峯亭、明邱濬龜山迴文二詩，玩詩意皆與邑之龜山情景不合』。此因元明河道北遷，康熙十九年又水没泗州，沿淮自然景觀改變，滄海桑田，已非舊時地貌。

此詩標目題龜山回文詩者，有王之象輿地紀勝卷四十四、成化中都志卷八、曾惟誠帝鄉紀略

卷十；龜山回文詩者，有陳世隆宋詩拾遺卷二十三、康熙鳳陽府志卷三十五；回文詩者，有明一統志卷七；遊盱眙龜山作迴文者，有御選宋詩卷七十七、陳焯宋元詩會卷三十二；題龜山回文者，有厲鶚宋詩紀事卷三十五；龜山回文者，有陸心源吳興詩存二集卷二，等。

不僅題多，而且異文也多。『暗』作『岸』者，有宋詩拾遺、成化中都志、帝鄉紀略、康熙鳳陽府志；『魚』作『漁』者，有文淵閣四庫全書本回文類聚、宋詩拾遺、成化中都志、帝鄉紀略、康熙鳳陽府志；『石』作『碧』者，有宋詩拾遺、帝鄉紀略；『江』作『淮』者，有輿地紀勝、宋詩拾遺、成化中都志、帝鄉紀略、康熙鳳陽府志、宋詩紀事、吳興詩存、全宋詩卷一三〇一；『曉』作『晚』者，有帝鄉紀略；『邊』作『山』者，有輿地紀勝、明一統志、御選宋選、宋詩紀事、宋元詩會、吳興詩存、全宋詩。孔氏嶽雪樓影鈔本方輿勝覽，『邊』作『川』，疑係山川形近致誤，若爲『四川』，更與盱眙之『龜山情景不合』。好些著作引錄不全，如輿地紀勝、方輿勝覽、錦繡萬花谷續集、吳興詩存、宋詩紀事，都是後半截。今編全宋詩雖注云出自『桑世昌回文類聚卷三』，但不知何故，也衹取四句（與輿地紀勝相同）。

題龜山，是一首膾炙人口之名篇，徐元五百首回文詩詞稱爲『上乘之作』，歷來受到讀者之喜愛，因而賡和其韻者世代不絕，有宋之陳子高宿龜山次韻（帝鄉紀略卷十）、明之單于（菊坡叢話卷二十三）、丘濬夜宿江館（重編瓊臺會稿卷二十四）、黄元釜次錢塘廻文（黄氏攟殘集）、劉必紹望海（觀我亭集）、釋本億江心寺迴文詩次韻（東甌詩存卷四十五）、清之郭棻客有和蘇長公金山寺七律者偶和其韻（學源堂詩集卷六）、失名偶成（增訂詩法）、李暘春浦（禺山雜著）、及近人張振湘游岳麓山（當代詩詞）。蔣冕瓊臺詩話卷上云，丘瓊山『先生嘗與友人馮元吉夜宿江舘。元吉誦宋人周明老題龜山迴文詩，屬先生兩和其韻。先生和之，元吉擊節歎賞，以爲非明老所及。明老詩曰，潮隨暗浪雪山傾，遠浦漁舟釣月明，橋對寺門松逕小，檻當泉眼石波清，迢迢綠水連天碧，藹藹紅霞映日晴，遥望四郊雲接海，碧波千點數鷗輕。先生詩曰，潮生海岸兩崖傾，落月江楓映火明，橋透白波流水遠，屋連紅樹帶霜清，迢迢漏盡寒更曉，片片雲收夜雨晴，遥望楚天江渺渺，茭蒲盡處落鴻輕。明老語意固有可喜者，但其中潮、浪、浦、泉、波、水等字太多，不免重複，既曰水連天，又曰雲接海，一意而兩出矣。當漁舟釣月之際，安得紅霞映日乎？先觀明老之詩，後觀先生之詩，信乎先生非明老所及也』。四庫全書總目提要曰，冕爲丘濬之門人，故『詞多溢美』。徐元謂丘和『詩的藝術水準實不及原作』。

自魏慶之詩人玉屑卷二作東坡題金山寺以來，歷代因襲其誤者，有梁橋冰川詩式卷二、謝天瑞詩法卷十，李之用詩家全體卷九、黄溥詩學權輿卷一、王良臣詩評密諦卷一、光緒丹徒縣志卷四十九、京口三山志卷九等。而王十朋東坡詩集注、施元之施注蘇詩都無是詩，清朝查慎行輯入蘇詩補注卷四十八，案云『諸刻不載，今從魏慶之詩人玉屑第二卷采錄』。馮應榴蘇文忠公詩合注、全宋詩卷八三一因之。明代徐伯齡蟫精雋卷五云：『獨金山寺一首，玉屑并權輿皆作東坡，而詞淺意重，予未敢深信』。又佚名越志詩存亦載，題作纂風寺（上虞）。徐寅後人可珍重編徐公釣磯文集時，將此詩羼入。全唐詩卷七〇八、全五代詩卷八十三、閩詩錄乙集卷一、莆風清籟集卷一從之。一詩兩收，似是常有之事，以唐宋時期回文爲例，就有王安石泊㕌(臨川先生文集卷二十六，又見唐人戴叔倫集卷上)、蔓長(又見乃弟王安禮王魏公集卷一)，劉攽雨後回文（彭城集卷十七，又見其兄劉敞公是集卷二十七)，然如此詩而繫三家名下者，實屬罕覯。

趙子崧

子崧（?—一一三二）字伯山，號鑑堂居士，宋燕王德昭五世孫。徽宗五年進士。宣和間，官宗正少卿、知淮寧府。汴京失守，起兵勤王。高宗即位，任大元帥府參議官，東南道都總管，知鎮江府，尋改兩浙西路兵馬鈐轄。建炎二年，爲御營統制辛道宗中傷，貶單州團練副使，南雄州居住。

菩薩蠻四時四首

春

錦如花色春殘飲，飲殘春色花如錦。樓上正人愁，愁人正上樓。　晏天橫陣雁，雁陣橫天晏。思遠寄情詞，詞情寄遠思。

夏

雨荷驚起雙飛鷺，鷺飛雙起驚荷雨。濃醉一軒風，風軒一醉濃。午陰清散暑，暑散清陰午。斜日轉牕紗，紗牕轉日斜。

秋

斷鴻歸處飛雲亂，亂雲飛處歸鴻斷。風弄葉翻紅，紅翻葉弄風。柳殘凋院後，後院凋殘柳。樓外水雲秋，秋雲水外樓。

冬

月天遥照寒牕雪，雪牕寒照遥天月。門掩欲黄昏，昏黄欲掩門。錦鴛雙竝枕，枕竝雙鴛錦。雲髩整纖瓊，瓊纖整髩雲。回文類聚卷四

原題伯山作。明本回文類聚題作四時四首菩薩蠻，不分春夏秋冬

鑑堂

姓氏無考。徐元回文詩詞五百首云：『疑即趙子崧，字伯山，號鑑堂居士。題中答伯山三字疑衍』。

菩薩蠻　答伯山四時四首

春

落花𧂐外風鶯鵲，鵲鶯風外𧂐花落。鄉梦困時長，長時困梦鄉。暮天江口渡，渡口江天暮。林遠度棲禽，禽棲度遠林。

夏

竹枝高暎荷池綠，綠池荷暎高枝竹。流水碧浮鷗，鷗浮碧水流。酒樽陪舊友，友舊陪樽酒。吟客坐時斟，斟時坐客吟。

秋

砌風鳴葉繁霜墜，墜霜繁葉鳴風砌。山外水潺潺，潺潺水外山。冷衾愁夜永，永夜愁衾冷。砧響更蛩吟，吟蛩更響砧。

『砌』：文瀾閣四庫全書本回文類聚作『細』

冬

浦南回槳歸庭户，户庭歸槳回南浦。簾捲欲晴天，天晴欲捲簾。月光交暎雪，雪暎交光月。殘漏怯宵寒，寒宵怯漏殘。　回文類聚卷四明本回文類聚題作答伯山四首菩薩蠻，不分春夏秋冬，『槳』作『漿』

王安中

安中（一〇七六—一一三四）字履道，號初寮，中山陽曲人。宋哲宗元符三年進士，調瀛州司理參軍、大名主簿，歷秘書省著作郎。徽宗政和間，除中書舍人，擢御史中丞。五年，主聯金攻遼，授慶遠軍節度使，河北河東燕山路宣撫使，知燕山府。七年，宋金啓釁，以上清寶籙宫使兼侍讀召還，官建雄軍節度使、大名府尹兼北京留守司。欽宗靖康初，爲言者所論，連貶隨州、象州安置。高宗即位，内徙道州，尋放自便。紹興初，復左中大夫，未幾卒。爲文豐潤敏拔，尤工四六，今存初寮集八卷。

菩薩蠻 寄趙伯山四首

雨零化晝春杯舉，舉杯春晝花零雨。詩令酒行遲，遲行酒令詩。滿斟猶換醆，醆換猶斟滿。天轉月光圓，圓光月轉天。

綠牋長寫新成曲，曲成新寫長牋綠。豪句逞才高，高才逞句豪。美容歌皓齒，齒皓歌容美。香篆小花團，團花小篆香。

『香』：明本、文瀾閣四庫全書本回文類聚，同；文淵閣本作『蘭』。

玉纖傳酒浮香菊，菊香浮酒傳纖玉。絃管沸歡筵，筵歡沸管絃。出簾珠袖款，款袖珠簾出。眉暈淺山低，低山淺暈眉。

『出』：文淵閣本作『局』

浦煙迷處回蓮步，步蓮回處迷煙浦。羅綺媚橫波，波橫媚綺羅。　細眉雙拂翠，翠拂雙眉細。歌意任情多，多情任意歌。回文類聚卷四

明本題作寄趙伯山四首菩薩蠻。

程俱

俱（一〇七八—一一四四）字致道，衢州開化人。宋哲宗紹聖四年，以外祖尚書左丞鄧潤甫蔭補吴江主簿，監蘇州太湖鹽場，以上書論事罷。徽宗政和元年，起知泗州臨淮縣，秩滿寓吴。葉夢得薦爲著作佐郎，未幾出管勾代岳觀。宣和二年，賜上舍出身，除禮部員外郎。高宗建炎三年，自太常少卿知秀州，金兵據臨安，棄城退保華亭。紹興元年，爲秘書少監，進麟臺故事五卷，擢中書舍人。次年，言官論其棄秀州事，罷職提舉江州太平觀。秦檜當政，詔除集英殿修撰、徽猷閣待制，力辭不就。著有北山集四十卷。

曉起

霜林一望極空寒，曉鼓催人覺梦殘。黄霧帶時江渺渺，勁風翻影露漙漙。香飄引篆新添火，髮密勝簪慢整冠。狂拙懶便惟少事，興來閒借遠山看。回文類聚卷三

『鼓』：程敏政新安文獻志卷五十八作『起』

『時』、『狂』：陳思兩宋名賢小集卷二〇一、新安文獻志、北山集卷九、全宋詩卷一四一八，俱作『晴』、『藏』；『時』，文淵閣四庫全書本回文類聚作『秋』。

『慢』：兩宋名賢小集作『漫』

宇文虛中

虛中（一〇七九——一一四五）原名黄中，字叔通，别號龍溪老人，成都華陽人。宋徽宗大觀三年進士，歷任州縣官。政和五年，除起居舍人、國史編修官。六年，遷中書舍人，出爲河北、河東、陝西宣撫使司參謀事。宣和間，帥慶陽，尋罷知亳州，起翰林學士，多次奉命至金營談判。高宗建炎二年，以祈請使入金，被留。仕金爲翰林學士承旨、知制誥，兼太常卿，封河南郡開國公，號稱『國師』。紹興十五年，因以蠟書與宋交通，並欲謀奪兵仗南歸，事覺，繫詔獄，全家罹難。宋人以其不忘故國，贈謚肅愍。

四序回文十二首每時各得三絶

春

短草鋪茸綠，殘梅照雪稀。暖輕還錦褥，寒峭怯羅衣。

翠漣氷綻日，香徑晚多花。細筍抽蒲密，長條舞柳斜。

折花幽檻小，傾酒綠杯深。蝶舞輕風曉，鶯啼老樹陰。

夏

翠密圍窓竹，青圓貼水荷。睡多嫌晝永，醒少得風和。
草徑迷深綠，蓮池浴膩紅。早蟬鳴樹曲，鮮鯉躍潭東。
暴雨隨雲驟，驚雷隱地平。好風摇箑透，輕汗浥冰清。

秋

晚日欣簾捲，凉風覺袂摇。遠吟高興遣，長醉宿愁銷。
短葦低殘雨，虚舟帶晚潮。斷鴻歸暗浦，疎葉墮寒梢。
『墮』：中州集作『墜』
慼慼蛬吟苦，茫茫水驛孤。日銜山色暮，霜帶菊莖枯。

冬

鶻健呼風急，烏啼促景殘。窟深宜兎蟄，蒲折蔭魚寒。
裂瓦寒霜重，鋪窓月影清。滅燈驚好夢，孤枕念深情。
秀柏留陰綠，芳梅醮影斜。溜簷氷結玉，裛樹雪飛花。　回文類聚續編卷八

元好問中州集卷一、李伯璵文翰類選大成卷一〇五、御選金詩卷二十五、全宋詩卷一四三三二，

題俱作四序回文十二首。御定佩文齋詠物詩選卷二十四錄『短草』、卷二十六錄『草徑』、卷三十錄『鶺鴒』三首。

徐時棟煙嶼樓筆記卷七：『作回文詩者或五絕一首，倒讀之又成一首而已。偶見中州集宇文叔通四時回文十二首，其第一第三句首皆諧韻是也，而第二第四句首亦皆諧韻。如春景云，短草鋪茸綠，殘梅照雪稀，暖輕還錦褥，寒峭怯羅衣。稀衣短暖外，復韻殘寒。蓋初回之衣羅怯峭寒，褥錦還輕暖，稀雪照殘梅，綠茸鋪草短。再回之則綠茸鋪草短，稀雪照梅殘，褥錦還輕暖，衣羅怯峭寒。又其第一第三句末綠褥亦諧韻，蓋回句不回字。讀之云，殘梅照雪稀，短草鋪茸綠，寒峭怯羅衣，暖輕還錦褥，然則一首化爲四首矣。惟夏景第一首第一句翠密圍窗竹，第三句睡多嫌晝永，永字與竹字不諧，不知何故？餘十一首無不諧者，至同卷中選張德容回文五絕二首，惟一三句首有韻，便是回文常法矣』。

李若璞

生平不詳。

冬夜

蒼蒼夜色雲天遠，葉落風林噪亂鴉。香篆煖煙濃結穗，暗牕寒雪密飄花。琅琅翠竹幽香碎，耿耿青燈孤影斜。忘累俗情添興雅，晚眠獨啜滿甌茶。回文類聚卷三　全宋詩卷一四二九

『啜』：文淵閣四庫全書本回文類聚作『酌』

陳朝老

字廷臣，一字子高，政和人。宋哲宗元符末爲太學生，論事剴切。徽宗大觀中，以何執中充左僕射，朝老上書力諫。宣和末，又與陳東等上書論蔡京、童貫、王黼、李彦、梁師成、朱勔爲六賊，被編管道州。高宗建炎改元，遇赦，歸耕石門，自號常歡喜居士。紹興年間，三次下詔征召，堅辭不赴，學者稱『陳三詔』。卒七十一。

因小兒學琴終夜不寐作

鳴鶴操音清，興幽發性情。聽琴愛夜半，明月上殘更。

明本回文類聚目錄下，題作因小兒學琴不寐作

客懷

遠山雲梦斷，長路客愁新。殘漏悲鐘急，香車碾暗塵。

暮春

纖纖亂草平灘，冉冉雲歸遠山。簾捲深空日永，鳥啼花落春殘。

春晝

悠悠亂片花空舞，冉冉輕絲晴晝長。樓下怯寒香袖薄，破愁春酌濁醪香。

宿黽山次韻

潮回浪濺細沙傾，岸柳平波暎眼明。橋接短亭連野迥，艇横長笛帶風清。迢迢翠艸寒煙暝，隱隱疎林暮靄晴。遥見叠峰清淺黛，客心傷處碧雲輕。回文類聚卷三 全宋詩卷一〇六九

陳世隆宋詩拾遺卷二十三、成化中都志卷八、康熙鳳陽府志卷三十五，題作黽山廻文詩。

『濺』：宋詩拾遺、鳳陽府志作『淺』

『迥』：宋詩拾遺、鳳陽府志作『曠』；中都志、曾惟誠帝鄉紀略卷十作『蔓』。

『翠』：諸本作『緑』

『暝』：諸本及文淵閣四庫全書本回文類聚作『瞑』，正

梅牕

姓氏無考。全宋詩：『梅窗疑非本名，在回文類聚中與紆川相次』。周泳先回文詞聚：『劉辰翁須溪集七黄純甫墓誌銘云，黄父應辰字梅牕，臨川人。此卷所載梅牕或即黄應辰』。

四時四首

春

晝永春庭邃，雙飛燕隔簾。袖隨簾翠捲，時見玉纖纖。

夏

曲磵跳珠碎，蔌山叠翠濃。竹新敷影薄，閒看倚枝筇。

秋

小雨凉添夜，蘭芬潤襲衣。曉屏山曲曲，長若梦思歸。

冬

曲徑穿叢密，香清爲客來。玉梢梢外雪，苔古暈疎梅。

明本回文類聚不分春夏秋冬，『梢梢』作『稍稍』

秋江寫望

寒江暮泊小舟輕，白鷺棲煙蔌葦鳴。寬望遠空浮湛碧，老蟾驚玉弄秋清。

西湖戲書二首

蜿蜿翠麓時煙漲，灩灩金波夜月澄。樽酒具時隨興遣，景多逢處曲欄凭。

雲巢望斷望西湖，竹護梅藏隱士居。芬草綠深春盎盎，客來同攬一山孤。

明本『孤』下注：『雲巢，林處士別室也』

春望

絲絲柳翠連雲幕，點點鷗輕漾晚波。時事無心隨興遠，日長閒處理衣蓑。回文類聚卷三

全宋詩卷一〇六九

菩薩蠻 春閨

碧牕紗透春寒極，極寒春透紗牕碧。誰送縷金衣，衣金縷送誰。玉肌生嫩粟，粟嫩生肌玉。温處坐香茵，茵香坐處温。

前調 咏梅

折來初步東溪月，月溪東步初來折。香處是瑶芳，芳瑶是處香。蘚花浮暈淺，淺暈浮花蘚。清對一枝瓶，瓶枝一對清。

王思義香雪林集卷二十四選此，題菩薩蠻

前調題錦機小軸

淺紅綃透春裁剪，剪裁春透綃紅淺。機錦織情絲，絲情織錦機。意深憑遠寄，寄遠憑深意。波渺勝愁多，多愁勝渺波。

前調春晚二首

點點花飛春恨淺，淺恨春飛花點點。鶯語似多情，情多似語鶯。戀春增酒勸，勸酒增春戀。顰損翠娥新，新娥翠損顰。

曲屏春展山浮玉，玉浮山展春屏曲。香鴨瑞雲翔，翔雲瑞鴨香。醉深留客意，意客留深醉。涼枕怯宵長，長宵怯枕涼。

前調端午

玉釵鬆髻凝雲綠，綠雲凝髻鬆釵玉。雙翠礙枝長，長枝礙翠雙。色絲添意密，密意添絲色。紅暎袖紗籠，籠紗袖暎紅。

『暎』：文瀾閣本作『晚』

西江月 泛湖

過雨輕風弄柳，湖東暎日春煙。晴蕪平水遠連天，隱隱飛翻舞燕。　燕舞翻飛隱隱，天連遠水平蕪。晴煙春日暎東湖，柳弄風輕雨過。

曾慥樂府雅詞拾遺卷下，題作回文，止上片，未著作者，『過雨』作『雨過』。全宋詞：『案清麟玉堂刻本及文津閣四庫全書本回文類聚載此首，俱題梅窗作。本書初版卷四十，舊據周泳先唐宋金元詞鈎沈所引文瀾閣四庫全書本回文類聚以爲蘇軾作，非』，『雨過原作過雨，回文時不叶韻，誤。茲從樂府雅詞拾遺卷下』。

阮郎歸 元夕

皇州新景媚晴春，春晴媚景新。萬家明月醉風清，清風醉月明。　人遊樂，樂遊人。遊人樂太平。御樓神聖喜都民，民都喜聖神。　回文類聚卷四

褚人穫堅瓠補集卷三載此，題作元宵詞

張 斛

斛字德容，漁陽人。遼時入宋，爲武陵守。金初，理索北歸，官秘書省著作郎。工詩，善書畫，深得宇文虛中激賞。嘗有南游、北歸等詩行世，已佚。

回文二首

野曠悲行客，湍驚礙去船。夜江清汎月，秋草碧連天。

緣逕斜縈草，紅蹊繞落花。曲池風碎月，欹岸雨摧沙。回文類聚續編卷八

古今圖書集成考工典卷一二三入選『緣逕』一詩，題作迴文應教

『蹊繞』；中州集卷一、御選金詩卷二十五作『梢半』；古今圖書集成作『綃半』。

高　登

登（？—一一四八）字彦先，漳浦人。宋徽宗宣和間太學生，與陳東同上書伏闕。高宗紹興二年廷對，有司惡其直，授富川主簿，遷古田縣令。後又上疏萬餘言，忤秦檜怒，編管容州，授徒以終，學者稱東溪先生，今有東溪集二卷行世。

上　元

情感此宵元切恨，遺懷高唱一聲歌。清澄月滿鋪逵路，烜赫蓮開未綠荷。觥酒滯時追伴侶，袖香凝處想紈羅。更深候望遥腸斷，爽約人歸不我過。回文類聚續編卷八　全宋詩卷一八〇四

李彌遜

彌遜（一〇八九—一一五三）字似之，連江人，居吳縣。宋徽宗大觀三年進士，授單州司户。政和六年，除尚書禮部員外郎。八年，擢起居郎。以上封事，貶知雅州廬山縣，改奉嵩山祠。宣和七年，知冀州。欽宗靖康元年，召爲衛尉少卿，出知瑞州。高宗建炎元年，任淮南路轉運副使。紹興二年知饒州，五年知吉州，七年遷起居郎，試中書舍人、户部侍郎。九年因反對和議，忤秦檜意，遂以徽猷閣直學士知端州、漳州。十年春奉祠，歸隱西山，自號筠溪翁。著有筠溪集二十四卷。

秋月迴文

霜盤玉隱倒團金，迥水秋天碧野侵。光掩半扉寒夜永，影分疎竹翠軒深。長空遠岫歸雲捲，古木高風浥露沉。凉袂客愁應夢楚，荒城曉角夜悲吟。筠溪集卷十五

『野』：全宋詩卷一七一二作『夜』

『軒』：古今圖書集成曆象彙編歲功典卷五十九、御選宋詩卷七十七作『煙』

桑　莊

莊字公肅，號茹芝，原籍高郵，紹興初徙天台。世昌父。初攝天台縣主簿，歷西安令，以承

議郎知梧州，官至郴州守。著有茹芝廣覽三百卷，已佚。

咏　梅

東溪小步晚煙隨，玉點花疎竹外枝。風襲袖香清滿徑，匆匆好處恨來遲。

秋日收兵獻鍾侍郎

彊兵義勇威嚴令，化靖由來不戰征。疆境復時歸馬健，鼓鼙休處亂雲輕。霜凝積恨懷邊戍，月落衝寒夜上城。黄葉樹頭風凛凛，碧波江遠路平平。回文類聚卷三　全宋詩卷一〇六九

回文類聚題茹芝翁作，是世昌避乃父名諱也

郭從範

從範（？—一一六〇）名世模。宋高宗紹興二十九年，與張孝祥同時被劾（建炎以來繫年要録卷一八三）。王質（景文）雪山集有和郭從範二首。

瑞鷓鴣 席上

傾城一笑得人留，舞罷嬌娥斂黛愁。明月寶鞲金絡臂，翠瓊花珥碧搔頭。晴雲片雪腰肢嫋，晚吹微波眼色秋。清露庭臯芳草緑，輕綃軟挂玉簾鉤。回文類聚卷四

陳耀文花草粹編卷六，題作席上回文；御選歷代詩餘卷三十二，題作瑞鷓鴣。『臂』、『庭』，俱作『背』、『亭』。

曹勛

勛（一○九六—一一七四）字公顯，陽翟人。以恩補承信郎，宣和五年賜同進士出身。靖康之變，隨徽宗北遷。至燕山，受密旨間行詣康王。建炎初到達南京，以御衣所書進，并建議募死士航海入金，迎徽宗南歸，致忤執政被黜於外。至紹興五年，纔授江西兵馬副都督。十一年，副劉光遠使金。十二年，兼樞密副都承旨。十五年，奉祠桐柏宫，因家天台。二十五年起，知閤門事兼幹辦皇城司。二十九年，再爲稱謝副使使金。三十年提舉萬壽觀，孝宗淳熙元年卒。遺著由子耜輯爲松隱集四十卷。

戲成

春光曉看如殘梦，院静宜兼竹影疎。新處觸時佳意在，夜寒猶怯枕衾孤。回文類聚卷三

全宋詩卷一九○○

菩薩蠻回紋

等閒將度三春景，景春三度將閒等。愁怕更高樓，樓高更怕愁。　弄花梅已動，動已

梅花弄。梅看幾年催，催年幾看梅。

又回紋

雨昏連夜催炎暑，暑炎催夜連昏雨。長簟水波涼，涼波水簟長。翠鬟雙倚醉，醉倚雙鬟翠。香枕印紅粧，粧紅印枕香。

又回紋

玉瑺摇素腰如束，束如腰素摇瑺玉。宜更醉春期，期春醉更宜。繡鴛閒永晝，晝永閒鴛繡。歸念不曾稀，稀曾不念歸。嘉業堂叢書本松隱文集卷四十　全宋詞

陳　棣

棣字鄂父，青田人。嘗爲桐川掾，官至奉議郎、潭州通判。今存蒙隱集二卷。

回文二首

春晚落花飛藉草，月明驚鵲墮棲枝。人歸望闊江天暮，夢斷愁深夜漏遲。

衣霑暗淚香凝怨，錦織新詩遠寄愁。圍減帶銷紅玉瘦，粉慵妝淺翠蛾羞。蒙隱集卷二

黄公度

公度（一一〇九—一一五六）字師憲，號知稼翁，莆田人。宋高宗紹興八年進士第一，簽書平海軍節度判官，遷秘書省正字。秦檜當國，坐譏切時政，罷爲主管台州崇道觀，尋出判肇慶府事。檜死，召還，拜考功員外郎，無何病逝。今存知稼翁集二卷。

回文絶句

歌闋一尊清晝長，曲池小景晚風凉。波微動處見魚戲，荷半開時過雨香。知稼翁集卷上

全宋詩卷二〇〇六

吴洸

洸字德强，撫州崇仁人。吴沆環溪詩話云『仲兄詩，以蘇、黄中入』。

暮春回文

嬌聲囀處藏鸎小，美睡濃時落日斜。橋拂柳溪深漲水，眼驚春雨亂飛花。厲鶚宋詩紀事卷四十　曾燠江西詩徵卷十三　楊希閔鄉詩摭譚續集卷三

吴沆環溪詩話（文淵閣四庫全書本）卷下：『又如回文暮春云，嬌聲囀處藏鶯小，美睡濃時落日

斜，橋拂柳深溪漲水，眼驚春過雨飛花。轉而誦之，即云花飛雨過春驚眼，水漲溪深柳拂橋，斜日落時濃睡美，小鶯藏處轉聲嬌。即近於諧戲而工者，非有餘而能之乎』。全宋詩卷二〇六一引詩話。

徐　蕆

蕆（？—一一七〇）字子禮，和州歷陽人。宋高宗紹興八年戊午（黄公度榜）進士，知饒州。孝宗乾道元年，知江陰軍。三年，改浙東提舉常平。五年知秀州，尋卒。陸游有題徐子禮宗丞自覺齋。

春　夜

斜光月暎紗牕小，美蔭雲連翠竹高。花露染成香地暖，隔簾輕吹晚騷騷。回文類聚卷三　全宋詩卷二〇一三

王公明

公明（？—一一七八）名炎，安陽人。以蔭入仕。宋高宗紹興間，官蕲水令、司農寺丞。孝宗乾道二年，由兩浙路計度轉運副使，除直敷文閣、知臨安府。四年賜同進士出身，簽書樞密院事、參知政事，四川宣撫使，進樞密使。九年罷，除觀文殿大學士。淳熙二年落職，旋

復資政殿大學士。

菩薩蠻 江干

遠風江急潮來晚，晚來潮急江風遠。橫岸斷山青，青山斷岸橫。寄書無雁繫，繫雁無書寄。歸梦只江西，西江只梦歸。回文類聚卷四

李晏

晏（一一二三—一一九七）字致美，自號游仙野人，澤州高平人。金熙宗皇統六年經義進士，初授臨汾丞，轉遼陽府推官、中牟令。海陵朝營建汴京，召補尚書省令史，歷衛州防禦判官。世宗以其才名，詔爲翰林直學士，兼太常少卿，擢吏部侍郎，遷翰林侍講學士，兼御史中丞。章宗立，上書十事，拜吏部尚書，兼翰林學士承旨，出爲沁南軍節度使，告老不允，改昭儀軍節度以終。

回文菩薩蠻

斷腸人去春將半。歸客倦花飛。小窗寒梦曉。誰與畫愁眉。元好問中州樂府

唐圭璋全金元詞引朱孝臧校本中州樂府，題作菩薩蠻回文，詞曰『斷腸人去春將半，半將春去人腸斷。歸客倦花飛，飛花倦客歸。小窗寒夢曉，曉夢寒窗小。誰與畫愁眉，眉愁畫與誰』。

御選歷代詩餘卷一云，菩薩蠻『本調乃雙調四十四字，此一體見中州樂府，單調二十二字』。徐本立詞律拾遺卷一補體菩薩蠻二十二字，舉李晏詞『斷腸人去春將半句歸客倦花飛韻小窗寒夢曉句誰與畫雙眉叶』，案云『迴文體見中州樂府。調本四十四字，此單調，尚有王庭筠等數首，非脱誤也』。

王寂

寂（一一二七—一一九三）字元老，薊州玉田人。金天德三年進士，歷太原祁縣令、真定少尹、河北西路兵馬副都總管。世宗大定十九年，遷通州刺史、中憲大夫中都副留守兼本路兵馬副都總管，入爲户部侍郎。二十六年，河决衛州堤，承命措畫備禦，出守蔡州。章宗立，命提點遼東路刑獄，終中都路轉運使。文學政事爲時所稱，今存拙軒集六卷。

菩薩蠻回文題扇圖

碧空寒露松枝滴，滴枝松露寒空碧。山遠抱溪灣，灣溪抱遠山。　竹疎横岸曲，曲岸横疎竹。寒鷺宿平灘，灘平宿鷺寒。拙軒集卷四　全金元詞

楊萬里

萬里（一一二七—一二〇六）字廷秀，號誠齋，吉水人。宋高宗紹興二十四年進士，授贛州

司户參軍，歷零陵丞、知奉新縣。孝宗乾道六年，召爲國子博士，遷將作少監，出知漳州、常州。淳熙六年，提舉廣東常平茶鹽，尋除本路提點刑獄。十二年，擢東宫侍讀，秘書少監。十五年，因疏駁洪邁太廟高宗室配饗議，出知筠州。光宗即位，召爲秘書監，江東轉運副使，權總領淮西江東軍馬錢糧。寧宗立，屢召屢辭，慶元五年致仕。爲文富健豪放，與范成大、陸游、尤袤稱作四大家，著有誠齋集一三三卷。

宜春登舟待潮回文

山接江清江接天，老人漁釣下前灘。寒潮晚到風無定，船泊小灣春日殘。　四部叢刊初編本誠齋集卷十三　全宋詩卷二三三八七

『日』：四部備要本誠齋詩集卷十四、文淵閣四庫全書本誠齋集卷十三作『已』。

李　洪

洪（一一二九—一一八三）字可大，一字子大，揚州人。宋室南渡後，僑寓海鹽、湖州。紹興二十五年，監鹽官縣税，歷知温州、藤州。慶元五年，提舉浙東，除本路提刑。與弟漳、泳、淦、㴘皆以文鳴，有李氏花萼集，洪又有芸庵類稿（今存輯本六卷）。

回　文

病卧愁花落，春深怨夜長。鏡明羞短髮，窻淨惜殘香。

用東坡回文韻

春晚落花餘碧草，日長舞蝶妬紅蔫。新荷捲翠簪池面，弱柳垂絲織暝烟。芸庵類藁卷五

全宋詩卷二三六八

項安世

安世（一一二九—一二〇八）字平甫，號平庵，括蒼人，後家江陵。宋孝宗淳熙二年癸丑進士，授紹興府教授。光宗紹熙四年，除秘書省正字。五年，任校書郎兼實錄院檢討官。寧宗慶元元年，通判池州，又移通判重慶府。入慶元黨籍，還江陵家居。開禧二年，起知鄂州，遷户部員外郎，湖廣總領。三年權安撫使，坐事免。復以直龍圖閣爲湖南轉運使判官，未上，用臺章奪職而罷。著有平庵悔稿十五卷後編六卷，『悔稿者，以語言得罪，悔不復爲也』。

廻文詩

轉輪八花詩

昊芒布政，律吕旋陽。草衰化綠，木瘁回蒼。老鶯嵗換，少喜年芳。
蕩動魚戲，泥銜燕忙。早鶯喜谷，回雁驚湘。纍敷麗苑，和風海翔。
殀夭申禁，慶惠迎祥。掃花風暖，飛絮日長。道盈士女，勝賞交相。
寶珠簪珥，黛粉匀妝。討探賞翫，賦詠盈箱。惱客雲陰，愁人雨凉。
好鳥窺簷，戲蝶逾墻。倒醉人歸，歌行客狂。島幽含淑，波遠浮光。
槁枯滋澤，偃屈抽芒。稻畦遠翠，蕙逕幽香。阜輿喜洽，風流激揚。
韡韡情適，熙熙俗康。媪富流形，物阜輿方。造回坱北，元化施張。
縞夜李積，炫晝桃緗。皓梨鬬雪，金柳敷黄。杲日天麗，和風海翔。

右鈎枝上四十八句，左旋陽字韻，右旋昊字韻。

渚明沙霽雨晴霞麗

右枝間八字，遞相爲韻。

酒佳人好柳華春早

右花心八字，遞相爲韻。　宛委别藏本平菴悔稿卷十二　全宋詩卷二三八一經與續修四庫全書據北京大學藏清鈔本平庵悔稿後編卷一比對，異文頗多。如『討探』作『計探』，『歌行』作『過行』，『槁枯』作『稿枯』，『阜輿』作『早輿』，『皡皡』作『暤暤』，『熙熙』作『照熙』，『坱北』作『坱北』，『李積』作『季積』，『桃緗』作『桃緗』，『鬪雪』作『聞雪』，『沙霽』作『沙霧』等，其中有些文字顯屬形近抄訛。

回文集卷二十四　目錄

回文集卷二十四

朱熹

熹（一一三〇—一二〇〇）字元晦，一字仲晦，號晦庵、晦翁，别號紫陽，晚號遯齋，婺源人，徙居建陽考亭。宋高宗紹興十八年戊辰進士，授泉州同安主簿。罷歸請祠，監潭州南嶽廟。孝宗朝，歷官秘書郎，知南康軍，直秘閣、提舉江西、浙東常平茶監，江西提刑，秘閣修撰。光宗即位，知漳州。紹熙四年，知潭州兼荆湖南路按撫。寧宗立，除焕章閣待制兼侍講，尋提舉南京鴻慶宫。慶元二年，僞學禁起，被落職罷祠。著有晦菴先生朱文公文集一百卷續集十一卷别集十卷，晦庵詞。

菩薩蠻 次圭甫韻

暮江寒碧縈長路，路長縈碧寒江暮。花塢夕陽斜，斜陽夕塢花。　客愁無勝集，集勝無愁客。醒似醉多情，情多醉似醒。

四部叢刊初編本朱文公文集卷十、文淵閣四庫全書本晦菴集卷十、全宋詞，題作次圭甫回文韻。御選歷代詩餘卷一、林葆恒閩詞徵卷二、葉申薌閩詞鈔卷三，題俱作回文二首。

沈際飛草堂詩餘別集卷一，題作宴飲·次劉圭父韻·迴文，云『迴文詞不概有，有亦多牽合，公居勝場』。洪力行朱子可聞詩集卷五，次圭父回文韻：『鳳逸云，言江上看花，客愁聊解，此時情緒，似醉似醒，蓋有幾許流連，付之夕陽之際耳』。

又 呈秀野

晚紅飛盡春寒淺，淺寒春盡飛紅晚。尊酒綠陰繁，繁陰綠酒尊。　老仙詩句好，好句詩仙老。長恨送年芳，芳年送恨長。回文類聚卷四　程明善嘯餘譜卷十二

朱文公文集、晦菴集、全宋詞，題作回文：，程敏政新安文獻志卷五十八，題作菩薩蠻。草堂詩餘題作春恨·呈秀野·迴文，云『公詞十六首，道學氣滿楮，二詞其近致者。詞非公所短，但不肯諧時』。朱子可聞詩集卷五詩餘續鈔：『鳳逸云，言春盡時，紅飛綠暗，芳年一去，而人老矣，遂令尊酒詩歌，無非送恨』。郭齊朱熹詩詞編年箋注卷十謂，兩詞皆成於紹興中，回文與滿江紅劉知郡生朝係同時所作，『老仙』指劉韞。

薛瑄讀書續錄：『晦菴先生回文詞，幾於家絃户誦矣』。宋犖瑶華集序：『胡致堂言，童稚時獲侍先生長者，見其酒酣興發，多依腔填詞歌之，曰此宋代慢聲也，而晦翁朱氏亦傳廻文數闋，可知當時大儒皆所不廢，則詞其可已乎』。崔海正宋詞與宋代理學：『所存兩首菩薩蠻回文體，却也自然流暢，別具興味』。

沈雄古今詞話詞品卷上：『東坡菩薩蠻四時詞是名倒句，即晦菴之春恨，詞義亦穩，如晚紅飛

盡春寒淺，淺寒春盡飛紅晚，卒章云，長恨送年芳，芳年送恨長，猶不失體。若丘瓊山之秋思，卒章云，寒光月影斜，横透碧窗紗，平粘已失，句意又倒，此只可用倒句而不可作迴文者也』。

張孝祥

孝祥（一一三二—一一七〇）字安國，别號于湖居士，本貫歷陽烏江人。宋高宗紹興二十四年廷試第一。方第，即上疏請昭雪岳飛，遭秦檜所忌，遂下獄。檜死，召爲秘書省正字。次年改校書郎兼國史實録院校勘，累官起居舍人，權中書舍人。孝宗嗣位，復集英殿修撰，知平江府。隆興二年，除中書舍人，直學士院兼都督府參贊軍事。不久，又領建康留守，力贊張浚北伐，落職。俄起靜江府兼廣南西路經略安撫使，知潭州、權荆湖南路提點刑獄，遷荆南、荆湖北路安撫使。乾道五年，因疾力請歸養侍親，進顯謨閣直學士，致仕。越歲歿於蕪湖，時年三十九。文章過人，尤工翰墨，著有于湖居士文集四十卷。

菩薩蠻 寓意四首

晚花殘雨風簾捲，捲簾風雨殘花晚。雙燕語虚窗，窗虚語燕雙。睡醒風愜意，意愜風醒睡。誰與語情詩，詩情語與誰。

于湖詞卷三、于湖先生長短句拾遺、全宋詞，題俱作回文

『語情詩』：于湖詞、于湖先生長短句拾遺、全宋詞，均作『話情詩』。

白頭人笑花間客，客間花笑人頭白。年去似流川，川流似去年。老羞何事好，好事何羞老。紅袖舞香風，風香舞袖紅。

落霞殘照橫西閣，閣西橫照殘霞落。波淺戲魚多，多魚戲淺波。手攜行客酒，酒客行攜手。腸斷九歌長，長歌九斷腸。

渚蓮紅亂風翻雨，雨翻風亂紅蓮渚。深處宿幽禽，禽幽宿處深。淡妝新水檻，檻水新妝淡。明月似人情，情人似月明。回文類聚卷四

『檻』、『似』：于湖詞、于湖先生長短句拾遺、全宋詞，依次作『鑑』、『思』。『檻』，文瀾閣四庫全書本回文類聚亦作『鑑』。『似』，宋六十名家詞本于湖詞卷三作『照』。

葛長庚（白玉蟾）　黃春伯　黎盤雲

長庚（一一三四—一二二九）字如晦，號白叟，福建閩清人，生於廣東瓊州。父亡，母再醮，遂棄家遊海上，自號海瓊子。至雷州，繼白氏後，改名玉蟾，字以閱，號蠙菴、瓊山道人、武夷散人、神霄散吏、洞天羽人等。少學道，師翠虛子陳楠九年，盡得其術。常居武夷山，與朱熹相善。宋寧宗嘉定中，徵召赴闕，應對稱旨，命館太乙宮，封紫清真人。後不知所往，全真道奉爲南宗第五世祖。自述『今已九旬來地，尚且是童顏』。弟子彭耜海瓊玉蟾先生事實云，紹定己丑冬，『解化於盱江』。性聰悟，幼舉童子試，博學能文，工書畫。著述甚夥，詩

文有海瓊、上清、玉隆、武夷諸集，今存瓊琯白先生集十一卷。

黄春伯，號天谷。

黎盤雲，不詳。

戲聯回文體

水連天渺渺，山映月亭亭。尾櫂依鳧渚，頭船過蓼汀白鬼神號暝壑，煙霧靄踈櫺。美醞浮觴玉，輕衣拂劍星黄

夜船與盤雲聯句回文

煙山暮滴翠，露葉秋翻紅白川急回斜岸，草枯凋薄霜黎蟬寒嘶月淡，鴈過哾天長白船泊宜沙浦，夜深同詠觴黎

萬曆本瓊琯白先生集卷八　同治重刻本白真人集卷六

紫溪偶成回文體

鸝黄並柳風飄絮，蝶粉粘花露浥香。離別恨深深院静，少年人去去途長。

王質　王阮

質（一一三五—一一八九）字景文，號雪山，鄆州人，寓居興國軍。宋高宗紹興三十年進士，召試館職，爲言者論罷。後入汪澈荆襄、張浚江淮幕。孝宗乾道二年，入爲太學正，旋以建言罷。會虞允文宣撫川陝，辟其偕行。又入爲敕令所删定官，遷樞密院編修官。時允文當國，薦可右正言，復被曾覿所沮，出通判荆南府，改吉州，皆不行，奉祠山居。博通經史，善屬文，與九江王阮齊名。從張孝祥父子游，甚見器重。著有雪山集十六卷。

阮（？—一二〇八）字南卿，江州德安人。宋孝宗隆興元年進士。光宗紹熙中，知濠州，修戰守，金人不敢南侵，改知撫州。韓侂胄欲見之，不往，怒使奉祠，于是歸隱廬山以終，著有義豐集一卷。

避暑烟水亭與王景文回文聯句一首

顔舒且對清樽酒景文　晝永方濃翠幄陰南卿　環珮響溪寒浪急景文　畫圖藏谷繡烟深，班生石潤苔紋亂南卿　碧度雲飛鳥影沉景文　閑館邃風來迥野南卿　隔林斜日轉疎林景文　豫章叢書本義豐集

「清樽酒」：御選宋詩卷七十七作「尊中酒」

「班」、「隔林」：御選宋詩、全宋詩卷二五六五引義豐文集，分别作「斑」、「隔樓」

孟宗獻

宗獻字友之，開封人。金世宗大定三年，鄉府省御四試皆第一，號孟四元。除供奉翰林，轉曹王府文學兼記室參軍，尋授同知單州軍州事。丁母憂，哀毁卒。工詞，自號虛靜居士，有集俱佚。

菩薩蠻回文

睡驚秋近鳴蛩砌。蒼鬢摻匀霜。影孤燈翳冷。長歎浩歌狂。元好問中州樂府　御選歷代詩餘卷一

陶樑詞綜補遺卷十六，『按此係回文體，各就本句倒轉讀之，即得四十四字。中州樂府尚有李宴、王庭筠作，與此同格』。唐圭璋全金元詞引朱孝臧校本中州樂府，詞曰『睡驚秋近鳴蛩砌，砌蛩鳴近秋驚睡。蒼鬢摻匀霜，霜匀摻鬢蒼。影孤燈翳冷，冷翳燈孤影。長歎浩歌狂，狂歌浩歎長』。

王卿月

卿月（一一三八—一一九二）字清叔，號醒庵，惺齋，又號靜庵，母商夫人夢月墜而生，世居開封，曾祖徙天台，遂爲台州人。宋孝宗乾道五年己丑進士，授樂清尉，歷宗正寺主簿，嘗提刑蜀中。光宗紹熙三年，假吏部尚書充金國生辰使，行次揚州病逝。善畫竹石，世稱王

經略竹。

即事

花落滿林春寂寂，亂紅流水遠飄香。鵶栖巳合暮雲碧，斜日看山空斷腸。回文類聚卷三

『斜』：文淵閣四庫全書本回文類聚作『叙』，誤。

楊冠卿

冠卿（一一三九—一一七八後）字夢錫，江陵人。舉進士，嘗知廣州，以事罷職。歸寓臨安，與姜夔等相唱和。才華清雋，尤工四六，著有客亭類藁十四卷。

回紋四時

輕風透幕羅衾薄，滿萼嬌紅綴小桃。明月對愁縈錦字，斷絃空暗紫檀槽。

氷盤瑩靜風簾閫，酪粉嘗殘日影曛。稜枕印紅斜玉頰，碧山揎袖整輕雲。

『山』：全宋詩卷二五五六據文津閣本改作『衫』

紋簟挹香餘汗粉，綠眉攢恨舊愁新。焚香夜拜初生月，暮色窓紗薄霧匀。

『挹』：全宋詩據文津閣本改作『浥』

霜驚葉落催寒曉，夢破人愁覺夜長。香暗折梅初點玉，鏡鸞呵手試新粧。客亭類稿卷十三

王庭筠

庭筠（一一五一—一二〇二）字子端，蓋州熊岳人。金世宗大定十六年進士，初授承事郎，調恩州軍事判官、館陶主簿。後試館職罷，卜居彰德，讀書黄華寺，自號黄華山主。章宗明昌三年，召爲應奉翰林文字，遷翰林修撰。承安元年，坐趙秉文上書事，削官下獄，尋謫鄭州防禦判官。泰和元年，復爲修撰。詩文書畫，俱稱名家，今存黄華集八卷。

菩薩蠻回文三首

斷腸人恨餘香换。塵暗鎖窻春。小花簷月曉。屏掩半山青。

客愁楓葉秋江隔。行遠望高城。故人新恨苦。斜日晚啼鴉。

御選歷代詩餘卷一録二。後者『晚』作『曉』，『鴉』作『鶯』，非

『楓葉』：奉天通志卷二三五作『風月』

白雲孤映遥山碧。樓倚一天秋。斷腸隨鴈斷。來鴈與書回。元好問中州樂府　遼海叢書本黄華集卷三

唐圭璋全金元詞引朱孝臧校本中州樂府，詞曰『斷腸人恨餘香換，換香餘恨人腸斷。塵暗鎖窗春，春窗鎖暗塵。小花檐月曉，曉月檐花小。屏掩半山青，青山半掩屏』。『客愁楓葉秋江隔，隔江秋葉楓愁客。行遠望高城，城高望遠行。故人新恨苦，苦恨新人故。斜日晚啼鴉，

鵶啼晚日斜』。『白雲孤映遥山碧，碧山遥映孤雲白。樓倚一天秋，秋天一倚樓。斷腸隨雁斷，斷雁隨腸斷。來雁與書回，回書與雁來』。

蕭　貢

貢（一一五八—一二二三）字真卿，咸陽人。金世宗大定二十二年進士，調鎮戎州判官，涇陽令，涇州觀察判官，補尚書省令史，擢監察御史，北京轉運副使。上書論時政五弊、言路四難，詞意切至，改治書侍御史、右司郎中，預修泰和律令。遷刑部侍郎，多所平反。歷同知大興府事、德州防禦使，三遷河東北路按察轉運使。大安末，改彰德軍節度使。宣宗興定元年，以户部尚書致仕。元好問稱其『博學能文，不減蔡珪』，著有文集十卷。

擬回文四首

春波緑處歸鴻過，夜月明時飛鵲愁。人去附書將恨寄，暮山雲斷倚高樓。

樓上却來樓下待，晚窗春盡斷回腸。愁人有説嫌人問，淚灑新詩埽墨香。

風幌半縈香篆細，碧窗斜影月籠紗。紅燈夜對愁魂夢，老盡春庭滿樹花。

萋萋碧草連天遠，杳杳行人幾日回。凄雨晚凉空坐久，淚妝殘暈溼紅腮。

八　元好問中州集卷五　御選金詩卷二十五　回文類聚續編卷

楊雲翼

雲翼（一一七〇—一二二八）字子美，贊皇檀山人，徙居樂平。金章宗明昌五年，經義進士第一，特授承務郎、應奉翰林文字。承安四年，出任陝西東路兵馬都總管判官。泰和元年，召爲太學博士，遷太常寺丞、兼翰林修撰。大安元年，除提點司天臺、禮部郎中。宣宗興定元年，遷翰林侍講學士、兼修國史，知集賢殿院事。四年改吏部尚書、御史中丞。哀宗正大元年，攝太常卿，官翰林學士，終禮部尚書。與趙秉文名望相埒，史稱『金士巨擘』，又同南宋朱熹齊名，有『南朱北楊』之譽。

回文

梧井落花秋寂寂，竹窓摇月夜沉沉。孤鸞舞處回腸斷，遠雁來時別恨深。回文類聚續編卷八　元好問中州集卷四　曾燠江西詩徵卷二十四

李濤

濤字養源，臨川人。宋寧宗開禧元年在世，著有蒙泉詩稿。

春　晝

茶餅嚼時香透齒，水沈燒處碧凝烟。紗窓閉着猶慵起，極困新晴乍雨天。回文類聚續編卷八

李調元誤爲五代之李濤（字信臣，京兆萬年人，歷仕梁唐晉漢周，入宋拜兵部尚書）所作，收入全五代詩卷十二，題作春晝回文；童養年據此又補入全唐詩續補遺卷十四。全宋詩兩收，卷一引全五代詩，卷三一六〇引南宋六十家小集·蒙泉詩稿。陳尚君全唐詩外編修訂説明云：『李濤春晝回文，錄自全五代詩卷十二。按此爲南宋同名之江湖詩人詩，見江湖小集卷八三李濤蒙泉詩稿』。

陳思江湖小集、兩宋名賢小集卷二八一、御選宋詩卷七十七、全宋詩卷三一六〇，題作春晝回文一首。

『着』：江湖小集、御選宋詩、全唐詩續補遺作『著』

熊元素

元素，江西永豐人。良弼子。父死，廬墓側。與真西山同時，見康熙永豐縣志卷五人物。

回文詩

融融日煖乍晴天，駿馬雕鞍繡轡聯。風細落花紅襯地，雨微垂柳綠拖煙。茸鋪草色春

江曲，雪剪花梢玉砌前。同恨此時良會罕，空飛巧燕舞翩翩。馮夢龍古今小説卷十五

林希逸

希逸（一一九三—一二六一後）字肅翁，號竹溪，又號鬳齋，福清人。宋理宗端平二年乙未進士，歷官翰林權直兼崇政殿説書，直秘閣，知興化軍。景定間，官司農少卿，終中書舍人。今存竹溪鬳齋十一稿續集三十卷。

獨夜偶成回文

身隨影立孤燈暝，杖倚人行獨月明。新得病形成瘦鶴，亂添愁思惹飛螢。竹溪鬳齋十一藁續集卷七

長門怨回文

傷情暗斷恩和愛，拉淚空添怨與愁。霜透衣寒輕卷袖，月移窗去罷吹簫。全宋詩卷三二二四

『愁』、『簫』，原文。不叶。

方岳

岳（一一九九—一二六二）字巨山，號秋崖，祁門人。宋理宗紹定五年進士，歷南康軍、滁

州教授，淮東安撫司幹官，進禮、兵部架閣，添差淮東制司幹官。范鍾爲左丞相，除太學博士兼景獻府教授。淳祐六年，遷宗學博士，以宗正丞權三部郎官。出知南康軍，移知邵武軍。寶祐三年，改知饒州、寧國府，未上而罷，又賦閒七載。直到程元鳳當國，起知袁州。忤丁大全，被劾。賈似道秉政，再起知撫州，辭不赴。有秋崖集四十卷。又陳新全宋詩訂補云，方岳深雪偶談謂自己與師王澡同生於丙戌年。澡生乾道二年（一一六六），則岳當生寶慶二年（一二二六）。

溪店回文

啼鶯幾處垂垂柳，乳燕雙飛片片花。溪淺度雲山帶雨，岸崩欹樹草連沙。秋崖集卷一

御選宋詩卷七十七　全宋詩卷三二九二

宋伯仁

伯仁（一一九九—一二四〇後）字器之，小字忘機，號雪巖，湖州人。嘗舉宏詞科，歷監淮揚鹽課。工詩，善畫梅。今存西塍集一卷、煙波漁隱詞二卷、梅花喜神譜二卷。

晚春溪行回文

青山數里一溪橫，片片花邊舞燕輕。耕遍水田新雨足，晴天曉色柳風清。

嘉熙戊戌家馬塍藁。陳思兩宋名賢小集卷三四五西塍集題作曉春溪行回文「遍」、「曉」：兩宋名賢小集、江湖小集卷七十二作「過」、「晚」

早秋回文

秋天一餉晚風涼，笑語人傳早稻香。樓上醉時簾半捲，愁添客鬢兩蒼蒼。

嘉熙戊戌夏復遊海陵藁。兩宋名賢小集卷三四六海陵集題作早秋。古今圖書集成曆象彙編歲功典卷六十三、御選宋詩卷七十七選此。

小舟晚賞荷花回文

天浮月影水浮天，路繞山頭樹繞煙。船小小行人意適，藕花新索酒杯傳。汲古閣景鈔南宋六十家小集·雪巖吟草　陳起南宋羣賢小集·雪巖吟草　全宋詩卷三一六〇

嘉熙戊戌、己亥馬塍藁

胡仲弓

仲弓字希聖，號葦航，清源（福建僊遊）人。嘗登進士第，授縣令（會稽），不久見黜。流寓杭州，浪跡以終，宋理宗寶祐六年前後在世。其原集久佚，今蒐採裒輯，編爲葦航漫遊稿四卷。

回文體二首

紅花濯錦織前山，日暖啼鶯春晝閒。空院古廊風寂寂，僻居幽谷水潺潺。宫移舊曲新翻譜，酒暈濃愁淺帶顔。同調賦詩吟思苦，匆匆急遞走囊慳。

『山』：文淵閣四庫全書本江湖後集卷十二作『川』

灣前過渡小舟虚，好景粧成天畫圖。山列翠屏開户牖，麥翻黄浪滚田圩。閒鷗樂處晴波細，暮鳥歸邊殘日晡。攀柳共人人恨别，綿綿落絮有情無。全宋詩卷三三三六引顧氏讀畫齋刊南宋羣賢小集本江湖後集卷十二

文淵閣四庫全書本葦航漫遊稿，無回文體二首

耶律鑄

鑄（一二二一—一二八五）字成仲，號雙溪，燕京人。契丹族，楚材子（母蘇氏，爲東坡五世孫）。二十三歲，繼承父職，領中書省事。憲宗七年，扈駕侵蜀，領侍衛驍果。忽必烈即位，加光禄大夫，行山東省。四年改榮禄大夫、平章政事。五年，拜中書左丞相。十年，授平章軍國重事。十三年，監修國史。十九年，復拜中書左丞相。著有雙溪醉隱集六卷。

擬回文

詩成怨立小橋西，晚日春懷傷鳥嘶。離別書情多寄恨，遠山高處暮雲低。

樓上獨來心上愁，淚垂難道不腸柔。秋深夜雨風迴夢，燭翦空窗暗燄浮。 遼海叢書本雙溪醉隱集卷六 文淵閣四庫全書本雙溪醉隱集卷六，題作擬回文二首，『橋』作『樓』

楊公遠

公遠（一二二八—一二八五後）字叔明，號野趣居士，新安人，入元未仕。善詩工畫，著野趣有聲畫二卷。

溪行迴文

通村一逕遶清溪，緩步行來曳杖藜。風弄柳絲垂裊裊，紅桃映水壓枝低。 文淵閣四庫全書本野趣有聲畫卷上 曹廷棟宋百家詩存卷三十七 全宋詩卷三五二三

闕　名

宋人。

觀音磏回文詩

重重峭壁鎖煙霞，老樹撐天暮宿鴉。濃抹遠山青極目，鐘聲數點夕陽斜。同治儀隴縣志卷六

徐　瓘

瓘字隨齋。宋人。

四時四首

春

風吹細浪低田麥，雨過初分淺水秧。紅樹半開桃臉嫩，綠波深暎柳絲長。

夏

林垂紫李玉成蹊，水暎紅榴石近溪。深棟雙雙飛燕語，陰槐綠樹萬蟬嘶。

秋

紅飄亂葉樹連枝，雨著疎花菊遶籬。蓬轉恨多饒白髮，鴻歸數處寄新詩。

冬

飛花雪片落梅殘，興發歌樓酒量寬。磯石釣魚觀凍手，衣蓑綠暎暮江寒。

明本回文類聚四時四首不分春夏秋冬

偶書

明中悟理造忱誠，性覺通真見即行。生不生來空是境，有無有處化爲城。榮枯現梦因緣想，色相求心妄執情。名與實亡都在道，盲聾苦學漫營營。回文類聚卷三　全宋詩卷三七三八

『盲』：明本、文淵閣四庫全書本回文類聚作『肓』

『漫』：明本作『謾』

許存我

宋人，生平籍貫不詳。

次韻吴叔廉山邨詩

田遶青山好住家，短籬疎圃接丘麻。煙邨遠近栖鴉亂，竹岸高低飛鷺斜。泉噴石間巖湧雪，霧浮堤外柳吹花。連雲碧色秋光冷，眠犢黄昏艸長芽。回文類聚卷三　全宋詩卷三七三八

四部叢刊初編影印高麗翻元本皇元風雅後集卷三，題作次韻吴叔廉山村回文。

『光』：明本回文類聚、皇元風雅俱作『風』

汪元量

元量（一二四一——一三一七）字大有，號水雲，晚號楚狂、江南倦客，錢塘人。以善琴供奉宫掖，事謝后、王昭儀（清惠）。宋恭宗德祐二年臨安陷，隨三宫入燕。嘗謁文天祥獄中。元世祖至元二十五年出家爲道士，獲南歸，往來匡廬、彭蠡間，終老湖山。詩詞多紀國亡前後事，悲憤沉鬱，有詩史之稱。著湖山類稿、水雲集。

瀘溝橋王昭儀見寄回文次韻

溝水瀘邊落木疏，舊家天遠寄來書。秋風冷驛官行未，夜月虚窗客夢初。流鴈斷鴻飛曠野，舞鸞離鶴别穹廬。裘貂醉盡一尊酒，愁散方知獨上車。

此詩作於至正十八、十九年間，隆國夫人王昭儀回文，已佚。『離』：鮑廷博本湖山類稿、全宋詩卷三六六五引知不足齋本湖山類聚卷二俱作『雜』。

陰山觀獵和趙待制回文

圍獵看人放海青，黑山峽口路交横。飛鴻雨濕雲天遠，去馬風寒雪塞平。歸客北邊關析擊，過軍西畔寨燈明。巍巍殿帳氈房暖，衣鐵冷深更鼓鳴。孔凡禮輯校增訂湖山類稿卷三

此詩作於至正二十至二十二年間，趙待制與票回文，亦佚。

陳希聲

宋末元初，浙江義烏人。元世祖至元丙戌、丁亥年間，浦江月泉吟社吴渭徵賦春日田園雜興，限五七言律體。希聲托名『元長卿』所作回文七律兩首，列爲第五十名，評云『回文二首，俱妥順，亦出苦心』。

春日田園雜興

香紅眩眼纈蕤英，竹杖扶吟縱步行。桑眼蓁含春蕾小，麥鬚蝦磔翠芒輕。黄花菜圃午風軟，緑水秧畦春野平。芳樹幾聲鳩雨過，蒼蒼柳色弄煙晴。

阮元聲金華詩粹卷九，題作田園雜興廻文二首。御選宋詩卷七十七、嘉慶義烏縣志卷二十二，題作春日田園雜興廻文。厲鶚宋詩紀事卷八十一録此首。

犂鉏偏野沸耕農，血吻鵑聲一樹紅。畦矗秧針青冽冽，隴翻麥浪翠芃芃。雞鳴晝寂花村雨，蛤犬朝寒草岸風。溪外雲過横笛亂，微煙野色樹蘢葱。

金華叢書本月泉吟社詩　李翊戒菴老人漫筆卷六　退補齋重刊本金華詩録别集卷二　陳衍元詩紀事卷九　全宋詩卷三七二三

『吻』：嘉慶義烏縣志作『吐』。

『芃芃』：金華詩粹作『芄芄』，非。

劉　因

因（一二四九—一二九三）原名駰，字夢驥，後更字夢吉，號樵庵、雷溪真隱，保定容城人。元世祖至元十九年，由不忽木、張子有等薦，徵授承德郎、右贊善大夫，教授近侍子弟。未幾，以母疾辭歸。二十八年，復召爲集賢學士、嘉儀大夫，固辭不起。愛諸葛亮『靜以修身』之語，表其所居曰『靜修』。仁宗延祐中，追贈翰林學士，封容城郡公。有靜修先生文集二十二卷。

菩薩蠻回紋

水園山影紅園翠，翠園紅影山園水。西近小橋溪，溪橋小近西。　隱人誰與問，問與誰人隱。孤鶴對言無，無言對鶴孤。

四部叢書初編本靜修先生文集卷十五　文淵閣四庫全書本靜修集卷六

唐圭璋全金元詞

陳　深

深（一二六〇—一三四四）字子微，平江人。弱冠，會宋亡，棄舉子業，閉門著書。題所居曰清全齋、寧極齋，因以爲號。所著詩文，今僅存寧極齋稿一卷。

舟行次周西園韻

遊遨適興隨幽境，笑語相逢忽並船。流急濺袍飛帶雨，岸回迷草暗浮烟。樓高近水涵飛鳥，樹密藏雲咽恨鵑。愁破已空尊酒綠，醉吟同眺晚晴天。回文類聚續編卷八

曹倦圃藏鈔本寧極齋稿、顧嗣立元詩選初集、全宋詩卷三七二四，題作舟行邂逅周西園出示迴文詩就次韻。

『幽境』：元詩選作『境幽』

『袍』：鈔本寧極齋稿作『花』

『晴天』：全宋詩作『飛天』

周德清

德清（一二七七—一三六五）字日湛，號挺齋，高安暇堂人（祖籍湖南道州）。周敦頤六世孫，家境貧寒，以布衣困頓終生。工曲，通音律，著有中原音韻二卷（暇堂周氏宗譜）。

畫　家

名有數家嗔人，門閉却時來問。瑣非復初中原音韻序

殘句，失宮調牌名。瑣非復初中原音韻序云：『吾友高安挺齋周德清，以出類拔萃通濟之才，

爲移宫换羽製作之具』，『所作樂府，回文、集句、連環、簡梅、雪花諸體，皆作今人之所不能作者。略舉回文畫家，名有數家嗔人，門閉却時來問，皆往復二意』。任半塘散曲概論·回文體：『此體曲中極少見。元，瑣非復初序中原音韻，謂周德清所作樂府有回文體，并舉畫家名有數家嗔，人門閉却時來問二句，謂往復二意。今省其句，不盡可解』。王文才元曲紀事按『倒順讀之，皆應前後六字，人問爲韻，嗔字疑有誤』。散曲概論、隋樹森全元散曲、徐征全元曲斷句爲『畫家名有數家嗔，人門閉却時來問』，或『畫家名有數家，嗔人門閉却時來問』，皆非。畫家實係曲題，故序者將夏日、紅指甲與之並舉。

於初翁

初翁字善卿，號循齋，黄巖人。少時，父爲人誣陷下獄，涕泣不已，卒佐母白父冤。長好學，以科目未行，專心於詩。晚築室蒔花，自號最閒老人。有最閒集。

回文呈雲壑叔

樓對青松巖枕溪，飲瓢甘自樂耕犁。秋江一雨暮帆落，赤葉楓林寒鳥啼。李時漸三台文獻錄卷二十三　王蚗黄巖集卷二十四

『瓢』：戚學標三台詩錄卷六作『簞』

吕彦貞

彦貞（一二七九—一三二八）字勾吴，自號席帽山人，江陰人。著有滄浪軒詩集六卷（至正丙午昆山顧仲瑛跋云，彦貞老於有元之世，五十餘年矣，不可謂非本朝一代之逸民也）。

秋燕廻文

瓏玲語徹韻悠悠，曉月殘花荻滿洲。通徑冷霜晨啄飽，亂巢寒雨夜添愁。空梁木葉黄泥軟，舊夢春波緑水流。窮路未來新鴈侣，風高拂燕舞凉秋。續修四庫全書本滄浪軒詩集卷五

春興廻文

泠泠細雨濕窻紗，醉客留春踏落花。亭外柳溝深浴鷺，沜前堦草亂鳴蛙。青雲岫向松扉繞，碧水溪環竹逕斜。鈴鐸動摇風習習，玲瓏韻過噪歸鴉。滄浪軒詩集卷六戊午

黄玠

玠（一二八五—一三六四）字伯成，一作孟成，小名相兒，慈谿人。隱居教授，孝養二親。會嘉興白牛鎮戴光遠辨學，聚生徒百五十輩，延其主持。樂吴興山水之勝，卜築弁山，遂號弁山小隱。與趙孟頫、黄溍友善。溍任江浙提舉，起玠爲西湖山長，不數月歸。有弁山小隱

吟錄二卷。

山居廻文

萋萋草帶書窗碧，瘦竹輕藤引客看。栖雀伴霞歸岫晚，斷雲拖雨過江寒。畦分暗水池亭小，石帶幽花野館殘。西崦松林通境窈，共君邀月對琴彈。沈季友檇李詩繫卷五　錢佳魏塘詩陳卷一

董斯張吳興藝文補卷六十九，題作弁山隱興廻文。御選元詩卷八十，題作隱興廻文詩。

『窗』：吳興藝文補作『囱』。

『霞』、『帶幽』、『境』：吳興藝文補、御選元詩依次作『雲』、『戴閒』、『徑』。

『雲』：御選元詩作『虹』。

春日廻紋爲沈維良作

肥綠暗園林，遺懷幽興寫。飛花颭急風，遠水吞平野。歸雁待簾開，没魚驚釣下。依依恨晚春，蝶夢迷遊冶。吳興藝文補卷六十九

葉廣居

廣居字居中，號自得，嘉興人。元末仕至浙江儒學提舉。晚年築室西泠橋、陶情詩酒。天資

敏悟，工古文詩歌，嘗與楊鐵崖往來唱和，有自得齋集一卷。

回文詩

紅燭淚銷香篆小，扇羅如月晚庭空。風簾繡捲初醒酒，靜院涼生水閣東。徐伯齡蟫精雋卷八

厲鶚東城雜記卷上：『近借得明杭前輩徐伯齡延之，號籜冠者所著蟫精雋於四明范氏之天一閣中，載葉龍溪詩云。龍溪葉廣居，字居仲，號自得，宋文康公六世孫、雨窗居士伯遜志信之孫也』，『又回文詩云，紅燭淚銷香篆小，扇羅如月晚庭空，風簾繡卷初醒酒，靜院涼生水閣東』。

仲龍子

自署兂子老更狂，元人，生平不詳。周弘祖古今書刻上編江西弋陽王府有老更狂。近世謝伯陽全明散曲列于明代嘉靖十九年後出生。

迴文普天樂二十三曲

自　況

竹敲風。虛簷轉月。素秋天爽氣新。疎花菊老含清露。梧庭瘦影。梧庭瘦影。影瘦庭梧。

歡情

鳳鸞交。濃歡密愛。弄花將嫩葉攀。恐怕忽忽忙迎送。逢難别易。逢難别易，易别難逢。翠紅沾。期雲約雨。會歡同密意深。美暢聲低言盟誓。偎香倚玉。偎香倚玉。玉倚香偎。俏嬌人。招雲約雨。樂歡同我共他。草嫩花嬌人年少。交鸞友鳳。交鸞友鳳。鳳友鸞交。鬢雲鬆。温香暖玉。潤羅衾粉汗湮。人醉醺醺沉沉困。春生枕簟。春生枕簟。簟枕生春。

『醺醺』：北京圖書館藏明鈔本、四川省圖書館藏渭南嚴氏孝義書塾鈔本樂府群珠卷四俱作『醺醺』，當是。

題情

皺眉愁。憂多喜少。袖衫長淹淚珠。酒病花愁容顔瘦。樓空鎖燕。樓空鎖燕。燕鎖空樓。淡梳粧。岩岩瘦體。鑑鸞閑亂鬢雲。攬易難擔沉愁擔。衫沾淚雨。衫沾淚雨。雨淚沾衫。

斷腸人。鸞分匣鏡。半年過無信音。遠路漫漫愁他盻。山河阻隔。山河阻隔。隔阻河山。

淚珠彈。離愁別恨。氣長吁愁悶多。倚靠屏幃低顰翠。西樓轉月。西樓轉月。月轉樓西。

暮春愁。梳粧倦懶。路途長隔遠人。無夢無書絶雲雨。孤鸞隻鳳。孤鸞隻鳳。鳳隻鸞孤。

厚情深。留心積恨。瘦香肌金釧憁。久病多憂難禁受。羞人見我。羞人見我。我見人羞。

『憁』：謝伯陽全明散曲（一九九三年齊魯書社排印本）改作『鬆』。

痛場心。紅消翠減。夢魂勞斷雨雲。永夜房空同誰共。胸填恨怨。胸填恨怨。怨恨填胸。

『場』：明鈔本、孝義書塾鈔本作『傷』，當是。

媚春芳。啼鶯語燕。閉重門落盡花。濕透羅衣沾紅泪。悲傷歎感。悲傷歎感。感歎傷悲。

露風凉。疎窗映月。覷燈殘將枕歌。雨斷雲無期人誤。餘衾半幅。餘衾半幅。幅半衾餘。

『歌』：孝義書塾鈔本作『欹』

鏡掩塵灰。灰塵掩鏡。灰塵掩鏡。隔阻郎才雲山礙。愛歡同誰共泊。衰容褪粉。黛眉攢。

灰。

『泊』：孝義書塾鈔本作『咱』

積漸愁新。新愁漸積。新愁漸積。粉淚香痕腮紅印。悶愁多鎖黛眉。分離阻隔。信音無。

新。

積攢愁煩。煩愁攢積。煩愁攢積。晚日天寒飛雲亂。盼他將眼淚擎。艦音斷信。歎長吁。

煩。

『艦』：全明散曲改作『慳』

恨感秋殘。殘秋感恨。殘秋感恨。眼淚枯乾多愁歎。散飛鴉暮日斜。寒風落葉。鴈飛高。

殘。

別恨綿綿。綿綿恨別。綿綿恨別。遠水長天疎魚鴈。見人羞減瘦容。牽情掛意。釧金憁。

綿。

『憁』：全明散曲改作『鬆』

愛斷恩絶。絶恩斷愛。絶恩斷愛。切痛離別愁深夜。滅殘燈枕半空。嗟恣歎感。月穿窗。

絶。

定鐘初。明窗映月。剩餘衾空枕孤。冷冷清清懨懨病。情傷别恨。情傷别恨。恨别傷情。瞑雲濃。庭空落葉。聽鷄聲報曉鳴。冷雨寒燈深房静。驚魂散魄。驚魂散魄。魄散魂驚。艷芳消。纖腰弱體。□□□□姓碩。掩户垂簾愁煩厭。懨懨病成。懨懨病成。成病懨懨。

『瞑』：明鈔本作『瞑』，全明散曲改爲『冥』

無名氏樂府羣珠卷四（盧前校，一九五七年商務印書館排印本）

張三丰

三丰（一三〇七—一三九三），名全，一名君寶，又號玄玄，以其不飭邊幅，亦號張邋遢，遼東懿州人。師事張雲菴，從學全真正教。一衲一蓑，行游四方，曾在武當山幽棲，明太祖、成祖屢遣使求之，不遇。天順三年，英宗贈通微顯化真人。光緒平越直隸州志云，閩人，洪武間以軍籍戍平越衛，蓬頭草履，丐于市上，人呼爲邋遢仙。

迴文詩

橋邊院對柳塘灣，夜月明時半户關。遥駕鶴來歸洞晚，静彈琴坐伴雲閒。燒丹覓火無空竈，採藥尋仙有好山。瓢挂樹高人隱久，囂塵絶水響潺潺。

張三丰先生全集卷四玄要篇（清

末朱道生刻本）

莫友芝黔詩紀略卷三十二、平越直隸州志卷三十九，題作柳塘廻文。乾隆甘州府志卷十五，作題柳塘廻文詩（真人張宗撰）。吴繼志三養齋輯廻文賦詩詞對合編作成都二仙菴照壁上題詩。

『院』：三養齋輯廻文賦詞對合編作『岸』

『時』：平越直隸州志作『窗』

『半户闢』：甘州府志、黔詩紀略作『伴户閑』；平越直隸州志作『半户閒』；三養齋輯廻文賦詩詞對合編作『遍户闢』。

『伴雲閒』：甘州府志、平越直隸州志、黔詩紀略作『片雲闢』

『絶』：三養齋輯廻文賦詩詞對合編作『滴』

王　禕

禕（一三二一—一三七三）字子充，浙江義烏人。元末隱居青岩山中，師柳貫、黄溍，遂以文章名世。洪武初，明太祖詔授江南儒學提舉，後同知南康府事，多惠政。除中書省掾史，預修元史，與宋濂同爲總裁。書成，擢翰林待制。時雲南尚屬元守，奉使赴雲南諭降，遇害。能詩文，有王忠文公文集二十四卷（嘉靖元年張齊刻本）。

無題四首

春

微醉帶歡春意足，密期相會遠情多。飛花落處焚香篆，乳鸞歸時捲幔羅。

王忠文公文集卷三，題作無題回文七言絶句四首與友人同賦，錢謙益列朝詩集甲十二，御選明詩卷一一九，題作無題回文七言絶句四首，俱不分春夏秋冬。

『相會遠』：王忠文公文集、列朝詩集、御選明詩皆作『成約晚』

夏

風生竹徑迷深綠，雨過蓮池浴膩紅。銅鏡對妝臨牖北，練裘題字戲牆東。

秋

芳謝菊葩含重露，瘦侵梧葉着輕霜。凉宵怯扇藏紈素，遠路將書寫紙長。

清代陸紹曾古今名扇錄選此，目作題秋回文詩。

『侵』：康熙三十年刻本王忠文公集作『損』

『着』：王忠文公文集、列朝詩集、御選明詩、古今名扇錄俱作『著』

冬

殘雪喜傳三臘信，早梅欣報一痕春。寒欺獨枕鴛鸞夢，悶結雙蛾翠斂顰。

楊基

基（一三二六—一三七八）字孟載，號眉庵，江南吴縣人（原籍四川嘉州，其祖官吴中）。元末隱赤山，張士誠辟爲丞相府記室，未幾辭去。入明，被遷往臨濠，又徙河南。洪武二年放歸，旋起滎陽知縣，仕至山西按察使，後遭誣奪職，謫輸作，卒於工所。善文章，兼工書畫，係吴中四傑之一。著有眉菴集十二卷。

回文二首

烏啼夢裏燈添恨，月轉屏前影對愁。枯葉亂飛霜砌冷，細烟香遶夜囱幽。

秋凉晚殿水蕉紅，扇掩閒情舊感空。樓對遠霞殘照落，愁邊寄信有歸鴻。

武進陶氏涉園藏明成化本眉菴集卷十一

詩淵錄『烏啼』一首，題作回文寄内。

明代徐伯齡蟫精雋卷五：『回文詩與盤中體，詩話言之詳矣。惟律詩近體苦不多見。獨金山寺一首，玉屑并權輿皆作東坡，而詞淺意重，予未敢深信，過此信者率無佳者。李盧陵昌祺剪燈餘話，田洙遇薛濤聯句記中四絶，僅可備數，不能膾炙矣。惟嘉陵楊憲使孟載二首，富麗圓渾，是可取法。其詩云，烏啼夢裏燈添恨，月轉屏前影對愁，枯葉亂飛霜砌冷，細煙香繞夜窻幽。秋凉晚殿水蕉紅，扇掩閒情舊感空，樓對遠霞殘照落，愁邊寄信有歸鴻』。

李　鎬

鎬（一三三九—？）字叔荆，别號冰壑，江西崇仁温泉人。明洪武六年徵詔，授國子監學正，教習甚勤，進翰林編修，掌中都國子監事，尋陞司業。著有温泉李太史公學餘詩稿全集十四卷（萬曆四十三年刻本）。

四季迴文詩

尖山掃黛如眉翠，艷萼呈册似臉紅。簾捲午風香繞席，攬凭晨日暖騰空。
湖水白通遥峅曲，郭山青接近林長。疎窓過雨珠樓暮，碧椀分光玉殿涼。
牛女度河銀汜汜，月星涵露玉溥溥。秋清倚瑟長歌放，夜永停盃把劒看。
紅爐擁處歌姬小，緑酒斟時醉客豪。空舞雪花瓊樹老，地凝氷柱月山高。

温泉李太史公學餘詩稿全集卷十二

胡　奎

奎（約一三三一—？）字虚白，浙江海寧人。序云『虚白，海昌之名儒也，元至正間，平章慶童守錢塘，數稱賞之』。明初，以儒學徵，官江西寧王府教授，晚年自號斗南老人。著有斗南老人詩集六卷。

題回文梅花美人圖

花重妾心氷皎皎，妾憐花貌玉盈盈。鵶盤翠髻流雲濕，瘦影寒依夜月明。

題回文脩竹美人圖

寒生翠袖迎風晚，黛抹蛾眉妬月彎。鸞影舞回秋水遠，問人何處九疑山。斗南老人集卷五

韓　衡

衡字克佐，湖廣通山六都人。明洪武五年，任興國府學訓導，尋以文學應召赴京，作鍾山應制詩，除盧州知府，後改湖州知府。

靈泉寺迴文

蓮座寶光慈化風，體如來即梵塵紅。簾紗捲處馳烏兎，錫杖飛時伏虎龍。禪戒有元談裏靜，道心無慾色中空。天生佛地靈泉寺，烟鎖關門山擁峰。同治通山縣志卷八

張　羽

羽（一三三三—一三八五）字來儀，號盈川，後更字附鳳，江西潯陽人。從父宦江浙，卜居

吴興。元末領鄉薦，爲安定書院山長，與高啟輩結詩友。明初，舉賢良不出。洪武四年，征至京師，廷對稱旨，擢太常寺丞，兼翰林院，同掌文淵閣事。未幾，坐事竄嶺南，中途召還，自知不免，投龍江歿。文章精潔有法，尤長於詩，『吴中四傑』之一。著有靜居集六卷。

重午回文

輕羅扇試新詞好，玉臂雙圍綵縷長。清簟晝閑人鬭草，午風微裊篆爐香。　江安傅氏雙鑑樓藏明成化本靜居集卷六

林大同

大同（一三三四—一四一〇）字逢吉，江南常熟人。明洪武中以耆德薦，授開封府學訓導，後被黜。永樂三年，叙用洪武舊臣，入覲以疾辭。著有範軒集十二卷

次韻回文答巢雲

門外題詩留醉客，冷泉浮玉泛香瓜。軒當綠水溪流急，衲掛高松澗道斜。昏晝白雲晴拂樹，曉酣紅臉醉生霞。村西過鶴歸林遠，病目愁看霧隔花。　常熟丁氏淑照堂鈔本範軒集卷二

寄遺

徐賁

賁（一三三五—一三九三）字幼文，號北郭生，江南長洲人。張士誠抗元，招爲僚屬。明興，謫臨濠，洪武二年放歸。七年被薦至京，嘗奉使晉冀，及還，授給事中，改御史，巡按廣東，官至河南左布政使。會征洮岷，兵過其境，坐犒勞不時，下獄死。工詩善畫，與高啟、楊基、張羽合稱『吳中四傑』。著有北郭集十卷。

回文次孟載韻

秋風晚靜水花紅，葉落閑堦滿院空。樓映月低人寂寂，愁多怕見獨飛鴻。　江安傅氏雙鑑樓藏明成化本北郭集卷九

高啓

啓（一三三六—一三七四）字季迪，號槎軒，江南長洲人。元末隱居吳淞青丘，自號青丘子。與楊基、張羽、徐賁齊名，稱『明初吳中四傑』。洪武初，應詔預修元史，除翰林院國史編修，並受命教授諸王。擢户部右侍郎，自陳年少，辭歸，授書自給。七年，被太祖朱元璋借故（爲蘇州知府魏觀作上梁文事）腰斬于市，年僅三十九。工詩，尤精於史，著有青邱高季迪先生詩集十八卷（雍正六年文瑞樓寫刻本）。

絶句

風簾一燭對殘花，薄霧寒籠翠袖紗。空院别愁驚破夢，東闌井樹夜啼鴉。

青邱詩集卷十七、大全集卷十七、缶鳴集卷十、錢謙益列朝詩集甲四中、御定佩文齋詠物詩選卷四三四鳥類、淵鑑類函卷一九八、薛熙明文在卷十五、御選明詩卷一一九，題都作回文。『袖』：明文在(康熙三十二年本)作『岫』，譌。

秋閨怨

人行遠寄寫情詩，静院秋聲情别離。新雁過時驚夢短，塵窗桂影月遲遲。回文類聚續編卷八

青邱詩集卷十八，題作秋閨怨迴文。文淵閣四庫全書本回文類聚補遺、大全集，無。

吴斌

斌（一三三八—？）字韞中（吴韞玉先生集作珷字韞玉），江南休寧隆阜人。師余子韶。明洪武中，以范準薦，授温州平陽縣主簿，終于官。著有韞玉山房集。

偶成

春天曙日浮雲錦，暗野晴風灑露珠。新樹小花穿舞蝶，暖波芳藻戲遊魚。程敏政新安文獻志

卷五十八

清鈔本吴韞玉先生集題作回文詩

朱　權

權（一三七八—一四四八），明太祖第十六子，洪武二十四年封寧王。朱棣起兵『靖難』，被執裹挾軍中，許以『事成中分天下』，及奪得帝位，將其改封南昌。雖不便加害，然内裏防范甚嚴。爲避禍不得不托志於道、於文、於『雜學』，自號臞仙、涵虚子、丹丘先生，日與文人相往還，以示無覬覦之念。卒，謚獻，世稱寧獻王。韜晦如此，而列朝詩集小傳之類猶污説『持靖難功，頗驕恣，多怨望不遜』。好學博古，著作等身，有自製回文詩一卷（朱氏八支宗譜著録），今佚。又輯璇璣回文詩詞三卷，亦佚。

題青山白雲圖

秋雲白處亂山青，石澗横橋小草亭。流瀨漱寒將玉珮，翠巒含秀吐金精。鳩鳴野樹疎烟淡，雁過高峰落月明。樓上不詩無興遣，遠天連水碧澄澄。

涵虚子臞仙詩譜（上海圖書館藏鈔本）云：『璇璣體，即廻文體，倒念一遍爲二首』，例舉此詩。『將』：文淵閣四庫全書本回文類聚補遺、臞仙詩譜作『鏘』

書懷疊字體

紛紛雨竹翠森森，點點風光落綠陰。貧恨苦吟窮寞寞，亂愁牽斷夢沈沈。昏昏嶺隔重重信，渺渺江如寸寸心。因有事情閒默默，我於疎拙老騣騣。

明本回文類聚卷三，題作疊字迴文書懷。況澄雜體詩鈔（咸豐元年敦善堂本）卷三，題作書懷回文。

『光』：明本、文淵閣本回文類聚作『花』。

夜坐

籠烟遠樹見昏黃，懶起鈎簾空夜長。紅落墜飛驚鳥宿，松生月色竹生凉。回文類聚續編卷八

上述三詩，張之象補入明本回文類聚卷三

田　洙

洙字孟沂，廣東廣州人。李昌祺剪燈餘話云『中洪武甲戌進士，授山東曹縣知縣』。

四時詞和韻

春

芳樹吐花紅過雨，入簾飛絮白驚風。黄鎖曉色青舒柳，粉落晴香雪覆松。

原出剪燈餘話卷二田洙遇薛濤聯句記，作於洪武十七年隨父百祿赴成都教官任時，題名和四時詞。凌濛初二刻拍案驚奇卷十七、抱甕老人今古奇觀卷三十四，連同薛詩用爲入話。

『銷』：剪燈餘話、二刻拍案驚奇、今古奇觀俱作『添』

『青』：剪燈餘話作『春』

夏

瓜浮碧水凉消暑，藕疊盤氷脆嚼寒。斜石近堦穿笥密，小池舒葉出荷圓。

『碧』、『脆』、『圓』：剪燈餘話、二刻拍案驚奇、今古奇觀依次作『甕』、『翠』、『團』。觀薛氏詩，當以『團』爲正。

『石』、『笥』：剪燈餘話作『日』、『苟』

秋

殘石絢紅霜葉落，薄煙寒樹晚林蒼。鸞書寄恨羞封淚，蝶夢驚愁每念鄉。

『石』、『霜』、『寒』：剪燈餘話依次作『日』、『雙』、『籠』

『落』：剪燈餘話作『赤』；二刻拍案驚奇、今古奇觀作『出』

『每』：剪燈餘話、二刻拍案驚奇、今古奇觀，皆作『怕』

冬

風捲雪篷寒罷釣，月輝霜柝冷敲城。濃香酒泛霞杯滿，淡影梅横紙帳清。回文類聚續編卷八

朱象賢補入回文類聚時，誤將田洙冬詞爲薛氏詩，今據剪燈餘話改。

成始終

始終字敬之，號澹菴，江南無錫人。明正統四年己未進士，授行人，擢御史。土木之變，督兵紫金關，陞湖廣按察僉事，以戇直忤當道，乞歸。築室金匱山旁，以讀書自娱。好爲詩，近體尤工，有澹軒集。

富池驛樓觀江回文

悠悠碧水遠連天，落日江隄柳繫船。樓對晚山青點點，户臨春草緑芊芊。鷗邊渚接晴霞暮，鶴外雲迷遠樹烟。愁客遣懷詩共酒，遨遊重到已來年。光緒興國州志卷三十五

陳鑑

鑑（一四一五—一四七一）字緝熙，江南長洲人，寓遼東蓋州。明正統十三年戊辰進士，官

翰林學士。天順元年使朝鮮，還遷國子祭酒、禮部侍郎。成化七年，以前任邢讓用會饌錢事，牽連下獄，免官歸。

千里之程積月之久往還迎送爲勞何如謾成七言古詩一首五言排律二十韻効回文體二絶以致惓惓留别之意朴户曹相公閣下

雲山一路還驅馳，送我煩君感别離。文學素成吟句好，分袂遽忍不裁詩。陰壑午風涼瑟瑟，綠江煙水去茫茫。心知别我憐長路，夜靜思君隔遠鄉。　丁丑皇華集

程信

信（一四一七—一四七九）字彦實，號晴洲，江南休寧人。明正統七年進士，授吏科給事中。景帝嗣位，有守京城功，遷四川參政。天順中，除左僉都御史，巡撫遼東。成化初，累官兵部左侍郎、尚書，進兼大理寺卿，改南京兵部，參贊機務。著有晴洲集、容軒藁、榆莊集、伊東藁。

題廣寧雙塔寺

鋩騰夜色寶林中，拔秀雙虬瑞現同。長印月奩分上下，巧呈天柱立西東。廊廻百轉香煙細，社結三生泡影空。涼度一簾幽寺古，芳名續我愧紗籠。

家園新植一梅即開

春初動色喜傳觴，異種分來近後堂。塵絶素肌清入韻，雪絨紅蠟巧成裝。粼粼碧沼晴翻影，陣陣寒風曉逗香。新樹半開驚歲晏，早應花占一園芳。程敏政新安文獻志卷五十八

回文集卷二十五　目錄

回文集卷二十五

丘濬

濬（一四一八—一四九五）字仲深，號瓊山、瓊臺，瓊州瓊山人。明景泰五年甲戌進士，自翰林院編修，進侍講，遷國子祭酒，累官至禮部尚書。孝宗弘治四年，兼文淵閣大學士，參預機務，爲尚書入内閣之始，八年卒於官。性介持正，熟悉國家典故，晚歲右目失明，猶披覽不輟，著有瓊臺會稿二十四卷。

夜宿江館有序

歲庚午，歸至金陵，寓新河客邸。鄉友馮元吉誦宋人周明老龜山廻文詩，命予兩和其韻，以夜宿江館爲題。明老詩曰，潮隨暗浪雪山傾，遠浦漁舟釣月明，橋對寺門松徑小，檻當泉眼石波清，迢迢綠水連天碧，靄靄紅霞映日晴，遥望四郊雲接海，碧波千點數鷗輕。用意曲折，命辭瀏亮，信爲難及矣。但其中潮浪浦泉波水等字太多，不免重複。既曰綠水連天，而又有雲接海之句，則一意而兩出矣，當漁舟釣月之時，又安得紅霞映日乎。

潮生海岸兩崖傾，落月江楓暎火明。橋透白波流水遠，屋連紅樹帶霜清。迢迢漏盡寒

更曉，片片雲收夜雨晴。遥望楚天江渺渺，茭蒲盡處落鴻輕。回文類聚續編卷八

序文『明老詩』下省五十七字，兹據明本回文類聚卷三及重編瓊臺會稿卷二十四復原。此詩寫於景泰元年。

李之用詩家全體卷九，題作夜宿江館和韻。康熙鳳陽府志卷三十五，題作龜山廻文詩。乾隆盱眙縣志卷二十三，題作龜山廻文。

『靄靄』：重編瓊臺會稿作『藹藹』

『複』：重編瓊臺會稿作『復』

『則』：重編瓊臺會稿、御選明詩卷一一九，俱無。

『落月』：梁橋冰川詩式卷二作『落日』，盱眙縣志作『落葉』

『渺渺』：冰川詩式、詩家全體、盱眙縣志，均作『渺日』

『鴻』：詩家全體作『紅』，御選明詩作『花』

門人蔣冕瓊臺詩話卷上：『先生嘗與友人馮元吉夜宿江館，元吉誦宋人周明老題龜山迴文詩，屬先生兩和其韻。先生和之，元吉擊節歎賞，以爲非明老所及。明老詩曰，潮隨暗浪雪山傾，遠浦漁舟釣月明，橋對寺門松逕小，檻當泉眼石波清，迢迢綠水連天碧，藹藹紅霞映日晴，遥望四郊雲接海，碧波千點數鷗輕。先生詩曰，潮生海岸兩崖傾，落月江楓映火明，橋透白波流水遠，屋連紅樹帶霜清，迢迢漏盡寒更曉，片片雲收夜雨晴，遥望楚天江渺渺，茭蒲盡處落鴻輕。明老語意固有可喜者，但其中潮浪浦泉波水等字太多，不免重複，既曰水連天，

又曰雲接海，一意而兩出矣，當漁舟釣月之際，安得紅霞映日乎？先觀明老之詩，後觀先生之詩，信乎先生非明老所及也』。

回文詩

妾憶君兮君憶妾，心同志也志同心。月隨星處星隨月，林滿風時風滿林。雪似梅花梅似雪，金如柳色柳如金。别懷久後久懷别，音信傳來傳信音。況澄雜體詩鈔卷三複調

菩薩蠻秋思有序

予幼時嘗讀朱文公劉靜修文集，俱有菩薩蠻回文詞，惜其隨句倒讀，不免意複，不如至尾讀回爲妙已。曾以邨居爲題作一闋矣，後失其稿，閑中復戲作此云。朱劉二先生詞附此，朱詞云，晚紅飛盡春寒淺，尊酒綠陰繁，老仙詩句好，長恨送年芳。又次劉圭父韻一闋云，暮江寒碧縈長路，花塢夕陽斜，客愁無勝集，醒似醉多情。劉詞云，水圍山影紅圍翠，溪近水橋西，隱人誰與問，孤鶴對言無。

紗窗碧透横斜影，月光寒處空幃冷。香炷細燒檀，沉沉正夜闌。更深方困睡，倦極生愁思。含情感寂寥，何處别魂銷。回文類聚續編卷十

序文『此云』下亦省八十九字，兹據明本回文類聚卷四及重編瓊臺會稿復原。

重編瓊臺會稿題作菩薩蠻迴文秋思

『複』：重編瓊臺會稿亦作『復』。

『後失其稿』句，重編瓊臺會稿無『其』字。

瓊臺詩話卷上又云：『廻文詩昔人固多作者，廻文詞則不多見。惟朱文公劉靜修嘗有菩薩蠻詞，二公詞語俱極高妙，然惜其隨句倒讀，不免意復，不如至尾讀廻之爲妙也。一日坐願豐軒中，值金風徐來，焚香煮茗，秋思不可奈，遂以秋思爲題作廻文菩薩蠻調一闋，詞語亦極高妙，且自尾讀回，翩肰有出塵之趣。文公詞云，晚紅飛盡春寒淺，尊酒綠陰繁，老仙詩句好，長恨送年芳。又次劉圭父韻云，暮江寒碧縈長路，花塢夕陽斜，客愁無勝集，醒似醉多情。靜脩詞云，水圍山影紅圍翠，溪近水橋西，隱人誰與問，孤鶴對言無。先生詞云，紗窗碧透横斜影，月光寒處空幃冷，香注細燒檀，沉沉正夜闌，更深方困睡，倦極生愁思，含情感寂寥，何處別魂銷。又聞先生少年，曾以村居爲題作菩薩蠻詞一闋，今藁中不復存矣。他日作回文詩，兩讀字意不別，詩與此詞皆古人所未嘗有。詩曰妾憶君兮君憶妾，心同志也志同心，月隨星處星隨月，林滿風時風滿林，雪似梅花梅似雪，金如柳色柳如金，別懷久後久懷別，音信傳來傳信音』。

馬大壯天都載卷四：『其題秋思廻文菩薩蠻詞一闋，亦高妙。詞云紗窗碧透横斜影，月光寒處空幃冷，香炷細燒檀，沉沉正夜闌，更深方困睡，倦極生愁思，含情感寂寥，何處別魂銷。可與朱晦翁劉靜修廻文菩薩蠻詞並美。晦翁詞云，晚紅飛盡春寒淺，尊酒綠陰繁，老仙詩句好，長恨送年芳。又次劉圭父韻云，暮江寒碧縈長路，花塢夕陽斜，客愁無勝集，醒似醉多情。劉詞云，水圜山影紅圜翠，溪近水橋西，隱人誰與問，孤雀對言無。三詞皆逐句一倒讀，每一句作二句者，丘詞則自尾讀廻耳』。

草堂詩餘新集卷一選録此詞，沈際飛云：『廻文詞始朱劉二公，葢隨句倒讀，今至尾讀轉，義韻可割，另開一宗』。

袁勵準中舟藏墨録卷下迴文玦：『程君房墨，圓徑一寸八分，厚二分强，重七錢八分四釐正，圓式，旁通缺痕，倣古玉玦狀。一面中心凹一臍，通體作蝌蚪糾結文，楷書迴文玦三字。一面菩薩蠻迴文詞一闋，詞旨悽惋，大似李易安。側面程君房製款。此墨樸質無華，疑是松煤』。

卞榮

榮（一四一九—一四八七）字華伯，江南江陰人。明正統十年乙丑進士，授户部主事，仕至户部郎中。景泰間，盛有詩名，居郎署二十年，朝騎甫歸，持牘乞詩者擁塞户限。著有卞郎中詩集七卷（成化十六年吳綎刻本）。

送吳生縉還吾郡

涼風夕雨隔疎窓，落木嗟君别漢江。檣倚碧雲高冉冉，棹隨清瀨急淙淙。

書詩事業舊家傳，學問多宜最少年。虛碧湛秋懸月鏡，賦香浮墨掃雲牋。

寫　情

深秋逐客逢江曲，永夜愁人對月明。琴操古詞翻調絶，酒篘新緑瀉杯清。

憶慶兒

書卷一年今却廢，夜燈清苦最寥寥。如何近别相思遠。本與枝連梓與橋。

壽同年黄繡衣叔高

秋含翠栢古臺霜，曙拂高雲曉院涼。酬獻一尊清旦壽，悠悠碧水漢江長。
湖南是處絶囂塵，吉日逢君慶紱麟。烏集曉臺霜凛凛，鷺飛秋水碧粼粼。

用澹菴成僉憲韻

心馳遠處孤鸞别，目望窮時一鴈歸。砧搗夜堂空月冷，笛横秋岸斷雲飛。
雲卧倦移孤簟冷，夜窻愁點一燈清。紛紛泪濕鸞牋小，杳杳書傳雁帛輕。
纖纖玉筍春携袖，朶朶雲山晚倚屏。簾户撲翻雲蝶粉，鏡臺臨舞兩鸞青。
輕羅素扇涼揮暑，過雨新亭夜合懽。鳴板按聲歌嫋嫋，簇花奩暈鏡團團。

爲成澮菴始終作月池

池小小如初出月，暈輕輕似細生波。詩吟此處臨漪綠，夜靜當時見影娥。

石　臺

雲埋亂石白層層，步轉斜峯好處登。紋斷落花餘碧蘚，罅空垂蔓半枯藤。

長廣風帆

悠悠晚渡催斜日，漠漠秋雲拂碧空。流水逐人舟遠近，客窓吟目滿帆風。

萬花巖

巖花萬對錦叢叢，夢入芳春賞處同。衫碧映紅新過雨，酒酣扶綠軟欹風。

石塘沙鳥

飛飛影落水塘寒，嘎嘎聲耸客舘閑。衣縞淨明沙草碧，足拳孤立石苔斑。

偶成

人别遠天晴度雁，釣垂輕浪晚驚鷗。春殘到處花飛亂，户掩常時梦斷愁。
觴行喜見相期客，篆碧輕飄静几風。長日麗人遊曲水，隔隣芳對落香紅。

贈人

人尋舊約喜君逢，織錦開緘半淡濃。春柳細縈烟冉冉，曉堤平浸水溶溶。唇沾緑暈杯浮蟻，目射紅光劍化龍。身傍雲屏閑倚翠，茵鋪野草碧叢叢。

雲居

回風逐水度飄飄，亂點青山入望遥。來隺白時閑影晚，化龍蒼處密陰朝。臺平步履尋盟好，境静吟詩得興饒。開野對軒幽賞快，埃塵隔岸斷横橋。卞郎中詩集卷七

葉盛

盛（一四二〇—一四七四）字與中，别號及庵，江南崑山人。明正統十年乙丑進士。授兵科給事中。代宗立，也先犯北京，數上章奏，陳戰守之計，陞都給事，擢右參政，督宣府，協贊軍務，累官山西布政司。英宗天順二年，以右僉都御史巡撫兩廣。憲宗時，入爲左僉都御

史，旋遷禮部右侍郎，轉吏部左侍郎，卒。著有葉文莊公全集三十卷（康熙十八年賜書樓刻本）、開封紀行稿五卷（景泰二年序刻本）。

遊仙回文

流水溪聲春落花，順風帆起曉乘槎。頭纏錦帶臨開鏡，臂絡珠襦近捧茶。葉文莊公全集卷十一 開封紀行稿卷三

葉盛正統十四年赴開封作

任道遜

道遜（一四二二—一五〇三）字克誠，號坦然居士，又號八一道人，浙江瑞安人。七歲能賦詩，有司以神童薦，明宣宗面試其書，令入國子監學習，累官太常寺卿。

四時回文

東郊曉來初過雨，纏聯吟客共行春。紅桃小院深啼鳥，綠草芳郊遠絕塵。風起暖雲輕冉冉，浪生晴水細鱗鱗。籠烟柳接山横翠，麗日天開錦障新。

『深』：瑞安詩徵卷三作『新』

山外野橋溪外竹，竹連雲洞曉迎寒。潺潺急水流深澗，泛泛輕鷗浴淺湍。班徑雨苔蒼

點石，繞蘿烟樹翠遮壇。攀躋共客閑遊樂，境勝題詩和韻難。

『烟』：瑞安詩徵作『雲』

年年自詠閒詩賦，遠宦遊人歎轉蓬。圓顆露凝秋後菊，冷光霞浸水邊楓。船歸晚浦漁村近，雁落寒汀蓼岸空。烟鎖半山雲漠漠，月明潮起浪生風。

漫漫路遠山圍寺，遠客行吟獨杖藜。攢劍石峯危岸北，列屏巖障小橋西。寒光雪映雲飄岫，瘦影梅横月印溪。灘咽水聲琴入調，適情詩景好分題。曾唯東甌詩存卷十八（乾隆五十五年鹿城依緣園刻本）

右四景迴文詩皆以往來順逆讀之，減字則五言律，或分截開合讀則七言絶，又爲五言絶也。

高如松

如松字周卿，四川内江人。明正統天順間例貢，歷府同知。

春日送庠師花芝房致仕還州北迴文

花飛有意樂林園，結社高賢多往還。斜照日遥盃蟻緑，急流舟放水文元。華芝採處蟠龍地，晚菊芳時舞鶴天。家去望雲生北斗，蛙鳴爲念幾聲絃。同治資州直隸州志卷二十一

民國内江縣志卷九，題作春日送庠師花芝房致仕還川北迴文

童軒

軒（一四二五—一四九八）字士昂，江西鄱陽人。明景泰二年辛未進士，授南京吏科給事中。憲宗時以副都御史提督松潘軍務。弘治中，官至南京禮部尚書。好學不倦，工書能詩，著有清風亭稿八卷、枕肱集二十卷等。

清浪道中書事

山青露處亂雲飛，目極遥空半落暉。關映晚霞紅片片，水臨春樹緑依依。閑鷗睡傍漁舟小，倦馬歸愁客路微。巒洞有樓高寨遠，病多時復更歔欷。清風亭稿卷八

余樞

樞字季樞、拱辰，號玉菴，江南無錫人。明景泰初，薦授景陵訓導、歷岳陽王府教授，楚王府伴讀。

回文

酸鼻蹙來愁上心，鳳釵金折鈿頭簪。殘花落處蒼苔古，怨鳥啼時緑樹深。寒榻雨聲風撼竹，夜牕梅影月籠琴。檀爐滿炷香煤火，紈素披霜白髮侵。莫息錫山遺響卷八（弘治間刻本）

『撼』：武進董氏誦芬室寫本錫山遺響作『打』

王佐

佐字汝學，號桐鄉，瓊州臨高人。少孤，受業於丘濬。弱冠，由邑庠生領明正統十二年丁卯鄉薦。成化初，授高州府同知，歷官邵武、臨江府同知。所至清廉愛民，爲人質直，始終不得擢升。卒年八十五，著有雞肋集十卷、瓊臺外紀等。

灘村四景

熙熙暖日映花嬌，習習和風捲嫩蕉。時雨過空西望遠，遠灘灘水繞平橋。

濃陰好愛西橋過，影午交枝幾樹榕。鍾秀地形山疊疊，鬬聲灘勢水重重。

分洲小水秋蘋白，接渚平田晚稻香。雲薄掛枝疏葉落，村前對坐午天涼。

鴉歸晚樹半黃昏，景寂孤吟坐掩門。斜日短天寒極目，冷雲含雨暗村村。王桐鄉先生雞肋集卷三（一九一六年美山王氏重刻本）

韓殷

殷字阜民，號雪鴻，廣東番禺人。明景泰五年甲戌進士，歷刑部郎中，伸理冤抑，不避權要，人稱韓鐵筆，著有雪鴻稿四卷。

讀剪燈餘話代田洙和薛濤四時迴文詞韻

春

花枝滿院朝啼鳥，柳線垂階晚擺風。霞映夕陽斜拂樹，雨添春水細滋松。

夏

凉生綠竹温風軟，暑滌清流夜氣寒。香墜荔枝紅簇簇，影欺荷蓋翠團團。

秋

蘆外水聲秋瑟瑟，樹前山色曉蒼蒼。孤舟一夜驚心客，慘慘長愁獨望鄉。

冬

天連水也雲連野，月滿關兮雪滿城。鮮火爇燈紅潑潑，疾風飄鬓冷清清。

温汝能粵東詩海卷十五

閔珪

珪（一四三〇—一五一一）字朝瑛，浙江烏程人。明天順八年甲申進士，授御史。成化中，以右僉都御史，巡撫江西。弘治時，官至刑部尚書、左都御史，執法平允，以不阿劉瑾告歸。著有閔莊懿公詩集八卷（萬曆十年閔一范刻本）。

次人韻二首

烟村遠火漁歸晚，夜榻寒窓客梦頻。天雨暮雲孤去鴈，隴梅殘月半經春。

花落徑苔春過雨，珮鳴窓竹夜敲風。霞晴晚映天邊樹，粉褪香清磵畔松。

初　春

香閤煖烟茶煮雪，紙窓疎影月移梅。陽春轉眼回庭草，舊話誰同對酒杯。

客舘偶成

書映雪窓明月淡，篆銷雲幕綠樽空。虚堂夜梦寒欹枕，客舘孤衾冷透風。

端午和張來儀韻

輕烟翠柳官亭小，霽雨新凉夏日長。清梦午窓閒語燕，暖風薰葉艾生香。

雨　中

平田野水新添雨，碧樹江汀遠没沙。傾屋土墻陰蝕蘚，絶炊晨竈冷鳴蛙。

祁　順

順（一四三四—一四九七）字致和，號巽川，廣東東莞人。明天順四年庚辰進士，授兵部主事，轉員外郎。成化中，使朝鮮，不受金繒聲伎之奉，官終江西左布政使。著有巽川祁先生文集十六卷（康熙二年在滋堂刻本）。

菩薩蠻 秋興回文

靜窗閑掃秋風冷，冷風秋掃閑窗靜。疎影落高梧，梧高落影疎。　興孤憐酒病，病酒憐孤興。枯雪點眉鬢，鬢眉點雪枯。

亂山青映孤村遠，遠村孤映青山亂。樓上懶觀遊，遊觀懶上樓。　卷書尋侶伴，伴侶尋書卷。秋過謾多愁，愁多謾過秋。巽川祁先生文集卷八　許玉彬、沈世良粵東詞鈔

黄仲昭

仲昭（一四三五—一五〇八）名潛，號退岩居士，福建莆田人。明成化二年丙戌進士，選庶吉士，授編修，甫三月被命翰林官，以直諫被杖，謫湘潭知縣，又改南京大理評事，後以養親不出。弘治初起江西提學僉事，久之乞歸。日事著述，學者稱未軒先生，有未軒公文集十二卷補遺二卷（雍正十三年黄氏翻明刻本）。

秋夜回文

絃管雜歌謳，坐間行篳幽。蟬聲幾樹暝，雁陣一天秋。烟寺僧敲磬，月樓更轉籌。年華任醉飲，興適即忘憂。未軒公文集卷八

徐　演

演字文敷，湖廣南郡人（荆州右衛軍籍）。明天順四年庚辰進士。成化八年，官山西提學僉事。

遊晉祠回文詩

停驂喜徑度香風，疊疊雲山四望同。亭列殿嚴分小大，路開橋駕各西東。靈祠古栢蒼岩聳，異境清泉碧海通。形勝覽碑高拂袖，冥冥潤物顯奇功。嘉靖太原縣志卷六

『岩』：道光太原縣志卷十四作『崖』。

光緒間，劉大鵬晉祠志卷十一金石遊晉祠回文詩碣：『憲宗成化八年，山西提學僉事徐演留題，賜進士及第文林郎知文水縣事高安跋并楷書，凡三十餘行，字工整秀雅，疎疎落落，蔚然可觀。然就剥落失其本真者多，石高八寸有奇，横三尺一寸五分。在勝瀛樓西北隅壁間，西嚮。詩云，停驂喜徑度香風，疊疊雲山四望同。亭列殿嚴分小大，路開橋駕各西東。靈祠古柏蒼巖聳，異境清泉碧海通。形勝覽碑高拂袖，冥冥潤物顯奇功。晉陽之西南指今太原府城非指太原縣也四

十里許有晉祠焉。其祠據巖（即懸甕山）立殿（即聖母殿）殿下有泉（善利、難老二泉並魚沼泉水）混混而出。故殿之左右設二圓亭（左曰善利泉亭右曰難老泉亭）以接其兩流。分設河渠（北曰海清北河，一名智伯渠，南曰鴻雁南河，鴛鴦中河，陸堡河）以達於東西，近若太原（溉邑之半）清源，遠若交城、文水（晉水退入汾河三處即可蒙利）咸蒙其利澤，其色則瑩，然而澄澈（李白詩晉祠流水如碧玉）其性則又温暖（冬温暖而夏則涼）而甘冽（遊客不換肚腸）即久旱而未嘗少涸（故曰難老）况又山青水綠，氣象森然，晉陽之勝，莫過於是。故□□□□之盛，良有以也。迺成化八年，歲次壬辰夏六月二十有七日，刑部員外郎□□□□□文衡徐先生奉敕特來山西欽任（未解）按察使分巡道、□□□僉事鄭公道經兹祠，□□□□□□以風同東通功爲首韻，以賓欣□亭□□回文賦詩一律，既而按臨文陽□請之政出以示余。余嘆其句工而切，意婉而□，信足以表古祠之勝，得詩人詠物之妙，遂命鎸石以識於悠久云。先生名演，字文敷，南郡人。鄭公名玉，字時用（常熟進士）東吴人也。賜進士第文林郎知文水縣事、古睢高安拜手謹識』。

劉永德晉祠風光云：『勝瀛樓廊壁嵌有石刻頗多，明成化徐演題回文詩碣，高安跋并楷書蔚爲奇觀』。

陸容

容（一四三六—一四九四）字文量，號式齋，江南太倉人。明成化二年丙戌進士，授南京吏部驗封主事，進兵部職方郎中，累遷浙江布政使司右參政。弘治六年，以忤權貴罷歸，越歲卒。與張泰、陸釴齊名，時稱『婁東三鳳』。著有式齋先生文集三十七卷。

驛樓晚眺回文

樓高見樹映明霞，岸近踈林半落花。舟泊曉烟人寂寂，秋江一水没汀沙。

樓上晚晴天澹霞，鳥啼閒樹草生花。舟横野渡平潮長，秋色一天雲映沙。　式齋先生文集卷三十五歸田稿

張　海

海字文淵，山東德州人。明天順三年鄉試第一，成化二年丙戌進士，授户科給事中，進都給事，以剛直著稱。累官至兵部左侍郎，降山西右參政，致仕。

次鄧繼申秋江送别回文詩韻

何如悵别此停舟，滚滚長江一送愁。荷葢翠藏秋鷺宿，樹煙濃對曉山幽。歌來暗想花驚眼，賦罷新愁月過樓。波浪碧摇帆影碎，多情正是可人遊。　宋弼山左明詩鈔卷二　程先貞安德詩搜卷一（山東省圖書館藏稿本）

趙德相

德相一字汝弼，江南歙縣巖鎮人。著有復齋遺藁。

古巖

行行一徑野煙寒，寺外橋横石澗環。清話梵牀連雨細，定心禪榻共雲閒。聲聞磬擊風摇水，影見燈懸月吐山。晴院塔前巖樹古，鳴泉冷漱玉潺潺。程敏政新安文獻志卷五十八

吴玉

玉字廷獻，四川内江人。明成化二年進士。仕至廣西提學副使。博綜典籍，歷官所至，以文學稱，嘗補修邑志，年九十七卒，有崑齋詩、集句等卷。

遊西林寺迴文

空門梵刹舊西林，斷岸長江抱遠岑。紅落雨花桃碎錦，翠含風線柳垂金。工詩賦客何歡劇，足水田家幾度深。驄馬我遊春景麗，蔥青滿路趂幽尋。同治資州直隸州志卷二十一

王孜

孜字彦恒，别號平川子，江南蕪湖人。與程敏政爲友，著有振衣亭集四卷（嘉靖間刻本）。

採茶歌回文

茶官了得知多許，活計生來春裡雨。紗映肉紅衫袖長，芽初採去誰同女。

採桒歌回文

文錦織回絲剩少，葉無歸怕飢蠶老。紛紛亂鬢綠垂雲，裙濕露時常起早。

採蓮歌回文

腸斷遠來歌處幾，晚風香覺涼生齒。長絲藕得見湖西，郎似好花紅漾水。

採菱歌回文

飢腸正晚兒思母，小艭愁風回北浦。遲採手傷紅刺纖，誰知妾命生來苦。振衣亭稿卷一擬

歌辭樂府

單于

于（宇）字時泰，號菊坡，江西臨川人。明正統四年己未進士，歷嵊縣、諸暨、侯官知縣，

爲政清廉。英宗朱祁鎮被虜，上書請罷監軍内官，又請毀王振所建大興隆寺。著有菊坡叢話二十六卷（明成化九年刻本）。

和詩

潮平繫纜把杯傾，舉火漁家幾處明。橋小隔村孤寺遠，館幽通逕一池清。迢迢野色秋雲淡，漠漠汀煙晚樹晴。遥望别峯仙跡古，蕭蕭荻岸釣絲輕。菊坡叢話卷二十三

菊坡叢話：『正統己未，予以進士觀政刑部，廣東清吏司與貴州司同一堂。主事吉水王佐能詩。一日，自書古回文詩一首，謂吕洞賓作。詩曰，潮回暗浪雪山傾，遠浦漁舟釣月明，橋對寺門松逕小，檻當泉眼石波清，迢迢綠樹江天曉，靄靄紅霞海日晴，遥望西邊雲接水，碧峯千點數鷗輕。强予和之。予依韻和曰，潮平繫纜把杯傾，舉火漁家幾處明。橋小隔村孤寺遠，館幽通逕一池清，迢迢野色秋雲淡，漠漠汀煙晚樹晴，遥望别峯仙跡古，蕭蕭荻岸釣絲輕。當時趂韻而和，後見别集前詩乃宋人周明老題龜山之詩，非吕洞賓作也』。

張旭

旭字廷曙，號陽堂主人，江南休寧人。明成化十年甲午舉人，二十年始授浙江孝豐知縣，未幾調廣東高明，復轉河南伊陽，自謂『其官益窮』。爲詩長於集句，著有梅巖小藁三十卷（弘治十七年刻本）。

陽堂別墅落成志喜二首

松梅是我老心知，雅思幽山此得宜。東閣暖風春酌酒，北窻寒月夜吟詩。紅兼粉蝶花間樹，綠映青鸞竹外枝。童稚有時調鶴舞，空庭草色日遲遲。

青峰遠對屋頭山，簇簇花連碧樹灣。鶯囀巧聲風送暖，鶴飛孤影月生寒。晴鄉醉覺閑中夢，好景詩成畫裏看。城近也知偏地迥，笙吹夜聽似鳴鸞。梅巖小藁卷八

目録題作陽堂別墅二首

癸亥年九月六日進訴冤本十一日奉聖旨着該衙門知道蒙都察院轉行巡按河南監察御史處聽理喜而有作

冤情我奏一章封，令節逢秋到九重。恩賜大蒙真聖主，戰兢重覩快飛龍。吞聲不得明三事，雪恥方將斬四凶。喧負自能心補報，文明此際遠臣忠。

予因清出刁民楊淵、孫能等賣放埋没軍士張仁、張黄犍等一十八名，被伊各同弟生員孫裕、楊淮校讐排陷誣，罰伊錢一千二百文，并受官民賀，蒙上司獎勸旗帳一副及家人騎死官馬一疋虚情，所謂四凶三事如此。梅巖小藁卷十一

目錄題作訴冤本行

别墅早春文會二首和前落成韻時庠友陳天爵等過訪

紅桃炫錦霞蒸樹，白李開花雪綴枝。童少咏歌村路晚，空山一出步行遲。晴天曉洞穿青袍一照白雲山，好信春回九曲灣。鶯弄笛聲風遞巧，蝶藏花影樹生寒。晴天曉洞穿林入，遠景煙村隔寺看。城市近知人境别，笙歌起處下飛鸞。

目録題作早春文會二首

别墅春遊二首和前韻時致仕縣尹程佐時過訪

紅雲暖映新松林向趣此君知，好日春遊醉共宜。東塢竹樓城外境，北村煙景畫中詩。紅雲暖映新花朶，紫霧寒籠嫩柳枝。童僕引前穿曲徑，空天一望遠歸遲。晴陰半稱閒青郊四望一遊山，霽色天開自北灣。鶯出谷飛梭影快，澗流泉響珮聲寒。晴陰半稱閒人醉，竹樹多宜老我看。城外不知元好景，笙簫奏處舞鵷鸞。

目錄題作别墅春遊二首

金陵早春一首和李彦夫盟鷗韻

霜風似聽夜聲寒，客邸驚醒醉夢殘。黄屋曉連天杳杳，紫山春鎖路漫漫。凉生舊褉重添絮，爽透新簪一整冠。忙裏靜思閑事少，慢吟孤韻倚雲看。梅巖小藁卷十四

目録題作金陵早春

菩薩蠻二闋 暮春小酌和朱文公韻

晚桃紅照清池淺，淺池清照紅桃晚。尊滿酒香繁，繁香酒滿尊。　老天春景好，好景春天老。長日曉庭芳，芳庭曉日長。

暮雲飛處多岐路，路岐多處飛雲暮。花映樹横斜，斜横樹映花。　客中閒會集，集會閒中客。醒醉自忘情，情忘自醉醒。梅巖小藁卷二十

弘治十七年長洲吴寬梅巖小藁序云：『回文九章，倒讀之，句法尤妙，此又老杜之所未有者，然則廷曙是集真可以鳴世矣，豈直曰集古而已哉』。

趙寬

寬（一四五七—一五〇五）字栗夫，號半江，江南吴江人。明成化十七年辛丑會試第一，登進士，授刑部主事。歷員外郎、郎中，通究刑律，訟至立解。出爲浙江按察司提學副使。弘

治十八年，進廣東按察使，莅任甫越月卒，年四十九。爲文雄渾秀整，行草亦清潤。著有半江趙先生文集十五卷（嘉靖四十年趙綸刻本）。

江行迴文

塘南泛葉一舟輕，路遠雲山碧處行。香黍早嘗欣歲稔，狎鷗閑對坐江清。觴傳客店村醪濁，釣罷漁航野笛横。涼氣晚含風柳岸，光浮遠水落霞明。半江趙先生文集卷六

『航』：李騰鵬皇明詩統卷十四作『舡』

魏偁

偁字達卿，浙江鄞縣人。由府學生貢禮部，廷試第一，授石城訓導。博涉羣書，以詩文名世，著有雲松詩略八卷（弘治刻本）、雲松近體樂府一卷。

題畫效回文體

鶯啼暮柳碧陰陰，坐石幽彈幾曲琴。名利斷情閒伴鶴，輕花落處惜春深。

遊石城諸山回文

沈沈景外物蒼蒼，徤馬遊山峻路長。深樹亂禽啼日暖，陡崖懸水帶雲涼。尋幽得酒携

閒客，覽勝因詩寄遠鄉。今古愜人何地好，林丘到處拂衣裳。雲松詩略卷四

菩薩蠻回文體

同易提舉輩名園賞花作

曉園花暖蒸香草，草香蒸暖花園曉。蜂蝶戀驕紅，紅驕戀蝶蜂。酒杯歡處有，有處歡杯酒。狂客醉春芳，芳春醉客狂。雲松詩略卷七

梁橋冰川詩式卷二，題作菩薩蠻賞園花隨句回文，云『此體每句隨回，與全篇自尾句至首句體不同，今錄以備，愚意絶句律詩古詩，亦效此體爲之，但未之前聞不敢妄擬』。『杯』：冰川詩式作『杯』，明詞彙刊·雲松近體樂府作『栝』

王鴻儒

鴻儒（？—一五一九）字懋學，先字朝用，號凝齋，河南南陽人。少穎悟，家貧爲府佐書，知府段堅重之，遣入學，遂鄉舉第一，登成化二十三年丁未進士，授南京户部主事，累擢山西僉事，進副使。武宗時，歷官南京户部尚書。甫履任，會宸濠反，命督軍餉，疽發卒。清正自持，爲學務窮理致，時南有陽明，北有虎谷，中有凝齋，稱三王，著有凝齋集。

回文

紅燈一夜徹窓紗，短夢秋幃隔彩霞。風院滿廊空落葉，同心此際鬢添華。李騰鵬皇明詩統卷十六

顧清

清（一四六〇—一五二八）字士廉，號東江，江南華亭人。明弘治六年癸丑進士，授編修，進侍讀。正德時，劉瑾柄政，不附，出爲南兵部員外郎。瑾誅，擢禮部員外郎。嘉靖初，以南禮部尚書致仕。著有東江家藏集四十二卷（嘉靖三十八年孫顧正陽校刻本）。

覽竇氏回文詩愛其音調古擬作六首

神聖興運乘元真，宸嚴尊居端珮紳，禋宗敬事肅秋春，仁賢登揚振幽淪，陳思懷憂隱呻噸。

高岡梧棲鳳鳴和，韶簫按曲引工歌，調鼎金絃玉梅鹺，朝堂明辟列衡阿，巢由軫懷憂如何。

『絃』：文淵閣四庫全書本東江家藏集作『鉉』

江湖放浪狎飛鳧，雙槳畫舟隱蒲菰，瀧風驚夢午酣餘，窓虹貫月夜堂虛，扛鼎巨筆采

椽如。

『橤』：四庫全書本作『漿』

商金淒洌氷絲絃，蒼青湛澄明空煙，昂昂立鶴霜庭前，慷慨抒懷寄詩傳，長路縈心愴華年。皇羲肇文成三五典墳光輝蔚郁深浸涵，緗縹珍襲重籤函，章組謝來歸村南，筐箱蘊藹作老蠶。紋繡重襲密麗綿，筠金間玉續匏弦，分泒九河洪滌宣，薰蘭承蕙藉簡編，墳典遺基隆聖賢。東江家藏集卷三十四歸來稿

朱諫

諫（一四六二—一五四一）字君佐，號蕩南，浙江樂清人。明弘治八年乙卯舉人、九年丙辰進士，任豐城、歙令，遷武定州，擢南駕部，官至吉安知府。著有朱蕩南集、雁山志。

暮春即事寄趙澗邊效晦翁先生回文體

落紅殘景春寒薄，薄寒春景殘紅落。城古遶江清，清江遶古城。別離傷夜月，月夜傷離別。心苦見高吟，吟高見苦心。俞憲盛明百家詩·朱蕩南集

費宏

宏（一四六八—一五三五）字子充，號健齋，鵝湖，晚號湖東野老，江西鉛山人。明成化十九年癸卯舉人，二十三年丁未進士第一，授修撰。弘治九年，改左春坊左贊善。正德中，累遷户部尚書，以拒與幸臣錢寧及寧王宸濠交結，被誣搆，遂乞歸。世宗即位，復起，加少保，入閣輔政，後代楊廷和爲首輔，因遭張璁攻訐，致仕。及璁等去位，再起原官。嘉靖十四年進華蓋殿大學士，尋卒。有費文憲公詩集十五卷（嘉靖間刻本）、太保費文憲公摘稿（嘉靖三十四年吴遵之刻本）、費宏集（二〇〇七年上海古籍出版社排印本）行世。

十二月十三日禱雪齋居枕上聞風聲有感用回文體

颼颼轉聽覺深更，月白看疑雪夜晴。牛喘問應慚職守，鴈鳴哀切念民生。愁多客枕驚殘夢，苦甚農田廢力耕。修德在人天感易。謳吟□□望時清。

是夜枕上復用回文體

心齋自喜絶閑情，遣興詩飜苦思縈。侵歲更憂冬少雪，樂遊誰念冷屯兵。參横遠闕浮雲薄，月照寒枝宿鳥驚。衾擁夜床空愧寢，深恩負國誤升榮。費文憲公詩集卷六

曉枕聞蟋蟀回文

秋初夜枕傍鳴蛩，夢短驚傳曉漏鍾。樓倚獨嗟人事異，野耕閑媿我才庸。留塵舊席吟甘拙，盡量深杯酒愛濃。頭白未應渾老却，悠悠自合契喬松。

又

深齋一榻夜沉沉，砌冷喧蛩類苦吟。心寸折時風颾旆，鬓雙皤處雪垂簪。林園問偏貪遊樂，册簡收多厭討尋。砧素擣殘聽轉急，森踈漸覺曉寒侵。

午睡覺回文

明窓一枕午濤春，適意閑來睡眼慵。清瀹茗芽春焙細，冷便床簟夏敷重。城高過雨聞踈點，野闊垂雲接遠峯。行徑繞池秋向晚，鳴蟬幾樹綠陰濃。

「眼」：費宏集卷四作「眠」

「冷便床」：太保費文憲公摘稿卷四、費宏集作「便床冷」；錢謙益東澗手鈔明詩作「便床[illegible]」謙益、晚自號東澗遺老

「晚」：東澗手鈔明詩作「曉」

回文三首次楊雲鳳韻

苔荒半壁漏痕斜，黯黯春愁送雨花。梅落徑泥香濺屐，樹連雲月淡籠紗。灰心獨坐甘書蠹，戰角閑看咲檻蝸。開甕酒新詩興動，雷陳重誼一械華。右久雨感懷

紅塵軟拂綠袍鮮，雨足春林翠藹烟。蜂鬧午衙趨户外，燕翻晴幕舞樓前。風含弱柳宫腰細，日醉濃花野櫛翩。同調此時聯轡策，融融樂意合人天。右春日喜晴

遊從幾處到村莊，坐久仍添幾炷香。麰熟早收初煑餅，果紅新摘自携筐。疇西水注高溪碧，樹外烟藏語鳥黄。幽靜樂多惟咲詠，悠悠自幸際虞唐。右首夏即事

田園雜興用前韻回文

苔垣寫徧幾行斜，癖句多愁鳥與花。梅雪踏殘銷屐蠟，竹風吟罷岸巾紗。灰燃夜鼎翻湯蟹，日射晨窓綴室蝸。開眼醉餘詩興遣，雷喧過耳壓聲華。

太保費文憲公摘稿、費宏集，題作田園雜興回文用弋陽令楊雲鳳韻，東潤手鈔明詩題作田園雜興回文

『踏』、『壓』：太保費文憲公摘稿、費宏集、東潤手鈔明詩作『路』、『厭』。

二

紅芳晚對喜澄鮮，野綠連空遠抹烟。蜂課辦忙喧圃外，鳥巢營近接簷前。風光醉客吟鞭鞸，水曲傳觴舞羽翩。同志我應先和汝，融和景媚日長天。

三

遊春晚興適西莊，硯滌深池墨漬香。類野雜花閑倚杖，竹園分笋嫩盈筐。疇平徧插秧叢綠，雨苦嫌多水潦黄。幽靜每談農甚樂，悠懷遠慕上歌唐。

「甚樂」：東澗手鈔明詩作「樂甚」

「慕」：太保費文憲公摘稿、費宏集作「幕」

又和雲鳳前韻回文

苔侵坐榻夕暉斜，醉賞春看幾朵花。梅綴遠枝踈染蘗，樹横低牖暗籠紗。灰藏宿燼嘘爐鴨，雨帶腥涎篆壁蝸。開卷舊詩新和徧，雷風快耳播才華。

太保費文憲公摘稿、費宏集題作回文又和雲鳳前韻

「蘗」：太保費文憲公摘稿、費宏集作「壁」

「壁」：太保費文憲公摘稿、費宏集作「壁」

二

遊人幾上水邊莊，隔島花深漲膩香。粹粒細翻紅玉盌，杞叢踈映碧筠筐。疇間稻没群鷗白，草際坡眠雙犢黄。幽地卜居閑擬賦，悠悠苦思遠宗唐。

三

紅糟酒映白魚鮮，小艇漁翁老水烟。蜂蝶任翻春苑内，鷺鷗多伴晚溪前。風隨棹遠歌聲欸，月照蓑輕舞影翩。同醉一尊閑握手，融泥路穩步晴天。費文憲公詩集卷七

夏　暘

暘字汝霖，江西貴谿人。明弘治九年丙辰進士、臨清知州夏鼎之兄。曾任府司獄，有葵軒詞。

菩薩蠻回文

暮天遥映煙林樹。麥草野郊平。遠懷詩興遣。鴉噪夕陽斜。

前　調

竹林青映紗窗綠。啼鳥野花飛。晝長宜講究。新句語驚人。趙尊嶽明詞彙刊·葵軒詞

盧　錦

錦，蜀人，弘治二年己酉除夕，至六年癸丑間寓天長，其他不詳。

辛亥寓天長季冬之夕丹霞溢目遂乘興而遊于邑之東林效迴文體一首

丹霞煉出畫蒼穹，醉客詩狂欲步空。寒夜五雲潛斗北，雪城孤月漏山東。盤蔬薦處飛觴急，玉海驅來落筆雄。歡盡未歸誰是伴，看梅索笑挹清風。嘉靖天長志卷五

張　淮

淮字豫源，江南吴縣人。善吟詠，著有牡丹百咏。錢謙益列朝詩集小傳：『嘗燕一富人家，牡丹盛開，主人謂曰，子能用中峯梅花詩韻，賦百篇乎。豫源信筆成五十首。笑曰，詩腸枯矣。亟呼酒沃之，日未昃，竟成百篇，又回文一首，人以爲神。性嗜酒，朝暮不離杯勺，沈醉墮水而死。豫源牡丹詩，都玄敬序而刻之』。伍餘福苹野纂聞：『晚而孤貧，就館琴川錢氏』。王錡寓園雜記卷下：『年三十五，客死顧山周氏，藁本多散落不存』。李詡戒菴老人漫筆卷七、日本祇園瑜湘雲瓚語卷上都有記述。

牡丹二首

華浮月夜靜飛神，妙出天工奪畫真。斜葉趁風摇翅蝶，艷姿嫌酒病心人。霞翻麗質晴烘日，露浥微香暖涴塵。家世古稱應獨魏，花飄未盡占芳春。

選録此詩者有：錢謙益列朝詩集乙七、古今圖書集成草木典卷二九〇、御選明詩卷一一九，題作回文一首；御定佩文齋廣羣芳譜卷三十三，題作牡丹回文。

「華」：王化醇百花鼓吹、文淵閣本回文類聚作「花」，非。

「奪畫」：列朝詩集、御選明詩作「盡奪」，古今圖書集成、御定佩文齋廣群芳譜作「畫奪」。

悠悠日轉九回腸，怨入遥波碧草芳。流水似情君行薄，斷雲如夢妾心傷。愁生嫩臉花增暈，淚濕嫣腮粉膩香。樓滿月光清夜永，綢衾半擁臥空床。回文類聚續編卷八

文淵閣本回文類聚補遺題下注云：「明詩統内録出」

「綢」：百花鼓吹、文淵閣本回文類聚作「紬」

王　麒

麒號野亭，陝西寶雞人，明弘治十二年己未進士，官吴橋知縣。

初春回文和閆少叅子明韻

陽春布煖薄氷消，綠野抽新染嫩條。霜瓦滲花晞曉日，竹窓鳴雨送寒朝。蒼松愛宿驚空鶴，碧沼分明朗玉簫。長晝喜人佳景媚，堂前繞砌出青苗。傅振商緝玉錄卷三（萬曆四十七年刻本）

樂　護

護（一四七五—一五六二後）字鳴殷，江西臨川人。明弘治十八乙丑進士，歷知宣城、山陽兩縣，精於吏治，擢南京户科給事中，光禄寺少卿，尋以知天文曆法，兼掌欽天監事。嘉靖三年，五星聚營室，廷臣並上表稱賀，獨護以爲非是。禮官劾之，出知宿州。稍遷河南僉事，世宗幸承天行宫，護與地方官械繫幾死，改陜西布政使司左參議，致仕。著有木亭雜稿二十六卷（嘉靖間刻本）。

夜興和丘瓊山迴文菩薩蠻

紗輕閃動燈斜影，竹摇風處虚齋冷。爐炷燼香檀，沉沉月轉闌。　高深何意睡，坐極生新思。詩懷遣寂寥，還盡酒愁銷。

賞松舊體迴文

老年人似青松好，好松青似人年老。霜雪挺蒼蒼，蒼蒼挺雪霜。　鶴鳴驚月落，落月驚鳴鶴。幽客幾來遊，遊來幾客幽。木亭雜藁卷十三

周用

用（一四七六—一五四七）字行之，號伯川，江南吴江人，明弘治十五年壬戌進士，授行人。正德初，遷南京兵科給事中，廣東布政司參議。嘉靖中，歷南京工部、刑部尚書。九廟滅，自陳致仕。後以工部尚書總督河道，官至吏部尚書。爲人端亮有氣概，著周恭肅公集十六卷（嘉靖二十八年周國南川上草堂刻本）。

春日回文四首

樓前過雨輕塵浣，細草春深望客游。流水一川晴繞夢，暮山千里故生愁。

羅衣試暖輕風午，樂處行知盡少年。波點翠萍新過雨，岸沿青柳細浮煙。

春殘送客愁逢醉，酒對空尊一斷腸。新柳官橋河水綠，晚隣深檻倚殘粧。

樓倚暮春深寂寂，柳花依路客愁長。稠陰碧樹深迷影，冷艷紅英落晚香。周恭肅公集卷九

車份

份號改軒，浙江會稽人。明成化十九年癸卯舉人，二十三年丁未進士。弘治九年任廣東潮州同知，創修府志，官至慶遠知府。有改軒詩集八卷（弘治刻本）。跋云『弘治丙辰，改軒先生來貳吾潮，政暇輒召諸生，親課其所業』。

回文四首

青絲細染草茵柔，綠鎖寒烟柳外樓。屏對遠山春過雨，庭前滿地落花稠。
蒼蒼樹色野橋西，落日山窓一鳥啼。涼簟竹邊亭好睡，香風晚遞綠荷堤。
孤燈夜對客愁多，滿沼秋霜敗芰荷。枯葉樹頭江月落，烏驚驟過雨鳴蓑。
梅窓月照影團團，凍結銀壺滴漏乾。哀雁一聲殘破夢，開門未起曉添寒。 改軒詩集卷七

陳霆

霆字聲伯，浙江德清人。明弘治十五年壬戌進士，授刑科給事中。正德初，以忤劉瑾，謫判六安。瑾誅復起，仕至山西提學僉事。工詩詞、古文，留心風教。著有水南稿十九卷（正德五年刻本）。

春暮廻文

濛濛落絮閑庭小，寂寂垂簾綉閣空。風扇暖塵香盡捲，紅桃泛去水流東。水南藁卷四

黄元釜

元釜（一四八〇—一五五九後）字丁山，浙江餘姚人，著有丁山先生集。

次錢塘廻文

潮平兩岸拍天傾，浪滚紅毬映日明。橋小上堪乘馬瘦，石奇下可溜泉清。迢迢路遶煙郵晚，拂拂風生野樹晴。遥處幾多頻著眼，利名爭逐亂帆輕。黄宗羲黄氏攟殘集

游　潛

潛字用之，號夢蕉，江西豐城人。明弘治十四年辛酉舉人，肄業太學，銓試第一，授雲南賓州知州，被劾致仕。著述甚富，學者稱几山先生，有夢蕉存稿四卷（明刻本）。

閑居即景効廻文體

雛燕雙飛綠草庭，弱絲如絮颺風輕。踈簾翠影花摇落，爐獸香飄春晝清。

流水溪橋接岸沙，雨飄紅點亂飛花。洲邊樹色山邊寺，樓倚閑雲江日斜。

雲漱飛流石竇寒，碧苔晴沁露漙漙。芸香透紙吟牕曉，馴鶴雙巢松舘閑。

『江』：何喬遠皇明文徵卷二十一作『紅』，選此一首

霏霏細雨濕簷茆，點點香泥落燕巢。飛蝶趂風花日永，堤連翠色樹陰交。

崦閣晴雲出澗松，碧天凉月夜溶溶。纖羅扇影流螢小，簷滴秋聲一笛風。

森森翠竹野庭秋，白點江波落暝鷗。深岸荻風輕滚絮，陰雲蕩日晚横舟。

雙螺翠影蘸林煙，落日江流水接天。黄菊野風秋處處，凉生檻樹亂鳴蟬。

梅閣東風泛酒瓢，月籠寒色夜飄飄。開軒傍竹編籬小，醅潑曉山青過橋。

李騰鵬皇明詩統卷三十六，選一至七首，評云『迴文之體，絶不牽强，圓熟穠麗，可當妙品』。

山居二首効迴文體

鶯啼柳院晝陰陰，落盡花香石徑深。清夢宿連池草緑，晴軒小坐獨餘吟。

風摇翠影竹窗虚，硯石寒凝淚眼鸜。通澗有泉清遶檻，溶溶淡碧漾紗厨。

夢蕉存稿卷二

黄嘉仁

嘉仁字半山，浙江餘姚人。明成化五年己丑進士、江西提學僉事黄韶從子（古今圖書集成文

學典卷九十七）。著有半山先生集。

廻文二首

天倚青山一户開，綠苔生地絶塵埃。先春報柳藏鶯早，晚歲栖松有鶴來。賢聖對時書滿架，主賓權處酒盈盃。年年度盡忘名利，烟外溪山新柳栽。

山外郊遊記品題，雨過春柳隔鶯啼。寒消草野新生發，暖逼花林半整齊。斑竹亂圍山角寺，翠松高卧石頭溪。還思倦客歸途晚，閒鳥棲時紅日西。黄宗羲姚江逸詩卷十一　黄氏攟殘集

夏言

言（一四八二—一五四八）字公謹，號桂洲，江西貴溪人。明正德十二年丁丑進士，授行人，擢兵科給事中。嘉靖十年，任禮部尚書。十五年入閣，除禮部尚書兼武英殿大學士。十七年冬，繼李時爲首輔。二十一年，被嚴嵩排擠去官。二十四年重新起用，未幾，因支持陝西總督曾銑收復河套之主張，奪職放歸。嵩又指使仇鸞草奏誣以受賄交通奸利，與銑同時棄市。詩文宏整，尤長詞曲，著有夏桂洲先生文集十八卷（崇禎十一年吳一璘刻本），桂翁詞六卷（嘉靖間刻本），桂洲先生詞九卷（萬曆間刻本）。

菩薩蠻迴文 秋夜

碧空秋浸涼雲夕。微月澹輝輝。露含花濕霧。幽閣傍螢流。

又 弋陽道中　十九歲作

落鴈寒汀煙漠漠。流水野塘秋。露幽藏古樹。明月伴人行。 夏桂洲先生文集卷七

何景明

景明（一四八三—一五二一）字仲默，號大復，河南信陽人。八歲能作文，十五中舉人。明弘治十五年壬戌進士，授中書舍人。正德初，劉瑾用事，謝病歸。瑾敗，以薦除中書。正德間，官至陝西提學副使。主張『文必秦漢，詩必盛唐』，與李夢陽齊名，並稱『何李』，又同邊貢、康海、王九思等爲『前七子』。著有何大復先生集三十八卷(乾隆十五年賜策堂刻本)。

無題回文

絃中曲怨不同調，早見相如病骨銷。眠獨夜烏啼渺渺，夢多春草碧迢迢。烟生暗閣鸞沉鏡，月落空樓鳳罷簫。年往恨花飄水逝，傳書有鴈一停橈。 何大復先生集卷二十六

顧應祥

應祥（一四八三—一五六五）字惟賢，號箬溪，浙江長興人。明弘治十八年乙丑進士，授饒州府推官，歷廣東僉事，擒剿海寇雷振等，半歲三捷，累遷刑部尚書，奏定律例。時嚴嵩擅權，應祥以耆舊自處，嵩不悦，以原官改南京，尋致仕歸卒。著有箬溪歸田詩選一卷

廻文菩薩蠻一首

横溪一帶烟凝碧，晴峯遠映槐庭日。村徑曲穿林，芳塘夕度陰。　輕涼微動竹，隔圃幽鳴玉。亂風吟午松，疎雨過亭空。箬溪歸田詩選

楊慎曰：『此詞最難，古今有數』趙尊嶽明詞彙刊·箬溪詞題作菩薩蠻回文

熊威

威字廷儀，福建將樂人。明弘治間舉人。

八景回文

金溪滿鏡流明月，玉洞雙尖鎖翠雲。霖化紫虹橋罣綵，日騰丹靄岫鋪紋。吟風雪霽山

頭白，滚浪花浮水面醺。簪組總乘驂馬駟，俊英多學道南文。弘治將樂縣志卷十三

三華八景：桃溪春漲、虹橋暮雨、五馬晴嵐、九仙霽雪、玉洞秋雲、金谿夜月、龍岫烟霞、龜山紋誦。

『道南』：道南書院，在龜山下

張綖

綖（一四八七—一五四三）字世文，江南高郵人。明正德八年癸酉舉人，八應會試不第。謁選爲武昌通判，遷知光州。後歸隱南湖，自號南湖居士，構草堂數楹，貯書幾千卷，晝夜誦讀。著有詩餘圖譜，張南湖先生詩集四卷（嘉靖三十二年張守中刻本）。

宫詞迴文

東窓小立暗銷魂，往事傷時淚滿襟。紅燭剔殘更寂寂，玉釵敲斷信沉沉。慵粧曉鏡羞眉小，懶調春琴怨思深。重鎖獸門朱院静，空房冷落翠屏金。張南湖先生詩集卷一

回文集卷二十六　目録

回文集卷二十六

楊　慎

慎（一四八八—一五五九）字用修，號升庵，四川新都人，明正德六年辛未舉進士第一，授修撰。嘉靖初，充經筵講官，召爲翰林學士。大禮議起，上疏力諫，遭廷杖，削籍，遣戍雲南永昌衛，卒。慎投荒三十餘年，博覽羣書，明世記誦之廣，著述之富，亦當第一。有升庵全集，升庵長短句二卷續集二卷（嘉靖間刻本）。

回文菩薩蠻

遠林平望明霞晚。晴野渡雲輕。夜凉新月掛。星點數流螢。升菴長短句卷一

趙尊嶽明詞彙刊·升庵長短句卷一，題作菩薩蠻回文

華　雲

雲（一四八八—一五六〇）字從龍，號補庵，江南無錫人。少師事邵寶，又出王守仁門。明嘉靖二十年辛丑進士，授户部主事，官至南京刑部郎中。性豪爽，喜接引人才，嚴嵩用事，

遂乞致仕歸。築真休園，藏法書名畫甚富，工文辭，著有勾吳集五卷（萬曆刻本）。

病起新晴戲作回文詩

觴咏自軒東，墻低暎日紅。半秋惟落葉，長夜猶鳴蟲。雨細波紋碎，香消篆縷空。鬢霜驚我老，傷感爲詩窮。勾吳集卷二

丁　奉

奉（一四八九前—一五四三）字獻之，號南湖，江南常熟人。明正德二年丁卯舉人、三年戊辰進士，官至南京吏部郎中。丁内艱歸，旋有旨諭部擢用，疏懇乞休，遂以原職致仕，年僅三十八。著有南湖先生文選八卷補編一卷（萬曆三十二年丁汝寬刻本）。

回　文

湖滿青山晚放晴，病翁舒步小詩成。孤雲白處斜飛鶴，返日黄時倦囀鶯。菰漫雨痕溪汗浸，樹連天影岍崢横。吴東泊棹收江險，鱸釣當門繞杜蘅。南湖先生文選卷三

迴文雜興三首

雨窓眠枕静，雲嶺對盃閒。古今空擾擾，鬢髮自斑斑。

其　二

踏爐紅蔫暖，披罽紫凌寒。颯颯風吹地，秋聲萬葉殘。

其　三

芳墅一生資，種耕怡拙蹇。黄禾晚粒圓，碧菜寒根軟。

回　文

清風柳陌斜拖杖，皎月松溪遠弄舟。情愜艷花春冉冉，夢隨飛蝶夜悠悠。　南湖先生文選卷四

回文　雜興節錄二首

畫軸單懸壁，詩編滿貯樓。暇日多高興，動名比浪浮。

其　二

覆傾多顯貴，聞見歷平生。碌碌空人世，穹蒼自否亨。　丁南湖先生文選補編

桂華

華字子樸，江西安仁人。大學士桂萼兄。明正德八年癸酉舉人，官萬年縣，著有古山先生文集四卷（明刻本）。

雪中見梅憶去年丹陽道中感而有作擬晦翁回文體

素蕊寒梅墻倚莫，莫倚墻梅寒蕊素。湖映雪山孤，孤山雪映湖。去年流落花邊路，路邊花落流年去。無情有淚珠，珠淚有情無。

又對雪夜飲

琢玉如堆簷折桷，桷折簷堆如玉琢。雙雀凍喧窻，窻喧凍雀雙。數呼還盡瓶醪酒，酒醪瓶盡還呼數。缸酌夜殘釭，釭殘夜酌缸。　古山先生文集卷三

王留

留字存甫，號南郭，江南常熟人。王槐從弟。明正德五年庚午舉人，嘉靖十四年任饒州府通判。有才名，所著廻文詩稿，人傳誦之，卒年八十餘。

王留廻文詩稿，今佚。張應遴海虞文苑録其詩十九首（萬曆三十八年刻本）。

山亭蚤起 廻文五言絶句

小亭一池臨，栖鶴伴翁吟。曉月孤猿嘯，鳥啼亂山深。

雨後出山

帰雲洞樹濕，積雨嵒苔荒。衣刺棘林密，屐粘花瓣香。

江行小景

風回浪拍沙，水接天涵岸。蓬短一梭輕，極目飛雲亂。

其二

田田荇逐浪，嫋嫋荻摇風。船近浮鷗狎，路危愁旅窮。

江亭夜宿

潮生海岸濶，月没江城荒。蕭蕭竹下露，遥望楚天長。

詠梅 廻文六言絶句

細細香生小院，疎疎影散虚亭。趣景西湖絶妙，孤山月白風清。

春日郊行 廻文七言絶句

啼鳥野田春霽雨，落花嵒樹洞生風。西風隴麥䴬晴浪，溪碧枕山涵日紅。

秋日舟中

滔滔逝水流江漢，片片飛雲出岫嵒。高岳海天秋唳鶴，遠沙煙雨莫帰帆。

夏夜過湖

明河月映紅蓮渚，遠島煙連翠竹墟。横渡野航停宿旅，出溪鳴笛有帰漁。

客途有感

風生莽野迷沙黑，日落遥林宿鳥喧。鬔鬙短歌悲失路，空山雪月夜啼猿。

水竹居 廻文五言律

潯湘映玉明，翠羽逼波清。沉緑摇蘭影，蔚岑來鳳鳴。音諧鳥舌巧，浪躍鯉梭輕。尋此從游息，心閒遂逸情。

秋望 廻文五言排律

輕烟澹斜日，遠趣成畫圖。清蘭雜茂芷，落葉殘高梧。聲切悲鴻雁，影翩翻燕烏。晴原倚列嶂，小艇浮平湖。醒夢憐蕉鹿，利名空擲盧。

漁家樂 廻文七言律

寒雲護屋隱蘆汀，霽雨微風曉氣清。殘月嘯歌羌篴短，浴鷗隨艇釣綸輕。丹楓瓣颯青蓑笠，白雲香舂晚稻秔。拚醉一塲名利遠，閒身伴鶴結深盟。

樵夫唱

金聲一動振梧飛，蚤入樵山水映暉。尋藥爲驚羣兎走，轉嵒循踏曉霜微。深行澗畔腰横斧，盡剔蘙林棘挂衣。吟弄載歌商調别，岑危度檐逐雲歸。

田家樂

濠盈水繞畝南東，樹匝溪橋野徑通。膏沃土宜多惠利，忭懽情遂樂年豐。勞勤忘處酣盃酒，報賽忙時走稚翁。鞉鼓鬧村旋足賦，小舟蘭槳蕩輕風。

牧童歌

橋平水漲艸萋萋，遍牧羣兒犢滿堤。喬木翠陰乘旦晝，衮畦春雨潤鋤犁。囂囂自得逃機穽，澹澹常時飽藿藜。遥望野蕪煙渚遠，日斜横篴竹林西。

登拂水嵒

林深隱寺有鐘聞，噴瀑飛崖兩下分。陰樹嘯猿悲薄日，際天帰鳥礙行雲。岑遥漫翠浮松徑，澗曲流紅亂縠紋。今古自開圖畫好，吟還醉墨妙書裙。

鷲山留别書事

飛雲斷岸繫輕舟，酒勸歌勤爲客畱。巍石秀松青繞寺，澹煙晴靄翠凝樓。依依柳巷門墻舊，曲曲溪橋野水流。衣濕雨香花滿道，西山鷲起數聲鳩。

題畫 廻文七言排律

雲山萬壑野橋横，小閣書聲和鶴鳴。羣鳥過林遥度影，隊魚驚浪逐浮萍。紛紛鷺雁蘆汀集，兩兩漁船湖水平。曛夕縱吟高興適，赤楓凝照落霞晴。芸香拂几憑時夢，磴曲盤崖轉陸行。芹獻樂輸忠悃抱，石泉怡老却虛名。海虞文苑卷八

唐　彤

彤，明浙江湯溪人。

九峯禪寺 廻文

重重樹遶寺幽深，古蹟仙巖倚北林。風應谷聲清發籟，霧籠山色淡浮陰。空急飛瀑斜懸布，石聳尖峰翠削簪。松偃舊房禪寂寂，鳥啼空院竹森森。民國湯溪縣志卷十九文徵下

駱文盛

文盛（一四九六—一五五四）字質甫，號兩溪、侶雲道人，浙江武康人。明嘉靖十四年乙未進士。選庶吉士，授翰林院編修。兩典文衡，稱爲得士。時嚴嵩當路，每竊憤之，乞病歸。旋丁内艱，服闋不起，結廬石城山，讀書其中。著有兩溪先生遺集七卷（嘉靖三十九年刻本）。

村居戲效廻文體二首

孤寺遠當山岧岧，小亭幽旁竹青青。圖開晚徑浮雲白，酒共閒人對月明。

『旁』：兩溪先生存集卷六（隆慶三年刻本）、駱兩溪集卷五（萬曆四十一年張時震刻本）作『傍』，古通。

其　二

橫枝柳鎖春烟薄，細蘂花欹曉雨寒。萍渚淨翻魚潑潑，竹窓幽哢鳥關關。兩溪先生遺集卷五

『哢』：駱兩溪集作『弄』

趙　鑒

鑒（一四九六—一五六〇）字子剛，號曲涯，江南江陰人。明嘉靖元年壬午舉人，任江西南昌府推官，雪冤獄，戮妖僧，定疆界，以靖豪右。調雲南大理，丁父憂歸。與文衡山、王仲山交契。

秋晚廻文

涼風帶雨透窗西，晚步徐行獨杖藜。長渡野航乘客旅，碧流溪渚傍鳧鷖。香浮水面池

蓮落，氣靄山頭嶺路迷。荒徑四邊閒極目，滄溟半熟稻連畦。夏孫桐江上詩鈔卷十八

華　察

察（一四九七—一五七四）字子潛，號鴻山，江南無錫人。明嘉靖五年丙戌進士，選庶吉士。當軸者不悦，出爲户部主事，進車駕郎中，翰林修撰、侍讀。十八年，使朝鮮，劾罷。起侍講學士，掌南京翰林院事。丰裁峻厲，不肯詭隨，乞歸。工詩，著有巖居集。迴文見皇華集（萬曆三十六年朝鮮寫刻本）。

翠屏山即事作迴文一律

屏雲翠染玉溪前，影蕩輕波碧浸天。汀柳細遮陰洞石，澗芹香帶暗流泉。青山遠送愁中雨，緑草新含野外煙。亭畔水聲松畔屋，清風晚渚傍鷗眠。己亥皇華集卷二

康太和

太和字原中，號礪峰，福建莆田人。明嘉靖十四年乙未進士，選庶吉士，授編修，預纂大明會典，歷翰林侍講學士，以不附嚴嵩，久不得遷，進南京禮部侍郎、工部尚書。四十二年致仕，萬曆初卒，年八十，著有礪峰集。

秋閣回文

前山萬葉落田田，短鬢雙看悵往年。眠聽夜烏啼帶月，夢牽秋水碧連天。娟娟竹靜亭簾卷，晶晶雲棲閣樹懸。仙集共誇方外景，筵開漫奏曲中絃。

歲晚回文

潺潺水落江邊岸，渺渺雲牽望外天。山遠唳鴻羣帶雪，渚寒鳴鶴獨含烟。顏衰對景羞多病，宦拙藏身任去年。閑裡客懷吟歲晚，調高誰唱郢中篇。御選明詩卷一一九

黄　峨

峨（一四九八—一五六九）字秀眉，四川遂寧人。工部尚書黄珂女、新都修撰楊慎繼室。能詩詞，散曲尤著名，有楊夫人樂府。今新都黄夫人祠，爲省級文物保護單位。

卷簾雁兒落

難離別情萬千，眠孤枕愁人伴。閑庭小院深，關河傳信遠。魚和雁天南，看明月中腸斷。

任訥散曲概論卷二回文體：『此體曲中極少見，元瑣非復初中原音韻，謂周德清所作樂府，有回文體，並舉畫家名有數家嗔，人門閉却時來問二句，謂皆往復二意，今省其句，不盡可

解。楊夫人詞曲内有下列一調，殆亦此體，惟有調與尋常雁兒落作五言四句者不同。順讀其詞，爲六六五五五六，共六句，五韻，倒讀其詞，若仍用原法，則第三四五句皆甚勉强，舍此更無他例』。

朱讓栩

讓栩（？—一五四七），明太祖第十一子朱椿五世孫，正德五年襲封蜀王。創義學，修水利，孝宗賜書，贊其忠勤。著有長春競辰藁十三卷餘藁三卷（嘉靖二十八年蜀藩刻本）。

思檜峯回文一首

春暮正逢閑寂寂，夜闌當月挂孤桐。人亡世遠幽窻冷，鳳去音疎别院空。長春競辰藁卷七

周宣，别號檜峯，官承奉。

迴文七首

新春紀興

芽萌暗柳知春始，遠嶺南枝蚤落花。斜吹謾侵來閣牖，夕陽低照射窻紗。霞横鬪陣鴉藏樹，月漾波羣鯉宿沙。華露滴松蒼徑滑，懶蜂慵蝶倦飛衙。

其二

衙閑政暇身心懶，靜卧幽窻上日華。沙立鷺霆拳曉霧，塞穿鴻隊帶晨霞。紗新試剪輕裁正，紵舊踈紉紩敝斜。花苑馥芬香秀茁，草山青蒨茁茶芽。

其三

芽茸草望連堤遠，岍夾舒容野笑花。斜抹半林煙鎖陌，淡籠篷牖霧侵紗。霞殘對艇漁收罟，日落歸鞭牧踐沙。華月轉樓鐘啓未，晏堂暄鼓退公衙。

其四

衙空别組辭留懶，寞寂閒餘過歲華。沙際起鷗衝淺渚，海濵來鶴背輕霞。紗巾毿服頻客淡，短屐褰衣倚仗斜。花覆矮墻春正豔，野塘平水刺鍼芽。

其五

芽開柳絮飛空遠，白片飄簾舞雪花。斜滸狎鴛眠燠隰，大梁高燕拂清紗。霞輕散彩鸞翔漢，地靜行紋蟻篆沙。華色減深春已暮，徃来蜂謾報嚖衙。

春齋陰雨

樓高起韻角聲悠，靜院春寒伴客愁。流水泛花閑蕩蕩，野雲迷草斷浮浮。籌移漏轉更初雨，燭傍香微晝色收。幽枕獨聽頻徹夜，蚤歸心去已難留。

端　陽

盈杯酒美粽堆盤，艾虎懸門百眼看。鶯立耀花榴火噴，燕穿迷葉柳煙繁。明陽午景方開宴，永晝嘉時謾樂歡。清節好酬今喜近，傾罇已對月光闌。長春競辰藁卷十一

楊　黼

黼，號存誠道人，明雲南太和蟠溪村人，白族。博學工篆籀，好釋典、隱居不仕。庭前有大桂，縛板樹上，題曰桂樓，日夕偃仰其中，注孝經數萬言。父母没，營葬畢，入雞足，棲羅漢壁石窟山十餘年，壽至八旬。所撰山花碑，今在大理作邑鄉慶洞莊聖源寺。

回文詩

東西隔岸兩林花，觀賞同游勝景佳。紅蓼躍魚金漾水，白萍宿柳玉堆山。松邊玉鎖深雲洞，柳外雲横暮日斜。鐘扣每聞山寺遠，峰高接漢聳飛霞。大理師專學報（一九九一）

此詩按白族音韻，用韻合律，回讀東韻，更爲工整

吕希周

希周字師旦，浙江崇德人。明嘉靖五年丙戌進士，選水曹主事，提督清江，進員外郎，分建北郊。十年，遷刑部郎中，出典廣右鄉舉考試官，又典武舉考試官，調兵部職方，改吏部文

選，官至通政使。著有東匯詩集十卷（嘉靖三十三年吕端甫刻本）。

遊僲廻文

青谿遠引緑蘿重，馭鶴乘風邁角龍。靈液沁崖揮玉斚，逸塵飄顥棄金墉。皇明拂漢騰丹影，翩迅凌苕側素容。娱娗撫徽揚妙曲，佩環清露月華濃。東匯詩集卷三

秋仲喜雨廻文

清風帶雨灑平疇，寂寂玄霄碧火流。泓漲静涵澄遠岫，浪花飛激盪淵丘。砰轟志喜亭名永，葉下琤鳴夜氣幽。耕耨自看遠顥栗，計時田畯獻甌窶。

上丁拜聖胙廻文

犧牲錫燦等瓊璵，簠簋分光曜星閭。鼉祉惠時霑聖酒，鼓鍾神保侑盈畬。遲遲獻饗昭燔烈，蕩蕩公明一毁譽。萎哲豈疑猶在望，泣麟遺恨尚欷歔。東匯詩集卷七

夜燕後樂園池上臺待月廻文

臺崇護翠匝清池，席綺逾光待月移。灰埸暗雲棲宿鳥，夜珠明彩布柔枝。瑰窓四徹銷

蒸暑，錦轂雙翔散履綦。回首仰瞻清景繫，朗暉終夕蔭華櫰。東匯詩集卷八

『櫰』：原文，疑爲『褱』字之誤。

招隱廻文

珣璘漱玩枕清流，竹栢棲雲翠幄稠。塵外軫袪安浚谷，汜前阿曲對廻湫。蓁蓁蕙薄林巢結，靄靄楓嵐錦嶂浮。晨霽息行周覽倦，石橫谿絶藐溟州。

攄衷廻文

凝霜被藿翳紛披，夕暮看成醜老姿。蟋抱樹梢寒露咽，鶴盤雲影薄風疲。憒騰夢破幽光曖，往復年嗟逝水瀰。軏駕遠睗晞濯髪，際天明宿爛驅馳。東匯詩集卷九

羅疑

疑，湖南桂東人。明宏治朝貢生。

八面山早發

西崖落月曉山天，客夢驚殘響激泉。低蘂露翻花郁郁，滑泥雲隱草芊芊。溪邊石渡愁

馳馬，路上沙凝漫舉鞭。迷徑險欹峰面面，谿深繞樹碧籠烟。光緒彬州總志卷三十七

龔用卿

用卿（一五〇〇—一五六三）字鳴治，號雲崗，福建懷安人。明嘉靖五年丙戌進士第一，授修撰，擢左春坊、左諭德兼翰林侍讀，預修明倫大典、明會典，官至南京國子監祭酒。十六年，奉使朝鮮。有使朝鮮録一卷（明刻本）、雲崗選稿二十卷（萬曆三十五年龔燿刻本）。

出漢城戲作回文體

飛雲野色樹蒼蒼，曉日晴籠沙霧黄。歸鴈送聲傳塞草，囀鶯流韻賦堤楊。衣沾露氣花枝好，杖倚山光水路長。扉掩半窻溪漾緑，霏霏谷逕曲芬芳。青煙谷隱寺，緑草溪平橋。城石依山斷，野林轉徑蕭。晴雲出島岫，古路連漁樵。清興悠然豁，旌旄度海遥。丁酉皇華集卷二（萬曆三十六年朝鮮寫刻本）　使朝鮮録

雲崗選稿卷六録七律一首

趙完璧

完璧（一五〇〇—一五八〇後）字全卿，號雲壑，晚號海壑，山東膠州人。由例貢入監，授兵馬司指揮，執法不避權貴。明嘉靖三十三年，忤九門提督陸炳，被誣下獄，適與楊繼盛同

牢，賦詩倡和，坦然自如。後官至鞏昌府通判，有海壑吟稿十一卷。

春遊迴文

忙裏閒情娱景華，度溪尋壑驀晴沙。長原翠漾雲浮草，暖徑紅飛燕落花。狂詠客亭春把酒，憩留僧寺晚烹茶。香生陌霧飄風軟，蒼莽踏來遊路遐。

夏日迴文

紅榴石畔海光晴，寂寂閒堦曉翫清。風静柳亭凝靄細，日曛荷沼映霞明。桐青坐暇休炎暑，草碧眠慵廢讀耕。空院小吟長晝静，同誰興飲聽啼鶯。

秋懷迴文

寒烟淡點亂山青，眺遠傷懷老渤溟。湍急落聲風拂樹，鴈飛涵影渌開萍。榦侵冷月宵吟苦，壁訴哀蛩暮酒醒。殘調古琴横竹石，蘭芳歎寂佇孤亭。

冬曉迴文

紅日初醒睡起遲，捲簾朱户暖烟披。鴻飛目斷雲山遠，鶴伴人閒曉枕欹。松雪覆堦清入畫，竹風鳴院静吟詩。東窻爛影移霞綵，蓬髮短歌酣酒巵。海壑吟稿卷三

張□□

□□號白厓，與歸有光同卷。

春夜廻文

殘更坐掩半窻紗，麗景逢春戀歲華。欄壓翠絲烟織柳，砌鋪金影月籠花。團團露嶼悲鳴鶴，裊裊風枝動宿鵶。寒鼎玉消香篆小，句新吟罷飲杯霞。

李騰鵬皇明詩統卷三十四

杨育秀

育秀字原山，江西貴溪人。明嘉靖五年丙戌進士，官考功郎中。著有玩易堂集十卷（嘉靖三十七年寫刻本）。

建除廻文

建節高天遠，閨芳度夕虛。面看愁極念，年盛怨離居。卷短書迢遞，絃危調闊疎。霰霜明院閤，殘歲一宵除。

滿園芳蘂嫩，陽艶透窻明。遠夢驚狂蝶，柔枝度巧鶯。懶情縈錦織，幽抱滯塵營。斷帶衣裳短，征人幾歲平。

定邊古將能，留滯何時及。徑斜惟立壁，月暑涼風急。聽遠動鉦聲，滋露凝雲濕。令
下夜關深，旌旆聯鑣執。
破胡强敵滅，悠悠緩帶師。座迎香雨過，帷透露珠垂。唾咳芬華玉，謳歌肅古詞。和
鳴聲奏凱，輕重繫安危。
成功告近遠，化俗風聲流。英豪遇烈武，簡汗照謀猷。盈虧壹靜定，闢闔異沉浮。生
存老將智，宇土舊全收。
開邊九年何，域中貴安治。來廷無怠荒，往古鑒陵替。才蘊重時清，瑞呈新景霽。苔
繡春庭芳，蕊敷晴宇麗。懷人縈道遠，夢魂逐塵逝。諧和師言旋，轉節王關閉。玩易
堂集卷一

目録題作建除廻文六首

陸埘

埘（約一五〇四—一五五三）字秀卿，號篔齋，自稱一篔山人，浙江嘉善人。明嘉靖五年丙戌進士，授南京刑部主事，審刑名，多平反。遷兵部郎中，出爲常德知府，轉武昌、岳州等府，官至右僉都御史，巡撫河南。讀書耻爲章句，持論篤實，著有陸篔齋文集十卷（明刻本）。

早秋登清涼山迴文

客里千山碧，秋聲一葉梧。黑雲連古堞，飛鳥見平蕪。笛起江風遠，帆歸夜月孤。席移還劇飲，狂態舊烏烏。陸簣齋文集卷二

劉繪

繪（一五〇五—一五七三）字子素，一字少質，號嵩陽，河南光州人。好擊劍，舉鄉試第一，登嘉靖十四年乙未進士，授行人，改户科給事中。兩劾夏言，言銜之，出爲重慶知府，上官交薦。言再入政府，終被罷歸，居家二十年卒。著有嵩陽集七卷（嘉靖三十七年方顯刻本）

回山王母宫迴文二十韻 併序

回山，古回中也。世傳漢武覔仙，王母降蟠桃瑞鶴焉，今其上有王母宫云。夫黄帝騎龍，穆王駕駿，金母事傳且久矣。余登回山，雲峯合沓，石壁巑岏，下瞰涇川，雙島棨紆而分泒，環山迤邐而交峯，俯城郭於巖峽，眺林原於潰渚，信一靈境也。乃展拜層峯，祈老母壽考。王涇州載酒相隨，登閣而飲，且命八童爲瑶池之舞，適天宇朗霽，春氣襲人，爲迴文二十韻紀之，取回山之意而作云。

焚香合殿遠，勝景得遊觀。潰水岐迴峽，塞烟接遠巒。分徑川原抱，俯巖山郭看。紛

榆亂鳥下，栢檜老龍蟠。沄動水摇緑，壑披霞駐丹。氛文五色麗，石磴萬岩攢。熏閣蘭煙細，濈臺玉露溥。羣仙擁羽盖，彩鳳挽鳴鸞。棼棟飛文畫，蘚苔障錦磐。芸階馥淨界，桂閾肅空壇。勤禮瞻真象，肅儀仰玉冠。殷薦祈親壽，永言願國安。鼖鼓傳幽谷，節麾散淺灘。氳氳嶂霧暗，漠漠夕輝寒。聞樂天空轉，泛巵仙路盤。雲洞瞰飛鶴，竹亭迎舞鸞。薰旌望杳杳，玉珮疑珊珊。芬林快賞暫，遠駕逸攀難。欣向花前舞，醉從酒後讙。醺醺晚上閣，日暇盡餘歡。嵩陽集卷三

『併』：萬曆本劉嵩陽先生集卷三作『有』，古今圖書集成職方典卷四七九汝寧府部作『并』

『金』：古今圖書集成作『王』

『滎』：萬曆本、古今圖書集成作『縈』

『隨』：古今圖書集成作『從』

『溥』：古今圖書集成作『傳』

『磐』：萬曆本作『磬』

『閾』：古今圖書集成作『國』

『玉冠』：萬曆本作『王冠』

春遊下莊野寺廻文

年華慶賞快羣芳，野望遥亭客路長。烟帶緑楊垂露井，日翻紅杏舞風墻。聯飛霧陣雁

横字，泄漏春聲縈囀簧。絃管醉花迷靜院，筵開籍草徑飛觴。嵩陽集卷七　劉嵩陽先生集卷四

李騰鵬皇明詩統卷三十一選此，題作春遊野寺廻文

孟　思

思字叔正、正甫，號龍川，大名濬縣人。明嘉靖四年乙酉舉人，選南陽通判，未之官，卒。著有孟龍川文集二十卷（萬曆十七年金繼震刻本）。

送董右坡明府入覲詞有引

伏以離青山之縣，愛日晶澂；望紫極之班，卿雲翔舞。行無一鶴，不論清獻之裝；飛有雙鳧，共仰上方之履。士民燕賀，朝宁蜚聲。恭維〇〇閣下河洛炳靈，鈞臺毓秀。允矣明時之生傑，寔維嵩岳之降神。才名溢九州，采筆蚤受；詞源倒三峽，丹桂高攀。世爭傳南山養豹之文，名不愧中州豢龍之裔。甫對天人之三策，暫牧畿甸之一同。郎位列星，師尹惟日。非久淹于驥足，聊小試乎牛刀。用道化以覺民風，推儒術而飭政事。人情帖爾，英譽靄然。乾泰賁需，震升益晉。風摶九萬，直奮翼於天衢；玉立三千，方振衣于雲闕。通金闉而入瑣闥，一朝瞻衮衣之龍；依日月而會風雲，四海覩朝陽之鳳。書三異之縣令，帝曰，予聞旌獨立之使君，皇心簡在自此升矣，舍我誰其，某師得君子，人與事其大夫賢者。鄙生多幸，得與漢制之計偕；循吏有光，嘉樂宋賢之轉對。敬將魯酒，暫別韓荆。著韻唱詩，莫並東坡之句；回文韻

武，敢依朱子之詞。侑以蕪章，肅玆靜聽。詞曰：

喜雲風動飛舄履，履舄飛動風雲喜。官好羡朝天，天朝羡好官。　雨霖行望宁，宁望行霖雨。名姓上屏楓，楓屏上姓名。調寄菩薩蠻　孟龍川文集卷七

王維楨

維楨（一五〇七—一五五五）字允寧，號槐野，陝西華州人。明嘉靖十四年乙未進士，選庶吉士，授檢討，歷修撰、諭德，累官南京國子監祭酒。以省母歸，適關中地震遇難。自負經世才，職文墨不得少效於時。扼腕時事，好使酒謾罵。有王氏存笥稿二十卷。

無題回文

絃中曲怨不同調，早見相如病骨銷。眠獨夜烏啼渺渺，夢多春草碧迢迢。煙生暗閣鸞沈鏡，日落空樓鳳罷簫。年往恨花飄水逝，傳書有鴈一停橈。王錫爵、沈一貫增定國朝館課經世宏辭卷十三（萬曆十八年周日校萬卷樓刻本）

吴希孟

希孟字龍津，太醫院醫籍，江南武進人。明嘉靖十一年壬辰進士。十六年以户科給事中、侍經筵官、前都察院江西道觀政，充赴朝副使（正使龔用卿），官至廣信知府。

東坡道中次雲岡韻回文體

湲流遠渚雨霏霏，樹繞橋邊溪傍扉。喧鳥驚揺枝動葉，亂雲騰上石披衣。村山濘道愁人去，熟路輕車速馬歸。温日暄天麗氣爽，石巖映草帶霞飛。丁酉皇華集卷三（萬曆三十六年朝鮮寫刻本）

薛廷寵

廷寵字華軒，一字汝承，福建福清人。明嘉靖十一年壬辰進士，授工科給事中。十八年，以一品服、侍經筵官，充赴朝副使（正使華察）。還擢都給事，慷慨直言，無所諱避。

即景次鴻山太史迴文律

屏山萬疊擁樓前，獨鳥歸飛静遠天。汀白見添新過雨，澗鳴聽徹細泠泉。青松偃盖濃遮嶺，緑柳揺絲裊帶煙。亭舘醉吟成逸興，清陰遶座入雲眠。己亥皇華集卷二（萬曆三十六年朝鮮寫刻本）

『歸』、『泠』：中央圖書館藏鈔本皇華集卷二作『孤』、『冷』。

趙伊

伊（一五一二—一五七三）字子衡，浙江平湖人，明嘉靖十年辛卯舉人，十一年壬辰進士，授刑部主事，改南京兵部主事，官至廣西按察副使，著有序芳園稿二卷（萬曆二年趙邦秩刻本）。

過祐山山園次韻廻文

巢林息倦好分枝，却望前塗雨霧霏。消盡酒杯千客醉，遍行山道幾峰奇。嬌鶯雜管歌深樹，短木横橋過小池。朝至晚園西去路，樵漁對月夜從時。序芳園稿卷上

祐山：姓馮，官諫議，見錢薇承啓堂稿卷五

俞允文

允文（一五一三—一五七九），初名允執，字仲蔚，江南崑山人。明嘉靖中諸生。十五歲作馬鞍山賦，援據該博，長老異之。年未四十，即棄舉子業，專力於詩文書法。與王世貞友善，爲嘉靖廣五子之一。著有仲蔚先生集二十四卷（萬曆十年程善定刻本）。

閒居戲效回文體

斜徑一林虛，綠苔侵古渠。花飛接鬬鳥，藻亂礙遊魚。霞彩籠烟薄，露華凝日初。沙晴愜緩步，寂寂自幽居。仲蔚先生集卷五

蔡汝楠

汝楠（一五一五—一五六四）字子木，號白石，浙江德清人。明嘉靖十一年壬辰進士，時年十八。觀政工部，除行人，遷南京刑部郎中，出知衡州。歷江西參政、山東按察使、擢兵部侍郎，改南京工部。好詩，有重名，中年究心經學，著有自知堂集二十四卷（嘉靖三十八年刻本）。

秋夕雨霽遊後山偶作廻文詩四首

吟秋晚興發家山，水注深池壁繞嵐。心洗只知閑甚樂，鳥歸棲罷坐空龕。

灣溪夕望愜清泉，稻綠連疇遠帶煙。還徑一翁樵語洽，攀松向月步山前。

歸人幾上阪間田，隔塢松深徑草妍。飛羽接觴流水曲，腓芝玉映素秋天。

風吹隴度蘭香細，月照溪浮桂棹閑。同帳一山秋響靜，鴻驚樹影落水斑。

山中同客賦迴文詩

鶯轉竹亭幽興發，鹿眠苔徑小園閑。縈溪遠泛重來棹，永晝清談共掩關。自知堂集卷七

周　鯤

鯤字少魚，號章嵒，福建莆田人。明嘉靖十七年戊戌進士，官江西副使。著有章林巖藏藁。

即景回文

紗窗暎碧嫩槐芳，蜨夢回風輕簟涼。斜日遠林歸鳥急，花軒一榻靜爐香。鄭王臣莆風清籟集卷二十

徐　渭

渭（一五二一——一五九三）字文清，改字文長，號天池山人，或署田水月，浙江山陰人。明諸生。知兵好奇計，中年客浙閩總督胡宗憲幕，于抗倭軍事，多所籌劃，擒徐海、誘王直，皆預其謀。宗憲下獄，渭懼禍發狂，屢自戕不遂，嗣以殺妻，繫獄七年，得張元忭救免。此後游金陵、抵宣遼，縱觀諸邊阨塞，輒慷慨悲歌，晚年貧甚，有書數千卷，斥賣殆盡，自稱南腔北調人，又號青藤道士。天才超逸，詩文戲曲、書畫皆工，常言吾書第一，詩次之，文

次之，畫又次之。著有雜劇四聲猿，徐文長集三十卷、逸稿二十四卷（天啓三年張維城刻本）。

水神殿廻文燈詩

新架燈垂高敞殿，舊場毬蹴鬬芳年。春花有幾能希賞，夜月無多惜早眠。輪迫馬蹄盤作陣，燭抽蓮葉嫩如錢。人游厭聽催壺漏，客醉扶看墮鬢鈿。徐文長逸稿卷二十四　張岱快園道古卷十二

黄克晦

克晦（一五二四—一五九〇）字孔昭，號吾野，福建惠安人。學畫宗沈周，筆甚蒼勁，稱神品。能詩善書，稱三絶。有黄吾野先生詩集五卷（乾隆二十五年黄隆恩刻本）。

即景賦得楊花用廻文體

堤滿垂條千樹楊，白花飛惹錦衣裳。溪前映水流斜日，低囀歌聲一斷腸。
霜如白絮落廻風，酒映春衫小袖紅。塘水煙堤芳草緑，蒼蒼亂樹碧巖空。黄吾野先生詩集卷五

孫　鏊

鏊（一五二五—一五九二）字文器，號端峯，浙江餘姚人。工部尚書孫陞子。以計偕爲上林

苑監丞。晚歸燭湖，構漆園，自號漆園供事。著有孫端峯先生松菊堂集二十四卷（萬曆三十八年張垣刻本）。

回　文

啼鳥獨聽怨寒更，夢裏空閨幾見驚。低扇拂雲歌曲艷，遠香廻雪舞腰輕。西樓悵望春花落，北塞愁看夜月明。岐路覓人迷處處，題詩有恨寄多情。孫端峰先生松菊堂集卷七

「塞」：李騰鵬皇明詩統卷二十二、黄宗羲姚江逸詩卷十作「院」

「寄」：皇明詩統作「噫」，姚江逸詩作「憶」

廻文題画四首

風生谷口水潺潺，竹映溪流碧繞山。楓樹萬林秋動響，空横月影落花閑。

其　二

煙含樹杪雨霏霏，遠岫迷雲片鳥歸。連徑草深幽澗隔，泉流曲處敞荆扉。

其　三

前溪問月向松攀，釣罷漁翁一徑還。川帶晚村迷碧柳，天青望遠樹連山。

其四

吟吟醉月步溪南，草帶烟村柳帶嵐。心遠自閑閑處樂，禽幽獨對坐空菴。孫端峯先生松菊堂集卷二十

回文

鴉啼幾樹玉闌東，夢破驚愁別院空。紗袖翠籠寒霧薄，花殘雨夜一簾風。皇明詩統卷二十二　何喬遠皇明文徵卷二十一

皇明詩統評云『詞既藻麗，且無牽强之迹，佳作佳作』。案松菊堂集并無此詩，全首文辭除『雨夜』兩字之外，與高啟迴文相同，見青邱詩集卷十七。

董傳策

傳策字原漢，號幼海、抱一山人，江南上海人。明嘉靖二十九年庚戌進士，授刑部主事，疏劾嚴嵩罪惡，被下獄拷問幾絶，會地震得赦，謫戍南寧。穆宗立，召復故官。萬曆元年，累遷南京禮工二部侍郎，言官論其受賄，遂免歸。因繩下過急，爲家奴所害。著有采薇集四卷（萬曆刻本）。

春雨迴文

風簾半雨池摇白，鳥喚春花樹落紅。櫳繞竹衫寒影薄，夢侵烟海碧飛鴻。采薇集貞册

徐惟輯

惟輯號紫崖，浙江江山人。明嘉靖二十五年丙午舉人，三十八年己未進士，爲内閣中書舍人。博學能文，少時詠回文詩知名，相國徐階應詔製青詞，往往命其代爲，有紫崖遺稿行世。

迴文詩

樓邊柳上莫啼鶯，枕玉生寒曉夢清。幽院别情關小小，遠緘春恨寄卿卿。愁牵獨樹湘烟碧，望入空山楚月明。牛女舊期難訊問，秋河滿泛客槎星。林應翔、葉秉敬衢州府志卷十四藝文志（天啟二年刻本）

天啓衢州府志卷九人物志：『徐惟輯，號紫崖，江山人。博學能詩文，天才濬發，信手拈來，都成雅韻，嘗詠回文詩，宛轉幽間，縱横如意，音節佳妙，不下盛唐，如樓邊柳上之作，精絶無瑕，只此寸牋，足知全錦矣』。

王世貞

世貞（一五二六—一五九〇）字元美，自號鳳洲，又號弇州山人，江南太倉人。明嘉靖二十六年丁未進士，授刑部主事。楊繼盛下獄，時進湯藥，又代其妻草疏，既死，復棺殮之。嚴嵩因此大恨，會父忬灤河失事，嵩借機構罪繫獄，論死。隆慶初，伏闕訟父冤。後累官至刑部尚書，移疾歸。世貞才學富贍，好爲古詩文，與謝榛、吴國倫等，稱『後七子』，始同李攀龍狎主文盟，李歿，獨主壇坫者二十年。著有弇州山人四部稿一七四卷（萬曆五年世經堂刻本）。

春　游

綠草芳原平，青山一帶晴。玉鞭驕試馬，珠彈惹啼鶯。曲奏低雲度，杯深貯月明。促歸傳鑰待，游冶徧春城。

御選明詩卷一一九錄此，題作春游回文

別　思

邊塞斷魂愁夜夜，枕珊無夢托君思。娟娟月曉留粧鏡，冉冉山秋入畫眉。紘柱鴈飛鈿瑰澁，劍文龍遠匣星離。篇成織錦和珠淚，寫恨春風江上枝。

靈巖晚步

闕澗遮幽樹，低雲薄斷鴻。月殘生白小，天遠入青空。

閨　怨

微力展運荷恩休，緋金燦赫比王侯。肥馬脂車走燕幽，輝光爍目溢道周。翬翟孤翔偕不儔，依依妾腸痛紛繆。飛花逐風委波流，揮淚涕咨怨深秋。圍帶寬改倏歲遒，稀星列漢垂簾鈎。蛾啼哀蟬傳梧楸，衣寒剪澁玉指柔。機鳴罷織乍燈收，霏霏華露濕衾幬。徽音戀君幸君留，非耶是耶君思愁。圍香柔玉煖新裯，薇藿焉足充脯羞。饑往念飽誰悠悠，歸哉曷君思昔游。

春　游

碧瀨春轣轣，芳洲徧綠蘋。摘花驚坐鳥，飛絮惹游人。　弇州山人四部稿卷五十三

『轣轣』：文淵閣四庫全書本作『粼粼』

菩薩蠻春暮

白楊長映孤山碧，碧山孤映長楊白。春暮别傷人，人傷别暮春。　鴈歸迷塞遠，遠塞

迷歸鴈。樓倚獨深愁，愁深獨倚樓。

弇州山人四部稿卷五十四、錢允治類編箋釋國朝詩餘卷一、趙尊嶽明詞彙刊·弇州山人詞，題作菩薩蠻迴文。顧從敬草堂詩餘新集卷一，題作重疊金·春暮廻文。

又　閨思

斷風依約愁砧亂，亂砧愁約依風斷。無語對燈孤，孤燈對語無。　冷香留去影，影去留香冷。思後夢來期，期來夢後思。回文類聚續編卷十

弇州山人四部稿卷五十四、類編箋釋國朝詩餘卷一、明詞彙刊·弇州山人詞，題作『又』或『前調』。草堂詩餘新集卷一，題作重疊金·閨思廻文。王昶明詞綜卷四，題作重疊金回文。『來』：世經堂本弇州山人四部稿作『未』。

趙祖鵬

祖鵬字宗南，浙江東陽人。朱琰金華詩錄云『甫能言，即善屬對，七歲作玉門關詩，用回文體，宛轉鏗鏘，世稱神童。十四歲補諸生第一。嘉靖三十二年登進士第，改庶吉士，授編修，與嚴嵩忤，構事落職歸。未嘗一日廢書，著述甚富』，詩稿散佚未刊。

石洞迴文

高岡翠峻懸斜石，石磴扳蘿倚杖藜。桃逕轉平通絶嶺，竹巖深迥入迴溪。霄雲逼坐飛霞紫，壙野分烟遠樹齊。遥障隔林炊甑玉，彩嵐摇日貫晴堤。郭鈇石洞貽芳集卷二

羅兆鵬

兆鵬字少南，廣東新會古勞人。明嘉靖二十八年己酉舉人，選長樂縣教諭，擢知長泰縣，督撫汪道昆等薦諸朝，加秩移治寧洋，要官�松之，乃歸，二邑各爲立祠以祀。

閨意回文

春去怨花飛曲逕，夜深窺月漾踈櫺。人離遠寄難成錦，繡罷慵粧晚閣凭。張邦翼嶺南文獻卷三十一（萬曆刻本）

馬真一

真一，河南人。明季，居廣寧北鎮廟中，採蘑菇，拾野果爲食。會大旱，經略袁崇煥使禱雨。去山海關，與士人談經論藝，剖决如流，後不知所終。

迎仙橋 廻文

橋邊院對柳塘灣，夜月明時户半關。遥駕鶴來歸洞晚，淨心禪坐片雲閑。燒丹覔火無空灶，採藥尋仙有好山。瓢挂樹高人隱久，曉辰緑水響潺潺。康熙登州府志卷二十一藝文　道光蓬萊縣志卷十四藝文志

『辰』：現代蓬萊閣誌作『晨』

按：此詩與張三丰柳塘廻文基本相同

趙　桐

桐字汝陽，山西絳州三林鎮人。明嘉靖三十一年鄉試亞元，次年成進士，授富平知縣。弘闊不羈，聰慧過人，歸林時，諸生從之者衆。

白水寺廻文

平橋小岸接林幽，古寺松門傍水流。城暮帶烟蒼漠漠，渚寒飛鷺白悠悠。清陰竹徑斜通院，翠色雲山遠對樓。名姓問僧逢酒醉，晴川野渡晚横舟。萬曆絳州志卷三藝文　乾隆直隸絳州志卷十八藝文

姜湧

湧，安徽蒙城人。明嘉靖三十一年壬子舉人，授曲陽縣令，以才優調繁武清，地多内臣，執法不阿，後與之忤，遂辭歸。

八景迴文二首

清聲曉聽寺鐘鳴，影落橋西映月空。行客晚無舟横渡，晴噓澗水碧流虹。

高人昔夢蝶同翩，變化神靈蓄井泉。消恨一園春雨足，遥峯雪似老顱巔。蒙城縣志書卷十二

據蒙城縣志，山桑八景爲：渦陽晚渡、慈寺曉鐘、西橋夜月、漆園春雨、冷澗垂虹、狼峯霽雪、莊樓夢蝶、聖井甘泉。

王太白

太白（一五三二—一五九二後）字夢先，别號嵩麓山人，河南杞縣人。三試鄉闈不第，又貢於禮部試順天，也未捷，歸而教諸子，復脩舉業，再試再北，恩選福山知縣。著有耕心子漫稿二十二卷（萬曆四十二年刻本）。

春興廻文

風暖蕩花桃映日，晝晴飛絮柳含煙。紅粧錦陌郊遊徧，綠蟻新樽野酌連。東復西来雲淡淡，斷還續去水涓涓。中林宴客高懷暢，下澤尋春惜少年。耕心子漫稿卷七

王穉登

穉登（一五三五—一六一二）字伯穀，江南武進人，移居吴門。十歲能詩，長益駿發，有盛名。明嘉靖末，北游太學。隆慶初，復至京師。萬曆中，徵修國史，未上而史局罷。嘗及文徵明門，遥接其風，主詞翰之席者三十餘年。著有奕史、吴郡丹青志。

坐隱廻文詩

聲聞遠鴈一秋横，隱坐憐君伴月明。輕貴七情忘俗薄，得還九轉運丹成。清涵水色呈前檻，翠叠山光飛上楹。晴霧綰絲垂柳綠，嚶嚶語鳥狎敲枰。汪廷訥坐隱先生集

金重佐

重佐，明福建泉州人。

花朝迴文

半春花浥露，微醉客當筵。喚鳥移林樹，飛杯繞澗泉。亂簷鳴急雨，揮袂帶輕烟。斷石蒼藤護，垂亭碧柳連。爛歌懽向暮，輝貌惜流年。何炯清源文獻卷三（萬曆刻本）

范守己

守己字介儒，河南洧川人。明萬曆二年甲戌進士，官至按察司僉事。著有御龍子集七十七卷（萬曆十八年侯廷佩刻本）。

七夕迴文十韻

秋到思離久，鵲橋喜蚤成。羞描雙黛翠，笑擲一梭輕。收盡機與錦，飾齊瑀竝璜。稠雲擁渚暗，朗月暎天清。裛露酌巵滿，割霞堆案盈。愁多話舊約，別苦訴新情。休問欲分袂，却彈暗淚傾。悠悠碧漢隔，歷歷白榆明。週歲憐孤影，短宵嗟斗横。幽居自徙倚，嘿嘿兩心縈。御龍子卷三十九

春日迴文一絶

晴色曉添新柳綠，暖烟晨擁艷桃紅。鳴春候鳥啼聲巧，迎日鮮霞錦拂風。御龍子卷四十三

林如楚

如楚字道翹，福建侯官人。明嘉靖四十四年乙丑進士，歷官工部右侍郎。著有碧麓集。

回　文

依依柳館翠烟浮，濕淚紅糚曉坐愁。飛鴈遠書傳北塞，囀鶯殘夢入南樓。衣沾露處花如錦，草映簾時月似鈎。扉掩暮春經別久，歸遲莫渡鵲橋秋。御選明詩卷一一九

王弘誨

弘誨（？—一六一七）字紹傳，瓊州安定人。明嘉靖四十四年乙丑進士。初釋褐，值海瑞廷杖下詔獄，力調護之。張居正當國，又作火樹篇、春雪歌以諷，爲居正所銜。萬曆十七年，充會試副總裁，官終南京禮部尚書。著有太子少保王忠銘先生文集天池草重編二十六卷（康熙刻本）。

夜宿江館即事

秋晚鳴鴻歸路長，渚清眠鳥狎波光。流星亂點浮空碧，細露寒飄落葉黃。舟映野蘋摇遠浦，屋連叢樹帶清霜。悠悠客夢躭衾枕，寂寂村更聽渺茫。

秋興菩薩蠻

長途歸晚秋風凉，凉風秋晚歸途長。鄉村隔海洋，洋海隔村鄉。寄書無鴈繫，繫鴈無書寄。離别感成詩，詩成感别離。落花殘映水西閣，閣西水映殘花落。深樹宿歸禽，禽歸宿樹深。斷腸人望遠，遠望人腸斷。樓倚獨深愁，愁深獨倚樓。天池草重編卷二十三

田一儁

一儁字德萬，福建大田人（自署劍南）。明隆慶二年戊辰會試第一，選庶吉士，授編修，進侍講。萬曆中，張居正欲廷杖吴中行，力諫不聽，乃告歸。居正卒，起故官，累遷户部左侍郎，掌翰林院，辭疾歸，未行而殁，身後蕭條，家無餘資。著有鍾台先生文集十二卷（萬曆二十八年田元振刻本）。

題白岩回文

虹繞路看真屈詰，鶴來人擬共留攀。風回谷響斜枝亞，日逗林開細草斑。空翠温霞朝染袂，石壇蒸靄暮沉山。同誰有興嘉逢偶，松愛清陰雲愛閒。鍾台先生文集卷十一

劉必紹

必紹（一五四四—一五九三後），山東文登人。明萬曆二年，由恩貢授河南汝寧府捕盗通判，六年調直隸保定府倉場通判，十年陞保安州知州，十四年進陝西平涼府同知，十七年改保定府同知。著有觀我亭集（明刻本）。

望　海

潮回逆浪碧波傾，水映紅霞耀日明。橋傍柳溪漁棹繫，户當蘆岸釣歌清。迢迢海市春容媚，藹藹山嵐曉色晴。遥望東流平漲綠，小帆風動拂舟輕。

師生秋夜開燈

明燈夜映碧空秋，爽氣天逢正火流。鳴鴈過時雲盡斂，語蛩聞處雨初收。清風晚度含虚屋，霽月凉輝上静樓。檠短對書讀夜午，宴佳期聽鹿呦呦。

四時聞鍾聲勸讀

高樓向晚正敲鍾，警悟儒聞讀興濃。韜晦霧山藏隱豹，沸騰雲海起蟠龍。豪吟韻響摇階竹，朗誦聲喧雜砌蛩。勞力更知勤午夜，膏焚喜更苦嚴冬。

『鍾』，原文

看　花

春深遶檻吐奇花，户綉鋪堆錦作霞。新蕋聚蜂來陣陣，艷枝翻蝶亂斜斜。塵香擁秀呈芳苑，雨細飛紅落淺沙。濵海近山春艷冶，小園名勝日光華。

尋　芳

山聯水色翠環屏，草覆團瓢一小亭。閑徑兩崖分地碧，淺溪雙燕啄泥馨。潺潺透澗雲流急，矗矗連峯霧鎖冥。攀磴滑岩苔匝石，路芳迷眼望沙行。

春日偶成

飛雲捲盡望空晴，陌紫聯苔綠野平。緋杏吐華芳苑冶，碧山環秀擁溪清。依依柳鎖烟村遠，灼灼花輝霞墅明。扉竹掩時啼鳥過，好春新報喜遷鶯。芳郊緣遍步遊閑，碧草侵眸醉解顔。香霧潤衣春徑曲，淡雲籠帳曉山環。觴流曲澗清溪轉，扇拂輕塵滑磴攀。墻短出聲新囀柳，茂林啼鳥聽關關。

漁　家

衣蓑脱去卧沙明，俯仰雙眸任適情。微雨潤峯山色秀，煖風吹浪水痕清。機忘樂與鷗來往，迹屏閑隨世重輕。磯鎖烟洲漁笑傲，綠波春港小舟横。（觀我亭集）

彭淑慧

淑慧，浙江嘉興人。比部彭輅（明嘉靖二十六年丁未進士）女，大理沈玄華（嘉靖四十一年壬戌進士）繼室。

秋閨迴文

秋江度雁遠鳴孤，景寂霜天曉宿烏。愁舊戀深時憶妾，别新傷劇日思夫。樓憑攬鬢羞凝翠，鏡舞窺人怯點朱。浮靄盻殘凄想結，修睽信羽落關榆。（沈季友檇李詩繫卷三十四）

梁　橋

橋字公濟，號冰川子，河北真定人。由選貢生授四川布政司經歷，著有冰川詩式十卷（隆慶四年朱睦㮮梁夢龍刻本）。

秋日登大悲閣杼成五平五仄回文詩二首合五平五仄回文詩一首五平五仄反覆體二首合五平五仄反覆體二首

五平回文

蟠層開莊嚴，殘闌欹明蟾。干霄連雲纖，歡遊方耽淹。

五仄回文

敻境倚碧漢，淨刹綴古幔。迎曉裛霧亂，令甲擅美觀。

合五平五仄回文

蟠層開莊嚴，敻境倚碧漢。殘闌欹明蟾，淨刹綴古幔。干霄連雲纖，迎曉裛霧亂。歡遊方耽淹，令甲擅美觀。

五平反覆體并回文一字一首成詩四十首

晴煙籠巍楹，香風披輕旛。擎蓮叢飛甍，翔虹垂清軒。

五仄反覆體詩四十首

聖境擅麗構，曉月浸堊殿。靚景絢霽岫，杪樾蔭臒院。

合五平五仄二首反覆共詩八十首

晴煙籠巍楹，曉月浸堊殿。擎蓮叢飛甍，杪樾蔭臒院。聖境擅麗構，香風披輕旛。靚

景絢霽岫，翔虹垂清軒。冰川詩式卷二

『大悲』：順治真定縣志卷十四藝文志下作『天寧』

朱之蕃

之蕃（一五四八——一六二四）字元介，號蘭嵎，南京錦衣衛籍，山東茌平人。明萬曆二十三年乙未進士第一，授翰林院修撰，歷右春坊、右諭德，升少詹事。三十三年出使朝鮮，還，進禮部右侍郎，改吏部右侍郎。工書畫，有奉使朝鮮稿一卷（萬曆南京張節刻本）。

回文體六首

妍芳景屬賞春先，轡攬時催馬策鞭。連接樹光雲吐岫，繞廻山色水平川。眠鷗白處横舟釣，墜日紅生晚炊煙。年似晝長途曠野，芊芊草合望村前。右春日

中天曉露湛芳叢，領引瞻雲紫極宫。驄鼻玉嘶郊草緑，酒樽金映燭花紅。櫳簾點落春泥燕，溆浦融消雪迹鴻。同與狎鷗羣泛泛，風帆一棹舉江東。右鄉思

遊遠恣宜清壑澗，舫輕思在美蓴鱸。鳩鳴隱櫳棲禾麥，鳳舞歸林合竹梧。洲曲遶流江泒遠，嶺西飛出月輪孤。搜奇足遍凝眸望，愁客消來移畫圖。右遊興

『櫳棲』：奉使朝鮮稿作『壠栖』

占重卜卦易朝昏，屈指從前憶怨恩。蟾兎映絲千柳岸，燕鶯藏樹萬花村。簾垂獨我陪

香篆，酌舉同誰共酒樽。奩鏡對慵心體倦，添愁悶處啟窻軒。右閨情

紆衫舞影驚鴻戲，度曲簫聲引鳳雛。鬟鬢映燈明月皎，呼歌間奏雜笙竽。右醼飲

枯榮幾問借笻扶，熟藥丹期定有無。孤興野如清露玉，逸懷真若湛氷壺。

悠悠任興寄遨遊，覽眺吟餘嘆阻脩。留滯客途關遠塞，蕩摇帆影島横洲。抽芽蕨緑羹杯滿，聚蟻醅香玉盞浮。謀醉得登頻愜意，樓虚啓納景清幽。右登樓　丙午皇華集卷四十一

湯顯祖

奉使朝鮮稿題作迴紋詩

顯祖（一五五〇——一六一七），初字義少，改字義仍，號海若、若士、清遠道人。繭翁，江西臨川人。明萬曆十一年癸未進士，除南太常博士，遷禮部主事。以疏劾大學士申時行，謫徐聞典史。後遷遂昌知縣，不附權貴，被削職。歸居玉茗堂，專心戲曲，所著紫釵、還魂、南柯、邯鄲四記，世稱臨川四夢，名重一時。與東林黨領袖顧憲成、高攀龍、鄒元標及著名士人袁宏道、屠隆、徐渭等相友善。有玉茗堂集二十九卷。

菩薩蠻迴文

客驚秋色山東宅，宅東山色秋驚客。盧姓舊家儒，儒家舊姓盧。　隱名何借問，問借何名隱。生小誤癡情，情癡誤小生。馮夢龍墨憨齋重定邯鄲夢傳奇上第二折盧生行田

毛晉六十種曲本邯鄲記、湯顯祖集·邯鄲記第二齣行田題作菩薩蠻倒句

擬織婦閨怨二首

梅題遠色春歸得，遲鄉瘴嶺過愁客。孤影鴈回斜，風寒逼翠紗。窗殘拋錦室，織急還催織。錦官當夕情，啼斷望河明。

墨憨齋重定邯鄲夢傳奇下第二十七折諸番入貢、湯顯祖集·邯鄲記第二十四齣功白，題作宮詞二首·調寄菩薩蠻。六十種曲本邯鄲記，題作回文宮詞二首·調寄菩薩蠻。

『回』：墨憨齋本作『橫』

『風』：文淵閣四庫全書本回文類聚補遺、墨憨齋本、湯顯祖集本、六十種曲本，俱作『峯』

還生赦泣人天望，雙成錦匹孤鸞帳。獨泣見誰憐，流人苦瘴煙。生親還棄抒，鴛配關河戍。遠心天未知，人道赦來時。回文類聚續編卷十

『抒』：四庫全書本回文類聚、墨憨齋本、湯顯祖集本、六十種曲本均作『杼』

『心天』：墨憨齋本作『魂羈』

『道』：墨憨齋本作『到』

沈雄古今詞話詞評下卷湯顯祖玉茗堂詞，曰『義仍精思異彩，見於傳奇，出其餘緒，以爲填詞，後人猶咏其廻文，必指爲義仍傑作也』。御選歷代詩餘卷一一〇引古今詞選，云『湯義仍文采風流，照耀一世，出其餘緒，以爲填詞，如回文菩薩蠻，添字昭君怨，皆傑作也』。鄒祗

謨遠志齋詞衷：『迴文之就句迴者，自東坡、晦庵始也。其通體迴者，自義仍始也』。

林　章

章（一五五一——一五九九），本名春元，字寅伯、初文，福建福清人。明嘉靖末，倭寇犯閩，章年十三，上書督府，求自試行間。萬曆元年癸酉舉人，屢試春闈不第。遂北走薊鎮，從戚繼光將軍，嘗即席作灤陽宴別序。性好公正，挈家僑居金陵時，因發憤南曹曲法，被繫獄三年。旅燕京十年，值關白之亂，又兩陳破倭疏、請停礦税，兼陳立兵行鹽之策，時相秉承宦官意旨，密揭逮治下獄，暴卒。謝在杭云『孝廉桀驁不羈，才情楚楚，信自可人』。著有林初文詩文全集（子君遷、古度編次，天啓四年刻）。

秋思廻文

盈盈極目望天遐，水滿烟汀草滿沙。横笛一樓風落雁，擣砧千井露啼鴉。情含遠樹吴山斷，夢度寒江楚月斜。清思入秋傷久别，羸來瘦客對殘花。林初文詩文全集

回文集卷二十七　目録

回文集卷二十七

來可遠

可遠字謏泉，庠生，有雒下遊稿。（列來必上之前，必上、嘉靖舉人）

迴文鶯啼岸柳弄春晴曉日明

鶯啼岸柳弄春晴，柳弄春晴曉日明。明日曉晴春弄柳，晴春弄柳岸啼鶯。

其三秋江楚雁宿蘆州淺水流

秋江楚雁宿蘆洲，雁宿蘆洲淺水流。流水淺洲蘆宿雁，洲蘆宿雁楚江秋。來晼蘭、來鴻瑨

來氏家藏冠山逸韻卷五（乾隆三十七年刻本）

案：回文類聚續編卷一諸家圖『轉尾減字連環』載此，題曰春詞、秋詞，作者失名。從蔣一葵長安客話卷一連理迴文詩所云，則爲嘉靖君臣倡和之什。

曾約

約字一守，號芸石，福建莆田人。明嘉靖中諸生，著有萍寄草。

秋夜迴文

悲傷獨處對花黄，過客無情幽恨長。籬北鬧蛩寒泣露，徑西鳴鶴瘦凝霜。離離樹拂斜煙碧，縷縷雲籠淡月凉。吹角數回驚夢短，帷搴静裡夜茫茫。鄭王臣莆風清籟集卷二十五

王約

約字伯一，號仰石，福建惠安人。明萬曆五年丁丑進士，除行人，有廉聲，秩滿遷户部主事，轉餉昌平，督兑江西，悉心清釐，出知惠州府，移瓊州郡，擢按察副使，備兵江左，兼轄江右，陞參政致仕。

閨情迴文

深更夜寂寂，起坐自鈎簾。心共月如水，影移花接簷。金蘭别恨重，渚漢看愁添。音寄絶來雁，望遥祇北瞻。嘉慶惠安縣志卷三十三

龍　膺

膺字君善，一字君御，湖廣武陵人。明萬曆八年庚辰進士。授徽州府推官，謫温州府學教授，稍遷國子監博士，升禮部主事，復謫兩淮鹽運判官，轉鞏昌通判，歷同知、南户部員外郎，進郎中，出爲按察僉事、參議副使，位至南京太常卿。晚年與袁宏道相善，著有綸灊文集二十七卷、詩集十九卷（光緒十三年九芝堂重刻本）。

含清閣回文詩

霞峰度曲檻，暝水帶遥林。花飛拂舞袖，鳥語雜鳴琴。綸灊詩集卷九

盧雲龍

雲龍字少從、起溟，廣東南海人。明萬曆十一年癸未進士，歷馬平、邯鄲、長樂知縣，轉南大理寺副，晉户部員外郎，出榷揚州，陞貴州參議，卒於官。著有四留堂稿三十卷（明萬曆刻本）。

使還馮君奇以廻文一律贈别如韻答之

麻桑廢却别鷗鳧，遠路塵遊客騎孤。花檻繞觀晴戲蝶，月樓登聽夜棲烏。槎浮老我憐

漂梗，霧隱還君獨據梧。華鬢幾看重聚會，嘉懷野賞狎呼盧。

次和鄧司諫閨怨四首

春怨

潮候幾回望客船，寄將煩語答來牋。橋邊柳映虹收雨，塢外花藏蝶弄煙。簫聽夜聲殘永漏，曲成孤調怨鳴絃。迢迢路計難辭遠，遼度將軍衆百千。

夏怨

長路羈懷寄語微，暑移寒色晝凝暉。香風午送荷交艷，永日閒過燕並飛。狂欲舞難禁弱力，晚方凉却怯絺衣。桑蠶未事多愁抱，裝橐有時愜夢歸。

秋怨

低林逗月照中閨，露濕凉天極望迷。題寄遠書逢鴈度，繡成新恨徹猿啼。凄悲夜笛風傳坐，亂散秋螢草滿堤。谿繞路長程倦馬，鷄聲幾聽卧樓西。

冬怨

添燭夜廊回暗光，舞旋風雪白盈堂。占憑喜信歸期近，望引窮愁別路長。簷壓凍花梅索笑，閣移寒影月臨粧。淹留暫爾悲離索，潛伏生機天轉陽。

春暮同友人郊外看花分得天時二字合作廻文一章

時良選地樂開筵，柳間嬌花繞近川。枝壓艷生香泛泛，蝶飛群逐影翩翩。巵盈絲酒春醅潑，卷滿新篇綺詠傳。吹遍曉風和媚景，奇芳遠暎麗晴天。四留堂稿卷十五

釋能持

明僧，福建延平人。幼穎悟，稍長，遍遊名山，以探禪學，得法於海舟慈公。歸故里，結菴松關，會四方僧衆，日談内典，著天印語録、徹空内集、洞雲外集、黄檗心要。年四十餘，足不出關，至八十一寂，號天印禪師。

八景迴文

重疊九峰當月明，徑三三寺晚雲横。瞳瞳日影梅山曉，歷歷巖泉雪澗清。風攪龍津溪滚浪，霧藏猿洞夜聞聲。洪濤黯淡煙廻棹，霽景新霞衍麓晴。民國南平縣志卷十八

八景：九峰月朗、三寺雲深、龍津春浪、猿洞秋風、中巖瀑布、黯澹洪濤、梅山朝旭、衍麓晴霞。

薛胤龍

胤龍，明江南常熟人。

春宵花月迴文七言律

紗窗月上花摇影，月卧花深夜睡濃。斜月璧涵花下露，落花香怨月中風。霞凝月榭花情逸，錦墜花房月夢空。花弄月陰春寂寂，月籠花色醉朦朦。張應遴海虞文苑卷八

釋本億

本億，浙江永嘉人，明寂光寺僧。

江心寺迴文詩次韻

潮平看月引杯傾，水碧圜山照眼明。橋帶寺門横峤遠，塔排天柱漾波清。迢迢畫舫烟霞晚，耿耿忠祠海嶠晴。遥望入雲孤鶴舞，静居禪度片帆輕。曾唯東甌詩存卷四十五（乾隆五十五年鹿城依緑園刻本）

葉秉敬

秉敬字敬君，號寅陽，浙江衢州西安人。弱冠擢省魁（壬午），明萬曆二十九年辛丑進士。起荆『榷荆關，有寬政，守大梁。督學中州，士民稱之』（浙江通志）。陞江西參政，以憂歸。起荆西道布政司參議，尋移南瑞，未行卒。秉敬淹貫萬卷，講學四方，著述鴻富，海内稱爲名儒。有定山園迴文集一卷（萬曆四十七年三衢葉氏刻本）。

七言排律迴文二十韻

明聖挺天皇極建，盛朝熙洽慶嵩呼。生民化育敷仁吏，庶士尊經誦法儒。盟主道流全會浙，孔宗神派嫡傳衢。盈川大注環溪瀫，葉族寒儒謬屬吾。精意刻求循正脉，細心潛體返迷塗。情閒斷掃空除翳，念切真完樸守株。衡鑑湛天驚夢破，悃忱舒日抱忠孤。英豪氣憤含思永，義信聯交朋黨無。卿用□□□我，漢來漢現胡來胡。輕車走去隨平險，熟□□□進趨。爭鬪避群摽鶴鶴，笑歌迎耳快嗚嗚。笙鸞奏水滨園竹，錦鳳棲雲黃苑梧。城市遠時清植節，定山深處靜藏軀。晴空遠架筆峯紫，細浪迴纏墩石烏。榮秀芝溪澄浸碧，麗鮮桃塢瑩凝酥。横經閣暖藜撑杖，灑墨池寒澤寫蒲。晴點龍騰翻簡蠹，耳驚獅吼震疑狐。晶含粹玉和持璞，礫汰精金鑛鍛鑪。聲應雷鳴鼉奏鼓，字書雲影鴈銜蘆。旌懸日彩高題額，附竊名家作範模。

七言律迴文一百首

其一

明月邀來心上事，好風飄淨眼前沙。萍開浪躍魚驚鷺，樹破雲飛鳥罥花。清氣紫懸星帶劍，細流紅遶字縈巴。晴煙暮靄香添色，滑徑苔痕屐步斜。

其二

文織錦箋春滿座，篆浮香閣煖焚爐。芹畦灌雨留雲住，鏡水函天捧月孤。群鴈集空飛醉墨，度螢携露滴研朱。氛塵掃徹神虛靜，我問閒心有事無。

其三

扶竹倩花傾眼媚，捲簾和雨拂煙空。□□□□拖金紫，出沼依青壓粉紅。珠滴水中雲畫月，玉擎天杪樹呼風。壺冰凍徹澄心冷，未去飛身住華嵩。

其四

高松覆影涼炎日，細竹斜陰冪沸泉。桃綻霞飛紅入水，柳梳風舞翠粘天。袍緋點雨春雲麗，硯冷憑牕夜草玄。騷賦謾縈花與鳥，下帷經教受持堅。

其五

遐望四虛晴景麗，樹濃烟鎖緑茵鋪。花新鬭韻多愁少，柳翠關情有恨無。遮眼滿庭園素竹，淨塵飛雪點紅爐。家山愜意隨來往，典故營生一老儒。

其六

溝細夊分清漏夜，塹高斜傍紫英籠。樓侵碧榦千枝雪，石倚濃條萬葉風。收淨霧花團匣鏡，朗開星漢綴弦弓。浮鷗水面對長日，靜處安能更轉蓬。

其七

紉蘭有味清風䫻，石在亭前樹在門。春帶舊枝傳淺蕚，露滋新蘂報深根。紃朱繡柱金撐□，□□□烟玉抱魂。馴擾愛看籬傍水，榦條妥貼細□□。

其八

初曉弄鮮花鎖闥，石函苔老樹堆雲。書開解伴風環坐，語罷閒抽簡帶芸。漁沫吹圓珠滿串，鳥梭抛擲錦迴文。蔬芹灌壠揮鋤礫，寂處喧聲雷作蚊。

其九

墻依竹影牖依巒，摘露和簪入鬢寒。香桂滴沈珠蚌老，疊松橫繞玉龍蟠。羊眠石起低聲叱，隺放山飛大地寬。航渡野雲尋徑遠，倦忘行逼杏邊壇。

其十

鴉鳴亂影寒光曙，鴨泛輕陰午日涼。花繡浪紋紅落霰，竹交簷瓦緑飛霜。家藏夜月明珠寸，氣吐朝雲劍佩雙。遮莫帳空羅網密，滿天星聚火螢囊。

其十一

牽藤把臂侵衣濕，褥草傾卮共主賔。圓影水拋蠶繭甕，細暉燈射蝨心輪。天藏柳塢斜歸墅，日度花陰□去津。前舍隔墻看過客，後園趨徑問來人。

其十二

閒情縱望林疎遠，想夢頻來事有無。□□□□□□枕，井寒漱液露傾壺。灣流玉帶衣生碧，色吐□□□綴珠。慳守仄園亭草緑，耐看遥架筆峯孤。

其十三

超興逸情多絶酒，話心傳理乍閒筵。朝來玩月留深院，夜去閒雲席冷軒。簫管弄晴風裏竹，蔓藤飛嫋樹邊泉。苗田寸長頻薅莠，翠隱窻前對聖賢。

其十四

湍激石飛清籟爽，雨淋山醉浪花浮。寒衝曉閣金屏暖，暑却陰林玉枕秋。攢嶺側窺低笑語，近雲知意放吟謳。丹爐火候依時煉，句好無勞遠處搜。

其十五

芸香照朗玄心白，畫色虚明對眼青。雲伴水晶寒碧牖，月傳金線度疎櫺。群分鳥雀喧林樹，韻叶鶯花閉户庭。芹沼泣聞孤鶴唳，静中閒坐起來聽。

其十六

遥看曉色晴山濕，膩草畀棲愛繫匏。瓢掛秋□□□瀬，步濡春雨剪香梢。橋填玉砌烏銜石，□□□□□構巢。嬌韻落梅輕奏笛，笑中冷竹倚門□。

其十七

東方日起催酣睡，鳥弄晴花贈答忙。風掃霧披天作帳，月篩霜碾石爲牀。通車小處枯茆徑，夢蝶迴時翳草塘。蓬轉窄林雙膝抱，卷簾高笑坐昏黄。

其十八

經横閣上天垂照，話吐心開曉思濃。星射樹懸珠孕蚌，月鋪潭滿燭銜龍。青蠅任點無瑕璧，老鶴留依有伴松。硎發新鋒揮墨楮，罷吟閒步向雲舂。

其十九

清時慶洽熙明照，臥側山陰林杪鐘。榮寵天書銜彩鳳，覲光辰極御飛龍。情懸遠日歌聲疊，暮逼深雲入望重。橙滿園亭松滿徑，好花秋滴露團濃。

其二十

通車側徑推殘碧，罷釣傾崖露淺磯。桐秀綴珠銜兔走，竹疎畱鏡舞鸞飛。風催緑柳花開帳，雨逼青苔石著衣。叢樹野煙村日暮，貯函春色豔朝晞。

其二十一

眠處醒眸開不閉，覺時夢眼淨除羶。烟□□□□□地，霧塞階前屋在天。氈冷醉葩春日日，色塵□□□年年。椽如筆勢横空掃，几滿香箋手握權。

其二十二

蒸鬱氣寒衝日暖，午亭蓮葉密陰遮。冰含影照粧前鏡，雪點春添錦上花。能不睡恬香徑草，却嘗坐拂玉溪沙。登樓粲詠悲時賦，下榻蕃從客思嘉。

其二十三

心中水浸天光碧，眼底花迷霧色蒼。金綴簡編芸闇漆，鐵凝爐冶餤含霜。林昏出徑斜移屐，路杳尋涯遠渡航。斟酒罷吟沉醉未，坐邊塵去肯忙忙。

其二十四

微風灑到日邊樹，靜喜閒中夜上樓。搦筆隨時當富學，著書何處著窮愁。衣添錦色花頻織，座擁茵文緒細抽。韋絶三編開聖詣，閣然藜焰照紅裯。

其二十五

虚庭野處閒人避，俠氣豪情好客逢。書篆鳥文天綴鴈，劍沖雷吼地眠龍。如如自在春胸朗，了了當然曉色濃。除草窻前牀枕石，共君留坐暮煙重。

其二十六

誰識相看低澗松，朗開虚牖度疎鐘。奇觚鬬韻諧鸞鳳，妙墨煎雲煉虎龍。欹路掃塵烟縷縷，仄池翻雨霧重重。詞家一派流源别，撇盡煩喧夢枕舂。

其二十七

芳林滿囿文成畫，坐處隨時愛草庭。蒼壁浸雲揩淨砌，蘂珠流月濕寒汀。長篇喜寫横飛彩，短什愁吟祕鎖扃。霜飽秋毫揮鐵腕，剪裁新錦掛高屏。

其二十八

篘松帶雨過垣墻，露滴鮮花百和香。輪轉碓雲舂夜雪，杵摇桂月搗朝霜。寘留獨味知心話，衺展閒思却老方。塵溷不飛神氣爽，墨飄梅點額成妝。

其二十九

知我獨憐堪倚樹，碧山深入恣幽探。絲牽翠柳穿羅綺，布浣清谿染靛藍。籬滿玉填枝老嫩，黍叢金積畝東南。私家大亯齊天樂，福分非當耐醉憨。

其三十

吹雲曉色弄風微，水畔花枝緑染衣。芝展軸霞開月坐，草書墨霧跨龍飛。絲抽獨繭冰心碎，錦織迴文玉指揮。思邃入玄真趣識，飽餐空坐擁癡肥。

其三十一

登樓向日窺牕側，問客來時闢户扃。藤引玉坡天上路，桂鋪金蘂月中庭。層峯緑繞書堆座，擁樹青迷畫倚屏。蠅滿集階重拜賀，快聞聲韻好留停。

其三十二

屏上移山浮動壁，樹招牕影密聲呼。星攢冷翠斜簪玉，露滴寒團綴履珠。青散曉雲從筆奮，白開晴日自心輸。驪前狎友尋詩詠，奪碎紛香紙袖書。

其三十三

蘧蘧夢覺早披衣，默處閒亭倚翠微。疎影竹寒金骨瘦，密陰松暖玉肌肥。書掀喜動風簾捲，筆潤欣傳雨幌飛。虛牖冷穿斜掛月，暗迷塵惹不開扉。

其三十四

深苑入亭春色麗，碧山高步惹香泥。林飛電彩鷹流眼，樹散風馨麝護臍。尋草鬬奇新句覓，落花飄灑細箋題。音清叶律如琴操，石礙灘聲戞遠谿。

其三十五

筇杖倚空庭畔沼，緑涵杯水溜堂坳。蜂攢密蘂金針紝，蝶醉香葩銀剪交。松入風聲歌協韻，嶺横雲影畫成爻。重山繞舍茅簷淺，岳隴停移謾笑嘲。

其三十六

豐草庭迷低樹繞，碧烟暮色淨堦鋪。風翻柳織金飄線，月捲簾飛水濺珠。紅瓣落書零露乳，白箋含筆染霜顱。同心賞洽清吟客，偏地淋膏墨灑壺。

其三十七

攀條柳色露垂烟，密鎖心絲一線牽。山枕雲眠花繡褥，席當風坐草鋪氈。關重入想清收篋，路遠行思勇荷肩。慳守定門旁却掃，退無後步往無前。

其三十八

深入曉山青眠豁，步迷冥日向雲穿。林描影動撐圖畫，石囓湍聲咽管絃。斟盞細香傾雪片，草書横翠密絲牽。沉思憩息閒吟罷，絶斷塵煩不定天。

其三十九

羶味淨除銷慕蟻，對風清玩把詩聯。泉流齒冷杯吞月，雪釀胸寛甕貯天。箋拂香花熏眼醉，榻堆書錦抱魂眠。篇成喜共人吟咏，笑語懽連袂拍肩。

其四十

筠細生煙斜碧沼，客來迎笑語流馨。巾函緑彩横眉白，座噴香牋對眼青。人醉解攀花伴柳，我忘渾倚樹迷亭。春留好句吟時別，宋宋閒聲聽落蓂。

其四十一

關開寂靜徑長林，事少閒多樂稱心。山颺碧風生寫畫，水淙清澗活鳴琴。删詩把筆揮文綺，叶韻拈杯瀉好音。斑點竹華紅暈頰，狎情鷗畔沼浮沉。

其四十二

冥心眩誘物交物，逸興清廬吾愛吾。庭鑿井天方碧玉，隙通絲月碎明珠。星流劒舞斜旋筆，電晃經繙細撚鬚。翎羽集聲歌舞醉，僻幽尋徑臥茵鋪。

其四十三

低捲簾塵清拭座，水沉香入煖爐焚。泥拖蚓畫青苔石，墨點蠅書白練裙。題畢詠高聲應谷，話餘茶冷盞浮雲。西山晚興春留客，柳鎖門牆映夕曛。

其四十四

齊到春林叢草芳，日垂簾影動寒光。雞冠紫豔翎飛檻，鳳尾青暉竹舞牆。西野南村烟樹密，北郊東路雨花香。題留石蘚蒼雲暗，懶去歸閒清思狂。

其四十五

春生草畔枕花龕，重望虚懸北斗南。人眼雙看天眼隻，主心一對客心三。真迷妄影斑窺豹，寂坐空牵絲吐蠶。塵到不開屏几淨，石苔閒聚笑叢談。

其四十六

嵩少似來迎面壁，倚門重列遠山欹。風呼雨靨花舒眼，月鎖烟鬟柳綻眉。空寂寄情愁醉酒，仄平調弄喜吟詩。馮彈鋏後雷分劍，步舉輕雲看是誰。

其四十七

堂錦畫開森玉桂，碧霄横吐氣傳芬。涼生素月新裁雪，采織鮮春舊剪雲。昌運喜居長樂地，泰時欣庇大明君。藏鋒斂入深泉澗，隊逐羊奔叱石群。

其四十八

珂鳴巷陌繞聲喧，却謝紛葩翠滿填。禾畝溉分青澗雪，雨天催合紫山煙。歌含細韻飛高座，字作斜書醉冷氈。戈畫未添誰補衮，拂塵輕運庫堆箋。

其四十九

前亭坐逼柳條攀，韻吐琴談對客閒。絃細鎖雲關住水，指尖流電掣飛山。烟分碧沼魚來躍，影動芳林鳥去還。懸壁倚昏琴歇調，玄霜冷點鬢添斑。

其五十

經卷六編翻夢醒，得心隨處徧陳謨。星鐫玉宇天垂訓，卦畫龍文地著圖。屏畫冷流傾峽水，錦函輕繞走盤珠。螢飛沼畔烟藏柳，倦語閒棲草露濡。

其五十一

幽徑闢除塵眼蔽，步虛行近路頭前。浮華幻見月邊月，實相心空天外天。舟柁不操休泛泛，筆椽如掃謏玄玄。流西水轉當傳法，性緩翻提急佩絃。

其五十二

蟲網結門閒閉鑰，共誰堪語片心孤。風花動靜陰濃淡，露柳高低翠密疎。空鉢洗時行脚有，坐趺尋處入頭無。東牆避隱神思靜，寂寂清軒高挂壺。

其五十三

空翠倚山春色澹，滿庭閒寂抱胎仙。風開帳影陪茵坐，月浸爐香伴枕眠。籠曉霧邊林隱豹，闢塵烟裏火生蓮。桐焦半出新琴斲，爽籟傳聲疎雨天。

其五十四

飄浪文淵沉釣璜，扇摇輕掣掃秕糠。澆胸滿盞三餐玉，淨几清爐一炷香。綃霧織絲牋繞篆，幄雲圍冷薜侵墻。超超興出飛塵去，笑語時忘兩鬢霜。

其五十五

苔生檻外枕高床，眼靜清開閒裏忙。雷雨風邊無遠近，竹梅松上不炎涼。催來月捲紋簾細，寫去雲牽繡幅長。杯冷覆筵香茗漱，繭絲抽轉九迴腸。

其五十六

清風曉檻闢高臺，幕捲閒棲燕去來。明月孤懸書閣照，碧天全入講堂開。情迷乍破雷驚筋，志溺空傳鴆作媒。傾耳仄聞新語別，契符潛動管飛灰。

其五十七遇友一

朋來遠集杏霏壇，雋味清分愜素餐。燈暗樓心知日曉，樹搖山面識風寒。蠅彈誤點高屏翠，鴿閉潛描畫壁丹。綾織鶴文新報贈，脉傳神語笑騰歡。

其五十八遇友二

鄉近雲山春在家，客來時動樹鳴鴉。堂開玉軸雲堆錦，幕度金鍼月繡紗。光吐座飛銜蘂蝶，色添堦舞抱珠蛇。香生袖染花垂露，折贈親留去路遮。

其五十九遇友三

環繞香雲連桂叢，緒抽玄客妙神通。山邊月望兔胎吐，地上雷驚龍耳聾。頑石煮膏金髓白，細花煎液玉霜紅。斑窺管裏心傳印，住處何方亡是公。

其六十遇友四

明照朗庭聯几杖，鏡開光劍悟磨磚。清池雨裏水投水，展衷心中天合天。情斷冷爐烹虎汞，路行忙步進羊鞭。精儲密示相提挈，定靜長浮浪拍船。

其六十一

臺傍池開萍破雨，柳堤垂舞狎鷗飛。杯含露冷花牽袖，步逐濃陰藤刺衣。苔長徑空書咄咄，壁棲塵入想非非。回頭轉契心忘累，去住無方何處歸。

其六十二

庭開廣額題標顯，錦石舒文映碧沙。青簡汗飛春閣雨，紫泥封惹暮天霞。汀迴玉液新增麗，浪瀉銀河舊泛槎。瓶挈智全歸定守，蔽空煙色柳藏鴉。

其六十三

巒觸鬬爭紛路繞，寵光留野暗縣車。閒情夢處藏蕉鹿，潤澤流邊涸轍魚。山畫遠眉低檻楯，徑開高額聳門閭。慳風苦雨寒林寂，曉夜連牀一卷書。

其六十四

來去自如無縛束，塢雲深入隱藏形。堆書架滿塞天地，縱筆文光絢日星。杯酒接攀斜岸緑，桂香横掛半池青。苔金蔓石寒留坐，展蓋松垂喜雨零。

其六十五

馨生草徑滿蘭芳，躡步閒吟清晝長。星日朗時知曉暮，地天高處見圜方。靈含玉軸新飛棟，彩鬱金書細戳舫。蓂葉幾凋階寂寂，客留歌曲水浮觴。

其六十六

呼風竹韻奏塤篪，徑曲尋香集沼池。珠滴翠衣荷倚蓋，綫垂冰腕藕牽絲。孤峯濕雨濃淋墨，碧樹殘星碎點棊。雛鶴養翎新習舞，晚鷄催夜早吟詩。

其六十七

盟結鷗群超世濁，聳雲高立兩邊松。纓垂桂影簾生兔，網絡珠紋軸卷龍。情悒自隨羞鹿鹿，愛深聯體護蛩蛩。鶯啼喜對相陪客，躍冶金慳素性慵。

其六十八

蒲團寂起撤寒衾，秀色堦停濕雨侵。朱間墨書蟲刻篆，紫垂黄印鵲飛金。敎牀坐語高山斗，靜罄流音奏瑟琴。鋪草糝花芬墜雪，鼎烹嘗雋味潛深。

其六十九

前對遠峯回峭岸，漱腸枯滌幾杯茶。弦操直腕虚驚鴈，楮落斜枝曲走蛇。天浴淨池清湛璧，地開平嶺翠迎車。煙塵起擾寒榆塞，想企長歌歡兔罝。

其七十

陰雨密霏園草碧，屐苔留步曳長裾。琴流玉液花銜鳳，筆染香腮墨吐魚。禽戲學傳新祕訣，蠹仙餐字舊藏書。簪花插柳攀籬坐，月印池開匣鏡虛。

其七十一

辭去歸山芳草叢，轉頭回路歇飛蓬。池邊墨染雲浮黑，壁上牋含雨濕紅。眉竦雙瞳青眼客，髻蟠疎髮白頭翁。詩歌醉罷談今古，鼻斲輕揮斤運風。

其七十二

聲聞寂步倚東墻，徑遠遊人拉去忙。輕墜綠珠花落蔕，重飛紅線翠飄裳。行隨鹿伴低雲濕，韻協鶯調暖霧香。盈掬採成詩篋滿，笑談傾碧沼停觴。

其七十三

幽徑花稠春砌臺，曉天蒼色遠峯迴。洲沙白起風揺柳，岸草黄香雨過梅。樓上捧盆將月掬，檻垂飛袖把雲裁。浮沉彩纈停龍馭，沼集萍眠鯉暴腮。

其七十四

豐草青林長住車，圃開春到水成渠。東西日照墻邊樹，遠近天窺閣上書。空覷兩持爭蚌鷸，伴隨群處溷龍豬。風吟更弄清波月，郄抱高樓獨臥廬。

其七十五

秋陽麗景曉雲深，繡幕飛馨焦尾琴。樓接煙霞天上下，樹摇風雨閣浮沉。抽思祕影花栽鏡，鍊性塵堆沙揀金。遊倦久酣情冷寂，夢松忘去隔辰參。

其七十六

尖新調語叫喧囂，赧愧偏長挾氣驕。簷綴薄雲紗帳隔，澤垂深霧縠帷飄。鎌磨月舞驪珠碎，焰吐雷騰魚尾燒。簾下懶敲閒局冷，望空遥斷爛柯樵。

其七十七

仙家在處隔瀴溟，引接欣逢曉日星。天遠度來關氣紫，嶺横迎到佛頭青。傳神密秘書藏枕，茹淡渾忘箸挾餅。鉛汞煉真全斷想，卷開勤讀照囊螢。

其七十八

悲詠春從何路歸，眼遮重繞鐵山圍。疑開默地枯沾雨，夢破清天寒送衣。知不知時全體淨，得無得處悟通微。癡兼黠半分真俗，幻世迷纏懶附依。

其七十九

斜枝拂檻倚明晨，雨蘸青來風起蘋。車載鬼逢邪念觸，膽驚雷奮苦修新。花迷徑繞堤栽柳，韻寫烟浮爨取薪。嗟歎枉尋幽路杳，靜涵喧裏妄求真。

其八十

羶悦競來人逐蟻，笑開花苑獨眠牀。堅持意海鰲山戴，苦煉神淵龍頷藏。泉遶緑雲盤石漱，坐霏紅雨浴蘭芳。煎芽嫩乳壺傾雪，絶響寒更五夜長。

其八十一

晴空喜出步階前，小徑穿藤把袖牽。清氣爽傳遥嶺雪，暖薰和送近村烟。明星沼集珠還浦，朗月林叢玉種田。聲應谷呼輕笑語，韻飛歌繞徧高天。

其八十二

重雲帀地如天遠，息處何勞更轉鵬。鐘送遠松斜挂雨，玉敲寒沼半流冰。濃纖屏去全無可，祕密窺來得未曾。宗性自須真洗鍊，寂心玄室暗明燈。

其八十三

屏石移雲連路隅，院庭空倚靜團蒲。經傳遠印全肝肺，賦草閒分碎璧珠。扃户秘思還著有，溷塵隨意獨棲無。星辰點采池萍漾，玉冷侵簾墜露濡。

其八十四

玄醉沉齋清臥堅，想飛神住障無前。戕翻彩浪全吞海，筆擅文權獨占天。烟帶雨中山築室，露滋花上地行仙。淵澄性體潛波涸，榻畔經横兩瓈穿。

其八十五

牆柳欹風春草芳，雀銜鸜集講前堂。黄纁袖染袍飛帶，緑繡雲描笑架牀。香噴滿書濃拂楮，醉歌高轉曲流觴。長年任意隨舒卷，課密頻繁無事忙。

其八十六

鷄鳴蚤色朗疎星，柳露牽風沾草亭。谿織縠文晴送碧，壒鍼銀漢濕飛青。西來暗契神傳印，北面長思諦説經。泥踏碎花成錦篆，興添詩詠坐流馨。

其八十七

安静守神清宴息，眼開横逸放寬胸。巒浮雨棹飛帆石，路澀雲車展蓋松。寒霧遠飄輕揭帳，晚風晴送急鳴鐘。丹成謾用鉛犿汞，筆楮翻空吼虎龍。

其八十八

重嶺環峯垂疊纁，落花雨到不聞聲。松當户拱低腰折，竹傍牆斜遠臂擎。濃寫翠雲天作楮，冷敲閒局地開枰。鍾情喜豔星攢沼，朔晦無分夜月明。

其八十九

虹掛高峯微雨住，捲簾將坐拂階前。風傳遠應中天半，水過低流仄地偏。紅墜花殘丹篆繞，綠飛晴闤紫毫鮮。籠山霧色衣沾濕，暖送窓來潤筆椽。

其九十

精研獨覽抽書架，祕密沉思妙轉輪。鶯醉春貪如畫筆，鶴臞秋愛不情人。清泉玉碎沾泥屐，湛露珠垂折角巾。迎面對分蓮嶺秀，月明晴濕浸寒筠。

其九十一

肩荷擔頭前路遠，伴春催去過年年。天人上立人天上，地性全由性地全。牽挽自依憑有住，廓寥何限界無邊。堅心直往飛魂夢，用力神時得不眠。

其九十二

奇事每來生趣別，坐安頻得幾時閒。絲絲度入牕含月，面面勻開屋傍山。籬護好花新蘂報，案翻長調舊詩刪。窺園向渚流光湛，細琢勤心片石頑。

其九十三

前山遠掛早霞新，碎滴泉飛翠濕筠。天潤筆枯篩細雨，月憐歌冷扇香塵。眠花枕繡金鋪褥，坐石團雲玉綴巾。玄悟密思頻問答，鳥林群語自肫肫。

其九十四

江吸水枯乾瀨石，淡情濃去鍊澄心。牕前樹惹花間筆，韻上天飛月裏琴。雙鴈度雲搖玉砌，半峰含露滴珠林。幢幡豎拂橫空遠，掃却風寒霜鬢侵。

其九十五

寧靜憩園躭素淡，麗輝玄色景鮮華。青山半借將秋樹，碧水全開不地花。星帶玉沙晴照閣，月流銀漢遠浮槎。蓂階落處聲傳漏，錦幅橫空向眼遮。

其九十六

家山隱避遠塵囂，樹密攀登企覽遥。遮岸夾絲垂柳弱，逐溪隨影汎桃夭。花零墨雨天飛電，浪涌文瀾海噴潮。佳興適來神趣得，淡平安享慶昏朝。

其九十七

眠回幾度曉雲殘，碧沼紅枝滴露團。天抱翠松園座暖，月邀飛柳掛牕寒。烟生墨浪橫蛟鱷，采熨箋霞帶鳳鸞。穿榻坐來還躡步，遠峰招上最高壇。

其九十八

幽徑曲行閒坐起，嶺橫谿遠望平寬。樓迷雨色浮雲白，筆吐霞明映壑丹。抽盡繭絲心縷細，揭開塵匣劍光寒。摳衣把柳花堤繞，滿袖飄香集蕙蘭。

其九十九

佳景清和時愜意，沼枯迎澗澤添肥。霞棲鳳采銜花舞，雨過龍鱗濯錦飛。紗帳絳飄環座緑，玉屏青寫滿庭緋。蛙鳴雜響高蟬噪，興助春臺翠織機。

其一百

闕

徐熥

熥（一五六一—一五九九）字惟和，號幔亭，福建閩縣人。明萬曆十六年戊子舉人。負才淹蹇，肆力詩歌，與弟𤊹俱擅聲名。著有幔亭集十五卷（萬曆刻本）。

迴文詩 迴環讀四十首

緑波迴斷港，青嶂蔭孤村。谷蘿開亂莽，汀浪浸疎園。幔亭集卷十一

孫承宗

承宗（一五六三—一六三八）字稚繩，號愷陽，河北高陽人。明萬曆三十二年甲辰進士，授編修，進中允，歷諭德、洗馬。熹宗即位，充講官，朝臣推爲兵部侍郎，主遼事。天啓二年，廣寧失守，乃拜兵部尚書兼東閣大學士。自請督師，既至，用馬世龍爲將，又從袁崇焕請，築寧遠等城，令守之。遣將戍錦州、松山，大小凌河，拓地四百里。三年，爲魏忠賢黨所讒，乞歸。崇禎二年，後金兵陷畿輔州縣多處，思宗命承宗守通州。次年，收復遵化等四城，後

以大凌河等地失守，廷臣歸咎其築城之計，引疾還里。十一年，清兵攻高陽，率家人拒守，城陷自盡，子孫多人皆戰死。著有高陽集二十卷（清初刻嘉慶補修本）。

秋意廻文

紅葉一翻牕映紗，水涵新月滿流霞。風來自覺披襟快，同伴相邀醉菊華。高陽集詩卷九

唐汝詢

汝詢（一五六五—一六一七後）字仲言，江南華亭人。五歲而瞽，默坐靜聽諸兄讀書，日久，無不成誦，旁通經史。嘗撰唐詩解、唐詩十集等書，援據賅博，當時目爲異人。善屬文，尤工於詩，著有編蓬集十卷、後集十五卷（萬曆間寫刻本）。

閨怨二首

紗窻映月夜深愁，冷露沾花惜暮秋。鴉作鬟垂新黛翠，華年幾度泣高樓。

春芳感妾怨情多，淚雨還來濕綺羅。頻憶寄書傳過雁，塵沙暗處阻關河。

宮　怨

填堦玉樹春，淚灑問誰人。鈿合舊藏篋，鏡臺空委塵。年添覺鬢變，日往惜蛾顰。絃

斷兼腸斷，前庭度曲新。

無題

稀星對影獨長吟，亂髮横簪玉鏡臨。衣舞度風香冉冉，扇歌留月夜沉沉。微身妾却消紅臉，媚骨君因繫赤心。飛雁附箋雲路遠，幃空柰守暮愁深。編蓬後集卷十一

李日華

日華（一五六五—一六三五）字君實，號竹懶，又號九疑、旭齋，浙江嘉興人。明萬曆二十年壬辰進士，授九江推官，調西華知縣。崇禎元年，陞太僕少卿。工書畫，精鑑賞，世稱博物君子。著作宏富，有紫桃軒雜綴、六研齋筆記、紅豆詞四卷（嘉慶二十年刻本）。

重疊金迴文

隔紗窗弄花邊笛，笛邊花弄窗紗隔。春去憶歸人，人歸憶去春。曲溪流水緑，緑水流溪曲。愁雨聽孤樓，樓孤聽雨愁。紅豆詞卷四

馬朴

朴字敦若，陝西同州人。明萬曆四年丙子舉人，授景州守，補易州，擢襄陽知府，遷雲南監

察御史，彌有循聲，著述繁富，著有閬風館詩集二十二卷（崇禎刻本）。

菩薩蠻 小軒秋夜逐句回文

桂香飄處迴風細，細風迴處飄香桂。光月暎茅堂，堂茅暎月光。夜涼新露下，下露新涼夜。清趣樂軒明，明軒樂趣清。明詞彙刊·閬風館詩餘

佘翹

翹（一五六七—一六一二）字聿雲，一作聿文，號燕南，別署銅鵲山人，安徽銅陵（池陽）人。明萬曆十九年辛卯舉人，屢上春官不第。乃治畫舫，築學圃，著書以老。性聰明，詩古文皆有根柢，臨川湯顯祖見而奇之，呼爲小友。著翠薇集、浮齋集、白下遊草及傳奇量江記。

菩薩蠻倒句

絶愁長嘆多離別，別離多嘆長愁絶。悲覺轉心癡，癡心轉覺悲。亂山空望斷，斷望空山亂。何事奈多磨，磨多奈事何。馮夢龍墨憨齋定本傳奇量江記上

謝肇淛

肇淛（一五六七—一六二四），父以其母浙産，命名肇淛，字在杭，別號武林，福建長樂江田

里人。繼母爲徐㶿之姐。明萬曆十三年乙酉舉人、二十年壬辰進士，授湖州推官，移東昌，歷任南京刑部、兵部主事，工部屯田司主事、都水司郎中，視河張秋，作北河紀略。四十六年，遷雲南布政使司左參議。天啓元年，擢廣西按察使。二年，晉右布政使、左布政使。四年冬入覲，行至萍鄉，卒於官舍。著有小草齋集三十卷（萬曆刻本）

回文閨意

亭邊過鴈塞天遥，目極晴樓倚細腰。庭滿落花春寂寂，漏和寒雨夜蕭蕭。青山遠共愁痕黛，緑柳纖同病態嬌。瓶墮井空釵斷股，屏雲冷絶縷金銷。小草齋集卷二十

徐興公招集九仙觀避暑噉荔支賦得回文二首

蕭蕭落木古空壇，劇暑塵忘盡日歡。橋對寺門松繞碧，郭圍山殿石生寒。潮歸晚浦秋風遠，樹隔晴嵐夕照殘。消渴病知應漱玉，嬌枝荔顆萬藂丹。閩中荔支通譜卷十三鄧道協荔支譜五選録

春城野木紫藤枯，卧對閒僧一事無。馴鴿繞磚苔像古，老龍蟠柱石燈孤。人歸濕露摇珠樹，鶴夢驚風撼碧梧。塵界遠消初地淨，新松挂月夜啼烏。小草齋集卷二十二

湯兆京

兆京字伯闓，江南宜興人。明萬曆二十年壬辰進士，知豐城縣。治最，徵授御史，連劾禮部侍郎朱國祚、薊遼總督萬世德，佐孫丕揚掌察典，尤力持心議，爲群小所嫉。出按宣府大同，後又以論太宰趙煥擅權，忤旨奪俸，拜疏掛冠歸，卒年五十二，天啓中贈太僕少卿。著有靈護閣集八卷（萬曆刻本）。

秋至迴文

久客悲秋早，庭榆忽影疎。酒盃浸淚滿，清夜旅床虛。

睡起迴文

碧窓驚久睡，亂風颭高松。隻影對寥寂，斜陽復遠鐘。

儗竇滔妻再寄迴文

鸞鏡塵封重，凰釵髩彈單。歡情失短夢，轉側思辛酸。

儗滔苔妻迴文

參差度鴻鴈，綿邈隔河山。簪裙誤容髩，照鏡悲斕斑。靈䕶閣集卷七

王龍起

龍起字震孟，福建漳州人。著王震孟先生詩文集（卷首有萬曆己未朱之蕃王鱗長詩文初稿引，龍光堂刻本）。

秋曉回文

疎簾一色秋，薄日曉西樓。初雁來驚夢，如何獨抱愁。

閨情回文

晴閨曉落梧，日早驚啼烏。輕露清羅帳，暗花寒繡襦。聲中琴鶴別，影裏鏡鸞孤。生恨幽離感，情傷欲語無。

憶别回文

雞聲半枕獨孤衾，苦别離情此夜深。低影燭灰蘭暈冷，西風曉月暗驚心。

御選明詩卷一一九録憶别回文、晚秋回文、旅夜回文三首。

七夕宴集即席分賦回文四首

枝南遶鵲暮飛遲，薄月斜簷拂幕垂。移榻向堦梧葉落，斷烟吹冷水平池。

秋葉一枝寒滴露，暗風西上月當樓。流雲夜望遥天碧，愁對長河斜女牛。

星斗北懸長夜静，月斜西落半空庭。停針繡女紅樓上，影動疎簾撲斷螢。

金釵映燭玉垂花，舞罷嬌娥雙鬢斜。沉漏夜闌歌客醉，吟蛬露冷樹啼鴉。

七夕讌集詩序：『簷垂薄暮，帘隱新秋。下一葉于銀牀，麗三星於玉宇。西風報柳，忽驚雙喙之蟬；南鵲歸枝，猶記七襄之夕。疎螢暎幌，半月在天。激斷吹以流清，花陰撲翠；亘長河而瀉影，雲氣浮丹。乃設醪蔬，陳瓜菓。集高朋而下榻，倒上庋于中庭。四壁凝寒，一簾似水。過孤鵶之遠翮，盃暈揺梧；眠老麝于深莪，筵芳泛桂。金麴酌而緩引，玉蠟掛以高燒。既而素魄斜沉，泣孀娥于瑶闕，輕鐘細度，喚醉客于香堦。寒蛬則比籟齊鳴，銕馬則哀絲相亂。綺席未改，伎倆雜陳。蠻髻翻垂，拂霓裳而廻步；鶯喉囀叠，按檀板以傳情。疑出楚岫之雲，更飄洛水之雪。公等情深宋玉，才奪陳思。望烏鵲於河橋，歡同竗會；感牛女於天際，益愴離懷。於是各賦廻文之篇，用紀今宵之勝。一人四首，四句七言。鉢響未終，客逃座中之酒；燭刻已就，人傳鄴下之詩。爰命主人題而序曰，宿垣錯落，自是天上文章；筆陳廻旋，兢寫人間烟景云耳』(王震孟文集)

晚秋回文

愁風叫樹冪雲陰，落葉輕吹晚日沉。樓上人歌笙管急，秋蓬斷處幾聲砧。

秋夜回文

亭上月光寒半夜，落槐殘樹幾枝青。螢飛渡漢銀流影，寂寂燈花暗畫屏。

旅夜回文

長夜愁聽秋漏殘，掩窻明月半斜欄。鄉思重憶相離遠，客病惟憐獨枕單。腸斷一聲啼鴈過，夢驚孤燼落燈彈。涼風暗送輕魂冷，荒樹花枝泣露寒。

『惟』：御選明詩作『誰』

春日雜體回文三首

青山倚樹映空庭緑對屏俱七言絶句

啼鶯暗柳緑斜西向日低

人愁徧樹落花春映葉新王震孟詩集卷下

陳价夫

价夫，原名邦蕃，字伯孺，福建閩縣人。明萬曆二十八年庚子舉人，三上春官不第。隱居，賦詩自娱，有招隱樓集二十卷。

季夏三日九仙觀納涼食荔子各賦回文詩

輕雲淡日夏峰奇，古殿高枝荔子垂。驚鶴唳松聲謖謖，早蟬喧竹露離離。平隄柳色晴連市，靜院花陰午聽碁。鳴玉噴香茶鼎沸，清歌郢和屬心知。鄭慶采閩中荔支通譜卷十三鄧道協荔支譜五

王寰洽

寰洽（一五七〇—一六二七）字仁子，安徽亳州人。年十五，餼于庠，九試不第。明天啓元年，以恩貢赴吏部試，擬授知縣，未補官而卒。著有嬾園漫稿五卷（崇禎元年刻本）

閨怨廻文

雲深泥遠夢，月澹照空梁。君若清莖露，妾如萎葉霜。分釵惜紫玉，匣鏡妬紅香。文寄難成錦，塞寒遥暗傷。嬾園漫稿卷一

徐𤊹

𤊹（一五七〇——一六四五）字惟起，更字興公，福建閩縣人。熥弟。博聞工文，善草隸書。明萬曆間，與曹學佺狎主閩中詩壇，積書數萬卷，以布衣終。著有鼇峰集二十八卷（天啓五年南居益刻本）。

迴文閨思

淒淒泠淚別魂消，寂寂空庭一望遥。西閣煖風愁對鏡，北樓高月澹吹簫。呢喃早燕春聲巧，柳織新鶯曉舌嬌。鼙鼓亂鳴雞塞遠，嘶風戰馬度長橋。鼇峰集卷十六

『泠』：原文

六月三日集惟秦伯孺在杭喬卿性冲景倩元化孟麟本宗諸子九仙觀避暑食荔分得回文

東城古樹遠蒼蒼，目極雲天夏氣凉。風捲翠濤松瀉響，日薰丹顆荔生香。通靈有夢仙遺蹟，共樂行吟客繞廊。空盡俗緣閒結社，朧朧月影透疎篁。

鄧慶宷閩中荔支通譜卷八徐興公荔支譜七録此，題作六月三日集諸子九仙觀避暑食荔分得回文，『透』作『度』。

重重碧岫遠含光，寂寂何仙九轉方。松掛月扉岩滴翠，竹摇風堅洞生凉。龍歸暮雨秋潭暗，鶴睡晴烟午篆香。峯是石鰲鞭已久，逢人幾日醉傳觴。（鼇峰集卷十七）

唐世濟

世濟（一五七〇—約一六四九）字美承，號存憶，浙江烏程崇孝鄉人。明萬歷二十六年進士，知甯化縣，有仁聲，以廉卓授御史。四十四年督漕，四十六年巡京營，多所建白。天啟元年撫虔，未幾升兵部侍郎。崇禎五年轉南右都御史，十七年任左都御史。國事日非，决計歸，年八十卒，著有瓊靡集詞選（崇禎十四年程尚序刻本）。

菩薩蠻　雪霽月下賞梅二首回文

白雲寒透紗窓碧，碧窓紗透寒雲白。梅趁早春回，回春早趁梅。雪晴新映月，月映新晴雪。香玉細浮觴，觴浮細玉香。

遠香空逗歌聲婉，婉聲歌逗空香遠。床浸月如霜，霜如月浸床。酒和花是友，友是花和酒。殘漏玉肌寒，寒肌玉漏殘。

又偶題西園北軒下回文

懶凭低牖疎林晚，晚林疎牖低凭懶。臺上綠禽來，來禽綠上臺詠此忽憶漢武三青鴨逸少函封帖　是誰身共世，世共身誰是。吾類老松枯，枯松老類吾。

又西溪靜室回文

道人閒共雲來到，到來雲共閒人道。誰訂爾來茲，茲來爾訂誰讀之不似回文是最高手　屋遮巖下竹，竹下巖遮屋。幽澗一天秋，秋天一澗幽。瓊廳集詞選

俞　彦

彦（一五七二—一六四四後）字仲茅，一字容自，江南上元人（原籍太倉）。明萬曆二十九年辛丑進士。性至孝，甫登第，即疏乞終養。閱十六年，母歿，授兵部主事，歷員外郎，陞光禄少卿，因事謫夷陵知州，官止南京兵部郎中。罷歸，讀書作文終老，長於詞，尤工小令，以淡雅見稱。著有俞少卿集四卷（崇禎十年阮大鋮序刻本）。

菩薩蠻迴文擬王文甫體

朶雲沉户横金鎖，鎖金横户沉雲朶。茫渺信成雙，雙成信渺茫。　玉如顔素束，束素

顔如玉。曾未夢離卿，卿離夢未曾。

又

伴人孤月黄昏半，半昏黄月孤人伴。波眼淚時多，多時淚眼波。　怨深縈夢淺，淺夢縈深怨。君似不銷魂，魂銷不似君。

鄒祇謨、王士禛倚聲初集卷四選此兩闋，題作擬廻文王文甫體。阮亭云『天然妙語，可匹朝淚鏡潮，夕淚鏡汐』。

又

幕簾鈎雨花陰薄，薄陰花雨鈎簾幕。離別動年期，期年動別離。　遠山眉翠軟，軟翠眉山遠。人待不歸春，春歸不待人。

又

淚行千疊難書寄，寄書難疊千行淚。無信到關榆，榆關到信無。　小山屏篆裊，裊篆屏山小。寒露月華殘，殘華月露寒。

又 別

月晴雲散人離別，別離人散雲晴月。齊若杜鵑啼，啼鵑杜若齊。送愁將破夢，夢破將愁送。難會後來單，單來後會難。

又

斂霞紅散行雲淺，淺雲行散紅霞斂。中可月庭空，空庭月可中。砌蟲陰語細，細語陰蟲砌。更殘欲燼燈，燈燼欲殘更。

又 晏會

酒前歡把柔荑手，手荑柔把歡前酒。歡不飲盃完，完盃飲不歡。落梅吹斷角，角斷吹梅落。嘶騎夜光微，微光夜騎嘶。

又 詠梅

雪晴飛暗朦朦月，月朦朦暗飛晴雪。粧點額凝香，香凝額點粧。玉鱗飄地忽，忽地飄鱗玉。踈影晚山孤，孤山晚影踈。

又 寄答

美人如月花窓綺，綺窓花月如人美。風暖度香叢，叢香度暖風。未通曾展意，意展曾通未。憐爾得來箋，箋來得爾憐。

又

碧烟香裊孤燈夕，夕燈孤裊香烟碧。長夜奈衾涼，涼衾奈夜長。月明窺牖缺，缺牖窺明月。愁別憶還休，休還憶別愁。

虞美人 廻文

悠悠碧海青天遠，目極愁山淺。畫眉人去恨懨懨，挽惹嫩絲垂柳舞前簷。凝銷漸燼芳蘭麝，掩淚亭皐下。月隨雲淡晚窓晴，奈可懶粧濃鬢黛眉輕。俞少卿集近體樂府

倚聲初集卷九選此。

汪廷訥

廷訥（一五七三—一六一九）原字去泰，更字昌朝，一字無如，自號坐隱先生，別署無無居

士、如如居士、全一真人、清癡叟，徽州休寧汪村人，寓南京。吴江沈璟（詞隱）弟子。由貢生官鹽運使、長汀縣丞、鄞江左司馬。好詩賦詞曲，結環翠堂、坐隱園，酒宴琴歌，與湯顯祖、王穉登等交遊。所作戲曲甚富，有環翠堂樂府十八種，坐隱先生集十八卷（萬曆三十七年汪氏環翠堂刻本）。

坐隱廻文詩

墀堦過影日遲遲，對客高談幾局碁。怡遣自然超薄俗，暇休聊得偶閒時。痴呆似塑渾忘坐，黑白無分不費思。奇着落聲驚夢覺，岐幽一徑竹離離。

與翁完初回文聯句

鳥啼一徑寂，簾捲列峰高汪曉樹浮烟靄，長堤夾柳桃翁小池臨古帖，明月響寒濤汪了了碁先着，園林寄興豪翁

同徐冲玄張靜菴郊遊

西郊出杖藜，柳遷新鳥啼。携琴素志樂，下鳳彩雲擠。隄烟落絮濕，草霧藉花低。谿晚收殘局，題詩感物齊。

夏日無無居偕趙樂天王堯年談玄

蓮池坐客共談玄，訣妙微機真得傳。蟬咽柳枝風細細，水流溪石響涓涓。天長樂處躭碁局，事少閒時奏管絃。筵舞飛花松院靜，川前浴日愛鷗眠。

與客漫興

天和弄韻鳥聲連，泛泛輕鷗下碧川。賢集素亭蘭挺秀，日懸赤壁面忝禪。然花幾處閒流水，戲局殘時靜撫絃。仙島共君期跨鶴，烟雲護草瑞翩翩。

仲夏與客集蘭亭遺勝

堂閒愛佳日，冶綠憐春芳。蒼蒼樹繞徑，曲曲溪跨梁。狂歌雜琴瑟，雅客過求羊。長晝消碁局，懶心隱廟廊。觴流與列坐，句得常焚香。忘情物態變，世人任忙忙。

與高孝廉太室上人蘊空泛舟湖心亭

熙熙樂此及春融，得意由來愛景風。麋鹿狎游隨舞鶴，瑟琴調響雜歌童。絲搖柳色波添綠，日映花光湖漾紅。巵酒醉歡邀客集，局碁躭趣覓人同。移舟載月浮蘋渚，策杖携僧過竹叢。池覆曲橋雲接續，榭環虛閣水流通。差差語燕歸簾下，恰恰啼鶯出谷中。時盛愧予惟學懶，俗澆憐世混雌雄。

與常養玉朗悟臺對奕

局對兩機忘，清音鳥度曲。足睡午風涼，茶鑪竹烟緑。

湖上奕罷偶成

石几拂殘棊，汀花蓼岍隔。白月秋風清，湖月映天碧。

自　遣

春晚落花餘碧草，夜涼新月半懸桐。人留一局閒情適，雨灑踈簾画閣東。

天放亭即事

芊芊草緑嫩含烟，局罷閒時奏管絃。天接雲光湖畔柳，漣漪水閣映紅蓮。

與黄明府相㬹張山人文山集長林石几解奕

叢花錦吐遍園東，坐客碁聲竹弄風。空性悟機神解奕，中天照月朗玄通。

全真歌 一句重讀回文

園林慕靜避塵喧，喧塵避靜慕林園。軒亭坐對欲忘言，言忘欲對坐亭軒。猿心縛却出籬藩，藩籬出却縛心猿。竹鳳鳴靈谷，谷靈鳴鳳竹。山青送色日開顔，顔開日色送青山。霧烟歛時見霞吐，吐霞見時歛烟霧。龍游任虎伏中宫，宫中伏虎任游龍。融融暖徹透霓虹，虹霓透徹暖融融。先機得理玄，玄理得機先。黑白分來調紫色，色紫調來分白黑。碁局樂清時，時清樂局碁。

頂真回文

園亭小坐塵埃少，少事牽人避俗喧。喧鳥聽時閒戲局，局碁躭處靜忘言。言玄悟得趣中趣，趣勝隨遊村外村。村遠落霞餘夕照，照來月色水沄沄。

生查子 坐隱樂

柳堤夜放舟，花徑春携酒。有何俗情牽，園小甘雌守。晝永稱心閒，張枰樂聚友。透機在着先，今古高談手。

醉公子 訂譜成

蘿薜開園小，柯爛遺仙島。譜訂洩心傳，午夜坐玄龕。高月明殘局，敲子聞空谷。樂隱橘中閒，覺夢一真全。

又 環翠堂即事

翠岫環幽地，醉中閒局戲。花落鬬風斜，霞飛噪晚鵶。院松棲鶴倦，線柳垂湖徧。槐陰覆緑苔，開堂野客來。

又 入定全一龕

島連雲樹遶，鳥度天風曉。碁隱靜忘年，棲禪與悟玄。趺坐龕全一，無機塵念息。局几護雲烟，緑楊垂小簷。

浣溪沙月下同社中諸友小集

雲籠樹色水籠烟，林石棲真藏島仙，客來遊戲共枰閒。心賞玩花奇度曲，樽開好月坐忘喧，群鷗狎趣樂翩翩。

又與徐漁父方老人小集一葉

流水任情閒放舟，收雲宿雨歇林丘，短簑漁狎幾眠鷗。樓外烟山晰落日，憂忘一局對懽留，投交素懈得羊求。

玉樓春獨坐馮閎

画圖開處飛鶯燕，新漲春湖垂柳線。架書淹日盡窮搜，下帷孤坐碁談倦。掛簷晴翠山當面，如如悟却忘欣厭。瀉玉寒泉遶石臺，夜玄歸鶴棲松院。坐隱先生集

此闋被多種詩詞總集所選録。沈際飛草堂詩餘新集卷二題作木蘭花，回文類聚續編卷十題作木蘭花·獨坐，王昶明詞綜卷五題作玉樓春·春懷迴文。

『碁談』：明詞綜作『棋彈』

『玄』：回文類聚作『來』，明詞綜作『中』

朱慶㯳

字君楙，明宗室。

坐隱迴紋絶句

門繞青山一徑深，雨收晴日映花林。罇開寄興談碁罷，鶴馭還來仙賞心。

柯爛空山春鳥鳴，趣中橘隱坐幽清。波澄倒影千峰峭，蘿薜圍園陶逸情。坐隱先生集

葉應元

字貞夫，鳩兹人。

贈坐隱先生回文律詩

琅琳目滿靄蒼蒼，坐隱巖居高廟廊。芳樹庭開春日麗，碧桃塢放歲時長。翔雲野鶴穿松院，出谷遷鶯繞翠堂。望裡湖光山水緑，忘機把釣獨徜徉。坐隱先生集

邢于化

字二符。

贈坐隱先生回文律詩

鶯啼岍柳颺春晴，緑樹山園芳草生。迎翠堂開懷逸興，窟蓮青處狎悠情。笙吹奏轉春花落，局對敲殘夜月明。行路徑斜風響竹，輕波水動一鷗驚。坐隱先生集

吴可政

贈坐隱先生回文律詩

春歸岍柳隔桃津，坐隱平柯玉局新。塵遠日融堂集翠，楯依花影地舖茵。賓歡静院歌喉轉，燕喜當簾細語頻。人老應知還句得，身閒是處樂天真。坐隱先生集

劉然

字季然，江南歙縣人。

閲訂譜偶成戲體六首寄呈坐隱先生博咲

長晝消碁局，局中此世忘。忘言自真隱，隱跡寄巖廊。廊檻拂奇樹，樹密雜花香。香風吹緑酒，酒酣藉群芳。芳林振長嘯，嘯歌餘興狂。右五言頂針回文詩

竹林飛靄和雲宿，宿雲和靄飛林竹。晴弄鳥嚶嚶，嚶嚶鳥弄晴。白黑叅碁奕，奕碁叅黑白。藏機把世忘，忘世把機藏。右菩薩蠻一句重讀回文 坐隱先生集

鮑啟成

坐隱迴文詩

芳園繞徑艶花香，緑樹新枝鳴鳥藏。光映水亭湖色白，日懸山閣嶺容黄。堂環瑞氣浮圖画，坐隱幽情寄廟廊。床滿書編連宇棟，座盈詞客雅筵張。坐隱先生集

項　昇

坐隱迴文詩

天連水閣敞平川，柳媚花妍鬭艶新。田隴生烟浮白玉，沼池明月長青蓮。仙羣對局碁聲響，鶴舞冲霄雲影旋。傳得真經丹妙訣，懸空月到照園前。坐隱先生集

徐應泉

坐隱廻文詩

年餘坐隱愛飛泉，翠叠堂開橋水穿。天接峯青松鬱鬱，徑連湖緑草芊芊。玄機入局留殘着，巧囀流鶯亂勝筵。前檻浮鷗輕泛泛，烟含岍柳碧廻川。坐隱先生集

釋顛顛

坐隱廻文詩

杯照花容香滿臺，僻園坐隱喜顔開。梅生曉洞啼幽鳥，草長春叢翠覆苔。廻瀑飛虹泉響細，影霞斜谷曙光催。裁詩取樂閒虚閣，培養真神御鶴來。坐隱先生集

王之芳

坐隱廻文詩

芳園愛隱坐流觴，趣得長吟清興狂。廊廟著名宏雅博，局碁精理悟陰陽。光摇水面湖

浮日，影曳雲飛燕繞梁。傍擁高峯遥滴翠，香焚静日樂中堂。坐隱先生集

蕭之俊

坐隱廻文詩

奇會嘉園景自怡，笑談坐隱玩亭池。芝生藥圃連雲種，局罷庭除近月移。籬傍霜林黄菊蕋，嶺邊雪澗緑松枝。詩吟共社聯君契，期與同懷開酒巵。坐隱先生集

回文集卷二十八　目録

回文集卷二十八

韓上桂

上桂（?—一六四四）字芬南，一字孟郁，號月峰，廣東番禺人。明萬曆二十二年甲午舉人。倭寇躪朝鮮，詣闕上書，請以奇兵出海道，扼而殲之。四十四年署定州學正，移易州學正。天啓初，以學官上公車，遷南京國子監博士。崇禎改助教，歷監丞，攝如皋令，轉永平通判。聞甲申事變，憤激絶食歿。著有韓節愍公遺稿十二卷（嘉慶二十一年朵雲山房刻本）。

三殿篇効迴文體有引

夫華殿始構，賀燕騰歡，阿閣既成，舞鸞貢喜。故竹苞致願於莞簟，匏酌矢咏於几筵，皆義切朝宗，情懸拱繞。漢魏以來，詩賦互異，長楊託諷，景福矜華。柏梁七言，麟趾四韻，雖體有偏正，詞分約繁，亦咸紀勝當年，流輝後代。況居非別殿，制守前規，子來有靈臺之勸，孫謀垂豐芑之貽。固將閶庭燎以釆臨，踐宸樞而廣運。羣賢在列，庶績其凝，鍾簴千年，本支百世。豈容美而弗述，盛而不揚。暇乃繹建極微旨，製迴文一篇，取其珠貫相從，環轉靡絶。誠自媿雕蟲，僅同刻楮。鼇宫徒戴，鳳樓詎脩。第詰屈著奇於方朔，競病吐巧於景宗。

字獻監團，録陳金鑑。事雖近詭，理或可觀，敢効衢歌，用代華祝云爾。

聖皇建極會中京，屏衛依垣列上營。勝盤蓟郡幽連勢，躔接箕分尾著名。定襄通塞横恆霍，漳易流津引海瀛。正朔奉行威外域，政刑頒及化黎氓。黎氓慕指德懸鵠，岳牧懷忱勤貢玉。棲就厦簷托燕雛，照從昏室擎龍燭。鼙鼓消驚罷遠烽，驛郵順命馴殊俗。雞銜赦詔恩濃濡，鯢静恬濤晴湛浴。湛浴甘泉注液池，氤氳瑞草暎霞芝。掞藻仙鸞翔吐色，輸圖寶馬躍呈奇。驗數徵賢名世顯，占祥協理濟川宜。劍履羣趨承召畢，槧鉛薄業慕龍夔。龍夔典樂調和氣，召畢升猷襄盛治。鍾鳴中律管揚灰，字製同文經貫義。靡浮璧水汎芹香，閣燦藜光燃杖異。縱衡止説習純貞，鎔鑄煩功成美器。美器庭陳錯玖瓊，良材國集委櫨楹。砥礪齊施激重爵，楩楠稱任選高榮。祀創明堂崇配饗，虔孚清廟格精誠。紫氣輝籠花裏闕，綺雲麗帶日邊城。邊城屼峙雄樓櫓，内郭叢開重殿宇。仙家大槩攬千門，月窟深藏迷萬户。年年翠柳唤鶯歸，夜夜閒堦馴鶴舞。傳規舊取壯儀形，綿瓞初期仍約魯。約魯存心戒數頻，煨殘惕慮酌宏新。却災務省陰陽忒，招福應祈夙夜夤。薄費經從供御減，隆基審與故常因。作始嘉符垂寶蔡，樂終吉會應昌辰。昌辰揆景旺逢日，淑節推星中見室。彰令温柔慰力勞，答歌奮躍歡聲疾。方神配職効元靈，哲匠伸能抽技術。唐虞尚體樸含華，湯武遵模文寓質。寓質文明耀漢宵，崇觀偉狀儼宫朝。鷺立清墀還列佐，鵷陪曉序復班寮。路輦臨衢丹軸轉，香鑪裊篆緑煙揺。誤聽蠅聲驚脱珥，懼安燕寢問司燎。司燎設具張容肅，警鐸提醒翻悟速。絲綸渙下汗奔流，紀法疏分輪輳輻。持斧嚴芟惕惡濳，賜環惠召憐臣逐。垂看旭鑑對幽巖，滋以膏醇霑茂木。茂木枯林春澤回，豐田甫隰暖風來。宥恤敷條捐採榷，寬慈布告緩征催。搆紹堂成儲蚉諭，支扶本固脉先培。富利喜遊行鼓腹，壽仁躋域樂登臺。登臺仰祝登佳慶，望闕遥思篤愛敬。陵岡頌擬代嵩呼，洛鎬詩賡追藻詠。丞疑夾輔得耆英，莞簟夢熊維嗣盛。膺眷遐齡祐帝神，承麻廣祚綏皇聖。韓節愍公遺稿卷十

席上迴文戲題張生素帕

輕綾素袖逐雲飄，白雲霏微曲韻調。名借玉芝庭抱秀，色分丹萼砌籠嬌。盈盈望接星槎遠，脈脈愁沉鼎篆銷。盟定幸逢傳信鳥，京華到日此歡邀。韓節愍公遺稿卷十一

劉斯華

斯華字崧維，江西南昌人。舉人。所作題温泉八景回韻詩八首，附於李鎬温泉李太史公學餘詩稿全集卷十四末（萬曆四十三年李如龍刻本）。

瑞嶺朝嵐

長雲色靄露晞迷，短袖晨披風引時。光泛晴苔停半嶺，麗流霧影過前溪。

『晴』：原文

温泉夜月

流珠碎影近波芒，注眼横雲遥水光。牛斗傾身澄淨壁，虬龍化動立頑崗。

九華暮皷

仙巒緑樹綴烟斜，野穴卅炉扇羽霞。連漏霄層流韻古，鮮雲晚拂雨聲花。

清溪晨鍾

塵中刹韻曉中春，磬裡花聲經裡雲。人伴籬踈煙影動，神驚月彩篆烟薰。

『鍾』：原文

石峽漁歌

流雲碧間石函波，鈎影澄沙竿泛歌。俦唱尊前施澤禁，舟諧野致散晴多。

白田古屋

新仭舊宇接抄長，古椽烟苔石鼠黃。神象龍雲飛鶴唳，春驚虎窟遠樵忙。

巴岡樵唱

横咀亂樸散茅陳，曲嶺窮狐妖兎新。晴荷薪雲攀白雪，暮歸樵徑跨陽春。

赤塘喬木

山叢秀野遠編池，地辟新根盤曲枝。舁見逃麗歸芨蔭，訕鳥飛葉詐桑衣。

董廷欽

臨清舟中次林孝廉韻

君唱獨看重獻賦，聚萍還喜共河清。雲沉緑柳波生影，日囀嬌鶯谷亂聲。文斗北瞻雙劔倚，暖風薰傍一琴鳴。芬蘭味合應留醉，碧水騰輝月夜明。

過滕道中即事

亭深憩處自行鞭，樂酒呼僮速解錢。鈴動達簷風雨急，劍懸高閣斗星連。青青柳織鶯歌倦，片片花翻蝶舞便。萍浪送隨雲影亂，庭中幾度雁書傳。劉仲達劉氏鴻書卷七十二（萬曆刻本）

劉仲達竇蘇體：『竇滔妻蘇氏，名蕙字若蘭。秦符堅時，署滔爲秦州刺史，被徙流沙。蘇氏思之，織錦爲廻文詩以寄。凡八百四十字，形如璇璣，頗難繹誦。有起宗道人者，析爲七圖，讀之整若行陣，得詩三四五六七言者三千七百餘首，宛然天成，有此奇構，亦有此奇悟。東坡題金山寺云，潮隨暗浪雪山傾，遠浦漁舟釣月明，橋對寺門松徑小，檻當泉眼石波清，迢迢遠樹江天曉，藹藹紅霞晚日晴，遥望四山雲接水，碧峯千點數鷗輕。閩董廷欽臨清舟中次林孝廉韻云，君唱獨看重獻賦，聚萍還喜共河清，雲沉緑柳波生影，日囀嬌鶯谷亂聲，文斗北瞻雙劍倚，暖風薰傍一琴鳴，芬蘭味合應留醉，碧水騰輝月夜明。過滕道中即事云，亭深憩處自行鞭，樂酒呼僮速解錢，鈴動達簷風雨急，劍懸高閣斗星連，青青柳織鶯歌倦，片片花翻蝶舞便，萍浪送隨雲影亂，庭中幾度雁書傳。皆迴文體也。吟壇赤幟，此亦希覯』（劉氏鴻書卷七十二）。

金汝皋

汝皋字舜卿，一字桂林，自稱一六居士，澧州安鄉人。少負異才，九入棘闈，五中副車。明萬曆中，官襄陽教授。又康熙安鄉縣志云『邑隱逸文人』。製安邑八景迴文詩，膾炙人口。著有叢桂山房集，民國安鄉縣志初稿卷二十五文籍，謂『詩多迴文』。

安鄉八景

書臺夜雨 迴文

瀟瀟雨泣灑虛窗，漏下三更五夜長。桃桂濺香生席几，墨硃研水注池塘。膏焚暗火低留月，水沸新蛙亂奏簧。髦譽著名稱老范，高臺古蹟舊江鄉。

洞庭春漲 迴文

湖平蕩漾水涓涓，闊漲春來自轉旋。吳共楚分聯軫翼，地連天處見雲烟。梧蒼落影澄波素，嶂碧含香濺浦玄。孤嶼障霞晴日曉，鳧飛逐浪曉行船。

『玄』：乾隆安鄉縣志卷七空格，以避玄燁諱，民國安鄉縣志初稿卷二十六作『邊』。
『曉行』：民國安鄉縣志初稿作『繞行』。

鯨湖秋月 迴文

澄波靜練碧雲寒，月浸晴湖鑑共寬。冰擁素脂車滑滑，玉含清影鏡團團。鵬摶白羽輕翻浪，嶽聳青松碧瀉瀾。登眺晚來閒望遠，燈殘對景詠闌珊。

『摶』：乾隆安鄉縣志、同治直隸澧州志卷二十五、民國安鄉縣志初稿作『搏』

梁藥晴峯 迴文

『白羽』：同治直隸澧州志作『自扇』

齊雲錦幛兩峯晴，望日喬瞻艷景榮。鷄唱曙分殘月淡，鳳鳴朝日霽霞明。萋萋草孕丹方秘，汎汎春生鼎藥精。溪水澗瀾香逕繞，西山曉處幾人行。

黄山瑞靄 迴文

巍巍重鎮楚山高，叠嶂封嵐翠欝饒。危壁赤暉含玉璞，碧巖寒潤滴蘭椒。歸龍洞暗雲旋繞，隱豹山深霧寂寥。薇紫摘燒丹竈藥，飛昇白鶴老松喬。

『壁』：民國安鄉縣志初稿作『壁』

『潤滴』：民國安鄉縣志初稿作『氣潤』

蘭浦漁舟 迴文

湘江漲落碧雲寒，小艇遊絲掛丈竿。長短竹燒紅閃閃，直斜萍舞白漫漫。檣帆護凍凝天曉，箬笠披風臥月殘。蒼對綠波烟草細，浪滄水闊蕩懷寬。

『丈』：乾隆安鄉縣志作『文』，誤。

慱望春風 廻文

輸飛貸緩胥燕亭古有話棠枝，野墅村環綠徧吹。湖漾波生蘋看嫩，澤流風暖艸從披。遺愛，務亟耕深犁勉時。蒲展漸薰南畝並，蘇來便喜共春遲。

『慱望春風』：乾隆安鄉縣志、民國安鄉縣志初稿，俱作『博望清風』。

『話』：民國安鄉縣志初稿作『憩』

『輸』：乾隆安鄉縣志、民國安鄉縣志初稿作『輸』，不叶，誤。

『亟』：乾隆安鄉縣志、民國安鄉縣志初稿作『急』，同。

『犁』：乾隆安鄉縣志作『梨』，民國安鄉縣志初稿作『黎』

安流曉渡 廻文

鐘鳴寺㶷香風輕唱發曉行舟，錦掛帆高江水流。紅日霽霞朝散彩，碧天晴月半懸鈎。山曉，蟻附人喧近岸洲。茸艸綠雲烟襯步，東明啟自露華收。

『鈎』：原作『釣』，據乾隆安鄉縣志、民國安鄉縣志初稿改。

『鳴』：乾隆安鄉縣志作『嗚』，誤。

中秋謝中尊坐次賦鴛鴦體廻文正讀賀聖朝調

黄橙緑橘雙雙月，兩中秋應節。香浮滿斚魚饌新，芳花雨弄色。三湘南浦，雲飛鴻陣，幾聲聲塞北。裳霓羽舞，殿閣生寒，觴流泛月。

道光、同治直隸澧州志題俱作中秋謝中尊坐次賦鴛鴦體迴文，少一『雙』字。

『三』：回讀柳梢青調作『山』，原文。

回讀柳梢青調亦爲中秋作

月泛流觴，寒生閣殿，舞羽霓裳。北塞聲聲，幾陣鴻飛，雲浦南湘。山色弄雨花芳，新饌魚、斚滿浮香。節應秋中，兩月雙雙，橘緑橙黄。康熙安鄉縣志卷十二

乾隆安鄉縣志卷七、民國安鄉縣志初稿卷二十六，祇收八景迴文律詩。道光直隸澧州志卷二十五、同治直隸澧州志卷二十五藝文志六迴文，選録鯨湖秋月廻文及中秋詞。

朱敬鑪

敬鑪字進父，關中人。秦愍王樉八世孫。明萬曆間，爲秦國中尉。著有梅雪軒詩稿四卷（明金陵蘭亭書坊王燦刻本）。

春遊迴文

和風暖處郄氛埃，寂寂幽堦蓂莢開。多見青涵煙際柳，小窺紅隱雪邊梅。哦吟晚寺僧留榻，嘯傲閒亭客共杯。蘿薜有緣隨眺覽，何如任醉卧莓苔。梅雪軒詩稿卷三

洪翼聖

翼聖字季隣，江南歙縣桂林人。明萬曆二十六年戊戌進士，授福寧知州，陞户部員外，出守南陽，舉卓異第一，督學陝西，尋轉汝寧，參政本省按察使、山西右布政，再舉卓異，入爲光禄寺卿。著有洪季隣集四卷（萬曆刻本）。

對秋憫蝗書汶上縣察院壁　丙辰

秋澄日冷送鳴蟬，幽澗寒波映碧天。葉落凄鴉啼傍耳，愁生夜月露侵氈。野荒殘柳催風疾，遊倦悲禾望眼穿。灑淚飛蝗傷惻惻，鷗飄水咽涕盈川。洪季隣集卷四

鄧雲霄

雲霄字玄度，號虛舟，廣東東莞人。明萬曆二十六年戊戌進士，授長洲知縣，官至廣西參政。著有鄧虛舟詩選十卷（崇禎十年刻本）。

元夕曲迴文學梁陳體

冰開煖水緑，午夜賞春華。燈捧蟾宫月，火噏蓮炬花。繩危嬝利屣，埒小鬬輕車。朋友聯歌讌，澠如酒味嘉。鄧虛舟詩選卷四

陳雲鷺

雲鷺字于明，號雪齋，福建寧德人。由萬曆甲午副榜司訓延平。陞楚安教諭，又晉邵武教授，俱不赴。生平怡淡自守，篤志力學，尤長於詩。著有劍遊草、雪齋集，卒年八十八。

秋興迴文體

秋風露淡漱芳蘭，好景人談怯漏殘。樓外月飛鸞鏡曉，渚邊星渡鵲橋寬。浮雲翠抹山連樹，過雨踈澄水落湍。裘敝脱來沽美酒，遊吟醉裏望層巒。乾隆寧德縣志卷九

鄭以偉

以偉（？—一六三三）字子器、子籥，號方水，江西上饒人。明萬曆二十九年辛丑進士，授檢討。天啓中，以禮部左侍郎協理詹事府，直講筵，因忤逆璫魏忠賢，上疏告歸。崇禎初，召拜禮部尚書，兼東閣大學士，偕徐光啓並相。屢乞休，不允，卒于官。著有靈山藏二十二

卷（崇禎刻本）。

過夏廻文

清水冰臨軒暑空，曲門半揜画橋東。晴天午影花移日，小院幽聲竹打風。棚錦坐消青樹蔭，濁醪飲折碧荷筒。横舟野渡人歸遠，晝睡生痕一枕紅。靈山藏 笨菴吟卷一

熊明遇

明遇字良孺、子良，號壇石，江西進賢人。明萬曆二十八年庚子舉人，二十九年辛丑進士，授長興知縣，調禮部主事，擢兵科給事中，例轉福建僉事，陞陝西參議。天啓中，晉尚寶太僕少卿，遷南京左僉都御史，提督操江。被魏忠賢指爲東林黨人，革職謫戍貴州平溪衛。崇禎初釋還，起兵部右侍郎，南京刑部尚書，改兵部，引疾歸，國變後卒。

純陽觀廻文

丘林傍近巷門東，院砌幽深草樹叢。流水菊香丹井淺，古壇松老鶴巢空。優游獨往攜長劍，笑傲隨時御冷風。浮白大呼樓上酒，秋槎一降海天中。古今圖書集成職方典卷八五四南昌府部

康熙江西通志卷四十七藝文，題作純陽觀廻文詩

『降』：裘君泓江西詩話卷九、江西通志作『駕』

張博

博，廣東從化人。明萬曆三十一年癸卯舉人。

和韓孟郁迴文

秋天海上早鴻飛，隔歲驚看遠信歸。愁裡望來書咄咄，陣成空度影依依。流雲暮映寒江靜，碧漢秋垂晚露微。幽意野情牽别恨，樓高照落月中機。

其　二

晴峰晚影獨翩翩，藻翰傳來近海邊。成法八分横北塞，授言千遍過南天。驚鸞幾處披雲錦，舞鳳多應更草玄。兄弟有情閒喋唼，生花筆落錯雲煙。

『法』、『玄』：温汝能粤東詩海卷四十三，依次作『去』、『乎』

其　三

虹霓寫就賦高秋，徹夜寒江巴水流。風急度林穿个个，月明浮岸影悠悠。中天半札懸文錦，遠鳥孤飛雜鷺鷗。紅葉落時過伴侣，空虚下筆任沉浮。

『岸』：粤東詩海作『圻』

其四

來書塞外野雲黃，羽翰横秋早稻香。開卷萬言空斷月，出羣千點亂成行。裁雲片札孤峰遠，過雨寒汀秋日長。台斗近傳多寶祕，臺高最得染風霜。

其五

呼羣一度一秋深，客旅頻年幾報音。圖畫勝看横舞劍，後先分影榻來禽。濡毫彩落飄雲水，候雪飛來自古今。孤札半封雲外望，湖平起草帶高林。

其六

悲鳴夜度一行斜，篆鳥臨江暎錦霞。垂露乍看疑落羽，亂雲飄逐似塗鴉。詩中畫影雲裁練，象外天池墨絢花。儀羽幾年頻涉歷，瀟湘到處畫平沙。張邦翼嶺南文獻卷三十（萬曆刻本）

春閨廻文

粧殘對景晚風悲，隔歲驚看久別離。芳樹幾生雲外嶺，香傳不上隴頭枝。

其　二

迢迢永夜一燈寒，漠漠春情別淚殘。寥寂更愁多薄命，銷魂暗月對花看。嶺南文獻卷三十一

粤東詩海選録和韓孟郁廻文前四首及春閨廻文二首

費元禄

元禄（一五七五—？）字無學，一字學卿，浙江鉛山人。明諸生。搆館於鼂采湖上，讀書其中，著有甲秀園集四十七卷（萬曆刻本）。

回文四首閨怨

紅英曉奪繡鞋鮮，碧柳垂庭拂曙烟。蜂穴密醲諠近磵，燕巢泥落語空筵。風裙襞處愁軀弱，露粉匀時忍淚懸。同伴幾知心裏事，東園鬬彩結鞦韆。

榴紅袖拭晚痕粧，隔塢荷深漲膩香。洲滿緑蕪平鬬草，陌盈青靄密條桑。鉤前帳語雙棲燕，縷上機眠兩浴鴦。流火螢光回暗室，悠悠怨思坐空床。

苔堦變盡落年華，暮景秋林綴綵霞。臺菊粲香連幙繡，壁蕉摇緑映窓紗。灰殘夜篆縈烟裊，露湿寒砧擣月斜。裁罷正愁纖脂湴，催誰爲整翠鈿花。

寒梅放雪臘前枝，帳壓孤魂睡起遲。殘夢覺來薰被捲，斷愁深處剪刀持。欄憑凍井霄

垂綆，鏡掃輕鉛曉畫眉。歡去憶中心緒亂，鸞光鑒水向誰爲。甲秀園集卷二十三

姚　康

康（一五七八—一六五三）原名士晉，字伯康，號休那，江南桐城人。諸生，有儁才高識，曾入史可法幕，檄文多出其手。適先期歸里，得免揚州之難。明亡後，屏居田野，作忍死録，鬱悒以終。著休那遺稿（光緒十五年姚氏刻本）。

迴　文

開巖石壁半雲斜，樹外天寒欲噪鴉。臺上晚煙人攜酒，客迎荒徑竹爲家。來秋帶雨然深夜，去鳥吹風怨落花。裁字錦江空盡望，催征北雁起明霞。休那遺稿詩集

吴宗達

宗達字青門，一字上宇，江南武進人。明萬曆三十二年甲辰一甲第三名進士，授編修。天啓元年，除國子監祭酒。崇禎三年，與温體仁同兼東閣大學士，六年遷建極殿、七年改中極殿大學士。著有吴文端公涣亭存稿五卷（崇禎間刻本）。

回文二首丁未

幽懷客棹一汀寒，皎月當空倚劍看。秋晚自然紛□□，嘯歌愁籟動更殘。

明月空山秋滿□，碧天遥影鴈飛孤。聲悲幾處吹風□，塞北寒衣望眼枯。

和見南感懷回文二首

凉夜秋聲催急砧，客衣無奈獨悲吟。香銷細篆含□□，笛奏閒庭空月沈。鄉望幾人愁洒淚，夢驚頻念動□□。羊何别久荒松菊，長憶中宵清撫琴。

迢迢漏下月升遲，望入長天楚客悲。腰瘦爲耽詩□□，興豪偏惜酒兵奇。蕉窓緑影含風細，竹砌□□□□□。飄葉乍驚秋信蚤，銷魂旅夜獨深思。吴文端公澳亭存稿卷四

王自豐

自豐，字石尉，福建人。著有漫盧草。

春江日暮廻文

碧浪侵空岸，飛禽雜落花。夕光浮水薄，遥翠帶烟斜。明刻本福建明人小集·漫盧草

林古度

古度（一五八〇—一六六六）字茂之，一字那子，號乳山道士，福建福清人。章子。寓居江寧，明亡，家産盡失，卜居陋巷。晚年貧甚，暑無蚊幬，冬夜眠敗絮中。工詩，與鍾惺、譚元春、王士禎遊，嘗序刻鄭思肖心史。兒時有一萬曆錢，佩之終身。沈德潛國朝詩別裁集云：『是俠士、是詩老、是遺民，如讀林茂之傳』。著有林茂之詩選二卷（康熙四十九年刻本）、廻文詩一卷（載佚名福建明人小集，明刻本）。

詠荔枝廻文

南閩此果妙鮮甜，顆顆垂林入夏炎。三日過多佳却減，一年逢極熟當添。含香冷下通喉潤，碎玉紅開擘指尖。籃滿貯來新露曉，甘人是味美全兼。鄧慶寀閩中荔支通譜卷十三鄧道協荔支譜五

廻文詩

廻文詩自序：『予行年五十有三矣，百事無成，每夜思維，展轉反側，微抽一緒，睫遂不交，心血耗枯，究無所益，因求代法，莫善廻文，姑以寄心，用消妄想，與其天涯海角，事不可知，方寸縈牽，計畫枉出，莫若於此結撰猶賢也。於是終宵枕上，尋理成文，久之神倦，俾

得睡去。首拈本題，顛倒成詠，積若干篇，因思織錦之辭，天寶之句，彼皆思婦，皆能寄心，胡乃鬚眉反不能及。昔蔡季通有睡訣云，先睡心，後睡眼。晦翁謂爲古今未發之妙，夫人心最靈而最妄，不能無思，無思則心死矣，惟易其所思可耳。予之作廻文，季通睡心之訣也，幸勿求之以詩。崇禎壬申冬孟之望夜林古度書』。

詠廻文

詩成創體製文廻，盡索枯腸别有才。遲疾偶分工與拙，詠歌憑得去還來。奇生苦想從旋轉，細入幽情任取裁。絲織錦中機擬似，思深欲就莫頻催。

秋　閨

深閨一夜永生愁，别恨因人去遠遊。尋夢入時通笑語，斷腸當景觸衾裯。林疎照影雲含日，樹老飄聲雨送秋。陰霄半天横雁白，臨窗曉起思悠悠。

又

凉風乍發未縫衣，望極天邊戍倘歸。長路阻山千夢繞，亂蓬飛地兩情違。黄花對影秋摇徑，白月含光夜掩扉。傷絶誰人多此似，妝羞鏡彩冷開幃。

新月

徐徐動影片痕新，冷魄浮空向首旬。初夜乍看橫珮玉，半天斜挂一鈎銀。疎光對賞歡唫客，莫色催愁畏照人。虛碧媚生旋盡落，餘閒見月翫頻頻。

新秋夜坐

臨秋好夜坐燈微，事事關心夙願違。今古閱書開眼定，死生從病向身歸。林中送響雨殘落，草上浮光螢亂飛。深感百年催鬓短，吟長起悶自依依。

又

長夜孤眠枕上愁，景光新變又清秋。凉天驟雨過庭院，碧漢明星度女牛。將寄遠書慵就草，顧瞻多病怯登樓。忘情萬事心閒放，鄉異仍歸此客遊。

聞山東又失陣有感

行兵叛作大兵凶，亂起誰先失變通。城郡破多真喪氣，海濱圍合定成功，營偷必約嚴傳令，陣結空防密漏風。征戰匪人無勝算，傾危腹内在山東。

贈楊玄草

知君得此偶逢新，數過相同喜率真。詩裏畫能兼有業，漆中膠擬共誰人。時趨末世當棲隱，道守先賢自賤貧。期與定交憐我汝，移居願好結芳隣。

小雨過李周生夜坐

蕭蕭夜坐對燈殘，雅道交情世問難。招共隱居平穩定，託空遊計失常安。飄風竹處虛窗小，釀雪花時暮雨寒。寥寂久來從我嬾，消愁得爾見懷寬。

周生齋中即席送黃正之還新安

逢君喜此得良朋，酒暖爐紅對夜燈。冬半偶來俱坐滿，曉明當去即程登。峰高上馬乘霜露，道阻催人凜雪冰。松竹共應寒歲守，容從後會再教能。

冬　旱

冬深苦旱久晴天，處處憂時乏井泉。農事廢今先力務，客愁含此倍情懸。容枯已盡傷林樹，種下難多慮麥田。逢得雨來將有喜，龍神捲水望潭淵。

長至夜同周生飲楊曰補寓漏下始歸

晴天應候一陽生，節晚催人老至情。驚嘆自知惟白髮，喜看相聚盡高名。輕灰驗琯葭飛細，滿酒傳杯玉映清。城下月移時忘却，行同好友素深更。

夜同周生過周江左齋中讀其新詩即事

清燈一室一閒人，過此欣看得句新。情逸本懷孤出世，癖深諸事雅居身。輕香泛水瓶梅早，淡味烹泉碗茗春。傾吐共期心昔往，名賢立地品求真。

寄懷曹能始憲伯兼訂歸約

閩南去遠杳傳書，聚會思難託雁魚。新命寵逢將國報，舊知交與且家居。因緣倘得重言晤，合契終傷久闊踈。神愴欲期歸遂想，春來首路問何如。

喜　雨

祈求應此向晨朝，澤潤初令蹔灑飄。微點幾能沾地徧，響聲多且落天遥。飛雲密處光輕澹，凍日陰時影盡消。扉啟共呼人躍喜，霏霏細雨破枯焦。

初　雪

嚴寒忽起雪飛初，寂靜聞聲有夜餘。簷短映光生皎皎，徑深封片落疎疎。拈來手冷花飄樹，掃盡人閒鳥踏除。簾下獨吟歡酒把，纖纖亂舞見空虛。

鄭千里新居落成題贈

幽居一卜自空人，起構重觀雅式新。流水淮河臨渡古，對山鍾阜隔城春。樓高賀燕飛雲上，谷遠遷鶯喚友真。遊久此鄉家亦半，留京帝里德依隣。

秦淮范雙玉麗人畫山水寄清江李素生較書共諸子題之

娟娟妙美兩憐才，麗雅深情寄畫來。仙筆幾看真遠澹，士人多讓不能該。箋長用染新峰翠，點細加皴密蘚苔。傳與好將藏重寶，天雲錦幅一緘開。

喜再雪柬撫寧侯朱右衡公

飛花六出又霏霏，久旱於公應禱祈。威肅衆軍全纊挾，笑吟多客共爐圍。輝銀耀影摇龍燭，白玉凝光映蟒衣。微賤異寒殊貴富，歸心此雪瑞逢稀。

霽晚同吴浪白李周生楊日補登聚遠亭望鍾山後湖積雪用八庚九青韵

晴天雪裏晝冥冥，侶伴攜登聚遠亭。城隔玉湖非水白，樹封瓊岫失山青。清輝一映人來去，積凍全迷世醉醒。輕屐躡同閒眺賞，生寒衆畏莫留停。

三　雪

三經雪積氣沉沉，待有豐年一賞心。甘雨勝天霑澤潤，急風驅地覆雲陰。毵毵白到封庭院，片片重來壓樹林。南與北方多願此，堪教極冷向人侵。

看木冰

晨朝至夜一凝寒，樹樹生花徧處看。銀界世驚奇色幻，玉叢林見異光殘。人侵冷絮飛霙結，鳥踏輕枝白霧攢。真似秀華浮粲粲，春回衆木古逢難。

雪中喜吴令之自淮北至即歸

風雪隨君苦遠行，北淮思見一來驚。同人本與交投分，舊友因依共愜情。紅日白雲天解凍，冷峰羣樹晚回晴。匆匆别久難言笑，蓬轉又當明去征。

會葬

人人會葬出紛紛，下泪將來孰送君。新塚亂埋爭撮土，廣居高構正連雲。貧同富等分先後，死即生關破見聞。身住不常無可奈，真方制老却誰云。

雪消

晴消雪後已天光，處處聞聲滴溜長。明晦幾回時切望，悶愁多積日將忘。輕寒早得初舒散，肅氣深加合護防。更變景新開色霽，生春漸近欲和陽。

明月照積雪

深深夜月雪交光，白潔同時愛可當。吟客動心驚魄奪，翫人生爽競揮揚。陰凝不化愁將漸，影凍添奇遇罕常。尋步正來看色一，侵寒徹骨任歸忘。

賣研

終歲守荒耕石田，拙謀徒此笑磨研。空成兩手臨池洗，久用多人慮孔穿。同衆與珍當世永，棄輕難寶重家傳。窮更主去將羞硯，通得神來且欲錢。

傅仲執司城自荆州至又將北上

寒歲方君與笑譚，楚荆來去别秋三。難行路遠愁辭里，易卜期寬喜駐驂。官謫補將仍向北，客居同此暫歸南。殘燈一夜深留坐，歡醉重教好盍簪。

歲盡吳卿文自廣陵歸

思君向客久飄蓬，此到何堪共極窮。離别數愁催令節，去來多歎歷霜風。奇才在世當知遇，苦學庸心立許同。時待且教人困守，爲謀百事近成空。

讀孝經

因心一孝在人爲，事事歸原本欲知。親體繼時名定始，衆情交後世更移。神祇達此同曾孔，訓詁通兹闡雅詩。真念動天經立教，新傳古義大持維。

不寐

如何欲寐不冥沈，上枕思來到夜深。餘燼映燈窗澹影，落花沾雨砌輕陰。書遥望久歸鴻□，□□□□□□□。□□□□□□□，□□□□□□□。迴文詩

蕭師魯

師魯，字魯菴，號魯魯道人，直隸邢臺人。明崇禎間在世，有漸宜堂詩。

菩薩蠻迴文　夜行

突燐遥照荒丘黑，黑色荒照遥燐突。行倦竚孤亭，亭孤竚倦行。　犬喧攔路斷，斷路攔喧犬。悲昔盡哀堆，堆哀盡昔悲。

菩薩蠻廻文　春夢

夢深輕過雲前洞，洞前雲過輕深夢。離聲斷夢思，思夢斷聲離。　柳青愁白首，首白愁青柳。春風飛遠塵，塵遠飛風春。漸宜堂詩

道光嘉興府志卷五十八藝文，題作春夢迴文菩薩蠻

顧　颺

颺字宣遠，浙江嘉興人，崇禎間在世。

菩薩蠻回文

隔欄紅覆低雲額，額雲低覆紅欄隔。無語半時多，多時半語無。悶懷空寄恨，恨寄空懷悶。年少爲情牽，牽情爲少年。蘭皋明詞彙選卷二

張葦如

葦如，明末江南常熟一帶人。

菩薩蠻午睡醒倒句

碧池荷映晴窓隔，隔窓晴映荷池碧。長日正飄香，香飄正日長。燕飛雙上殿，殿上雙飛燕。清夢午風輕，輕風午夢清。

西江月晚景迴文

浦隔横舟日落，蘆邊水宿雙鳧。野踈烟樹晚啼烏，僻路人行問渡。渡問行人路僻，烏啼晚樹烟踈。野鳧雙宿水邊蘆，落日舟横隔浦。情籟卷一

蕭鸞

鸞字萱堂，道號白雲子，人稱蕭仙，浙江餘姚人。明季孝廉。著有增廣百禄詩吟八卷（近代沔陽李炳煦、文徵輯，一九三四年排印本）。

白雲仙即文徵園景回文六首

樓高籠霧曉雲殘，鶴引竹來夜雨寒。幽院杏開花燦燦，浮波春泛水漫漫。

韶光春草緑楊垂，漠漠煙雲濃似脂。蕭管玉樓鳳聽曲，摇摇鶴影月飛時。

津迷草色一天遥，浪捲風波緑印橋。新苑杏開花燦燦，春樓小雨夜瀟瀟。

蕭聲吹倚高巒巔，藹藹風光月覩先。蕉緑寫詩吟朗朗，遥天雲鶴誇飛仙。

斜月夜籠霧隱山，鳥啼聽應水潺潺。花拈微笑空塵世，誇得從頭石化頑。

濃蔭桐棲鶴引風，月明院竹碧溪東。鐘聲夜徹雲天遠，蓉池緑映晚霞紅。增廣百禄詩吟卷四

『蕭』：原文

白雲子初次臨壇題回文一首

流風足仰羡飛仙，淡淡春光花吐妍。幽院暖開杏照月，曲堤春見柳含煙。鷗梟泛水海雲曉，燕雀飛晴霞霽天。休咎占來頻問事，悠悠吟蕩樂年年。

白雲子書題屏幅回文一首

空際四瞻壯勝形，緩歌醉飲滿樽醽。紅霞朝映遠山紫，翠藹暮横遍野青。鴻雁齊飛雲逐月，鳳鸞耀采光輝星。崧嶽生申羡亹亹，宫前卧柳漢鍾靈。增廣百禄詩吟卷五

吴信

信字思復，號柚莊，明蘇州洞庭人，隱居武山，著有柚莊稿、山居雜咏。

秋景廻文

樓邊竹度曉風清，砌畔花籠夜月明。鷗趁鷺飛孤渡遠，水連天碧一湖平。浮雲白處青山暮，落葉紅時晚日晴。秋盡不知空極目，遊人遠憶獨多情。席玕湖山靈秀集卷二（雍正八年刻本）

失名

㢑兒落

恨多情過一春，春一過情多恨。悶無心我負人，人負我心無悶。真成假，假成真。恩

生害，害生恩。人幾有清閑論，論清閑有幾人。辛勤，貧不富時交運。勤辛，運交時富不貧。張于湖誤宿女真觀第四折

王季烈女貞觀提要：『第四折之雁兒落全支，通體用迴文句作對偶，絶無牽强，尤見才思』（孤本元明雜劇）。

文和道人

題石上迴文

閒雲野鳥宿邨煙，唳鶴鷩眠不似眠。參細細功禪密密，坐深深地月娟娟。三更五會空抛像，半夜中初火出蓮。關外不行修佛事，南巖寄興寫詩篇。莫友芝黔詩紀略卷三十二　鄭珍播雅卷二十四

民國桐梓縣志卷十九、桐梓歷代詩集成目作題石壁回文。『中初』作『初鐘』，『巖』作『崖』。

播雅：『文和不知何許人，國初遊至桐梓，人嘗見負一神像。一日，就元田垻三座寺宿，僧不納，遂宿巖下，晨視不知所往，但見石上題一詩。有袁生言，題字今尚存，或曰詩在鼎山寺，或曰文和明萬歷間人』。桐梓縣志卷十七：『文和道人，明桐筌萬歷時人，去來無定，至桐梓，常在三座寺。外石壁題迴文詩，篇詩寫興寄巖南，事佛修行不外關。蓮出火鐘初夜半，像抛空會五更三。涓涓露（一作娟娟月）地深深坐，密密禪功細細參，眠似不眠鷩鶴唳，煙邨宿鳥野雲

間。墨跡尚存，尤精堪輿術，嘗見負一神像，曾爲處士趙文明相虎跳地，至今稱爲吉壤，後不知所往』。

沈成德

成德，明人。

廻文（登華封洞）

喧聲和語鳥鳴琴，盛極誇來衆玩臨。門裏洞天真入竅，鬧中靜處谷傳音。根靈起塊三屏石，語伴禪堂滿佛金。蹲石擁山東轉步，元通妙境寂藏心。道光萬州志卷八藝文略

侯珣

珣，江南桐城人，明萬曆間諸生。江南通志卷一六七文苑云：『博洽善文，嘗衍蘇氏廻文詩，周旋出入，邪正方圓，共得八百首，文章閎肆秀麗，娱志烟霞，終身不仕』。

春詞

芳春媚色草蒼蒼，秀水清溪曲繞廊。簧囀巧聲鶯戀柳，月翻新影蝶來墻。香風篆動花陰轉，暮日光斜鳥語忙。楊絮亂緜飛往白，遠山青影碧紗窗。徐璈桐舊集卷二十九

沈大俊

大俊字籲吾，明萬曆江南石埭人。民國石埭備志彙編云『幼有至性，丧父母，養撫諸弟，而輕財好施』。

秋霽回文和韻

浮雲曉黛隔簾青，砌滿橙陰秋滿亭。幽荔帶垂香露濕，亂荷衣濺玉珠零。鷗來野沼穿花臥，鶴唳松風度葉聽。酬和樂多情句好，修容照月阻煙汀。御選明詩卷一一九

錢夫人

錢夫人，浙江吴興人。明都憲唐世濟（美承）室。填詞澹遠，真有林下風致，所著附瓊靡集。

菩薩蠻和雪霽月下賞梅回文

雪晴初映朦朦月，月朦朦映初晴雪。東閣小梅紅，紅梅小閣東。冷香浮瘦影，影瘦浮香冷。春值愛閒人，人閒愛值春。凍雲微壓花如夢，夢如花壓微雲凍。魂傍月邊尊，尊邊月傍魂。我憐花久坐，坐久花憐我。吟苦莫勞神，神勞莫苦吟。唐世濟瓊靡集詞選

周銘林下詞選卷八菩薩鬘廻文和美承韻：『凍雲微壓花如夢，夢如花壓微雲凍。魂傍月邊尊，尊邊月傍魂。我憐花久坐，坐久花憐我。烟柳冪平川，川平冪柳烟』。

釋唵囕

唵囕（一五八二—一六三六），俗姓吴（鼎芳，字凝父），世居蘇州洞庭武山。少時好讀書，博極羣籍，善屬文，尤工於詩。性不羈，任懷獨得。年四十，始爲僧。入雲棲，祝髮蓮池大師像前，因名大香。著有雲外録十八卷（明刻本）。

菩薩蠻二闋

月華低浸虛庭雪，雪庭虛浸低華月。香炷伴昏黄，黄昏伴炷香。井邊梅弄影，影弄梅邊井。寒覺故衣單，單衣故覺寒。

曉山青處飛雙鳥，鳥雙飛處青山曉。秋韻荻颼颼，颼颼荻韻秋。石闌斜點筆，筆點斜闌石。茶熟正看花，花看正熟茶。雲外録卷十一

梁雲構

雲構（一五八三—一六四九）字眉居，又字匠先，河南蘭陽人。明崇禎元年戊辰進士，歷官僉都御史。福王時，授兵部侍郎。降清，充通政司參議，遷大理寺卿，户部左侍郎。著有豹

陵集二十六卷（王鐸選，崇禎刻本）。

回文閨情三首

秋新爽氣金飈凉，悄夜清庭鋪小床。樓下懶窺閑繡帖，鈎簾影月愛宵長。

其　二

魚盆弄水濯纖纖，影鏡移粧按彩奩。書字寫來秋浦冷，如何畫去恨眉尖。

其　三

紗窻刺鳳金針小，梦到無情多斷腸。花蓝嫩枝一動影，斜陽夕日午天長。豹陵集卷十

張廷玉

廷玉字汝光，號石初、無岐子，陝西延安人。明萬曆三十八年庚戌進士，歷官臨汾令、山西副使、工部郎中。著有張石初也足山房尤癯藁六卷（崇禎刻本）。

迴文　哭執友何對乾

何郎夢斷沃桑陰對乾卒年四十八故云北嗔寒彈一曲琴。梭淚暗懷空夙約，月梁明浸漫幽尋。磨珪

有墨文成癖，冷竈同炊火煉金。歌後醉樽人杳杳，過鶯老入落花林。張石初也足山房尤癯稾卷五

文翔鳳

翔鳳字天瑞，號太青，陜西三水人。明萬曆三十八年庚戌進士，歷知萊陽、伊陽、洛陽，擢南禮部主事，陞山西提學副使，入爲光禄寺少卿，不赴。學問淵博，工詩賦，著有文太青先生全集五十七卷（萬曆四十七年刻本）。

秋夜回文

皛皛玉團露下林，蒼蒼山色翠浮襟。鳥銜烟靄寒流影，皎月孤看坐院深。

秋風回文

蕭蕭乍過穿花落，颾颾徐來趂蝶歸。遥夜月暉晴掃霧，朝寒集鴈帶霜飛。

古今圖書集成乾象典卷六十七録此，『乍』作『昨』

御選明詩卷一一九録秋夜回文、秋風回文二首

秋氣回文

夜永垂簾踈映月，江澄鼓棹輕翻霞。下山空翠寒侵袖，中酒濁醪香撲花。文太青先生全集·東極篇海雲集三

除日回文

徐風度柳新窺座，密樹封烟翠寫庭。除歲遺觴浮月白，好懷開眼對山青。文太青先生全集·皇極篇伊川草三

吴山

山字巖子，江南當塗人。太平縣丞、上元卞琳室。中道喪夫，轉徙江淮吴越間，晚依壻劉峻度。工草書、善畫、詩名尤著。明滅，自署女遺民，詩詞多寓亡國之痛，身世之悲，有青山集。

菩薩蠻 咏月

薄雲氷淨光簾幙，幙簾光淨氷雲薄。清逼夢烏驚，驚烏梦逼清。　靜階流素影，影素流階靜。時露濯花移，移花濯露時。

徐樹敏、錢岳衆香詞射集、徐乃昌閨秀詞鈔卷五、全清詞順康卷，題作迴文咏月。

『烏』：閨秀詞鈔作『鳥』，誤。

又 閒咏

鶴鷗閒共人游樂，樂游人共閒鷗鶴。松落露高峯，峯高露落松。　隔谿煙水白，白水煙谿隔。非是遠忘機，機忘遠是非。回文類聚續編卷十

衆香詞、閨秀詞鈔、全清詞，題作迴文閒咏

蔡懋德

懋德（一五八六—一六四四）字維立，又字公虞，號雲怡，江南崑山人。明萬曆四十七年己未進士，授杭州推官，入爲禮部主事。天啓中，進祠祭員外郎，尚書率諸司謁魏忠賢祠，懋德託疾不赴。崇禎初，出仕江西提學副使，遷浙江右參政，計擒劇盜。累擢右僉都御史，巡撫山西，李自成破太原，自縊死。

春堤曉雪回文

孤村一夜雪漫漫，白盡沙堤春惹寒。途滿玉花梨落早，鳥啼隱處曉霜殘。御選明詩卷一一九

董斯張

斯張（一五八七—一六二八），原名嗣暲，字然明，號遐周，又號借庵，浙江烏程人。明廪貢生。清羸多病，自號瘦居士。與周永年、茅維爲詞友。泛覽百家，勤奮著述，有吴興備志、吴興藝文補、靜嘯齋存草十二卷遺文四卷（崇禎刻本）。

戲題

樹動看風好，簾開識燕飛。暮愁春院静，孤影照空幃。回文類聚續編卷八

靜嘯齋存草卷二客閩稿，題作戲成廻文詩。

失名

春意

紅新綻𦬆遶蜂游，悄悄開簾掛小樓。叢綺入春迷錦艷，玉香憐夜醉芳柔。同心指月明圓潔，轉面嬌花妒嫩羞。通岫楚雲輕夢遠，東園勝美足風流。回文類聚續編卷八

失名

四時詞

春詞

芳春媚色草蒼蒼，秀水清溪曲遶廊。簧囀巧聲鶯戀柳，月翻新影蝶來牆。香風篆動花陰轉，暮日斜移鳥語忙。楊絮亂棉飛徑白，遠山青影碧紗窗。

夏詞

涓涓露濕花窗北，鼓鬧蛙兮蟬似絃。烟暎柳梢榴暎日，月籠湖内水籠天。簾疎弄色含青草，鼎古生香散碧蓮。閒裏夢魂幽枕石，笛傳遥隴野郊前。

秋詞

楓生遠接晚霞紅，葉舞空林曲攪風。鴻雁帶雲歸古渚，井梧移日轉危峰。濃妝菊艷芳園内，褪色蓮衣泛沼中。蓉暎水姿嬌娜娜，小窗蓬壁咽寒蛩。

冬詞

唇沾墨凍筆呵頻，影弔形隨壁動燈。明月滿枝梅質瘦，冷風敲韻竹聲清。紛紛亂雪飄

松徑，點點飛鴉度樹林。銀砌白茅編室陋，琴橫夜静歛幽情。回文類聚續編卷八

失名

春夜

襟懷漫賦搆新詩，院静宜春愛月遲。林遠綴霞紅染樹，蓴香飛雪白垂枝。禽鳴變韻和幽致，草暎柔芳弄艶姿。吟醉倚杯啣夜月，森陰竹葉緑浮巵。回文類聚續編卷八

失名

明人。

避暑南龕用張三丰仙人游巴岳迴文二首韻

末書時當初過時題，是崇禎十二年己卯仲夏日也。南龕磨崖。

橋東緑樹水流灣，暑盛朋尊對寺閑。陶相籌邊凌碧漢原注時流寇獍猖幸翻羽周公□□□全蜀以籌邊活巴人，定僧忘語坐禪關。燒香有意生蓮社，入楚從空愛好山。瓢飲淡皈清淨法，囂寰覺墮俗潸潸。

橋蕩波流清轉灣，石龍山愛老僧閑。遥光怪靄無端佛，湛露華輝月夜關。燒柏篆香焚古洞，駐雲飛錫掛高山。瓢瓜菇苦談清静，囂世知誰怨污潸。道光巴州志卷八

回文集卷二十九　目録

回文集卷二十九

沈宜修

宜修（一五九〇——一六三五）字宛君，江南吴江人。明山東副使沈珫女，工部侍郎葉紹袁室。生三女，皆工詩詞，夫婦偕隱汾湖，與諸女以吟咏自娱。因三女小鸞、長女紈紈相繼卒，宜修痛之，旋亦殁。紹袁哀妻女之作，編爲午夢堂全集。

月夜偶成迴文

風清冷露白，月皎映空庭。桐井凄殘夜，斷鴻哀遠汀。

秋閨迴文

秋暮愁行客，日斜飛柳煙。流雲歸遠岫，薄霧淡高天。
花庭啼鳥亂，疊恨鎖山眉。霞落映寒渚，蝶飛驚墮枝。
『墮』：回文類聚續編卷八、劉云份翠樓集、周之標女中七才子蘭咳二集卷三作『墜』
鉤簾映皎月，永夜簡琅篇。幽徑竹花露，石寒縈碧錢。

『琅』：回文類聚、翠樓集作『奇』

疏雨滴高樹，細風飄暮煙。初聞獨雁過，木落自年年。鸝吹午夢堂遺集卷上（寧儉堂重刊本）

回文類聚題作秋閨四首。蘭咳二集云：『凡作迴文詩須心細神閒，宛君可與語此』

菩薩蠻 春閨迴文

絮鶯啼夢春光曙，曙光春夢啼鶯絮。遲日下簾垂，垂簾下日遲。看花凭玉婉，婉玉凭花看。紅袖煖香籠，籠香煖袖紅。

碧煙淒影疎梅白，白梅疎影淒煙碧。春早又傷人，人傷又早春。亂魂隨夢斷，斷夢隨魂亂。愁寄暮雲流，流雲暮寄愁。

回文類聚續編卷十録此兩詞，題作春閨二首。吳灝歷代名媛詞選卷四、畢振達銷魂詞亦收次首。

鳥啼憐遍春庭早，早庭春遍憐啼鳥。絲柳乍煙霏，霏煙乍柳絲。竹牕揺影緑，緑影揺牕竹。簾逗月纖纖，纖纖月逗簾。

『早』：蘭咳二集作『草』。又云：『迴文詞古今殊少，尤妙在漸近自然』

又 送仲韶北上迴文

碧煙淒遶愁行客，客行愁遶淒煙碧。腸斷隔山長，長山隔斷腸。曉風淒月小，小月淒風曉。樓倚奈人愁，愁人奈倚樓。

柳疎垂映長亭酒，酒亭長映垂疎柳。人去促飛塵，塵飛促去人。

蘭咳二集云：『非熟不能生巧，迴文尤須巧思，何宛君之多，奇也』

愁征雁。彈淚染綃紈，紈綃染淚彈。雁征愁信遠，遠信

回文類聚續編卷十選録『柳疎』、『舊容』，題作送仲韶北上二首，云『仲韶葉紹袁字，宛君之藁砧也』。周銘林下詞選卷七、陳去病笠澤詞徵卷二十一亦録此首。

葉飛愁別驚寒怯，怯寒驚別愁飛葉。流水送行舟，舟行送水流。亂鴉歸樹晚，晚樹

歸鴉亂。樽酒對銷魂，魂銷對酒樽。

舊容銷盡寒梅瘦，瘦梅寒盡銷容舊。新恨別傷人，人傷別恨新。杏林春醉景，景醉

春林杏。嘶馬聽歸期，期歸聽馬嘶。

又 秋思迴文

荇風摇碧簾遮影，影遮簾碧摇風荇。涼月照宵長，長宵照月涼。暮雲飛寂露，露寂

飛雲暮。幽思伴香篝，篝香伴思幽。

回文類聚續編卷十選録『荇風』、『燕驚』、『碧天』、『白蘋』、『古今』、『小屏』、『曲欄』、『釧金』，題作秋思八首。

燕驚歸候悲紈扇，扇紈悲候歸驚燕。蕉雨隔牕綃，綃牕隔雨蕉。荳含花似瘦，瘦似花含荳。腸斷正更長，長更正斷腸。

陸紹曾選入古今名扇録，題作明沈宜脩秋思回文詞

『悲』：回文類聚、古今名扇録作『飛』

月圓空自長離別，別離長自空圓月。蟲露泣殘紅，紅殘泣露蟲。竹敲風弄菊，菊弄風敲竹。愁夜一聲秋，秋聲一夜愁。

吴灝歷代名媛詞選卷四録此

碧天連渚秋雲夕，夕雲秋渚連天碧。山遠共江寒，寒江共遠山。素裙飄薄霧，霧薄飄裙素。明月映波平，平波映月明。

蘭咳二集云『余非好選廻文詞，凡字句不拗者則選之，此則十首選二（碧天、曲欄），不欲苛，亦不欲濫也』。

白蘋淒影悲秋客，客秋悲影淒蘋白。魚渚恨無書，書無恨渚魚。玉肌涼夜獨，獨夜涼肌玉。銀枕夢花茵，茵花夢枕銀。

古今流水愁南浦，浦南愁水流今古。清淺棹人行，行人棹淺清。問誰憑去信，信去憑誰問。多恨怯裁歌，歌裁怯恨多。

雷瑨、雷瑊閨秀詞話卷三、畢振達銷魂詞録此，後者題作菩薩蠻迴文

小屏蘿蔭餘香裊，裊香餘蔭蘿屏小。衣袖半煙霏，霏煙半袖衣。日斜彈怨瑟，瑟怨彈斜日。低柳掛蟬嘶，嘶蟬掛柳低。曲欄凭遍看漪緑，緑漪看遍凭欄曲。流水去時愁，愁時去水流。井桐疎葉冷，冷葉疎桐井。横笛晚舟輕，輕舟晚笛横。

『桐』：閨秀詞話作『梧』

釧金鬆冷澄江練，練江澄冷鬆金釧。唇點罷桃勻，勻桃罷點唇。繡簾窺月逗，逗月窺簾繡。情寄楚山清，清山楚寄情。落紅催雨平陰薄，薄陰平雨催紅落。煙樹藹長川，川長藹樹煙。擣衣驚夢悄，悄夢驚衣擣。哀雁暮歸來，來歸暮雁哀。鸝吹午夢堂遺集卷下

邢　昉

昉（一五九〇—一六五三）字孟貞，一字石湖，江南高淳人。諸生，主復社有名。明亡，隱遁不出，築室白臼湖濱，沽酒自給。爲詩清真古澹，著有石臼前集九卷後集七卷（康熙刻本）。

雪夜寄友迴文

紛紛雪色夜牕虛，渺渺懷人遠寄書。雲凍欲開嘶伏馬，歲寒將盡歎沉魚。氤氳水氣梅

浮澗，灧澮烟圍竹傍廬。君共一川長引望，分將思結謾愁予。（石臼前集卷五）

沈延銘

延銘（一五九〇——一六六二後）字太常，號悔翁，浙江海鹽人。著有靜園集句十卷别集一卷，同社陸又宣闇之評閲（康熙元年刻本）。

靜園小集

芳園靜對共飛觴境靜橘隱閑枰石几長。商應素秋横落雁聲靜角吹清夜泣吟螀。墻欹名榦梅邀月景物俱靜徑吐寒英菊傲霜。傍倚僻城高擁翠見靜香焚坐咏嘯中堂意靜（句末小字原爲行間旁批）

順讀八靜，逆讀八靜，總之身心識無不靜，由神靜故也。

春朝渺閣觀海

芊芊草閣柳藏鴉，目極憑高履曙霞。煙鑠白波浮翠島遥觀日遥紅浪捲青沙外觀玄談快憶仙飛佩，斗犯驚窺客泛槎。天遠釣鼇春動蟄大觀淵深戲侶逐魚蝦。

其　二

潮迎曉艄涌廻塘，坐客同看笑舉觴。遥勢雪崖崩濞濞，壯威風壑吼浪浪。椒峰鎖霧長噓蜃奇觀柳岸迷烟亂舞羊。朝市隔栖幽閣小閒觀樵漁耦話山詩囊。

其　三

濱水天光烟滿樓，望中閑逐景深幽。春涵暖日黄金涌靜觀曉激寒氷碎玉浮。身避繒先鷗侶狎內觀目窮山外鹿仙遊。神波戰躍驚雷怒，伸屈分眠龍與虬同觀

其　四

開懷勝攬坐陵坡，對景清歌矢軸薖。來去水聲寒吼颶勝觀淡濃嵐色黛浮螺。臺縈草樹朝生彩，閣遶烟濤早沸渦。苔石臥雲看曙海正觀梅窻咏泌樂如何。

四首備十觀，廻讀十觀。順讀四起句爲四開觀，倒讀四結句爲四定觀，二十八觀觀止矣，天下之理畢矣。

次唐年伯秋日過家園之作元韻

秋庭滿襯蘚紋蒼，翠擁晴窻竹倚牀。幽墅别通堤外柳，小亭閑接路邊桑。鷗馴狎水萍

分緑，蝶睡迷香菊吐黄。舟繫蓼汀漁釣穩，浮踪任嬾醉吟長。

夏日咏閒

研朱把閲手删詩，筆閣閑窓竹杖支。烟鶴避飛茶熟鼎，渚鷗盈泛酒盈巵。年昇對局敲前墅，日永持竿釣曲池。眠石枕琴蕉蔭緑，蟬鳴抱樹碧簾垂。

閒適之趣，于是乎盡惟夏日受用最深，妙在字字是夏，字字是閒。

酤　飲

烟凝碧樹原，肆酒剩孤村。錢百懸笻瘦，傳杯覓笑喧。

即　事

鮮鮮翠竹剪詩筒，灼灼丹榴照綺櫳。眠月枕書窓印緑，煎雲碾茗鼎添紅。

夏宴即事調菩薩蠻

蕉窓緑映紛摇影，竹披風院烹新茗。佳讌客方臨，狂談塵助吟。長酣毫穎戰，文腕琴彈倦。從深坐簟紋，斜照遠蒸雲。

妙不容贊矣，然秖順用圓、廻用尖而不加密圈者便于讀也，幽甚，且廻讀韻在句中，更難甚、巧甚。

對月 調菩薩蠻逐句廻讀

品題恒月披雲錦廻明鏡一窓横廻玉軫調歌曲廻拈詩謝兔蟾廻　静園集句别集

廻文諸篇，更見巧奪天孫，蘇媛亦當心折。

王啟叡

啟叡（一五九一—？），字聖臨、聖思，號玉琴、玉烟，山東淄川人。明諸生。有水弦樓詩文稿一卷

拟回文詩

月明照行人，來往自清景。雪積纚長松，梅寒隔大嶺。　馮繼照般陽詩萃卷二（道光二十七年柳波館刻本）

王　鐸

鐸（一五九二—一六五二）字覺斯，號十樵，一號嵩樵，癡庵，又號癡仙道人，河南孟津人。

明天啓壬戌二年進士，授編修，仕至吏部尚書、東閣大學士。降清，仍充原官。工詩文，善書畫，著有王鐸詩集十二卷（明末刻本）、擬山園選集。

秋日居擬山園漫興用廻文體

麻桑滿地此公愚，户閉深秋入興孤。花徑側飜晴戲蝶，月樓高動夜棲烏。家浮任處隨漂梗，市隱經年早據梧。華鬢幾時成煉藥，茶煎日日玩山圖。

其二

寥寂獨絫靜裡玄，課功留墨潤書田。橋邊樹見纔收雨，竹外亭懸不罩煙。鐃嘯清聲同擊磬，遠吟孤調引鳴絃。瓢詩任意隨流水，峽澗還藏永歲年。

其三

谿林墜月映吹藜，露濕涼天極望低。題寄遠書逢鴈過，畫成新幅補猿啼。離迷夜景風傳牖，亂散秋煙草滿堤。麛鹿伴雲偕覺夢，俗塵清處臥棲西。

其四

長短詩吟孤意微，暑移寒色晝凝暉。涼風晚送葵多豔，澹日遲開菊淺肥。狂欲起歌擊

匣劍，笑將廻舞亂裳衣。狼封定盡天山北，帙古觀來且掩扉。王鐸詩集七言律卷三

温日知

日知（一五九二—？），字與恕，號天柱，一號繼一，陝西三原人。明萬曆四十三年乙卯舉人。著有嶼浮閣詩賦集十四卷（温氏叢書本）。

咏雪迴文

飄花逐遠風，積素照明月。朝退見衣霑，訪來知棹發。嶼浮閣詩賦集卷十一

王若之

若之（一五九三—一六四五後）字湘客，山東瑯琊人。明萬曆四十三年乙卯補官南曹，歷任南都前幕參軍、司農正郎、豫省參議贊理津門海運糧道。天啟六年，忤逆璫告病歸里。崇禎間，復職，終南京户部貴州清吏司郎中。明亡後，村居守禮，遠跡城市，負母牽挐，竄山入海，堅避不仕。著有王湘客集十一卷（明末刻本）。

廻文

紗窓暗落暉，日暮苦思歸。家在春風北，花殘幾處飛。王湘客集續詩卷　佚箧姑存·續詩卷（清刻本）

胡世安

世安（一五九三—一六六三）字處靜，别號菊潭，四川井研人。明崇禎元年戊辰進士，改庶吉士，官至少詹事。降清，授原官。順治時，累遷武英殿大學士兼兵部尚書，尋加太子太保、少傅，兼太子太傅。康熙元年，爲秘書院大學士，以疾乞休，加少師兼太子太師致仕。工詩文，著有秀巖集三十一卷（清初刻康熙三十四年胡蔚先修補本）。

題廻紋錦牋癸巳

廻峯遠帶雁行分，脉脉□吟蹙疊紋。裁錦與君逢得未，苔階滿目散朝雲。秀巖集卷二十二

石芝軒七言絶句二

『□』：原文不清，疑似『閒』字

張繼孟

繼孟（—？一六四四）字伯功，號泰巖，陝西扶風人。明萬曆四十七年己未進士，授濰縣知縣。天啓間，擢南御史，以拒建魏忠賢生祠削籍。崇禎三年起故官，因劾王永先，出爲廣西知府，遷川西道副使，張獻忠破成都，不屈被殺。著有效效顰草。

孟秋游天井山飲黄山寺松間迴文

開古自成天井山，景奇觀望一登攀。苔連碧石封泉淨，草銷青峯帶靄閒。槐暗隱鳴蟬唧唧，柳疎傳語鳥關關。臺前奏韻松摇澗，岸曲嘶聲馬渡灣。回嬾夕陽秋動念，飲酣狂興酒增顔。推敲欲就難題咏，裁翦勞心苦髮斑。

感白下四時迴文

暢茂爭春草，芬芳鬬豔花。嶂嵐迎雁去，溪柳度雲斜春

沼荷連柳碧，亭彩映榴紅。鳥語疑歌調，松林是扉風夏

莖葉老楓山，露霜侵菊榭。鳴蟬亂密林，皓月明晴夜秋

梅香透幙寒，雪舞迎風散。杯酒酌羊羔，火鑪添獸炭冬

宋世犖、劉世瑞漳川詩徵卷二引效效颦草

茅元儀

元儀（一五九四—？）字止生，號石民，浙江歸安人。坤孫。好談兵，明天啟間，爲孫承宗幕僚。崇禎初，以薦授翰林院待詔，尋參軍務，改副總兵官，守覺華島，旋因兵變下獄，論戍漳浦。邊事急，請募死士勤王，遭庸奸所忌，悲憤縱酒而逝，著有石民江村集二十卷（明

末刻本）。

歸思迴文

遲遲水落半帆烟，脉脉歸心客扣舷。衰颯秋風蘆底月，悲凄冷樹岸邊船。（石民江村集卷八）

鄭鄤

鄭鄤（一五九四—一六四三）字謙止，號峚陽，江南武進人。明天啓二年壬戌進士，改庶吉士。崇禎十六年，爲温體仁所構誣，磔於市。著有峚陽草堂詩集二十卷（康熙三年刻本），是集乾隆禁燬書目，列入軍機處奏准全燬書，故傳本極少。

廻文二首

沈沈月對坐，悄悄夜如何。心澹知營少，病添愁緒多。

其二

春半恰來愁，月寒疑遠秋。人歸待曉際，渺渺望雲舟。（峚陽草堂詩集卷十八後獄中草下）

徐應斗

應斗（一五九四—一六六九後）字天喉，號北垣，湖廣崇陽人。明天啟二年壬戌進士，授江西鄱陽縣令，七年以殊異内擢御史，官至福建建寧知府，坐罪歸里。崇禎末，經徵不起，隱居三十餘年，有湛輝閣草十卷（康熙刻本）。

廻文四景

春花萬谷繞歌鶯，細草香雲染綠晴。頻望野濤□□杪，新眸醉抹曉烟青。

二

蒼苔映水一池遥，淡藹垂楊鎖碧瀟。香閣擁雲眠晝静，芳尊對客引花嬌。

三

寒風蛩動一聲秋，遠眺空林萬景幽。舟碧浸天和露濕，殘花帶雨入香甌。

四

風牕遠度暗香微，老榦踈梅放院輝。空素滿天寒玉積，重雲凍合六花飛。

湛輝閣草卷一

熊維典云：玅在順逆皆自然而多致，非有萬斛珠璣豈能拈出即是。

廻文

寒花散影逗窻幽，夜靜看華月滿樓。殘夢正廻風過耳，歡聲數弄玉河秋。湛輝閣草卷四

徐爾鉉

爾鉉（一五九五—一六三三後）字九玉，江南華亭人。年十六，補諸生。明崇禎間，中副榜，不樂仕進，遂棄。著有核菴集二卷（上海圖書館藏鈔本）。

春閨怨回文

慵慵怨惹繡閨深，月滿屏風香滿襟。鬖髿綠珠藏匣鏡，舊衫紅拂倦囊琹。儂窺戲蝶癡成夢，客戀鶯聲巧弄吟。濃露着花閒對坐，鐘鳴晚聽恰傷心。核菴集卷一

咏雪廻文

沙瓊印屐齒斑斑，落處無塵俗盡删。奢更望連初出月，淡唯分辨莫飛鷴。遮雲冷壑歸冞短，澀語寒枝立鳥閑。斜看遠村依小閣，花叢滿樹玉迷山。

春閨怨迴文

樓外簾遮樓上人，鳥啼花盡送殘春。悠悠望處揮珠淚，緩緩歸時歛翠顰。愁夢別驚郎倖薄，斷腸剛信妾情真。流光月映紗窗小，羞見相思裁錦新。核庵集卷二

薄雲愛

雲愛字昧原（玄），又署澹儒，東海刖人，爲虞山徐氏綴壻，遂流寓常熟。明萬曆三十四年丙午舉人。嘗與客飲酒，語及東澗陰事，一笑落頦竟絶。詩歌信口而出，率多風趣。著有獨賞編（上海圖書館藏鈔本）。

月下迴文

沙明遠水接長天，敞户閒居索敝氊。花落碎香流曲澗，樹深浮緑暗沈煙。紗籠月影牎前榻，玉噴泉聲指上絃。茶沸百盃雙頰冷，蛙鳴亂草細芊芊。獨賞編

失　名

逐句迴文菩薩蠻

噫思多處紅珠滴。秋葉落添愁。寂寂孤身客。通信托歸鴻。起北齋繡谷春容·芸窗清玩卷四劉熙

寰覓蓮記下

李元鼎

元鼎（一五九五—一六七〇）字吉甫，號梅公，江西吉水人。明天啓二年壬戌進士，授行人，陞光禄少卿。李自成軍入京師，從之。順治元年又降清，任太僕寺少卿，擢兵部右侍郎，轉左侍郎，充殿試讀卷官。坐事論絞，免死，杖徒折贖。十六年落職歸里，築梅山小隱，與夫人遠山倡和其間。康熙九年卒，有石園全集三十卷。

偕隱東湖夏晚雨過偶同漁泛即事

江深臥雨憐蓬短，月落驚灘泊釣孤。窗曉亂雲凝白苧，棹寒籠霧擷青蒲。雙飛燕影踈簾卷，遠泛漁歌野店酤。瀧暝破煙浮露冷，掬香新芡剥明珠。回文類聚續編卷十

夏日山居迴文

園荒滴露凝疎竹，徑曲迷雲罥古藤。[illegible]樹遠烘斜照晚，浦蓮芳躍曉珠澄。尊開共話幽窗客，茗瀹聯吟野寺僧。捫徑草深山色暝，夢閒憶對坐殘燈。石園全集卷八東湖隨筆上

鄭敷教

敷教（一五九六—一六七五）字士敬，號桐庵，江南長洲人。明崇禎三年庚午舉人，與楊廷樞齊名。入清，舉賢良方正，以母老辭，隱居教授。卒，私謚貞獻先生，著有桐庵文集一卷雲游詩一卷（清長洲徐枋鈔稿本）。

霜月曉行擬閨怨廻文

霜鋪曙色粉容嬌，永夜添香冷寂寥。郎隔遠山千樹玉，妾憂單枕一聲簫。□箋寄憶留明月，鳥睆隨人渡板橋。黃葉亂飛風渺渺。傷情是處急歸潮。桐庵文集·雲游詩

景翩翩

翩翩，女，字三昧，一字驚鴻，江西南昌人。淪落建昌青樓，後誤歸建寧丁長發，自經死。工詩，著有散花吟。

閨　思

簫吹靜閣曉含情，片片飛花暎日晴。寥寂淚痕雙對枕，短長歌曲幾調箏。橋垂緑柳侵眉淡，榻繞紅雲拂袖輕。遥望四山青極目，銷魂黯處亂啼鶯。回文類聚續編卷八

題作閨思迴文者，有鍾惺名媛詩歸卷三十一、花國居士閑情女肆卷四、劉云份翠樓集。作寄陳生迴文者，有列朝詩集閏四、顧有孝閒情集卷六、御選明詩卷一一九、曾燠江西詩徵卷九十二。作寄陳生者，有揆叙歷朝閨雅卷十二。雷瑨青樓詩話卷上，謂『閨思回文，慧心敏妙，可與薛氏回文詩四絶頡頏』。鄭子瑜修辭學論文集云：真是天衣無縫，足與周知微宿黿山寺媲美。

失名

女，明人。

春詞

花枝幾朶紅垂檻，柳樹千絲緑遶堤。鴉鬢兩蟠烏裊裊，徑苔行步印香泥。

夏

高梁畫棟栖雙燕，葉展荷錢小叠青。腰細褪裙羅帶緩，銷魂暗淚滴圍屏。

秋

明月晚天青皎皎，凛霜晴霧冷悠悠。情傷暗想閒長夜，淚血垂胸鎖恨愁。

冬

天冷雪花香墮指，日寒霜粉凍凝腮。懸懸意想空吁氣，夜月閒庭一樹梅。回文類聚續編卷八

劉云份翠樓二集題作四時迴文。周壽昌歷代宮閨文選卷二十六，題作四時詞，分春詞、夏詞、秋詞、冬詞，署名張媛。

失名

女，明人。

無題

羅香一幅半題詞，月皦盟深刻漏遲。何奈可沈魚與雁，夢人愁念繫人思。回文類聚續編卷八

沈靜專

靜專字曼君，江南吳江人。明光禄寺丞璟季女，宜修從妹，諸生吳昌逢室。遭家坎坷，爲詩詞多淒涼之音。昌逢字適適，故所著名適適草（崇禎十五年自序，吳江柳氏鈔本）。

菩薩蠻春曉迴文

曉花留露春風小，小風春露留花曉。輕燕掠波平，平波掠燕輕。　緑陰簾控玉，玉控簾陰緑。驚夢奈深情，情深奈夢驚。周銘林下詞選卷八　陳去病笠澤詞徵

鈔本適適草，題作菩薩蠻春曉，『深』作『香』

姚孫棐

孫棐（一五九八—一六六三）字繩甫，號戊生，江南桐城人。明崇禎十三年庚辰進士，歷浙江蘭溪、東陽知縣，遷兵部主事。弘光朝遭馬士英陷害被逮。入清不仕，自號㯾道人。著有亦園全集六卷（清初刻本）。

初夏閨情迴文詩四首

陰成緑柳細飛花，永晝閒亭小試茶。禽語解人驚夢短，深深篆影透窗紗。

其　二

池荷對鏡影依依，憶遠當歸得未歸。時倦半簾窺鵲喜，癡情爲試薄羅衣。

其　三

鵑啼夜月伴淒清，奈可無人對短檠。眠未向闌更漏滴，天邊望遠寄詩成。

其　四

叢花墜露濕前庭，散聚香風過小屏。中夜向涼輕拂袖，籠熏暖麝吐微馨。亦園全集卷二

郭都賢

都賢（一五九八—一六七一）字天門，湖廣益陽人。明天啓二年壬戌進士，曾任御史，巡撫江西。崇禎中，官至兵部侍郎。甲申事變後，應史可法之邀，入南都，見政局濁亂，知勢不可爲，乃去。永歷元年，遂祝髮爲僧，隱於玉沙湖，號頑石，又號些庵，茹苦無定居，竟客死。工詩文，擅書法，兼能繪事，寫竹尤妙。著有些庵詩鈔（前明司馬郭些菴先生詩）十五卷。

聽秋回文

秋聲幾夜徹空山，雨助鳴泉帶石潺。鈎上枕邊無幻夢，幽窗小隱臥僧閒。

步秋回文

風光作氣老秋横，斷想諸緣不送迎。同上石門山下路，叢芳蔓草小橋平。

吟秋回文

聲聲泣露晚涼輕，起聽頻移坐復行。明月到床留夜永，鳴蟲等韻不成賡。

望秋回文

斜天鴈字錦雲裁，羽客驚秋逐夢回。家斷望中湘水遠，鴉頭亂點數鴻哀。 些菴詩鈔·佛癲

子穀音卷八（咸豐十一年焕文堂刻本）

丁耀亢

耀亢（一五九九—一六七一）字西生，號野鶴，自稱紫陽道人，六十歲後又稱木雞道人，山東諸城人。明諸生。清軍南下，初避難海中，出佐益都王遵坦募兵，復潛奔江淮，爲劉澤清監軍，事敗歸里。慮身家不保，乃於順治四年北走京師，依龔鼎孶、王鐸諸公卿，以順天籍拔貢，充鑲白旗教習，選容城教諭，遷福建惠安知縣，自請解組返。旋因續書肇禍，被逮繫獄百餘日。能詩，在都時，築室華嚴寺，名曰陸舫，與龔王等輩相唱和，著有丁野鶴集。

春夜不寐戲作廻文詩倣古

陰陰樹影月依人，險韻詩成暗度春。林遶水村歸燕蚤，雨飛香徑落花新。深山入竹斜連寺，斷岸穿松密結鄰。今古空憐誰織錦，尋幽得句苦眉顰。春山滿眼入林青，渡水穿橋得月明。新雨過溪晴汎鴨，淡煙籠樹曉啼鶯。鄰家幾處花迷路，醉客何人酒解酲。真隱樂天知道法，塵中刼盡有涯生。

禪堂不寐枕上口占前體廻文

寒更五夜雨瀟瀟，夢短愁懷入寂寥。丹老不知安鼎汞，眼昏常苦動塵囂。冠高掛壁風彈竹，屧倒迎門月上橋。看鶴有人歸路晚，漫漫遠樹海生潮。

詠雪蕉雙鶴廻文

紅蕉立雪伴胎仙，側頂丹砂映日圓。東海下摶雲片片，北天高竝玉翩翩。雄聲唳月巢松古，潔影摇空濯羽鮮。風捲綠屏雙振翮，籠軒出處舞裳玄。聽山亭草卷三（清初刻本）

李　潁

潁（一五九九—一六七九）字考叔，浙江錢塘人。少時從毛文龍於皮島甚久，其後兩出雁門，南盡閩海，復游宋荔裳北平幕中。著有續南華詩文稿。

與沈師尹論字學 迴文

誠心字學，要惟古秀有法。晉在獻羲，唐在顏柳，宋在米蘇，明在文董。楷模古今，勞心竭力，惟兄與我。

又

我與兄惟力竭心勞，今古模楷，董文在明，蘇米在宋，柳顏在唐，羲獻在晉。法有秀古，唯要學字心誠。

友約遊湖 迴文

日來兄約濱湖設席，懷暢稱極。颯颯風清，溶溶月朗，依依柳綠，灼灼桃紅。獨孤山一景。十分湖西，遊玩宜早。

湖遊約友

早宜玩遊，西湖分十景，一山孤獨。紅桃灼灼，綠柳依依，朗月溶溶，清風颯颯。極

稱暢懷，席設湖濱，約兄來日。　陳枚寫心集

約友泛湖迴文

日來兄約濱湖設席，懷暢已極。風清月朗之夜，依依柳緑，灼灼桃紅，獨孤山一景，十分湖西，遊玩宜早。早宜玩游，西湖分十景，一山孤獨。桃紅灼灼，緑柳依依，夜之朗月清風，極已暢懷，席設湖濱，約兄來日。

柬友迴文

弟惟迂拙，情性淡薄。世人眉攢目瞪，慮遠愁窮，寵辱徹驚魂夢。耽耽逐逐，何如神怡意適，踽踽涼涼，閒人樂境，詢之同志。志同之詢，境樂人閒，涼涼踽踽，適意怡神。如何逐逐耽耽，夢魂驚徹辱寵，窮愁遠慮，瞪目攢眉。人世薄淡性情，拙迂惟弟。

與胡克生論字學迴文

得心應手之書，技進乎神。專心習學，在要古秀生動，用筆由法。晉在羲獻，唐在柳

顔，宋在蘇米，明在文董。流傳古今，共相師法。議擬揣摹，勞心竭力，惟兄與我。我與兄，惟力竭心勞，摹揣擬議，法師相共。今古傳流，董文在明，米蘇在宋，顔柳在唐，獻羲在晉。法由筆用，動生秀古，要在學習心專，神乎進技，書之手應心得。陳枚寫心二集

鄧實談藝録選載此則，題作李考叔穎與胡先生論字學迴文

孫鐘鈴

鐘鈴（？—一六三〇後）字仁孺，號峨眉子，別署白雪樓主。生卒年、里居未詳。工曲，著有傳奇醉鄉記、東郭記。

迴文菩薩蠻

早來春恨雙蛾掃，掃蛾雙恨春來早。鶯語怪聲聲，聲聲怪語鶯。寂寥空麗色，色麗空寥寂。腸斷欲昏黄，黄昏欲斷腸。東郭記第三齣少艾（毛晉六十種曲本）

張　皜

皜字涵虚，羽士，修道於華陽洞，自號華陽主人。著有華陽洞主惟心集（崇禎十一年成都無庵居士潘之宏序）。

廻文詩

有雲間二客見過索詩，予請題，則二客同時拈韵命題，且欲連成二句，荅左右客。予效廻文體，順韵荅左客，逆韵荅右客，韵如左。

賦得春日即事

忙中靜眼歷春華，水次横舟礙淺沙。長陌低烟輕惹草，遠林疎雨細沾花。狂歌醉侶遊憎鳥，醒夢幽人閑對茶。香度暗窓晴晝永，蒼蒼指點幾山遐。

賦得書齋結夏

紅光海映曉霞横，寂寂空齋書玩清。桐落低陰深院午，柳飛輕絮遠江晴。風和就榻歸魂夢，日耀看榴照眼明。同自暑門閑閉久，東西聽水逐浮萍。

賦得秋江釣艇

連天水淨荻蕭蕭，釣叟閑看坐斷橋。前嶺桂枝懸露蓝，曲塘楓葉映霞標。烟開望樹孤村遠，月落停橈一屽遥。先後挍來秋思苦，絃調慢曲短愁消。

賦得雪裡梅花

林成玉骨傲閒幽，點染寒葩着上頭。侵影瘦看新月掛，細香微逐散風流。琴清托物人兼韵，角斷飄花蝶共愁。尋侣移樽春日好，森森映雪遍長郵。

梅花詩三十韵（錄一）

園梅半開，有客請賦梅花詩三十韵，自一東至三十咸，間或更其題，易其體，一隨客意，拈來信筆疾書如左。

十五刪 廻文體

空山夾道水潺潺，澹映春花靜得攀。風動暗香清被骨，影摇疎月冷浮顔。融融笛響來溪牧，悰悰笳歌集洞蠻。叢發寒巖平入望，逢君與飲慢尋閒。 華陽洞主惟心集

盧象昇

象昇（一六〇〇—一六三九）字建斗，又字介瞻，號九台，江南宜興茗嶺人。明天啓元年辛酉舉人，二年壬戌進士，授户部主事。崇禎初，累遷右參政兼副使，又進按察使。七年，以右僉都御史撫治鄖陽。八年，受命總理江北、河南、山東、湖廣、四川、山西、陝西軍務，長期圍攻農民武裝部隊，晉兵部侍郎、尚書。九年，清兵越喜峰口，危逼京師，奉詔入衛。十一年冬，清兵大肆侵擾内地，象昇師次鉅鹿賈莊，相遇，孤軍奮戰，壯烈殉職。著有盧忠肅公集十二卷（光緒元年刻本）。

菩薩蠻

春暮迴文。鳳洲先生有此作，向從詩餘，讀之甚佳，因次其韻，今在行間，余忘之矣。

綠陰深處迷花谷，谷花迷處深陰綠。春盡不留人，人留不盡春。　燕來歸路遠，遠路歸來燕。簾捲怯輕寒，寒輕怯捲簾。盧忠肅公集卷十二

曹亮武、蔣景祁荊溪詞初選卷一，題作菩薩蠻春暮迴文，無序。

徐懋曙

懋曙（一六〇〇—一六四九後）字復生，一字映薇，江南宜興人。崇禎四年辛未進士（與吴偉業同榜），出守黄州、吉安，政聲卓著，明亡不仕。著有且樸齋詩集（光緒二十五年重刻本）。

偶效迴文體

花散蝶魂香，月寒鴉影瘦。紗窗鎖綠苔，遐室高雲覆。且樸齋詩集

苗　蕃

蕃（約一六〇〇—一六六六後）字九符，號賁皇，晉東人。明天啓四年甲子舉人。清康熙三年，知江西南城。著有瀑音四卷（康熙洪都刻本）。乾隆間，四庫館臣以『詩中語多憤激』爲

由，列目查禁。

九日廻文二首

秋林畫閣月華清，滿院虬枝見樹明。流瀑遶村環翠岫，落霜連夜澹紅英。遊當臥處唫長句，夢入空來照短檠。幽致插瓶銅綠古，洲中水菊寫瑶瓊。

東籬浥露吐黄華，勁質丹心素味嘉。紅壁帶霞籠火浣，玉盤凌月點霜葩。同花逸秀重陽節，隱士高垂五柳家。空碧印濤秋照晚，鴻鷺篆字走天斜。瀑音卷二

西來閣晚際廻文解悶

西樓挂月晚花香，北閣涵煙墖影蒼。溪虎過橋真畫古，石龍蟠字舊碑荒。凄凄一榻蒲團臥，落落雙眸法海藏。遲却望雲觀瀑瀉，題詩借筆走閒房。

西山廻文戲句

抛塵遠步戒臺叅，次宿名嵐古柘潭。蛟枕晚煙迷水澗，鶴飛晨影度橋菴。巢禪淨德隆恩北，石怪香山法海南。梢月洪光千樹轉，嘐嘐喜晤碧雲曇。瀑音卷三

方汝浩

汝浩，號清溪道人，又稱清心道人，原籍洛陽（瀔水），寓居浙江杭州，明末人。著有禪真逸史八卷。

羅帕玉人回文絶句二首

題羅帕詩

羅香一幅半題詞，月皦盟深刻漏遲。何奈可沉魚與雁，夢人愁念繫人思。

題玉人詩

雙成再面郎如玉，獨處堅心妾比金。香玉遠分人異地，鳳鸞交拆兩同心。禪真逸史卷八

徐標

標（？—一六四四）字準明，號鶴洲，山東濟寧人。明天啓五年乙丑進士，歷官信陽知州、河南布政司右參議。崇禎十六年，擢右僉都御史，巡撫畿南。陳時事得失，請重邊防、擇守令、用戰車、屯田諸策，旋加兵部侍郎，總督軍務，移駐真定，以遏李自成。宣大破，被中軍謝某所殺害。著有小築邇言二十五卷（崇禎刻本）。

和湯梁南年丈春興廻文詩

春皮幾經花月夜，雨烟迷樹亂飛紅。新懷夢結相思苦，漱石閒吟竹牖風。

又

孤嶼翠浮雲樹遠，細泉流瀉碧林煙。娛人美景芳華艷，古洞松蟠怪石懸。小築邇言卷七

翟夢桂

夢桂字仲芳，别號雲樵，山西聞喜人。明天啓元年貢生，三中副車，初授元氏丞，廉慈著聲，陞漳縣知縣，憂歸不復出。所著詩文甚富，士林傳誦。

條山卜築廻文

來去任心賞，澗清隔水聞。開花黄浥露，曲沼翠生文。杯舉夜明月，石眠朝起雲。才高嘆濁世。永日伴香焚。乾隆聞喜縣志卷十二藝文志　民國聞喜縣志卷十六名賢傳下

葉承宗

承宗（一六〇二—一六四八）字奕繩，號濼湄，别署稷門嘯史，浙江麗水籍，山東歷城人。

明天啟七年舉人，清順治三年丙戌進士，授江西臨川縣尹。金聲桓、王得仁反正，承宗被執，自縊。著有濼函十卷（順治十七年葉承祧友聲堂刻本）。

廻文菩薩蠻 梅

晚梅新發南枝烎，烎枝南發新梅晚。三兩欲開函，涵開欲兩三。　鬬風寒影瘦，瘦影寒風鬬。香暗引蜚鷯，鷯蜚引暗香。濼函卷五

馮如京

如京（一六〇二—一六六九）字修武，一字修隱，號秋水，又號紫乙，山西代州人。明崇禎元年貢生，官濼州知州。入清，授永平知府，累遷廣東左布政使，順治十六年告休。母歿，居喪哀毀骨立，未幾亦卒，年六十八。作詩清利，尤工五言。著有秋水集十六卷（乾隆五年春暉堂刻本）。

竹枝詞 秋怨廻文

裐疊舞裙香冷袖，黛添愁翠恨芳年。凄風苦月驚秋枕，細數砧聽怕旅眠。

十字廻文四時歌

珊珊娘月映花寒、滴露殘。

其 二

芊芊綠煖浴晴鳶、唳碧天。

其 三

平蕪沒草沸鷹聲、大漠明。

其 四

風廻朔雪挂疎桐、冷玉櫳。 秋水集卷八

徐士俊

士俊（一六〇二—一六八一），原名翽，字三友，號野君，又號紫珍道人、若耶野老，浙江仁和人。清順治拔貢。工雜劇，所撰多至六十餘種。與同里卓人月友，詩詞賡和。著有雁樓集二十五卷（順治十年王潞序刻本）。

閨意迴文

枝枝一似妾和郎，顧影爭憐恰夜長。移月帶燈紅艷冷，卸花隨枕玉肌凉。窺窓隔度三星小，揭帳羞垂四照光。眉語欲留頻盼盼，詩情咏到意中忙。雁樓集卷七

無題迴文

花開再有似生前，影落空房歸暮天。紗隔未知人面近，家山緑樹與雲連。

秋旅迴文

濫容秋雨苦風酸，燈影無情空淚乾。十指柔聲絃索冷，汲殘流水付愁潘。雁樓集卷十二

迴文菩薩蠻吴江舟次作

湖西夢到春蕪迹，芳年幾度愁征客。烟素伴菱花，秋鴻舊憶家。歸風吹葉裹，山點眉長鎖。寄緘深淺情，閒月小窓明。

『吹』：全清詞·徐卓晤歌作『催』

菩薩蠻 廻文

曉鶯啼盡春樓小，小樓春盡啼鶯曉。鈎月掛新愁，愁新掛月鈎。絮飄風滿地，地滿風飄絮。誰與畫長眉，眉長畫與誰。

胡胤瑗、顧景芳蘭皐明詞彙選卷二，李葵生云『偏於廻處見長，似勝前人』

菩薩蠻 廻文

便來無信留歸雁，雁歸留信無來便。關過又逢山，山逢又過關。客心傷遠陌，陌遠傷心客。裘敝一天秋，秋天一敝裘。

鄒祗謨、王士禛倚聲初集卷四云：『廻句有連環之妙』

『逢』：明詞彙刊·徐卓晤歌同，全清詞·徐卓晤歌作『重』

菩薩蠻 廻文又一體

春郊滿眼兆情動，不能安穩窓紗夢。懷損淡紅牋，雲房伴月眠。孤香微透閣，小影花如削。體輕衣領鬆，愁霧壓眉峯。雁樓集卷十三

陶汝鼐

汝鼐（一六〇二—一六八三）字仲調，一字燮友，號密庵，湖廣寧鄉人。崇禎六年癸酉舉人，官檢討。早歲入復社，詩文書法，名動海内，有楚陶三絶之目。南明時，爲何騰蛟監軍。清順治間，罹捕幾死，繫獄年餘得釋。晚歲祝髮潙山，號忍頭陀。詩宗漢魏，多激越凄楚之音。所著榮木堂詩集十卷（明刻本），被清廷列入禁書。

廻文二首七月十五日夜西湖作

西泠是處碧荷香，舫隔人歌欲斷腸。迷却望湖看月伴，堤邊酓裏夢蒼涼。

飛月明河秋入思，斷雲南浦合傷離。衣羅映水湖光薄，夜半歌鬟雙淚垂。榮木堂詩集卷十

『泠』：原作『冷』，據康熙世綵堂匯印本榮木堂合集改

失名

秋夜泊清遠峽回文

峯沈月冷正殘更，斷續林風宿鳥驚。鐘醒客心塵夢破，渡横漁火峽流清。蓉江一帶秋迴碧，石澗層旋浪漾泓。松籟萬山雲汛汛，龍吟水滸泊舟輕。光緒清遠縣志卷十三藝文

申佳胤

佳胤(一六〇三—一六四四)字孔嘉，又字井眉，號素園，廣平永年人。明崇禎四年辛未進士，授儀封知縣，以才調杞縣，治行卓異，擢吏部文選主事，轉員外，降南京國子監博士，遷大理寺副，陞太僕丞，閱馬近畿。李自成佔居庸，疾馳入京，徧謁大臣策畫戰守，大順軍破都城，投井死。著有申端愍公詩集八卷。

生子迴文

明月映弧桑，鳳麟鍾氣香。擎杯喜夜永，熳爛啓禎祥。

申端愍公詩集卷五（畿輔叢書本）

陳淑思

淑思（?—一六五二後）字予淑，江南東流廣豐上鄉人。幼聰敏，博通經史，膺恩選爲理學名儒。邑令蘇宏謨聞其名，敦請纂修縣志。樵居雙河，授徒以老。

陪許侯遊柳隄迴文律

柳岸鎖深烟，蟬秋出韻圓。酒樽對鶴舞，騷客助流絃。瀏草新連碧，陰裳舊暎蓮。叟歌多泛棹，來往自翩翩。

乾隆東流縣志卷二十四藝文

陸寶

寶字敬身，一字青霞，號南軒，浙江鄞縣人。由太學生高等官中書舍人，典誥勑。明崇禎時，請以邊事自效。弘光二年，鄞縣人民舉兵抗清，更是傾家輸餉，兵敗遁去。久之乃歸，隱居不出，國事君讐，倦倦魂夢，悉付於詩，學者稱中條先生。藏書甚富，多異本。有悟香集三十卷（崇禎十三年刻本），另一著作霜鏡集，以『語多詆斥』，爲清廷軍機處奏准全燬之書。

春日即事回文

青青柳黛含嬌女，僂僂楓形化老翁。亭草接畦分背向，崦花浮水夾西東。　悟香集卷二十九

汪膺

膺（一六〇四—一六三四）字元御，號玉淙居士，江南長洲人。琬父。明天啓七年丁卯舉人，旋卒，僅三十一歲，著有寸碧堂詩集二卷外集一卷（清康熙刻鈍翁全集本）。

秦淮戲占花月回文仍限首尾一韻

春花踏月繡鞋新，夜月行花步襪塵。人傍月明花意嬾，鳥啼花冷月眉顰。

其二

簫吹夜月臥花飄，錦燦春花伴月嬌。邀月對籠花院靜，招花待影月庭遥。

其三

牀聯月色花拖碎，珮擁花陰月印凉。妝露沐花迎月澹，粉香流月倩花芳。

其四

柔枝護月留花落，曉鏡涵花倚月羞。樓轉月寒花送漏，酒浮花滿月臨秋。（寸碧堂詩集外集）

鄺露

露（一六〇四—一六五〇）原名瑞露，字湛若，號海雪，廣東南海人。明諸生。善琴，喜蓄古玩。慷慨自負，歷遊粤西吴越間。唐王在福州，仕中書舍人。永歷初，以薦入翰林，四年奉使還廣州。會清兵至，與諸將死守，城陷，從容返所居海雪堂，抱古琴絶食殉。著有嶠雅，爲清廷軍機處奏准全燬之書。

吴楚感秋回文

鶯啼一度一開花，夢遠傷龝入鬢華。明月楚天遥過雁，白門吴樹暝栖鴉。城高隔水霜碪擣，木落空樓戍鼓撾。輕浪放舟魰浦魛，盈盈碧漢接星槎。

『魰』：鄒崖嶺南詩存作『漁』

西陵秣馬走南天，癵草春縣别路前。堤柳拂雲青裊裊，岸花摇月白娟娟。鷄鳴遠寺蕭山霅，雁度寒城郢樹煙。低岫一槺湘水緑，栖栖倦客思華年。嶠雅（清初海雪堂刻本）

羅學鵬廣東文獻二集卷四鄺中翰嶠雅集，目録題作吴楚感秋回文二首

『岫』、『槺』、『倦』：嶺南詩存作『簇』、『簾』、『捲』

李維世

維世（一六〇四—一六五三後）字菊㬿，河南相臺人。著有石魚齋詩選二卷。

夏夜回文

凉月片雲穿密樹，静眠吹覺夜風清。牀依石徑花欄小，户對山林竹院晴。香鼎宿温紅火伏，彩池苹燿紫蓮生。洋洋遠韻蟬鳴柳，絶盡塵緣世上情。石魚齋詩選卷上（三怡堂叢書本）

馮班

班（一六〇四—一六七一）字定遠，號鈍吟，江南常熟人。明諸生，與兄舒齊名，號海虞二馮。工書，尤精小楷。入清不仕，爲人落拓自喜，動不諧俗。被酒，常就座中慟哭，以其行二，時稱『二癡』。著有鈍吟老人遺稿九種（康熙四十五年刻本）。

次韻四時回文宫詞四首

雛鶯小囀乍驚眠，内苑花開未禁烟。爐鴨凝寒春夢淺，鏡鸞呵冷曉粧妍。舖堦玉鈿梅飄粉，覆殿金條柳嚲綿。珠露滴殘鐘漏斷，烏啼繞樹碧窗前。

『繞樹』：陳田明詩紀事辛籤卷十二作『曉樹』

雷輕響處走和鑾，隔院歌聲語笑歡。臺樹碧雲侵殿帳，渚蓮紅露滴珠丸。頹鬟緑枕氷綃薄，膩粉香肌玉簟寒。開扇翠花金尾鳳，垂簾繡額錦龍盤。

秋聲一鴈唳清霜，點點苔錢碧砌涼。愁掩舊屏銀燭暗，恨題新字粉箋香。鈎鈎月墮梧宫夜，剪剪風寒水殿湯。流淚暗銷魂夢斷，樓空倚遍數更長。

『夜』：明詩紀事作『碧』

風輕觸處動簾釘，老榦氷花浸水瓶。紅餤獸爐金冉冉，急絃蠻柱玉泠泠。空屏畫蠟煙飄炮，暗牖瓊鈎月掛櫺。籠繡凝香椒壁暖，重門禁院靜垂鈴。鈍吟集卷上

陳之遴

之遴（一六〇五—一六六六）字彦升，號素庵，浙江海寧人。明崇禎十年丁丑一甲二名進士，授編修，遷中允。入清，充秘書院侍讀學士，進禮部尚書，擢弘文院大學士，加少保，兼太子太保。順治十三年，坐結黨營私，以原官發遼陽居住，尋召還。十五年，又以賄結内監吴良輔論斬，免死，流徙尚陽堡。康熙五年，卒於戍所。工詩，著有浮雲集十二卷（康熙五年於戍所自編）。

菩薩蠻冬景

小梅紅影疎窗曉，曉窗疎影紅梅小。香被繡鴛雙，雙鴛繡被香。　翠蛾長隱淚，淚隱長蛾翠。寒徑雪花殘，殘花雪徑寒。浮雲集卷十一（一九三三年排印本）

『蛾』：全清詞·浮雲集作『娥』

卓人月

人月（一六〇六—一六三六）字珂月，别字蕊淵，號蕊庵，浙江仁和人。隨父發之僑寓南京，與徐士俊爲密友。明崇禎八年副貢，三十一歲歿。著有蕊淵、蟾臺二集。

菩薩蠻回文私歡迎送曲

春宵半吐蟾痕碧，斜窺愁臉如相憶。空撚兩三絃，朱扉寂寂然。依期郎踐約，悄步人疑鶴。小舒輕霧紗，收袂蘸紅霞。明詞彙刊·徐卓晤歌

明詞彙刊·蘂淵詞題作迴文菩薩蠻私歡迎送曲，『收』作『妝』。

鄒祇謨、王士禛倚聲初集卷四：『珂月自云，妙在順讀是迎，倒讀是送，真可謂巧心濬發』。

張岱快園道古卷十二：『卓珂月爲人作合歡迎送詞迴文菩薩蠻云，春宵半吐蟾痕碧，斜窺愁臉如相憶。空捻兩三弦，朱扉寂寂然。依期郎踐約，悄步人疑鶴，小舒輕霧紗，收袂蘸紅霞此迎詞霞紅蘸袂收紗霧，輕舒小鶴疑人步。悄約踐郎期，依然寂寂扉。朱弦三兩捻，空憶相如臉。愁窺斜碧痕，蟾吐半宵春此送詞』。

林　垐

垐（一六〇六—一六四七）字子野，號耻齋，福建福清人。明崇禎十六年癸未進士，授海寧令。清兵掠浙，見杭郡不守，棄官歸。唐王即位閩中，召爲御史，改文選員外郎，轉餉軍前，旋由監察御史，宣諭浙西。聞王被害，走匿山中，授徒餬口。丁亥秋，魯藩航海入閩，都邑響應。垐荷戈而出，旬日間集者數千人。九月十七日薄福清，與林汝翥率鄉兵攻城，麾纛前驅，英勇奮戰，歿於陣。著有居易堂詩集一卷（崇禎十七年刻本），海外遺音一卷（康熙四十

七年刻本)。

途中夜雪和蔡元白廻文

殘鐘度處數聲烏,白眼雙明雪積途。寒色曉天空落水,漫漫水半一峰孤。居易堂詩集

王　輅

輅(一六〇六—一六九五後)字蒼霞,號大席,江南句容人。貢生,官至汧陽知縣。年逾九十,著有萬卷山房詩集九卷(乾隆刻本)。

菩薩蠻倣王文甫廻文于旅館

珮環摇影清華月,月華清影摇環珮。屏舊冷燈青,青燈冷舊屏。萬卷山房詩集卷九詩餘

別離還夢合,合夢還離別。魂斷怕啼猿,猿啼怕斷魂。

程先貞

先貞(一六〇七—一六七三)字正夫,別號蒽庵,山東德州左衛人,明工部侍郎紹孫,通判泰子。崇禎十四年,以祖蔭選國子監典簿,陞右府都事。入清,授工部營繕員外郎。順治二年,奉詔安撫江南廬鳳淮揚滁和等處地方。三年役竣,題管蕪湖關,未行,告歸,家居近三

十年。著有海右陳人集二卷（康熙間刻本）。

即景戲作迴文詩

懸瀑似霞明遠峯，野盈秋曠響禽蟲。淵淵伐鼓嚴城内，縷縷吹簫洞閣中。烟樹拂晴穿户月，燭銀摇暗捲簾風。年豐樂唱村人醉，水天兼涵一色空。海右陳人集卷下

胡承諾

承諾（一六〇七—一六八一）字君信，號東柯、青玉軒主人、菊佳軒主人，湖北天門人。明崇禎九年丙子舉人。入清，隱居不仕。卧天門、巾柘間。順治十二年，部銓縣職。康熙六年，被徵至京，未幾告歸，搆石莊于西村，自號石莊老人。著有胡石莊先生詩集（一九一六年沈觀齋重刻本）。

晚舟戲作任意從一字起順逆讀之皆成五言絶句

夕景澹林泉，冷風寒社里。曲町暗岑煙，暝鐘殘野水。胡石莊先生詩集·青玉軒詩卷六

藥苗

苗，山西永和縣可若村人。貢生。明崇禎時，任福建訓導。幼篤學，善針灸，活人甚多，享

壽八十五。

迴文詩

空飄葉報一聲秋，颸颸涼生清興幽。風逐遠香迎舞蝶，露沾高杪濕巢鳩。紅顔任酌千盃滿，緣水戲看雙鷺浮。東傍花兮西傍柳，中亭好向此覘遊。民國永和縣志卷十六藝文録下

舊志所載徒曰迴文詩，不知咏何景物也。不删，因存之也。

按：『緣』，疑爲『緑』字之訛。

卞夢鈺

夢鈺字元文，號篆生，江南上元人。卞琳、吳山長女，江都舉人劉峻度繼室，著有繡閣集。

菩薩蠻秋景廻文

翠寒香淨秋荷芰，芰荷秋淨香寒翠。飛雁帶雲微，微雲帶雁飛。　處閒人默語，語默人閒處。心遠寄山深，深山寄遠心。

回文類聚續編卷十選此，題作秋景

前調 秋夜廻文

忽思幽坐詩聯月，月聯詩坐幽思忽。風露咽吟蟲，蟲吟咽露風。石堦蒼蘚碧，碧蘚蒼堦石。秋夜旅人愁，愁人旅夜秋。徐樹敏、錢岳衆香詞射集 徐乃昌閨秀詞鈔卷八

傅維鱗

維鱗（一六〇八—一六六七），初名維楨，字掌雷，號歉齋，直隸靈壽人。清順治三年丙戌進士，選庶吉士，授編修，出爲東昌兵備道，治行第一，遷左副都御史，累進工部尚書，加太子太保。天性耿介，爲詩文直抒胸臆，著有四思堂文集八卷（康熙十七年刻本）。

菩薩蠻 冬意廻文

孤城野篥吹蘆葉，斷汀晴映寒梅雪。牕靜玉笙調，輕翻竹碧摇。風掀簾散影，樹色籠烟暝。鳥鳴和泣盈，衣冷動牽情。四思堂文集卷八詩餘

陳佐才

佐才（一六〇九—一六七八）字翼叔，雲南蒙化人。因世亂習才技，隸黔國公沐天波標下，受弁職。永曆入滇，奉命赴川催餉，待歸，則帝已被吳三桂逼走緬甸，追勿及，乃隱居山寺，

發憤向學。順治辛丑，時無不清制是遵，佐才獨蓄加冠，出入里閈，寧死弗薙。絶迹城市，唯詩酒自娱。暮年鑿石成棺，自挽云『明末孤臣，死不改節，埋在石中，日鍊精魄，雨泣風號，常爲弔客』。著有陳翼叔詩集六卷（雲南叢書本）。

秋風敗葉 隨句回文

風兼雨半夜，夜半雨兼風。空枝樹落葉，葉落樹枝空。陳翼叔詩集卷三是何庵集

馬世駿

世駿（一六〇九—一六六六）字章民，一字甸臣，江南溧陽人。清順治十八年辛丑一甲一名進士，授翰林院修撰，官至侍讀。對策侃侃直陳，稱王者天下爲家，不宜示同異，時論偉之。善詩，工書畫，有二右（右軍王羲之、右丞王維）之目。著馬太史匡菴前集六卷，馬太史匡菴集六卷匡菴文集十二卷（康熙間刻本）。

廻文詞

弄影花枝風冉冉，消魂草色雨輕輕。夢餘捱斷驚天曉，衆鳥啼春早動情。

又

小扇嫌輕風納坐，低軒傍暑日驚眠。曉涼貪起披衾薄，繞遍池香露浴蓮。

又

落來風葉梧將老，飛斷雲光山盡吞。閣淚愁秋驚鴈過，薄幃歸去坐黄昏。

又

白氣吹寒風慄慄，飛花亂舞雪綿綿。摘空梅朶一窓冷，隔地吴峰幾樹烟。馬太史匡菴前集卷一

廻文和友

紅顔卸鏡對寒蟾，薄意人猜枉恨添。叢淚竹聲風送院，暗花桐影日垂簾。同翻怨譜餘新曲，織盡愁絲理故縑。空遠暎舟維水淨，楓丹暮望隔山尖。馬太史匡庵集卷五

朱一是

一是（一六一〇—一六七一），字近修，號欠庵，恒晦，浙江海寧人。崇禎十五年壬午舉人。

明亡，避兵會稽山中，移梅谿，披緇衣授徒以老。與屠爌、范路稱三友。工詩，善書畫，著有梅里詞三卷（陸嘉淑訂，清初清遠堂刻本）、爲可堂初集十六卷（順治十四年刻本）。

廻　文

風花落盡舞衣春，冷篆香餘夢遠人。紅炬臘消愁夜永，空床半掩帳流塵。爲可堂初集卷十六

菩薩蠻 秋景迴文

晚香花拂茆簷淺，淺簷茆拂花香晚。霜早落楓黄，黄楓落早霜。　老看秋景好，好景秋看老。樽酒一閒人，人閒一酒樽。

陳景行曰：『迴文確是兩意，如秋景一聯，絶是難得』

又 喜民彰自梅溪曉至

路遥愁雨寒秋暮，暮秋寒雨愁遥路。開户待人來，來人待户開。　飯蔬留味淡，淡味留蔬飯。卿話更多情，情多更話卿。梅里詞卷一